A Tentação
do BASTARDO

Lorraine Heath

A Tentação do BASTARDO

TRADUÇÃO DE
Daniela Rigon

HARLEQUIN®
Rio de Janeiro, 2021

Título original: BEAUTY TEMPTS THE BEAST
Copyright © 2020 by Jan Nowasky

Todos os personagens neste livro são fictícios. Qualquer semelhança com pessoas vivas ou mortas é mera coincidência.

Direitos de edição da obra em língua portuguesa no Brasil adquiridos pela Editora HR LTDA. Todos os direitos reservados. Nenhuma parte desta obra pode ser apropriada e estocada em sistema de banco de dados ou processo similar, em qualquer forma ou meio, seja eletrônico, de fotocópia, gravação etc., sem a permissão do detentor do copyright.

Direitos exclusivos de publicação em língua portuguesa cedidos pela Harlequin Enterprises II B.V./ S.À.R.L para Editora HR Ltda.

A Harlequin é um selo da HarperCollins Brasil.

Contatos: Rua da Quitanda, 86, sala 218 — Centro — 20091-005
Rio de Janeiro — RJ
Tel.: (21) 3175-1030

Diretora editorial: *Raquel Cozer*

Editor: *Julia Barreto*

Copidesque: *Antonio Castro*

Revisão: *Thaís Carvas e Thaís Lima*

Capa: *Renata Vidal*

Imagem de capa: © *Laurence Winram / Trevillion Images*

Diagramação: *Abreu's System*

CIP-Brasil. Catalogação na Publicação
Sindicato Nacional dos Editores de Livros, RJ

H348t

Heath, Lorraine
    A tentação do bastardo / Lorraine Heath; tradução Daniela Rigon. – 1. ed. – Rio de Janeiro: Harlequin, 2021.
    320 p.   (Irmãos Trewlove ; 6)

    Tradução de: Beauty tempts the beast
    ISBN 978-65-5970-084-4

    1. Romance inglês. I. Rigon, Daniela. II. Título. III. Série.

21-72655   CDD: 823
                                      CDU: 82-31(410.1)

Meri Gleice Rodrigues de Souza – Bibliotecária – CRB-7/6439

*Para Lenora Bell,
pela amizade, conversas, brainstorming e histórias que
prendem minha atenção até tarde da noite.
E para Chris Simmie,
que me ensinou a gostar de tudo que vem da Escócia.*

Prólogo

*Londres
Início de novembro, 1840*

A BATIDA FRENÉTICA ACORDOU Ettie Trewlove de seu primeiro sono tranquilo em dias. Seus três meninos, todos com apenas alguns meses de idade, estavam em diferentes estágios de dentição, o que os deixava muito rabugentos. Mas, naquela noite, por alguma razão inexplicável, eles dormiam como anjos.

A batida continuou. Sem esperança de que o barulho parasse sozinho, Ettie jogou as cobertas para o lado e saiu da cama. Depois de acender a chama da lamparina na mesinha de cabeceira, levou-a consigo para iluminar o caminho. Ao passar por seus queridos filhos, sorriu ao vê-los aninhados no pequeno berço. Logo aquele berço ficaria pequeno demais, e ela teria que acomodá-los de outra forma.

Arrastando-se até a porta, abriu uma fresta e olhou para fora, surpresa ao ver uma mulher um pouco mais jovem que ela parada ali, protegendo um pacote embrulhado firmemente entre os braços. Até então, as entregas haviam sido feitas apenas por homens.

— Você é Ettie Trewlove, a mulher que acolhe crianças nascidas fora do casamento e cuida delas? — Esperança e medo se misturavam em seu forte sotaque escocês.

Ettie assentiu. Por apenas algumas libras, ela criava bebês e aceitava crianças que ninguém queria, poupando suas mães da vergonha e dos desafios que um bebê fora do casamento causaria.

— Sim.

— Pode ficar com meu menino? Tenho apenas alguns trocados, mas você não terá que ficar com ele por muito tempo. — Com seus olhos grandes e escuros, olhou rapidamente ao redor. — Só até que seja seguro. Então voltarei para buscá-lo.

Uns trocados alimentariam a criança por algumas semanas, e Ettie cuidava de outras três que também precisavam de comida. Mesmo assim, ela colocou a lamparina na mesa ao lado da porta, abriu-a mais e estendeu os braços.

— Eu cuido dele.

A jovem afastou o cobertor e deu um beijo na bochecha do bebê adormecido.

— Que diabo você fez com ele? — perguntou Ettie, consternada.

A estranha ergueu a cabeça, encarando-a com firmeza.

— Não fiz nada. Ele nasceu assim. É um bom menino, não vai dar trabalho. Por favor, não o rejeite. Você é minha última esperança de protegê-lo daqueles que desejam machucá-lo.

Ettie sabia que algumas pessoas acreditavam que crianças geradas fora do casamento eram símbolo do pecado e não mereciam viver.

— Eu não culpo bebês por coisas que não são culpa deles. — Se o fizesse, não cuidaria dos três que haviam nascido de escapulidas. Agora, quatro. Ela mexeu os dedos. — Me entregue.

Tomando cuidado para não o acordar, a moça — cujo rosto foi iluminado totalmente pela luz da lamparina quando ela se aproximou, revelando mais uma menina do que uma mulher — colocou gentilmente o bebê nos braços de Ettie.

— Prometa que o amará como se fosse seu.

— Essa é a única maneira que sei amar as crianças.

Com um sorriso trêmulo, ela colocou as moedas na palma da mão de Ettie.

— Obrigada.

Afastando-se, ela deu três passos antes de olhar para trás por cima do ombro, as lágrimas encharcando seus olhos.

— O nome dele é Benedict. Eu *voltarei* para buscá-lo.

As palavras foram ditas com forte convicção, e Ettie não tinha certeza se a moça estava tentando convencê-la ou convencer a si mesma.

A jovem disparou na névoa pesada e, rapidamente, desapareceu na escuridão.

E Ettie Trewlove manteve a sua promessa. Criou o menino como se fosse seu e o amou como só uma mãe poderia amar.

Capítulo 1

Whitechapel
Dezembro, 1873

AQUI NÃO É O *lugar de uma mulher como ela.*
Ela não deveria estar no A Sereia e o Unicórnio, muito menos servindo bebidas.

Sentado em uma pequena mesa perto dos fundos da taverna de sua irmã, Benedict Trewlove, conhecido em Whitechapel como Fera, tinha absoluta convicção de que sua avaliação era verdadeira, assim como sabia que nunca planejara ser dono de um bordel.

Mas quando ele tinha 17 anos e trabalhava nas docas, com punhos do tamanho de uma peça inteira de presunto, a jovem Sally Greene lhe pediu que cuidasse dela enquanto ela trabalhava nas ruas. Um chefe de gangue a estava extorquindo em troca de proteção. Sally imaginou que Fera não insistiria em ficar com a maior parte de seus ganhos, ao contrário de Bill Três-Dedos. E estava certa.

Fera não exigira pagamento algum, mas, de tempos em tempos, encontrava algumas moedas nos bolsos de suas roupas. Sally era boa em levantar a saia e tinha mãos ágeis para furtar bolsos. Às vezes, fazia os dois ao mesmo tempo. Ele suspeitara que *colocar* moedas em bolsos era contra a natureza da jovem, mas nunca a constrangera confrontando-a sobre o fato. Aceitara os trocados de bom grado.

Quando algumas amigas de Sally pediram que ele cuidasse delas também, achou que seria mais fácil protegê-las se estivessem no mesmo local, então alugou alguns quartos. Aquilo provia o benefício adicional de mantê-las aquecidas durante o inverno, de modo que raramente adoeciam, aumentando seus ganhos. Em pouco tempo, estava alugando um prédio inteiro para suas meninas. Agora, tornara-se o proprietário.

"Deus sempre recompensa os bons", sua mãe lhe dizia. Mas, de acordo com sua experiência, as recompensas vinham quando um homem se empenhava, mesmo que seu empenho fosse aplicado em algo que seria visto com reprovação por aqueles com um padrão moral mais elevado.

A mulher que ele observava sem dúvida era do tipo que o reprovaria. Sua aparência denunciava isso. E o jeito que ela falava. Sua dicção elegante e distinta indicava que havia nascido e crescido na nobreza.

Suas roupas também. O tecido, corte e acabamento do vestido cinza simples eram requintados, embora Fera pudesse apostar que ela havia perdido um pouco de peso desde que o comprara. Enquanto as outras garçonetes eram generosas no decote na esperança de que os clientes deixassem algumas moedas extras, ela estava totalmente coberta, abotoada do queixo até os pulsos. Seu cabelo, claro como os raios da lua, estava preso em um coque frouxo que falhava em conter vários fios, que roçavam em suas delicadas bochechas — a única coisa nela que parecia deselegante. Enquanto ela voltava para a mesa dele trazendo o pedido feito minutos antes, sua postura era perfeita, seus passos, graciosos.

Abrindo ligeiramente os lábios e soltando uma rajada rápida de ar, fazendo com que as mechas rebeldes de seu cabelo flutuassem, colocou o copo na frente dele.

— Aqui está, senhor. Disseram que é por conta da casa.

Embora sua irmã não estivesse no bar naquela noite — ela raramente trabalhava dentro do bar depois de se tornar duquesa —, Gillie não esperava que ele pagasse quando comia ou bebia lá, assim como ele não esperava pagamento por transportar o álcool que ela comprava fora da Inglaterra. Um Trewlove não cobrava de outro Trewlove, nem anotava favores.

A garçonete estava começando a se afastar da mesa.

— O que você está fazendo aqui? — questionou ele.

Ela deu meia-volta, um pequeno franzido entre suas delicadas sobrancelhas loiro-escuras, que emoldurava os olhos azuis mais incomuns que ele já vira. Um azul intenso com sutis detalhes cinza.

— Trazendo seu uísque.

Balançando a cabeça, ele acenou com a mão e indicou os arredores.

— Quero dizer em Whitechapel, trabalhando nesta taverna. Você tem todo jeito de quem vem de Mayfair.

— Isso não é da sua maldita conta — respondeu ela, com um perfeito sotaque da periferia londrina. — Melhorou? — perguntou, voltando a soar do jeitinho de Mayfair.

Ela virou as costas e se afastou. Admirando a vista, bem como seu bufo de indignação, ele tomou um longo e lento gole de uísque. Precisava admitir que ela era corajosa. E estava certa. Aquilo não era da conta dele, mas, mesmo assim, estava intrigado. Ela era muito refinada para a grosseria daquele lugar. Combinaria mais com um salão de baile, um jardim, uma mansão senhorial. Ela não deveria servir ninguém, e sim ser servida.

Fera gostava que as coisas fizessem sentido. Ela não fazia sentido. E, até que fizesse, ele ficaria tentado a descobrir, desvendar e resolver seus mistérios.

Althea Stanwick sabia que ele a observava, podia sentir seu olhar como se ele estivesse caminhando ao seu lado, com a mão tocando suas costas.

Notara o homem assim que ele entrara na taverna. Era como se cada molécula de ar tivesse se transformado para acomodar não apenas a altura e a largura daqueles ombros, como também sua confiança e porte. Ele andava como se não tivesse nada a temer, como se detivesse o poder de derrubar impérios por um simples capricho.

Althea ficou encantada e inquieta. Então, ele se sentara em uma mesa perto do fundo, que era de responsabilidade dela, e ela sentiu como se alguém tivesse dado um forte puxão nas amarras de seu espartilho, esmagando suas costelas até que mal conseguisse respirar.

Enquanto atendia a outros clientes, evitou se aproximar dele o máximo que pôde. Finalmente, caminhou em sua direção sabendo que, assim como ela, ele observava cada aspecto seu. Seu cabelo preto e espesso passava do colarinho, tocando os ombros largos como se as mechas desejassem acariciá--los eternamente, e estava penteado de tal forma que parte do lado direito de seu rosto ficava coberta. Aquilo o fazia parecer mais misterioso, alguém que possuía segredos e era extremamente hábil em guardá-los.

Algo sobre ele parecia familiar, mas Althea não conseguia identificar de onde poderia conhecê-lo. Talvez tivesse cruzado com ele pelas ruas que, depois de três longos meses, estavam finalmente se tornando familiares, ou ele aparecera no bar outra noite e não se sentara em uma de suas mesas. Mas não, ela não teria conseguido esquecê-lo se ele já tivesse passado pelo Sereia.

— O que posso trazer para você, caro senhor?

Um arregalar quase imperceptível daqueles olhos ônix que a estudavam com apreciação a deixou um pouco ofegante.

— Uísque.

A voz dele era profunda e percorreu todo o corpo de Althea, causando uma sensação de calor e conforto, como a que sentia quando saía do frio intenso e se aproximava do fogo ardente. Ficou desapontada por ele ter dito apenas uma palavra. Mas, quando voltou com a bebida, ele pareceu se interessar por seu passado — por um segredo que ela precisava guardar, porque se descobrissem...

Era insuportável pensar na possibilidade.

Enquanto caminhava entre as mesas depois de deixar a bebida, decidiu que era insuportável pensar *nele*.

Um braço surgiu de repente, enrolou-se em sua cintura e a puxou com força, fazendo-a cair com tudo em um colo robusto com coxas grossas. Uma outra mão passou por lugares que certamente não deveria, apertando partes que ela não lhe dera permissão para apertar, e o homem abriu um largo sorriso, os olhos cheios de malícia.

— O que temos aqui, hein? Quem é você, gracinha?

Althea agarrou uma caneca quase cheia que estava perto de um de seus comparsas e despejou todo o conteúdo sobre a cabeça ruiva do homem que, xingando e gritando, soltou-a abruptamente. Com rapidez, ela saltou do colo dele e saiu de perto.

— Perdoe minha falta de jeito. Trarei outra para você.

Teria preferido acertá-lo na lateral da cabeça com a caneca, mas derrubar a bebida nele já a colocaria em apuros. O Sereia se orgulhava do tratamento que dava a seus clientes, independentemente de seus bolsos estarem ou não carregados de moedas. Avançando rapidamente, ela caminhou até o bar e bateu a caneca de estanho na madeira polida.

— Cerveja escura.

O bartender, que também administrava o lugar, suspirou como se ela fosse a ruína de sua existência, provavelmente porque era.

— Eu já disse que você não pode jogar cerveja nos clientes.

Aquela era a terceira vez que Althea derrubara cerveja em alguém desde que havia começado a trabalhar ali, dez dias antes. Pensou em se justificar, mas já havia tentado fazer isso duas vezes sem receber nenhuma empatia por parte do homem, que apenas lhe lançava um olhar firme, então apenas aceitou e reconheceu a repreensão injusta. Até aquele emprego, ela quase nunca recebera uma palavra de repreensão.

Não gostava de ser tratada com pouca consideração ou como se sua opinião não valesse nada, mas, até aí, não gostava de muita coisa em sua nova vida. Na verdade, não gostava de nada.

— Vou ter que descontar a dose de seus ganhos semanais.

Esforçando-se para expressar arrependimento para que não fosse demitida, Althea assentiu novamente. Naquele ritmo, ela não teria salário.

— Jimmy beliscou o traseiro dela, Mac — disse Polly, outra garçonete —, eu vi.

— Como você viu, Polly? Você estava parada lá do outro lado.

— Minha visão é muito boa.

— Não é tão boa assim.

Ele se virou e começou a encher a caneca, e Polly olhou para ela com empatia.

— Eles estavam só tirando sarro.

— Bom, mas não é nada divertido, não é?

Ela sabia que Polly, com seu decote enorme, já havia sido arrastada para muitos colos. E, talvez, ela nem sequer se importasse. Polly estava sempre rindo e flertando com os clientes, parecendo se divertir à beça enquanto fazia algo que Althea detestava profundamente.

Althea ficou decepcionada ao ver o sujeito grande que ela havia acabado de servir se debruçando para dizer algo no ouvido do barulhento Jimmy. Provavelmente estava perguntando se o traseiro dela era bom de apertar. Mas então Jimmy parou de rir imediatamente. Ela já tinha ouvido falar de pessoas ficando brancas como um fantasma, mas nunca vira isso acontecer de fato. Até agora. Parecia que o homem sugara rapidamente todo o sangue das veias de Jimmy.

— Jimmy não vai mais encostar em você — disse Polly, satisfeita —, o Fera teve uma conversinha com ele.

— Fera?

Polly pareceu surpresa, mas assentiu.

— Aham. O cara grandão.

E o grandão nem olhou para trás quando saiu pela porta. Althea ficou se perguntando sobre a origem do apelido. Para ela, ele não parecia nada feroz. *Diabo* seria mais apropriado, talvez, pois ele era diabolicamente bonito com seus traços fortes e arrojados.

— Quem é ele? — perguntou Althea.

Polly lhe lançou um olhar penetrante.

— Alguém que você não quer contrariar, se tem amor à vida.

Althea gostaria de ter recebido aquele conselho antes de seu encontro prévio com ele. Tinha certeza de que ele não ficara feliz com a resposta dela à sua pergunta, então duvidou que o que quer que tivesse feito Jimmy empalidecer estivesse relacionado a ela. Talvez ele devesse dinheiro ao homem.

Mac colocou a caneca no balcão.

— Polly, por que não leva a cerveja de Jimmy?

— Seria melhor se Althea levasse.

Ela queria beijar Mac quando ele passou a tarefa para Polly, e fazer uma careta para Polly por recusar, mas sabia que era injusto que outra garçonete assumisse suas tarefas. Depois de pegar a caneca, abriu caminho entre as mesas até chegar em Jimmy. Ele e seus comparsas estavam olhando para a superfície da mesa como se nunca tivessem visto madeira antes, esforçando-se para decifrar como aquele material fora parar ali. Sem dizer uma palavra, ela largou a caneca.

— Peço desculpas — Jimmy deixou escapar.

— O que disse?

Com olhos grandes, arregalados e temerosos, ele olhou para ela.

— Me desculpe. Eu não deveria ter feito aquilo e… não vai se repetir.

Ela tentou esconder a surpresa.

— Agradeço por isso e por suas desculpas.

— Avisa pro Fera, tá bem? Quando ele voltar, fala pra ele que pedi desculpas. Não quero que quebrem meus dedos. — Suas palavras saíram uma após a outra, sem respiração ou pausa.

Ela suspeitou que, dessa vez, não conseguiria conter seu espanto. Fera ameaçara quebrar os dedos do homem? Os amigos de Jimmy ainda não a encaravam, haviam curvado os ombros na tentativa de se tornarem menores, tentando evitar julgamento.

— Claro, eu aviso.

— Ótimo.

Ele pegou a caneca e começou a virar a bebida.

Althea não tinha certeza se o culpava. Ela também não tinha certeza da razão pela qual o estranho a defendera, mas não podia negar sua satisfação ao ver o esforço dele para protegê-la. Já fazia muito tempo desde que alguém, além de seus irmãos, tomara a iniciativa de defendê-la.

Ela caminhou até a mesa do cavalheiro grande para recuperar seu copo vazio e encontrou uma gorjeta. Pegou o copo e começou a se afastar.

— Isso é para você.

Ela olhou para Rob, que estava limpando uma mesa próxima. Normalmente, o jovem alto e esguio recolhia tudo das mesas e as limpava completamente, mas, como o cliente não ficara lá por tempo suficiente para fazer sujeira, ela pensou em poupá-lo do trabalho.

— Tenho certeza que ele deixou isso para você, por ter limpado tudo.

Uma gorjeta mais do que generosa pelo serviço.

Ele andou até ela.

— Ele me deu a minha, e disse que essa era para você.

— Ele deixou uma gorjeta para cada um?

A moeda de uma libra era o dobro dos dez trocados que correspondiam a uma semana de trabalho, se ela não subtraísse o incidente da cerveja.

O jovem deu de ombros, as mechas castanhas que cobriam sua testa caindo sobre os olhos.

— Como todos os Trewlove, ele provavelmente é tão rico quanto Creso.

Ele era um Trewlove? Por isso que parecia tão familiar! Ela devia tê-lo visto em um dos casamentos recentes, quando vários Trewlove se casaram com nobres. A proprietária da taverna havia se casado com o duque de Thornley. Será que esse tal de Fera contaria para sua irmã que ela fora grosseira com ele? Ela seria demitida? Mas, então, por que ele teria deixado uma gorjeta generosa se planejasse vê-la longe dali?

— Vá em frente, pegue — disse Rob, enquanto passava um pano úmido sobre a mesa.

Com muito cuidado, ela pegou a moeda e a colocou no bolso.

— Ele vem sempre aqui?

— Depende do que você entende por *sempre*. Todos os irmãos passavam um bom tempo aqui antes de se casarem. Ele é o único que conseguiu escapar das algemas matrimoniais, mas não aparece tanto agora que os outros não frequentam mais a taverna.

Quando o sr. Trewlove voltasse, ela não apenas contaria que Jimmy havia se desculpado, mas também o agradeceria pela conversinha com o jovem indisciplinado. Não achava que ninguém ali ousaria mexer com ela novamente.

De fato, ninguém a incomodou pelo resto da noite. Ainda assim, ficou aliviada quando os clientes foram despachados à meia-noite e a porta da frente foi trancada. Ela e os outros funcionários começaram a colocar as cadeiras sobre as mesas, varrer, limpar e arrumar tudo. Pouco mais de meia hora depois, todos saíram para o beco. Mac trancou a porta de trás, disse adeus e subiu para o quarto que lhe era concedido por trabalhar ali. Enquanto Polly, Rob, o cozinheiro, o outro bartender, e a outra garçonete lhe desejavam boa noite e seguiam em frente, Althea se dirigiu para a rua em frente à taverna. Seu irmão geralmente a aguardava encostado na frente do prédio para levá-la para casa. Ele não gostava que ela andasse sozinha por Whitechapel à noite. *Ela não gostava de andar sozinha à noite.*

Assim que alcançou na rua, uma onda de pavor percorreu seu corpo. Griffith não estava lá. Ele era sempre pontual, o que, a princípio, fora um choque para ela. Antes ele sempre mostrara mais interesse em se divertir e nunca assumira responsabilidade por nada além disso.

Os escassos postes de luz da área não davam conta de iluminar todas as sombras. Olhando ao redor, ela viu algumas pessoas caminhando à distância, tornando-se menores à medida que se afastavam, mas seu irmão não viria daquela direção de qualquer forma. Talvez ele só estivesse atrasado.

Por favor, meu Deus, não deixe que nada tenha acontecido com ele. Embora o irmão fosse um atirador habilidoso, dominasse a esgrima e lutasse boxe esportivo, ela não estava totalmente convencida de que aquilo seria suficiente para lidar com os vilões que habitavam Whitechapel. Nenhum dos dois estava acostumado a vagar por aquelas ruas perigosas.

Puxando a capa de pele forrada para mais próximo do corpo, ela começou a caminhar, na esperança de encontrar o irmão quando estivesse bem mais perto de casa. Depois de dez horas trabalhando, seus pés, a lombar e os ombros doíam. Althea queria ir para casa. E, ao pensar nisso, deu-se conta de que eles nunca mais voltariam para casa. Seu lar fora tirado deles, e o que tinham agora mal podia ser descrito como uma residência.

Inesperadamente, os pelos finos de sua nuca se arrepiaram como se alguém tivesse a tocado com uma mão quente. Ela se virou.

As pessoas que vira antes estavam mais afastadas, não vinham em sua direção. Embora não se sentisse em perigo, não conseguia se livrar da sensação de que não estava sozinha, de que alguém estava perto o suficiente para ouvir sua respiração ofegante, de que estava sendo observada.

Mas enxergava apenas sombras, ouvindo o ocasional andar das ratazanas.

Alcançando sua bolsa, puxou a pequena adaga que o irmão mais velho lhe dera e a ensinara a manejar antes que partisse para Deus sabe onde. Ela duvidava que a lâmina de dez centímetros pudesse matar alguém, mas poderia pelo menos manter o agressor à distância.

Além disso, podia ser apenas sua imaginação pregando peças. Até três meses antes, nunca tinha ido a lugar algum sozinha. Sua dama de companhia, seu criado, sua mãe, uma amiga... alguém sempre a acompanhava. Ela nunca havia precisado se preocupar com o que a cercava ou em ser abordada por alguém. Mas, em Whitechapel, se tornara extremamente atenta e cautelosa. Odiava a preocupação e a incerteza, e tentou não se lembrar de todos os anos em que se sentira totalmente segura, presumindo que sempre seria mimada e bem cuidada. Quando todos os dias eram repletos de diversão, risos e alegria.

Olhando para trás, sobressaltou-se ao ver Griffith a alguns passos de distância e quase gritou com sua aparição repentina. Se tivesse gritado, teria ficado ainda mais irritada.

— Onde raios você estava?

Ele abaixou a cabeça loira.

— Desculpe. Me envolvi em algo e perdi a noção do tempo.

— Posso saber no quê?

— Não tem importância. Vamos para casa.

Ele se aproximou, colocou a mão em seu ombro e a conduziu adiante. Assim como ela, ele estava mais ciente de seus arredores, seu olhar agitado em busca de algo errado.

Antes de suas vidas mudarem, Griffith nunca prestara muita atenção nela. Althea nunca fora muito próxima de seus irmãos. O herdeiro, Marcus, era cinco anos mais velho que ela. Griffith era três anos mais velho. Ela sempre tivera a impressão de que os dois a viam como um incômodo mais do que qualquer coisa, evitando-a sempre que possível, raramente a envolvendo em uma conversa quando não podiam evitar sua companhia. Ficavam sentados constrangidos em silêncio. Parecia que a única coisa que tinham em comum eram seus pais.

Depois de caminhar uma boa distância, percebeu que a sensação quente do toque em sua nuca havia passado. Ela olhou por cima do ombro. Será que alguém a estava observando e recuara com a chegada de Griffith?

— Você viu alguém por perto quando chegou? — perguntou ela.

— Não, ninguém, e parecia que ninguém tinha interesse em abordá-la. Peço desculpas novamente pelo atraso. Sinto falta de uma maldita carruagem, seria bastante útil agora.

Em seus 24 anos de vida, Althea nunca ouvira seu irmão xingar. Agora, ele sempre recheava suas frases com palavras que não deveriam ser ditas na presença de uma dama — mas, até aí, ela não era mais uma dama. Também sentia falta de uma carruagem, especialmente quando não tinha certeza de que suas pernas poderiam mantê-la em pé por muito mais tempo.

Mas eles seguiram em frente até que finalmente chegaram à pequena e simples residência que haviam alugado. A casa tinha dois andares, e eles moravam no primeiro. Alguém com passos extremamente pesados habitava o segundo andar, que só era acessível por escadas externas. Griffith destrancou a porta, abriu-a e esperou até que a irmã entrasse. As acomodações não eram nada modernas, e ainda por cima não havia gás, o que tornava tudo mais inconveniente. Uma lamparina a óleo estava sobre a mesa de carvalho perto da lareira vazia, e seu irmão se prontificou a acendê-la.

— Parece que Marcus passou por aqui — disse Griffith enquanto pegava um pacote embrulhado em papel pardo, preso por um barbante. Ao abri-lo, encontrou algumas libras. — Isso vai nos garantir mais algum tempo de aluguel.

— Por que ele é tão misterioso? Por que não nos visita, em vez de apenas deixar pequenos agrados quando não estamos aqui?

Quando foram excluídos da alta sociedade e perderam tudo o que tinham, Marcus os colocou sob sua proteção e encontrou uma casa para eles. Mas, assim que estavam acomodados, ele simplesmente desapareceu. Desde então Althea não vira mais o irmão.

— É mais seguro, para nós e para ele.

— Por que você não me conta exatamente o que ele está fazendo?

Ela já havia perguntado diversas vezes.

— Não sei dos detalhes.

A mesma resposta de sempre, embora estivesse começando a suspeitar que Griffith estava mentindo.

— Seja o que for, é perigoso. — Althea insistiu no assunto, pois tinha certeza de que deveria se preocupar com Marcus.

Ele esfregou a testa.

— Já está tarde, Althea, e preciso chegar cedo nas docas. Vou dormir.

— Deixe-me ver suas mãos.

— Elas estão bem.

— Griff, se elas estiverem infectadas, você vai perdê-las. O que será de nós?

Com um longo suspiro dramático e sofrido — ela ouvira boatos de que ele tivera um caso com uma atriz e agora tinha certeza de que o irmão adotara alguns de seus costumes teatrais —, ele assentiu.

Sem nem tirar a capa, pois estava frio e não havia fogo na lareira, ela encheu uma tigela de água, pegou um pedaço de linho e a pomada. Quando se sentou junto ao irmão à mesa, ele já havia removido as bandagens que ela enrolara mais cedo.

— Viu? Parecem estar melhorando — disse ele.

As luvas ofereciam um pouco de proteção, mas levantar e transportar caixas causara bolhas, fissuras e calosidades em suas mãos. Ela estremeceu ao olhar a carne viva. Não sabia como Griffith conseguia continuar trabalhando. Três meses antes, o maior esforço que aquelas mãos haviam feito tinha sido erguer canecas ou cartas em uma mesa de jogo. E ele certamente nunca teria acordado antes do amanhecer, raramente saía da cama antes do meio-dia.

— Ah, esqueci. Tenho boas notícias. Me deixaram uma bela gorjeta hoje.

— Por que alguém faria isso?

Althea sentiu o tom de suspeita em sua voz. Haviam aprendido a não confiar em ninguém.

— Por causa do meu sorriso?

Griffith sorriu.

— Seu sorriso tem fama entre os homens.

Sim, ela já fora a queridinha da alta sociedade e, na época, não tivera pressa alguma de escolher um marido. Até que, finalmente, escolhera o conde de Chadbourne. O casamento havia sido marcado para janeiro, dentro de algumas semanas, mas já não ia acontecer.

— Eu lhe entrego o dinheiro quando terminar seu curativo.

— Fique com ele. Pode ser que você precise.

— Quero contribuir.

Fora por isso que aceitara o trabalho na taverna. Havia começado a se sentir inútil. Arrumar a casa, preparar as refeições — o que já era um desafio por si só — e costurar as roupas de Griffith não ocupavam nem metade de seu dia. Ela ficava sem nada para fazer.

— Guarde com cuidado. Se precisarmos, aviso você.

Embora ela apreciasse o cuidado, também queria ser vista como independente, queria que seus irmãos entendessem que estava tão à altura da tarefa de lidar com a mudança quanto eles. Duvidava muito que, se Griffith encontrasse Marcus, pediria que ele parasse de entrar escondido na casa e deixar dinheiro para eles. Mas quando o dinheiro vinha dela, Griffith se recusava a aceitar.

Ela afagou as mãos dele com o curativo recém-feito.

— Pronto. Parecem novinhas.

Ele deu um sorriso torto.

— Longe disso. — Empurrando a cadeira para trás, ele se levantou. — Você leva a lamparina?

Althea não sabia por que ele se dava ao trabalho de perguntar. Era o ritual noturno deles. Eles cruzavam a pequena sala até o corredor, onde ele virava à direita, e ela, à esquerda. Ela sempre esperava até que ele entrasse no quarto da frente. Ele afirmava que não se incomodava com a escuridão, que conseguia chegar até o quarto sem problemas. Quando ele fechava a porta, ela entrava em seu quarto nos fundos da casa e lutava contra a melancolia que geralmente a dominava ao ver a falta de mobília e a pilha de cobertores no chão que servia de cama.

Althea sabia que sua vida nunca mais seria como antes, mas precisava acreditar que, com o tempo, tudo iria melhorar.

Colocando a lamparina no chão, ela se despiu, vestiu a camisola, soltou o cabelo, escovou-o e fez uma trança. Tinha acabado de se acomodar na pilha de cobertores, cobrindo-se com a capa de pele, quando se lembrou da gorjeta. Tirou a moeda do bolso do vestido, apertou-a entre os dedos e se aninhou de volta. Não entendia por que agora via a gorjeta como um talismã; um sinal de que tempos melhores viriam.

Aconchegando o punho fechado contra o peito, seus pensamentos se dividiam entre esperar o retorno de Fera ao bar e rezar para que nunca mais o visse. Ele adivinhara corretamente que ela vinha de Mayfair.

Quanto tempo levaria até que ele descobrisse que sua vida tivera que mudar porque ela era a filha amaldiçoada de um duque traidor?

Depois de entrar na casa, Fera cruzou o saguão e olhou para a sala da frente. Madame Jewel enchia os copos de quatro cavalheiros e os mantinha entretidos com piadas e histórias obscenas. Ela não levava um homem para cama havia anos. Ao vê-lo, ela deu um pequeno sorriso, sinalizando que tudo estava bem, não havia nenhum problema.

Jesus, como ele detestava aquele negócio.

Ele foi até as escadas. Enquanto subia, cruzou com Lily, que descia com um dos cavalheiros. O homem parecia tão orgulhoso de si que Fera se perguntou se aquela teria sido sua primeira vez. Não era da sua conta. Ele não se importava. Estava cansado dos homens vadiando, das mulheres os entretendo. Da necessidade de protegê-las.

Finalmente chegou no último andar, onde ficavam as acomodações principais. Ele e todas as mulheres que trabalhavam ali tinham quartos privados ao longo daquele corredor. Ele foi até a biblioteca, serviu-se de um uísque, deixou-se cair na confortável poltrona perto da lareira e tentou não pensar na garçonete, que era bela como um anjo, tão bela que tentaria até um santo a pecar.

Bastava lembrar dela para que seu corpo se retraísse de desejo, como se ela estivesse sentada diante dele.

Seu corpo todo ficou em alerta absoluto quando vira o homem se aproximando dela depois que ela saiu da taverna. Não era sua intenção espioná-la, mas como ela não parecia ser de Whitechapel, ele queria se certificar de que não seria tola o suficiente para andar sozinha pelas ruas tarde da noite. Mas pelo jeito ela já tinha um protetor, um marido ou namorado, e, quando Fera percebeu que ela não corria perigo, desapareceu nas sombras e foi para casa.

Casa. Uma palavra estranha para um lugar onde as mulheres da noite ganhavam seu sustento. Com o passar dos anos, ele conseguira encontrar outro emprego para muitas, até restarem só meia dúzia delas. Mas elas precisavam aprender outras habilidades e modos se tivessem alguma esperança de mudar de vida.

Até que elas seguissem em frente, ele não poderia seguir em frente.

Ele não abandonaria as mulheres que contavam com sua proteção, não as deixaria à mercê de homens que não hesitariam em machucá-las. Era uma dívida que tinha com Sally Greene. Ela havia acreditado nele e, no fim, ele a decepcionara.

Depois de terminar sua bebida, colocou o copo de lado e olhou para as chamas se contorcendo na lareira. Suas últimas protegidas deveriam almejar a mesma classe que a garçonete que o servira aquela noite, embora ela provavelmente tivesse tido uma vida inteira de refinamento. Cada aspecto indicava que todos os detalhes de seu comportamento haviam sido cuidadosamente adestrados, nada havia sido negligenciado. Se ele tivesse que adivinhar, diria que ela tivera dezenas de tutoras. O jeito elegante com que movia as mãos, a calma com que colocava o copo na mesa, seu cabelo…

Seu cabelo estava uma bagunça, provavelmente porque não a ensinaram a penteá-lo. Ela tinha uma criada para fazer isso, e essa criada não estava mais à disposição para garantir que cada fio ficasse no lugar certo. Ele gostaria de remover os grampos e observar a trança pesada caindo sobre os ombros dela.

Fera se lembrou da inclinação da boca dela, da rápida bufada que dera na tentativa de controlar o cabelo rebelde que não parava no lugar. Ele duvidava que ela fizesse coisas assim em Mayfair. Aquilo era a cara de Whitechapel, e talvez a única coisa nela que remetia àquele lugar.

Será que ela se envolvera em um escândalo? Talvez algum namorado charmoso roubara seu coração e depois a arruinara? Ou ela se apaixonara por um plebeu e abandonara o mundo para o qual havia sido preparada? Seria aquele homem que fora buscá-la naquela noite, cuja chegada a agradara tanto, trouxera-lhe tanto alívio?

Por que aquela mulher havia invadido seus pensamentos? Não era como se ela tivesse qualquer função em sua vida a não ser trazer sua bebida favorita quando ele visitava a taverna de Gillie.

Talvez ele devesse levar uma de suas protegidas consigo da próxima vez que fosse ao bar. Para que ela aprendesse observando cada aspecto de Althea; como se movia graciosamente, quão perfeita era sua postura, quão calmo e firme seu semblante.

Ele precisaria explicar bem direitinho para que entendessem. Apenas observar não seria o suficiente. Elas precisavam ver como era ser daquele jeito, como adquirir tal nível inerente de confiança. Elas precisavam de uma tutora. Onde diabo ele encontraria alguém assim em uma das áreas mais pobres de Londres? Não era como se as ruas de Whitechapel estivessem repletas de luxo.

Recostando-se, ele pegou o copo e estudou a forma como as chamas da lareira refletiam uma luz dançante sobre o cristal lapidado. Whitechapel não estava *repleta* de luxo. Mas o luxo estava lá.

E ele sabia exatamente onde encontrar.

Capítulo 2

JÁ PASSAVA DAS DEZ da noite quando Althea sentiu que ele entrava pela porta. Ela estava de costas, servindo duas canecas numa mesa, mas tinha certeza de que, quando se virasse, ele estaria lá. Alto, largo, ousado, com o olhar fixo nela.

Ainda assim, ficou surpresa quando finalmente se virou e viu que ele não havia passado da entrada, como se, ao vê-la, tivesse perdido os movimentos. Dizer que houve uma troca de olhares não faria justiça ao que aconteceu. O que havia nele que a fazia sentir como se ele estivesse roçando nela? E não do jeito que Jimmy a tocara na noite anterior, mas de uma maneira que fazia seus mamilos endurecerem? Coisinhas rebeldes.

Ela foi a primeira a quebrar o contato visual, dirigindo-se ao bar para pegar as bebidas de uma mesa com quatro pessoas. *Não sente na minha mesa. Não sente na minha mesa. Não. Sente.*

Ele se sentou. Escolheu a mesma mesa na parte de trás que ocupara na noite anterior e, de repente, Althea percebeu que nunca tinha visto ninguém sentado lá. Seria uma regra da taverna que aquela mesa deveria sempre estar disponível para ele?

— Uísque — disse ela a Mac quando ele trouxe a última caneca para a mesa que ela atendia.

Rapidamente, ela entregou as cervejas, voltou ao bar, pegou o copo de uísque e se dirigiu para a mesa dos fundos.

Ele não lhe deu bem um sorriso quando ela colocou o copo diante dele, mas Althea percebeu um leve movimento em seus lábios, como se ele estivesse tentado a sorrir. Aquilo causou uma sensação engraçada em seu estômago, como se mil borboletas tivessem levantado voo.

— Você lembrou do que gosto de beber.

— Não foi tão difícil. Você esteve aqui na noite passada. — Será que ela tinha esquecido seus pulmões em casa? Por que estava com dificuldade de respirar? — Aliás, Jimmy pediu desculpas.

Virando-se para ela, ele inclinou ligeiramente a cabeça, como muitos clientes faziam, para que uma orelha ficasse voltada em sua direção. Como de costume, a taverna estava lotada, mal se via uma cadeira vazia. Com os sons misturados de todas as conversas, risadas, arrastar de cadeiras e socos nas mesas, era difícil captar todas as palavras quando alguém falava. Ela frequentemente fazia o mesmo movimento.

— O que disse? — perguntou ele.

Ela falou mais alto para que ele pudesse ouvi-la.

— Jimmy pediu desculpas. Ele parecia realmente arrependido.

— Ótimo.

— Ele insistiu bastante para que eu avisasse você. — Ele assentiu. — Você costuma ameaçar quebrar os dedos das pessoas?

— Eu ameaço quebrar muitas coisas. Não tolero homens maltratando mulheres.

— Mas você nem me conhece.

— Conhecê-la não é um requisito para garantir que você não seja assediada.

— E se eu for uma megera?

A boca dele não sorria, mas os olhos, sim, e, de alguma forma, aquilo o tornava muito mais perigoso, mais acessível, mais charmoso.

— Não faria diferença. — Ele parecia confortavelmente acomodado na cadeira de madeira de encosto reto, como se fosse a poltrona acolchoada mais aconchegante do mundo. — Você não fala como se viesse da rua.

— Você também não.

Ele falava como se tivesse nascido na aristocracia. Ela tinha ouvido falar que a família de bastardos, apesar da educação humilde e origens escandalosas, havia se educado de todas as formas adequadas para que pudessem transitar entre os escalões superiores da sociedade sem dar vexame. E parecia que, nos últimos tempos, a maioria deles se encaixava perfeitamente naquele mundo. Exceto ele. Althea não conseguia se lembrar de tê-lo visto em qualquer lugar a não ser em alguma igreja, para um casamento.

— Suspeito que tivemos uma educação muito diferente. Minha suposição estava correta? Você vem de Mayfair?

— Por que é tão importante que você saiba disso?

— Por que eu não poderia saber?

Ela olhou ao redor, certificando-se de que ninguém estava acenando para fazer um pedido, mas no fundo desejando ferrenhamente que alguém estivesse, antes de voltar sua atenção para ele. Se ele continuaria insistindo naquele ponto, seria mais fácil acabar logo com o mistério para que ele a deixasse em paz.

— Sim, eu morei em Mayfair.

Os olhos dele se estreitaram levemente, como se ele estivesse se esforçando para entender o que aquilo significava.

— Então você é uma dama da aristocracia.

— Não. — Já havia sido, mas não mais. — Você está errado.

Há três meses você não estaria errado, mas, hoje, você está. Mas, até aí, há três meses eu não teria servido seu uísque, nunca teríamos mantido uma conversa, e eu seria mais feliz se nada disso tivesse acontecido. No entanto, a felicidade viria somente porque Althea nunca teria descoberto o poder que ele tinha de olhar para ela como se ninguém mais no mundo existisse.

— Eu não costumo estar errado.

Seria aquela sua maneira educada de chamá-la de mentirosa?

— Essa é uma declaração arrogante, mas você não soou muito arrogante ao dizê-la. Na verdade, soou muito humilde.

Será que ela estava flertando? Achava que não. Não flertava mais com homens. Fazê-lo só trazia dor de cabeça.

— A verdade vem com confiança, não requer arrogância.

— Então você é um filósofo.

Ele deu de ombros.

— Aposto que você foi treinada para ter lugar no mundo aristocrático, e não como uma serva, mas como alguém que é servida.

— Não aceito sua aposta, mas, sim, fui bem educada. — As perguntas estavam ficando cada vez mais certeiras, perto demais de revelar seu segredo. — Peço licença, preciso atender outros clientes.

— Tenho uma proposta para você.

Ah, queria que ele não tivesse dito aquilo bem quando ela estava começando a gostar dele.

— Você e metade dos cavalheiros aqui. Não estou interessada.

Enquanto ela endireitava a postura e marchava para longe, ele pensou em gritar: "Quem lhe fez propostas?"

Pelo jeito ele precisaria ter conversas com outros rapazes também. Com um suspiro, tomando um gole lento de uísque, admitiu que poderia ter lidado melhor com a situação. Provavelmente deveria ter sido mais sutil, formulado de forma diferente. E desde quando os homens dali eram chamados de "cavalheiros"? A maioria era operário, estivador ou pedreiro, não que ele visse algum problema nessas ocupações. Também já trabalhara nas docas.

Mas, em Mayfair, qualquer homem que cruzasse o caminho daquela moça seria um lorde, um nobre, *um verdadeiro cavalheiro*. Referido e tratado como tal. Que diabo ela estava fazendo ali?

Ela não estava lá pela farra. Quando Gillie abrira o lugar, ele ocasionalmente ajudara. O trabalho era pesado. Ele preferia as docas. Pelo menos lá não era obrigado a ser educado com pessoas nas quais gostaria de jogar cerveja. E talvez tenha sido por isso que ameaçara Jimmy na noite passada. Normalmente teria apenas dito para o homem parar, e isso teria sido suficiente, mas algo sobre o rápido lampejo de medo no rosto dela quando Jimmy a jogou em seu colo deixou os nervos de Fera à flor da pele. Ele não achava que ela estava acostumada com a grosseria frequente daquela área de Londres. Portanto, as palavras que ele dissera à Jimmy foram acompanhadas de um aviso.

Depois de terminar seu uísque, ele tirou o relógio do bolso do colete, verificou a hora e o guardou. Faltava uma hora para o bar fechar. Estava muito frio do lado de fora, e ele pretendia se certificar de que o homem que viera buscá-la na noite passada fizesse o mesmo naquela noite.

Como ela parecia estar deliberadamente evitando qualquer motivo para olhar em sua direção, ele demorou um pouco para chamar sua atenção, segurando o copo vazio. Ele, por sua vez, não conseguia parar de olhar para ela.

Maldição, como era linda. Mas sua beleza tinha pouco a ver com o rosto em formato de coração, as maçãs do rosto pronunciadas, a ponte delicada de seu nariz pequeno ou os lábios beijáveis. Quando tudo era analisado em conjunto, via-se uma criatura deslumbrante.

Mas o que realmente o intrigava era o controle que ela tinha sobre todas essas características. Ela nunca revelava estar irritada ou impaciente. Não importava quanto tempo levasse para que alguns clientes fizessem o pedido, se fizessem perguntas sobre o cardápio como se nunca tivessem ido àquela taverna, ou a qualquer taverna, e não soubessem suas opções. Não importava quantas vezes ela tivesse que voltar para a mesma mesa com mais bebidas. Não importava quantas vezes ela tivesse que substituir uma bebida porque a pessoa não gostou do que foi servido.

Fera suspeitou que, nas noites em que ele não estava lá, ela recebia tapinhas no traseiro. Ele viu um sujeito tentando alcançá-la com a palma da mão. Seu companheiro deu um tapa em seu pulso e acenou a cabeça na direção de Fera. Os olhos do homem atrevido se arregalaram antes que ele acenasse discretamente com a cabeça em cumprimento. A maioria das pessoas ali sabia que os Trewlove não toleravam certo tipo de comportamento direcionado às mulheres.

Para os clientes, ela sempre oferecia um belo sorriso. Mas, para ele, seus lábios não se curvavam e seus olhos nunca brilhavam. Servi-lo era uma tarefa árdua e desagradável, um mero dever. Ele desejou não querer tanto que ela lhe desse um sorriso. Não sabia por que ela chamara tanto sua atenção na noite anterior e continuava a fazê-lo. Por que ela evidenciava a solidão que existia dentro dele.

Quando ela finalmente foi até ele e colocou o copo cheio de uísque em cima da mesa, Fera disse:

— Você entendeu mal a minha proposta.

— Duvido muito.

Ela ergueu ligeiramente o nariz e, apesar de sua baixa estatura, parecia estar olhando para ele de cima do Monte Olimpo.

Quando ela se afastou, ele não tentou impedi-la. Havia se acostumado com aqueles olhares arrogantes nos últimos anos, sempre que comparecia aos malditos casamentos de seus irmãos. Todos eles tinham se casado com a nobreza, e isso significava igrejas cheias de figurões. Algumas *damas* até se aproximaram dele, interessadas por sua intensidade. Parecia que elas acreditavam que foder — palavra que, para seu espanto, elas usavam bastante, e Fera sempre acreditara que damas não falavam aquilo ou sequer sabiam o que significava — com um plebeu, principalmente um bastardo, seria muito diferente de foder com um nobre.

Ele fodera uma contra a parede e outra curvada sobre a mesa de um vigário, provando que elas estavam certas, e confirmando que fazia jus ao seu apelido.

Nas duas vezes, ele se sentira sujo e usado, e não teve a menor vontade de compartilhar mais momentos íntimos com a nobreza.

Se antes tivera alguma dúvida sobre a nova garçonete, agora ele não tinha nenhuma. Não sabia por que ela estava em Whitechapel, mas sabia que seu sangue era tão azul quanto parecia. E ele jamais imploraria para que ela o ajudasse.

Encarando as duas moedas de uma libra, Althea pegou uma delas cuidadosamente.

— As duas são para você — disse Rob, enquanto largava o pano úmido na mesa e começava a esfregar a superfície.

— Por que ele me deixaria duas libras?

Para demonstrar quão generoso ele seria caso ela aceitasse sua proposta?

— Por que ele sequer deixaria uma? — perguntou Rob.

— Quantas ele deu para você hoje?

— Duas.

Ele não estava a favorecendo, o que a fez sentir-se um pouco melhor. Naquela noite, ele ficara na taverna até alguns minutos antes de fechar. Ela o pegou conferindo o relógio várias vezes, como se estivesse ansioso para o próximo compromisso. Por que, então, ele ficou lá por tanto tempo?

E por que ele não tirou os olhos dela? Ele não a olhou maliciosamente, e foi bastante sutil enquanto a observava. Althea duvidava que qualquer pessoa teria percebido exatamente o alvo de sua atenção, mas, desde que Fera chegara, ela sentia como se o mais gentil dos dedos estivesse acariciando com ternura suas bochechas ou soltando fios rebeldes do seu coque.

Quando ele pediu a terceira dose de uísque, ela tinha certeza de que ele abordaria mais uma vez o assunto de sua proposta e tinha uma resposta mordaz na ponta da língua, que faria suas rejeições anteriores parecerem excessivamente educadas. Mas ele não falou nada enquanto ela colocava o copo na mesa, nem depois. Apenas a estudou como se pudesse ver claramente através de sua alma e fosse capaz de vasculhá-la, procurando e descobrindo todos os seus segredos.

Althea tinha certeza que havia corado enquanto ele a olhava, e lamentou não ter tido a oportunidade de recusá-lo mais uma vez. A maioria dos homens, após fazer uma proposta nojenta, detalhando tudo o que gostariam de fazer com ela, só desistia depois de perder a batalha para a bebida. A proposta de Fera fora a primeira que ela recebera antes que o cavalheiro tomasse um gole de álcool, o que só tornou tudo pior, porque não a permitia pensar que a ideia fosse apenas o resultado de bebida demais e raciocínio de menos. Ele estava com a capacidade mental intacta. Doeu que ele a visse como alguém tão indigna de seu respeito.

O que importava? Griffith a avisara que, se ela fosse trabalhar na taverna, teria que lidar com comentários obscenos e propostas indecentes. Ela havia tentado dois outros empregos antes de recorrer à vaga de garçonete. Como costureira, seu nível de habilidade raramente atendia ao padrão de qualidade exigido pelo pequeno pagamento que lhe era oferecido. O trabalho na mercearia fora igualmente decepcionante. O proprietário estava sempre dando um jeito de encostar nela ou botar a mão em sua cintura. Quando ele — acidentalmente — roçou em seu seio, Althea foi demitida na mesma hora, pois — acidentalmente — deu um tapa na cara dele.

Embora não gostasse das atenções indesejadas no Sereia, pelo menos o salário era melhor do que ela encontraria em outro lugar. Outras ocupações poderiam ter sido mais aceitáveis e mais adequadas, mas ninguém da aristocracia iria contratá-la como governanta ou dama de companhia, não depois que as atitudes de seu pai transformaram todos os membros de sua família em párias.

Quando tudo estava arrumado e o lugar, fechado, ela seguiu sua rotina e saiu para a rua. Ficou extremamente desapontada ao descobrir que Griffith não estava lá… de novo. O que diabo ele estava fazendo para se atrasar? Ela arrancaria a resposta dele a todo custo quando ele aparecesse.

Percebendo que corria o mesmo perigo se ficasse ali ou iniciasse o trajeto, ela tirou a adaga da bolsa e começou a trilhar rapidamente o caminho para casa. Teve mais uma vez a sensação quente de alguém envolvendo a mão em sua nuca. Sem desacelerar, ela girou, caminhando de costas enquanto olhava para as sombras escuras. Não conseguia ver ninguém, mas ainda tinha a sensação de estar sendo observada.

Virando-se novamente, apertou o passo e agarrou sua arma com mais força. De certo encontraria Griffith a qualquer momento. Alugar um cabriolé não seria uma má ideia. Ela poderia usar parte das moedas inesperadas que recebera naquela noite para voltar para casa.

Olhando por cima do ombro, não viu ou ouviu nada. Provavelmente era apenas paranoia, depois de todos os avisos que Griffith lhe dera. Ele não queria que ela trabalhasse à noite, mas tinha sido a única opção e...

De repente, uma mão agarrou seu pulso, apertando sua pele macia, e um braço agarrou sua cintura com força. Soltando um grito de gelar o sangue quando foi puxada para o beco escuro, ela golpeou cegamente com a adaga, estremecendo quando atingiu o alvo.

— Ai, vadia! Me cortou!

Ela bateu com a cabeça em uma parede de tijolos e sentiu a dor se espalhar por todo o corpo. Feixes de luz brilhante flutuaram diante de seus olhos. Suas pernas perderam a força e ela deslizou lentamente para baixo, para baixo...

De algum lugar muito distante, quase inexistente, Althea ouviu um grunhido, seguido pelo som de um esmagar de ossos. Outro grunhido. Passos.

Uma mão forte segurou sua cabeça com delicadeza.

— Fique comigo, Bela, fique comigo.

Seu tom soava desesperado, e ela queria muito fazer o que ele pedia, mas a escuridão foi mais forte que sua vontade.

Capítulo 3

A PRIMEIRA COISA QUE Althea notou foi o calor que a rodeava e a ausência do frio que costumava sentir. Então, um poderoso perfume de rosas a alcançou e fez seus olhos lacrimejarem. Alguém estava acariciando e massageando alternadamente as costas de sua mão.

— Muito bem, querida, vamos lá. Acorde.

A voz feminina era áspera, parecia ser de alguém que tossia bastante.

Ao abrir os olhos, viu o semblante de uma mulher que julgou ser alguns anos mais velha do que ela, com o cabelo de um vermelho intenso. Os olhos esmeralda da mulher brilharam, e seu sorriso revelou dentes encavalados. Sua expressão gentil oferecia absolvição, como uma pastora acostumada a receber cordeiros perdidos.

— Muito bem, boa garota. Você o deixou preocupado, viu?

A mulher moveu a cabeça ligeiramente para trás, e Althea pôde ver Fera Trewlove de pé, com o ombro direito apoiado na parede verde-escura com desenhos cor de vinho, perto de uma janela, os braços cruzados sobre um peitoral enorme que, por algum motivo, ela tinha a impressão de já ter tocado. Ele quase sempre trajava um sobretudo, que ela imaginava ser parcialmente responsável por sua envergadura, mas agora via que estivera enganada. Ele era todo musculoso.

— O que aconteceu? Como vim parar aqui?

Aqui era uma sala mal iluminada, decorada de maneira extravagante, com almofadas de franjas vermelhas, inúmeras estatuetas e pinturas que revelavam as nádegas firmes e seios empinados de casais nus em várias posições amorosas. Mas também continha o sofá mais confortável em que seu corpo cansado já deitara.

— Parece que você desmaiou, querida — disse a mulher.

— Eu não desmaio.

Ela nunca desmaiara antes.

— Chame do que quiser, mas ele precisou carregá-la até aqui.

Fora carregada por aqueles braços enormes e contra aquele peito largo. A boca de Althea ficou seca só de pensar.

— Eu me chamo Jewel. Vamos sentar e tomar um pouco de chá quente.

Colocando os braços em volta de Althea até que a jovem estivesse protegida entre seus seios fartos, ela a ajudou a se levantar e se recostar no canto adornado com almofadas macias. Althea fez uma careta quando a tontura a atingiu e a dor dominou seu crânio. Ela pressionou a mão contra a testa, mas não ajudou.

— Mandei chamar um médico — disse Fera baixinho.

Seu olhar cruzou com o dele.

— Não preciso de um médico.

— O sangue e o galo na sua cabeça dizem o contrário.

De repente, as lembranças voltaram com força, e ela se lembrou de ter sido arrastada para um beco, a dor reverberando em sua cabeça. O rosnado, a trituração. *Eu ameaço quebrar muitas coisas.* Ela suspeitava de que ele talvez tivesse despedaçado o homem que a atacou.

— Você estava me seguindo.

— Minhas intenções não eram nefastas. Só queria garantir que você estaria segura, já que seu marido não apareceu esta noite.

— Meu marido? — Ela negou com a cabeça, o que quase a fez chorar de agonia, e apertou os dedos contra as têmporas. Ficar imóvel parecia ser a melhor decisão. — Ele não é meu marido, é meu irmão.

Então, outra coisa a alarmou.

— Como você sabe sobre ele? — Ele tinha a aparência de um homem culpado. — Você também me seguiu na noite passada.

Era ele o motivo da sensação de calor em sua nuca.

— Só até eu ver que você não estava sozinha. Então, segui meu caminho.

Althea estava dividida entre apreciar seu cuidado e ressentir-se dele.

— Meu irmão ficará preocupado. Preciso ir embora.

— Só depois que o médico chegar.

— Um médico custa caro.

— Eu cuido disso.

— Não quero ficar em dívida com você.

— Imagino que já esteja, querida — disse Jewel, segurando uma xícara e um pires diante do rosto. Ela estendeu a xícara, como se fosse colocá-la na boca de Althea.

— Pode deixar.

Ao pegar a xícara, ficou surpresa ao ver como seus dedos tremiam. Envolveu a porcelana fina e delicada com as mãos, inalou o aroma intenso, tomou um gole e quase gemeu com o sabor delicioso do chá. Se conseguisse ficar de pé, poderia sair antes que o médico chegasse. Mas, se levantasse agora, provavelmente cairia de cara no chão, e se recusava a se mostrar tão fraca na frente dele. Olhou ao redor mais uma vez.

— Isso é... um bordel?

A risada rouca de Jewel ecoou ao seu redor.

— Sim, é uma casa de indecências.

Desconfiada, Althea estreitou os olhos e voltou a atenção para Fera, perguntando-se se sua proposta anterior envolvia trabalhar naquele lugar em vez de atendê-lo pessoalmente. Talvez seu insulto fosse ainda pior do que imaginara a princípio.

— Você administra um bordel?

— Jewel administra. Eu moro aqui.

Confusa, ela franziu a testa.

— Você é um... como se chama? Michê?

Ele não chegou a sorrir, mas os cantos de sua boca relaxaram mais do que o usual.

— Não.

— Não por falta de oferta — apontou Jewel. — Já disse que, caso quisesse, poderia ganhar muito dinheiro com as garotas.

— Jewel, por que você não atende os clientes que estão esperando?

Falou isso como se estivesse dando uma ordem, e não uma sugestão.

Quando a mulher se levantou do sofá, Althea ficou surpresa com quão alta e robusta ela era. Seu vestido de seda vermelho era muito justo, deixando evidentes seus atributos físicos.

— Leve-a para o andar de cima. Os homens não ficarão felizes de esperar no saguão por muito tempo. Acho que você apavorou alguns deles quando expulsou todo mundo depois de entrar aqui como um lunático com ela nos braços — disse Jewel.

— Ofereça um agrado por conta da casa. Eu cubro os custos.

Com uma piscadela e um sorriso, ela deu um tapinha reconfortante no ombro de Althea.

— Termine seu chá. O licor vai lhe fazer bem.

Licor. Não era à toa que o chá estava tão gostoso e revigorante. Ela tomou outro gole olhando para Fera por cima da borda da xícara. Desejou que seu nariz coçasse para que ele se movimentasse um pouco em vez de apenas observá-la sem pestanejar. Ela nunca conhecera ninguém que conseguisse permanecer tão quieto por tanto tempo.

Finalmente, ele disse:

— Nunca fomos devidamente apresentados. Me chamam de Fera.

— Eu sei. Polly me contou.

— Então estou em desvantagem, já que não sei seu nome.

Ela lembrou de como ele a chamou no beco, o desespero e a rouquidão em sua voz. *Bela.*

— Althea Stanwick.

— O que você está fazendo aqui, srta. Stanwick?

— Você me trouxe para cá.

Ele negou com a cabeça.

— Estou fazendo a mesma pergunta que fiz ontem à noite. Por que você está em Whitechapel, trabalhando na taverna da minha irmã, colocando sua vida em risco vagando pelas ruas sozinha à noite?

— Não era para eu estar sozinha. — Ela colocou a xícara de chá de lado. — Tenho que ir embora. Como já disse, meu irmão ficará preocupado.

Aliás, àquela altura, já deveria estar desvairado. O relógio sobre a lareira mostrava que já passava das duas da manhã.

— O médico...

— Não vou ver médico nenhum.

Cautelosamente, ela se levantou, grata por não ter perdido o equilíbrio.

— Onde está minha capa?

— Você está sendo imprudente.

— Acredito que isso não seja da sua conta. Senhor, por favor, minha capa. Agora.

Descruzando os braços, ele caminhou até uma poltrona e pegou a capa e o casaco de Althea.

— Vou acompanhá-la até em casa.

— Não é necessário.

O olhar que ele lançou tinha o poder de estacar um exército inteiro.

— Esta noite não lhe ensinou nada?

Ela era uma mulher atrevida, independente e teimosa, e o topo de sua cabeça mal alcançava o centro do peito dele. Ela mostrava tanta confiança na taverna que era fácil considerá-la mais alta. Mas, caminhando ao seu lado, parecia menor. Com a cabeça coberta pelo capuz, parecia encolher dentro do veludo, seus ombros magros ligeiramente curvados, mas ele não a culpava. Estava frio o suficiente para criar uma névoa quando alguém respirava, e geada se formava nas superfícies mais úmidas. Ele ergueu a gola de seu casaco de lã.

Ela se recusou a se apoiar no braço dele, mas seus passos estavam mais curtos e lentos que antes, quando ele a seguira.

Sabendo que ela tinha um protetor — e ele se recusava a reconhecer o alívio que sentiu ao descobrir que era um irmão, e não um marido —, Fera buscava entender por que a havia esperado do lado de fora do Sereia naquela noite. Talvez porque o acompanhante dela tivesse se atrasado na noite anterior. Ou talvez porque tivera a sensação de que aquela noite traria problemas.

Aprendera a confiar em seus instintos e a ser cauteloso aos 18 anos, quando uma moça o atraíra para um beco, onde Bill Três-Dedos lhe mostrara quão fácil uma faca podia perfurar a carne, e a dor que aquilo causava. Bill não aceitara muito bem a perda de dinheiro que Fera lhe causara. Mas não estava esperando que ele fosse ser tão difícil de matar. Quando Fera terminou de lutar por sua vida, Bill perdera a dele.

Apesar da vitória, ele quase morrera naquela noite por causa do ferimento causado pelo cafetão chefe de gangue. Felizmente, um médico muito hábil com o bisturi o impediu de bater as botas tão jovem. Ele não gostaria de estar novamente cara a cara com a morte até que seu cabelo escuro ficasse grisalho. Ainda havia quem torcesse o nariz para suas rondas pelas ruas, quando garantia que ninguém se aproveitasse dos necessitados ou atacasse os fracos e desfavorecidos. Seus punhos já haviam ajudado muitos que não tinham força suficiente para afastar os mal-intencionados.

Naquela noite, seus punhos haviam salvado Althea. Ele nunca estivera tão grato pela vantagem que seu tamanho lhe concedia em uma luta, por ter as habilidades para protegê-la, por ter estado lá quando ela precisara.

Ficou aliviado quando avistou um cabriolé, então fez sinal para que parasse. Não queria que ela caminhasse de volta para casa e estava decidido a carregá-la se fosse preciso, mesmo com a chuva de protestos que aquilo causaria.

Ela não disse nada enquanto ele a ajudava a entrar no veículo, e ele imaginou que ela precisava reunir toda a sua energia somente para se mover. Ele deveria ter insistido para que ela esperasse o médico. Em vez disso, havia pedido a um criado que informasse o homem que seus serviços não seriam mais necessários. Enviaria um generoso pagamento para o médico pela manhã, para recompensar a inconveniência de ter perturbado seu sono. E, como conhecia muito bem o dr. Graves, não ficaria surpresa se ele doasse a quantia para um hospital de caridade.

Ele deu o endereço de Althea para o cocheiro. Ela lhe havia dito antes onde era, por não saber o caminho de volta. Nova em Whitechapel, ela não sabia se localizar muito bem entre os becos e vielas que formavam aquela região. Enquanto ele, que estava familiarizado com cada canto do lugar, sabia que ela morava em uma das áreas menos confiáveis. A casa de sua mãe ficava nos arredores de Whitechapel, mas, na infância, ele e seus irmãos passaram um bom tempo naquelas ruas porque elas lhes ofereciam aventura. Aventura que muitas vezes se transformava em perigo, mas, mesmo assim, era empolgante.

Ele não achava que Althea estivesse em busca de aventura, e não achava que ela estaria ali se não precisasse. Não estava ali porque se casara com um plebeu, como ele pensara.

O cabriolé parou em frente a uma casa que já tinha visto dias melhores. Ele pagou a tarifa pela abertura no teto do veículo. O cocheiro pegou o dinheiro, e as portas se abriram. Fera saiu primeiro e ajudou Althea a descer.

— Obrigada. — Com um arfar, ela arregalou os olhos e apontou para a rua. — E lá se vai seu cabriolé. Por que você não pediu que ele esperasse? Você não vai achar outro por aqui.

— Quando você estiver em segurança, eu volto andando.

— Não é necessário.

— As janelas estão escuras como breu. Permita-me entrar e acender uma lamparina para você, me certificar de que está tudo bem.

Com um suspiro, e aparentemente cansada demais para discutir, ela caminhou até a porta, tirou uma chave de um bolso escondido e a inseriu na fechadura. Ele ouviu um barulho suave antes de a porta abrir.

Seguindo-a para dentro, com a luz fraca dos postes passando pelas janelas, ele identificou uma lamparina sobre a mesa. Tirando uma caixinha do bolso do colete, ele riscou um fósforo, levantou a tampa de vidro e acendeu o pavio da lamparina. A luz revelou que a únicas mobílias eram a mesa quadrada de carvalho e duas cadeiras de madeira.

— Seu irmão não parece estar aqui.

— Talvez ele já esteja dormindo. Obrigada por me trazer em casa.

— Esperarei aqui até você verificar se ele está em casa.

Com um suspiro, ela pegou a lamparina.

— Você é muito irritante.

Ela vagou em direção ao corredor. Ele a seguiu. O corredor era curto, então logo ela chegou até a porta e bateu.

— Griffith?

Depois de bater novamente, ela abriu a porta e ergueu a luz para revelar cobertores e roupas espalhadas pelo chão. Não havia mobília. Como alguém como ela fora acabar ali?

Virando-se, deu de frente com Fera, e o leve sobressalto lhe causou dor, se a careta que fez fosse alguma indicação.

— Ele não está aqui. Provavelmente está por aí, me procurando. Sem saber que já voltei para casa, pode ser que fique fora por muito tempo. — Ela empalideceu. — A menos que algo horrível tenha acontecido com ele, e esse seja o motivo pelo qual não veio me buscar esta noite.

Em Whitechapel, algo horrível acontecer era sempre uma possibilidade, mas seu irmão se portava com confiança, como alguém totalmente capaz de cuidar de si mesmo. Por isso Fera não continuara a segui-la quando viu o homem na noite anterior.

— Eu sei que você não gosta de mim, mas, se me deixar cuidar de seu ferimento, eu saio para encontrar seu irmão.

Althea franziu sua delicada sobrancelha.

— E como você fará isso?

— Se ele estiver procurando por você, estará em algum lugar entre a taverna e sua casa. Arrisco dizer que ele não se afastará muito dessa rota, mesmo que decida explorar vielas e estábulos. Se existir algum outro motivo para ele não estar aqui, posso pedir que outras pessoas me ajudem a localizá-lo.

— Então vá encontrá-lo.

— Depois de cuidar de você.

— Não é tão sério assim. Minha cabeça quase não dói mais.

— Permiti que você fosse embora sem ver o médico contra minha vontade. Não sairei daqui sem cuidar da sua ferida.

— Está bem, mas não demore.

Ela marchou para a cozinha com passos um pouco mais enérgicos, e Fera sentiu-se menos preocupado.

Quando ela começou a encher uma tigela com água, ele assumiu a tarefa.

— Você teria alguns pedaços de pano sobrando?

Enquanto ela foi buscá-los, ele terminou de encher a tigela com água gelada, colocou-a na lareira e se agachou. Os passos de Althea indicavam sua volta.

— O que você está fazendo? — perguntou ela.

— Acendendo a lareira.

— Não está tão frio.

Ele se virou, ainda agachado, e olhou para ela, vendo a pequena pilha de tecidos dobrados que ela colocara sobre a mesa.

— Lá fora está coberto de gelo.

Ela torceu as mãos.

— Nós guardamos o carvão para quando é realmente necessário.

— Talvez você não esteja com frio, mas eu estou. Enviarei mais carvão para substituir o que eu usar. Além disso, preciso esquentar um pouco essa água.

Ele não estava com frio, mas queria que ela estivesse confortável quando ele fosse embora. Ao vê-la trazer uma cadeira para perto da lareira, ficou satisfeito sabendo que poderia fazer algo para mantê-la aquecida, e que ela aceitaria. Ele não costumava esperar apreço das pessoas que ajudava, mas, com ela, era diferente. Talvez porque aquela gratidão fosse um sinal de que ela começava a descer do Monte Olimpo, a ficar mais acessível. Ele começou a acender o fogo.

— Quando nos mudamos para cá, meu irmão não sabia acender o fogo — disse ela baixinho. — Sempre tivemos criados para fazer isso.

Era óbvio que ela tivera criados.

— Tinha 8 anos quando acendi o fogo pela primeira vez. Era minha tarefa a cada quatro manhãs.

— Você revezava com seus irmãos.

Ele não ficou surpreso que ela tivesse deduzido aquilo ou que soubesse que ele tinha três irmãos. Ultimamente, os detalhes de sua família estavam em pauta entre os enxeridos e ocupavam bastante espaço nos folhetins de fofoca.

O fogo começou a abraçar o carvão. Fera queria apenas aquecer um pouco a água, então segurou a tigela o mais próximo possível das chamas sem se queimar. Ele não tinha pressa de ir embora. Pretendia cuidar dela e, antes de ir procurar o irmão, garantir que ela realmente não precisaria de um médico.

— Você o matou? — perguntou ela, sem nenhum traço de emoção em sua voz. — O homem do beco.

— Não. Quebrei sua mandíbula.

Não que não tivesse pensado em machucá-lo ainda mais, mas, no momento do ataque, só se importava em alcançá-la o mais rápido possível. Ele havia chegado no beco a tempo de ver o homem jogá-la contra a parede e ouvir o baque da cabeça dela contra o tijolo. Ciente dos danos que um ferimento na cabeça poderia causar, quase entrou em pânico. Embora fosse da nobreza, ela não merecia morrer tão jovem. Tinha o direito de viver até cultivar algumas rugas e cabelos brancos.

— Eu achei mesmo ter ouvido o barulho de ossos se quebrando.

— Se um homem com a mandíbula quebrada entrar no Sereia, peça que Mac chame a polícia. E, depois, peça que me chame. Posso identificá-lo, garantir que as acusações necessárias sejam feitas.

— Você acha que eu cheguei a servi-lo na taverna?

— Talvez. — O canalha conhecia sua rotina, devia tê-la visto uma noite na taverna. Caso contrário, ele não estaria lá, pronto para atacar. — Acho que ele estava esperando você.

— Assim como você.

Como três breves palavras podiam machucar tanto? Ele colocou um dedo na água. Já estava morna. Levantou-se, colocou a tigela sobre a mesa e encarou Althea.

— Você realmente acha que sou como ele?

Não. Nem por um minuto sequer. Não entendia por que dissera aquilo, talvez fosse uma tentativa de manter uma certa distância entre os dois. Mas isso não significava que ela não gostasse dele. Longe disso.

Mas o fato de ele a ver tão indigna de respeito, a ponto de fazer uma proposta que, sem dúvida, envolvia ele fazendo o que quisesse com ela, doera muito, e nunca teria acontecido se seu pai ainda estivesse vivo. Sempre fora tratada com respeito, admirada simplesmente pelo fato de ser filha de um duque. Mas, nos últimos tempos, os homens sempre procuravam tirar vantagem dela.

— Podemos agilizar o processo? Estou preocupada com meu irmão.

Ele puxou a outra cadeira, colocou-a atrás dela, sentou-se e começou a remover os grampos do penteado desarrumado.

— Isso é realmente necessário? — perguntou Althea.

— Você tem tanto cabelo que será mais fácil cuidar do seu ferimento se eu não tiver que vasculhar os fios. — Seus movimentos eram gentis e suaves.

— Nunca senti nada tão macio.

Ele pigarreou, e ela se perguntou se não fora sua intenção dizer aquilo em voz alta, ou talvez com aquele tom que parecia deslumbramento.

— Por que você não tem mobília?

Direto. Ao ponto.

— Nos mudamos recentemente e ainda não tivemos temos tempo de comprar nada. — Também não tinham dinheiro. — Por que um bordel?

Igualmente direto ao ponto.

— Era para ser só um favor a uma amiga. E acabou se estendendo.

O cabelo dela começou a se soltar, e ele o amparou como se temesse que o peso dos fios causasse desconforto, aumentasse a ferida. Com cuidado, ele o soltou em suas costas.

— Você pode não o gerenciar, mas é o dono do lugar.

— Sou dono do prédio. Não recebo dinheiro das mulheres que trabalham lá, então não sou um cafetão, se é isso que você está pensando. — Ele mergulhou a ponta de um pano na água. — Isso pode doer.

Doeu, mesmo com seu toque suave e cuidadoso. Althea prendeu a respiração.

— Me desculpe. Há alguns pedacinhos de tijolo na ferida que precisam ser removidos para diminuir a chance de infecção. Tentarei ser gentil.

— O feitiço virou contra a feiticeira. As mãos do meu irmão estão feridas por causa de seu trabalho nas docas, e eu insisto em cuidar delas, mesmo quando ele prefere que eu não o faça. Ele provavelmente está cansado de sentir dor e gostaria de evitá-la. A pomada cicatrizante está ao lado dos panos, caso queira usar.

— Claro. Usarei. Você tem álcool ou uísque que eu possa usar para incomodá-la ainda mais depois de limpar o ferimento?

— Acho que meu irmão tem uma garrafa de uísque na despensa.

Ela começou a se levantar.

Ele tocou levemente seu ombro.

— Eu pego.

Althea ficou surpresa com a graça e o silêncio com que ele se movia. Suspeitou que o sujeito no beco não sabia que Fera Trewlove estava por ali até sentir a dor de sua mandíbula quebrando. Tantos sons diferentes vieram tão rapidamente, um após o outro.

Quando ele voltou, colocou não apenas uma garrafa na mesa, mas também um copo com uma pequena dose de um líquido transparente.

— É gim, não uísque, mas beber pode ajudar a diminuir a dor.

Ela tomou um gole e olhou para o fogo, totalmente ciente de que precisava se distrair — não tanto do desconforto, mas do toque das mãos grandes em seu cabelo e couro cabeludo enquanto ele cuidadosamente limpava seu ferimento. Ela não conseguia parar de imaginar aquelas mãos a acariciando e curando outros aspectos dela: sua alma maltratada, seu coração despedaçado.

— Como você acabou sendo criado pela sra. Trewlove?

O fato dos filhos da sra. Trewlove serem todos bastardos de outras famílias que ela acolhera e criara como se fossem seus era grande motivo de fofoca. A história fora sussurrada freneticamente por trás de leques elegantes e mãos enluvadas desde que Mick Trewlove se casara com lady Aslyn Hastings.

— Minha mãe me deixou com ela logo que nasci.

Se ele estava chateado ou incomodado com a pergunta, o toque dele em seu couro cabeludo não o denunciou.

— Então você sabe quem é a sua mãe?

— Não. Ela não disse como se chamava. Prometeu que voltaria para me buscar, mas, obviamente...

Não voltara.

Ele era muito pequeno para se lembrar da mãe o deixando, então alguém devia ter contado para ele.

— Quantos anos você tinha quando soube?

— Seis. Foi quando criei coragem para perguntar. Minha mãe não guarda segredos. Se você não está preparado para ouvir a verdade, não faça perguntas.

Althea teve pena dele. Seis anos era jovem demais para encarar a dura realidade de seu passado. Por quanto tempo ele tivera a esperança de que não era tarde demais para a mãe voltar e buscá-lo? Quantos anos tinha quando finalmente aceitou que ela não voltaria?

— Deve ter sido muito difícil ouvir essas coisas. Acho que eu teria mentido para poupá-lo da dor de saber que ela quebrou sua promessa.

— Nunca vi uma mentira fazer bem para alguém. Mas, na época, talvez tivesse feito bem para mim. Fiquei com medo do escuro logo depois que soube da verdade. Eu gritava até que uma lamparina fosse acesa para afastar os monstros atrás de mim. Certa noite, minha mãe me deu uma caixa de fósforos para que eu sempre tivesse fósforos secos e o poder de derrotar as trevas. Depois disso, a escuridão virou uma escolha. Eu tinha meios de afugentá-la, então parei de temê-la. Não precisei mais de luz para pegar no sono.

— Ela é uma mulher sábia.

— Acho que o óleo das lamparinas estava ficando caro demais.

Althea ouviu a leveza em sua voz e imaginou que ele estivesse sorrindo, então quase se virou para finalmente vê-lo fazendo aquilo. Talvez a leve inclinação dos cantos de sua boca que ela já havia visto fosse seu jeito de sorrir.

Ela se perguntou se ele havia contado a história porque percebera que Althea estava fazendo perguntas para se distrair enquanto ele a tocava. Quase chorou. Já fazia muito tempo desde a última vez que alguém, além de seus irmãos, fora tão bondoso com ela. Aqueles em quem deveria confiar haviam lhe abandonado como se ela fosse lixo.

— Você usou um dos seus fósforos para acender o fogo. Posso ver?

Ele parou seus cuidados e passou a caixinha por cima do ombro dela.

Ao pegá-la, ela sentiu uma faísca quando seus dedos deslizaram sobre os dele. A pele dele era áspera, abrasiva e, ainda assim, ela pensou que seria maravilhoso roçá-la na dela. Engolindo em seco, dirigiu sua atenção para o relevo elaborado de vinhas, folhas e flores intrincadas que adornava os dois lados da pequena caixa de metal. No topo, havia uma pequena tampa articulada. Ao abrir, encontrou os fósforos.

— Esse presente parece ter sido caro. É de prata.

Ele estava novamente mexendo em seu couro cabeludo para remover toda a sujeira. Talvez ela devesse ter esperado pelo médico.

— Pertencia ao marido dela. Ele morreu antes de eu ter sido entregue a ela, então nunca o conheci, apenas por meio das lembranças que ela compartilhava. No dia em que saí de casa, tentei devolver a caixinha, mas ela não aceitou. "Só porque você acha que cresceu não significa que não terá momentos sombrios. Fique com ela. Ela guarda os fósforos e todo o meu amor por você."

Althea sentiu as lágrimas marejarem seus olhos, mas se conteve. Ela não sabia se era o resultado do ataque, da recente mudança em sua vida ou da preocupação com Griffith, mas suas emoções estavam à flor da pele naquela noite.

— Quantos anos você tinha?

— Quinze. Eu me considerava um homem do mundo, mas ainda tinha muito o que aprender. Ainda tenho.

Assim como ela.

— Os ensinamentos ficam mais difíceis à medida que envelhecemos, não é?

— Sim, e trazem mais consequências. Limpei sua ferida o máximo que pude. O corte não é muito profundo. Não acho que precise de pontos, mas precisa do gim. Lamento, isso não será agradável.

— Tenho certeza que já lidei com coisas muito piores.

Não fisicamente, mas emocionalmente, o que, em alguns aspectos, era ainda pior.

Depois de devolver a preciosa caixinha para ele, Althea juntou as mãos no colo. Com o canto do olho, ela viu quando ele encharcou um dos panos com gim.

Para sua surpresa, ele então juntou seu cabelo e colocou-o sobre seu ombro direito. Um gesto estranho, já que as mechas não o impediam de tocar a ferida.

Ela sentiu os dedos de Fera pousarem suavemente no lado esquerdo de sua nuca, deslizando pela linha do cabelo, descendo até a gola de seu vestido. Para cima e para baixo, movendo-se ligeiramente para a frente a cada movimento. Quando ele se aproximou de sua orelha, ela ouviu o som áspero da pele dele sobre sua pele sedosa. O que ele estava fazendo?

Ela lembrou de ter lido em algum lugar que o carrasco de Ana Bolena a distraiu pedindo sua espada, embora ele já estivesse com ela em mãos, o que a fez relaxar antes que ele cortasse sua cabeça. Era aquilo que Fera Trewlove estava tentando fazer? Distraí-la?

Quando o pano molhado com gim tocou sua ferida, ela não conseguiu conter o arfar, mas a dor não foi tão intensa quanto esperava. Talvez porque ela estivesse focada no movimento dos dedos de Fera, imaginando para onde eles estavam indo.

Ele pressionou a ponta do polegar no ponto logo abaixo de sua orelha, sentindo seu pulso, e Althea se perguntou se ele estava contando as batidas de seu coração. Os dedos dele se esticaram e as pontas roçaram na parte inferior e delicada de sua mandíbula. Ela fechou os olhos quando o calor e uma sensação agradável invadiram seu corpo.

De repente, o pano e seus dedos não estavam mais lá.

Ele começou a passar a pomada suavemente.

— Não durma enquanto eu estiver procurando seu irmão.

A voz dele saiu rouca, e o calor dentro dela se alastrou como uma grande chama. Ela precisou pigarrear e se recompor para respondê-lo sem revelar como fora afetada por seu toque.

— Isso não será um problema. Estarei ansiosa demais esperando Griff voltar. — *E você também*. Ela, no entanto, não queria admitir aquilo para ele ou para si. — Você não vai se arriscar, não é?

— Eu sei lidar com o perigo.

Althea não duvidava de suas habilidades nem por um minuto. Ainda assim, não gostava da ideia de causar problemas para ele.

— O sangramento parou. É melhor deixar a ferida respirar um pouco. O galo ainda está aí. Você está tonta? Sua cabeça dói?

— O quarto não está girando. Minha dor diminuiu. Acho que aquele chá ajudou.

— Devo fazer outra xícara antes de sair?

Ela se virou na cadeira. Ele estava tão perto que ela podia ver a luz do fogo refletida em seus olhos negros como carvão. A barba por fazer sombreava sua mandíbula, fazendo-a parecer mais forte, mais evidente. Seus traços continham uma nobreza que a deixava sem ar. Ela gostaria de dizer que era coisa da sua cabeça, mas era ele. Era tudo sobre ele.

— Por que você está me ajudando tanto?

— Por que não ajudaria? — Seu sorriso era discreto, quase provocador.

— Você sempre responde com outra pergunta?

— Só quando não sei o que responder.

Aquelas palavras a deixaram séria.

— Você parece ser um homem que sempre sabe as respostas.

Os olhos escuros se estreitaram e ele a estudou por um segundo. Será que ele encontraria o que estava procurando? Se estivesse dentro dela, ela queria que ele encontrasse? Admirava a honestidade e franqueza dele, mas não conseguia corresponder, pois aquilo causaria muita dor.

— Eu costumo ser — respondeu ele —, mas tem alguma coisa em você que me faz...

A porta da frente se abriu.

— Althea!

— Griff!

Ela saltou da cadeira. Se Fera não tivesse se levantado rapidamente, passado um braço em volta dela e a puxado contra seu peito largo, ela teria caído no chão.

— Calma, Bela — sussurrou ele.

Os olhos escuros a capturaram. Ela nunca havia se sentido tão protegida e valorizada como naquele momento. Ela desejou ficar na ponta dos pés, enterrar o rosto em seu peito e sentir seu cheiro. Algo sombrio e proibido, couro e uísque, e algo mais particular, que só remetia a ele.

— O que diabo está acontecendo aqui, Althea? — indagou Griffith.

Depois de recuperar o equilíbrio, mas não o controle, ela apoiou a palma da mão no peito de Fera.

— Estou bem.

Nunca tirando seu intenso olhar dela, ele a soltou cuidadosamente e ela teve que lutar para permanecer firme e não se afundar em seu abraço de novo.

— Tive um probleminha hoje cedo. Fera... — Ela parou e balançou a cabeça. — Com certeza sua mãe não o chama de Fera.

Um canto da boca dele se curvou levemente.

— Benedict. Às vezes, minha família me chama de Ben.

— Este homem, Benedict Trewlove, me ajudou.

— Trewlove? Você é o tal Trewlove que metade de Whitechapel teme e a outra metade endeusa?

— Isso descreve qualquer Trewlove. Você não deveria deixar sua irmã voltar sozinha para casa.

— Eu tive um imprevisto. — Griff olhou para ela. — Não acontecerá novamente, Althea.

— Onde você estava?

— Procurando você.

— E antes disso? Por que você se atrasou?

— Não tem importância.

— É bom que seja muito importante para ter colocado a vida dela em risco — afirmou Benedict, no mesmo tom que um rei proclamaria um decreto.

Griffith empalideceu.

— Como eu disse, não acontecerá novamente.

— É melhor mesmo. E comece a fazer caminhos diferentes ao voltar para casa. Ladrões prestam atenção nessas coisas e tiram vantagem disso.

Com passos longos e firmes, ele se dirigiu para a porta.

Ela correu atrás dele, mas precisou parar quando sentiu a cabeça doer.

— Por favor, espere.

Seu apelo o impediu de fechar a porta. Ele parou.

O vento frio soprou pela abertura enquanto ela se aproximava.

— Obrigada por tudo que fez esta noite.

— O carvão será entregue pela manhã.

— Não precisa fazer isso. Você quase não usou.

— Já está feito.

Althea se perguntou se alguém já vencera uma discussão com aquele homem.

— Você estava errado. Sobre o que falou. Eu não desgosto de você.

Os olhos dele escureceram. Ela percebeu que sua respiração desacelerou. Ele ergueu a mão e ela se perguntou se ele estava tentado a tocar seu rosto. Então, abaixou a mão, colocou as luvas e deu um passo para trás.

— Boa noite, srta. Stanwick.

Enquanto ele se afastava, ela o viu encolher os ombros por causa do frio. Ele era uma figura tão solitária que ela ficou tentada a chamá-lo de volta para se aquecer até que o fogo apagasse. Em vez disso, fechou e trancou a porta.

Griffith estava parado perto da lareira, olhando para as chamas. Disposta a não desperdiçar o calor, ela juntou-se a ele. Agora que não tinham companhia, ela achou que era mais provável que ele respondesse.

— O que você anda fazendo? Onde você estava ontem à noite e hoje?

— Estava com uma mulher. — Ele olhou para ela. — Eu me atrasei apenas alguns minutos. Quem é ele?

— Eu já disse.

— Sim, me disse o seu nome, mas quem é ele para você? Como ele veio parar aqui, e por que seu cabelo está todo bagunçado? Quando entrei, você parecia estar prestes a convidá-lo para seus aposentos.

— *Aposento* é uma palavra elegante demais para o quarto em que durmo. Agora, sobre como ele veio parar aqui...

Ela explicou tudo o que havia acontecido e, quando terminou, ele praguejou em voz alta.

— Não me atrasarei novamente. Eu juro.

— Eu a conheço?

Ela não queria pensar que ele tinha ido para um bordel. Suas moedas eram preciosas demais para algo tão egoísta.

Ele voltou a atenção para o fogo.

— Não importa. Ela está prometida para outro.

Alguém do passado, provavelmente da nobreza. Althea não sabia que ele estava cortejando alguém, mas, como vinha descobrindo, havia muito sobre seus irmãos que ela não sabia.

— Sinto muito, Griff.

Ele balançou a cabeça.

— Como as coisas foram terminar assim? Nós tínhamos tudo. Tudo o que queríamos. Agora não nos sobrou nada.

Ele precisou sair de lá antes que socasse o perfeito nariz aristocrático do irmão dela. A nobreza havia deixado Griffith Stanwick tão metido quanto um rei. Se eles não fossem nobres, Fera teria acabado com a raça dele.

Somado a isso, não havia considerado que tocar a pele macia de Althea despertaria tantas coisas dentro dele. Ele a tocara na tentativa de distraí-la da dor causada pelo gim na ferida. Havia aprendido o truque com a mãe. Ou algo parecido com isso. O dela não era tão íntimo. Ela simplesmente sacudia alguma parte de seu corpo, como mão, braço, ou perna, até que ele estivesse tão focado no que ela estava fazendo que mal notava a ardência de qualquer coisa que ela derramasse sobre uma ferida para desinfectá-la.

Ele deveria ter sacudido o ombro de Althea. Na verdade, não deveria nem a ter tocado. Agora, sentia que a pele dela se casara com a dele. Por mais que esfregasse a mão com força sobre a coxa, ele não conseguia se livrar da sensação de que ainda acariciava Althea, de que as pontas de seus dedos ainda estavam pressionadas sobre a parte inferior de sua mandíbula.

Aquela mulher não era problema dele. Naquela noite, ele garantira sua segurança. De agora em diante, ela seria responsabilidade do irmão. O homem manteria sua palavra?

Ele a colocara em perigo por duas noites seguidas. Será que não entendia como Whitechapel podia ser perigoso? Não via como ela era preciosa?

Que se danasse tudo. Tinha que parar de pensar nela. Tinha outras preocupações. Precisava encontrar uma tutora, por exemplo. Talvez ele pedisse ajuda para suas cunhadas. Se cada uma dedicasse algumas horas por mês... demoraria uma eternidade. Mas, mesmo assim, seria um passo para garantir que suas protegidas não precisassem mais ir para a cama em troca de dinheiro.

Ele não deveria ter falado sobre sua mãe.

Em meio a escuridão, soltou um palavrão. Estava novamente pensando nela. Ela ficara envergonhada por ele ter visto a condição da sua casa, como se fosse julgá-la por isso. Será que alguém a julgara? Por que ele sentira que ela não tinha mais ninguém para ajudá-la, exceto seu irmão, que também não era muito confiável?

Falta de confiança era algo que Fera não tolerava, tanto nele quanto nos outros. Sua verdadeira mãe não fora confiável e quebrara a promessa que havia feito. Quando ele era mais jovem, saber disso causou uma dor insuportável e confirmou que ela nunca o quisera de verdade. Ele tinha quase certeza que sabia o motivo, e não tinha nada a ver com o fato de ele ter nascido fora do casamento. Pais queriam filhos perfeitos, e ele não era.

Falar para Althea sobre sua mãe só servira para lembrá-lo de coisas que ele tentava esquecer.

E, agora, ele precisava esquecer Althea Stanwick.

Capítulo 4

DEITADA NO MONTE DE cobertores, Althea decidiu que já fazia bastante tempo desde que sua cabeça havia se chocado contra o tijolo e que poderia dormir com segurança. Mas o sono parecia fugir, tudo por causa dele. Fera. Benedict. Ben.

Era estranho desejar seu toque quando ele apenas esfregara seu couro cabeludo de leve, deslizara um dedo ao longo de sua mandíbula e a segurara quando ela desmaiou — ainda assim, sentiu como se o comprimento de seu corpo rígido tivesse sido impresso sobre o dela. Ou pelo menos a parte dele que a tocara. Ele era substancialmente maior do que ela, pelo menos uma cabeça e meia mais alto, e sua largura a fazia se sentir incrivelmente pequenina.

Se Althea ainda vivesse na aristocracia, será que seus caminhos se cruzariam em algum lugar que não fosse um dos tantos casamentos que ocorriam?

Estava finalmente começando a adormecer quando ouviu vozes masculinas vindas do lado de fora de sua janela. A noite havia sido longa, e, quando o sono estava quase chegando, seus vizinhos decidiram começar a discutir.

— Não entendo por que você não me deixa ajudar.

— É perigoso demais.

— Não sou um moleque.

A entonação das vozes era familiar. Saindo de debaixo das cobertas, ela foi até a janela e ergueu levemente a cabeça para espiar por cima do parapeito, torcendo para não ser vista. Só conseguia ver a sombra dos dois homens, mas seria capaz de reconhecer suas silhuetas em qualquer lugar. O maior era Marcus, o outro, Griffith. Por que seu irmão mais velho decidira visitá-los naquele horário absurdo? Por que não entrava para se proteger do frio? Por que não entrava para vê-la?

— Então não aja como tal — disse Marcus, desgostoso.

— Jesus, você está falando como nosso pai.

— Eu não tenho nada a ver com ele. — O tom de Marcus era duro, árido, como se pronunciasse aquelas palavras com os dentes cerrados.

— Não foi isso que quis dizer. Peço desculpas. Estou frustrado. Odeio viver aqui e trabalhar nas docas. Odeio me sentir tão impotente. Quero ajudar você. Está mais perto de descobrir quem estava ajudando papai a conspirar contra a Coroa?

A respiração de Althea travou na garganta. Marcus não deveria se envolver com aquele tipo de gente.

— Talvez. Finalmente encontrei algumas pistas. — Ele suspirou. — Eu disse que você deveria parar de agir como um moleque, mas sei que você não é um, e agradeço que queira se envolver nessa história, mas é importante que você esteja aqui com Althea, para que ela não fique sozinha. Alguém precisa cuidar dela.

— E quem vai cuidar de você?

— Ela precisa de mais cuidados.

Ela se sentiu horrorizada. Todos eles mereciam ser cuidados.

— Você acha mesmo que, se descobrir quem está envolvido na conspiração, a Coroa lhe devolverá nossos títulos e propriedades?

— Não me importo tanto com títulos e propriedades. Só não admito que sejamos vistos como traidores. Esqueceu-se de como foi ficar preso naquela maldita torre, se perguntando se eles nos enforcariam também?

— Não. Nunca esquecerei. Eu mal consigo dormir, acordo suando frio.

A confissão de seu irmão partiu o coração de Althea. Ela não fazia ideia do tamanho de seu sofrimento.

— Eu só quero que sejamos respeitados novamente, e, senão por nós, que seja por Althea — disse Marcus. — Quem se casará com ela enquanto pairar sobre nós essa nuvem de dúvidas e suspeitas? Ela é filha de um duque. Deveria poder escolher seus pretendentes.

Ela foi até o canto do quarto e envolveu os joelhos dobrados com os braços. Eles estavam se arriscando para que ela tivesse pretendentes melhores? É claro que, se as coisas melhorassem para ela, melhorariam para eles também, mas era perigoso demais.

— Ela escolheu. Escolheu Chadbourne.

— O patife deu as costas para ela. Eu devia ter feito bem mais do que só deixá-lo com um olho roxo. Eu deveria tê-lo desafiado.

— Não quero menosprezar sua habilidade com armas, mas, se ele conseguisse matá-lo, teria sido considerado um herói.

— Realmente. Ouça, vamos nos ver menos. As coisas estão ficando mais...

— Perigosas?

— Arriscadas. Se descobrirem que eu não tenho sido muito honesto sobre meu desejo de substituir nosso pai... Não quero que venham atrás de você ou Althea.

— Odeio a função de babá. Quero me envolver, quero ajudar você.

— Então certifique-se que não precisarei me preocupar com Althea.

Os dois ficaram em silêncio. Ela estava tremendo, e percebeu que Marcus havia partido. Ouviu a porta que dava para o jardim se abrir e fechar, seguida pelo eco de passos. Griff parou um pouco no corredor. Então, outra porta se abriu e fechou.

Mal percebia as lágrimas escorrendo pelo rosto e se acumulando no canto de sua boca. Nunca havia se considerado próxima dos irmãos, mas lá estavam eles, fazendo tudo ao seu alcance para protegê-la. Como se ela não conseguisse se proteger, como se o casamento fosse a única opção. A ideia de perdê-los fez seu peito doer.

Marcus estava se colocando em perigo. Ele precisava de alguém para protegê-lo, e precisava de Griffith muito mais do que ela. Althea não era uma criança que precisava de babá. Naquela noite, no entanto, havia ficado claro que precisava de um protetor. Ela teve um, e não fora Griffith. Ela poderia viver sem o irmão, e então Marcus não correria tanto perigo. Ou, se ainda houvesse perigo, pelo menos ele não o enfrentaria sozinho.

Benedict Trewlove tinha uma proposta para ela. Talvez fosse uma boa ideia ao menos descobrir suas condições.

Mais tarde naquela manhã, após um sono agitado, Althea bateu na porta dos fundos de uma casa em Mayfair. Um jovem criado abriu.

— Lady Kathryn está?

Ele franziu a testa.

— Você não deveria entrar pela porta da frente?

Não mais.

— Pode avisá-la que Althea Stanwick veio vê-la?

Ele assentiu e fechou a porta. Ela preferia não ter dito seu nome, pois isso poderia fazer com que que a amiga não quisesse atendê-la, mas Althea duvidava que ela iria até a porta dos fundos sem saber quem a aguardava.

Olhando para os jardins de inverno, lutou para não se lembrar de todas as vezes que tomara chá com a amiga ali. Todas as vezes que riram juntas. Todas as fofocas que compartilharam. Kat fora a primeira a saber de seu interesse por Chadbourne. Kat fora a única a não dar as costas para ela no último baile em que compareceu. Pelo menos não completamente. Ela olhara para baixo como se desejasse estar em qualquer lugar, menos ali. Althea desejara a mesma coisa.

Quando a porta se abriu novamente, ela se virou e forçou um sorriso.

— Olá, Kat.

— Althea, que... surpresa vê-la.

— Será que podemos conversar?

— Sim, é claro. Meus pais não estão, então não reclamarão de sua visita. Entre. — Assim que entraram, Kathryn olhou ao redor, nervosa. — Você se importaria se conversássemos no refeitório dos criados? Não há ninguém lá, e se meus pais voltarem...

— Posso sair rápida e discretamente.

— Ah, Althea.

— Está tudo bem. — Ela apertou a mão de Kat. — Estou aliviada por você aceitar falar comigo.

— É claro, querida amiga. — Kat apertou sua mão de volta. — Acho terrivelmente injusto que você tenha que sofrer por seu pai ter tomado uma decisão ruim. Venha comigo.

Enquanto caminhavam para o refeitório, Kat pediu que uma empregada trouxesse chá.

Assim que se acomodaram à mesa de carvalho com chá e bolos, Kat perguntou:

— Sobre o que você precisa conversar?

Era melhor ir direto ao ponto antes que os pais dela voltassem e Althea precisasse sair depressa. Por onde começar? Ela tomou um gole do chá.

— Você é amiga da duquesa de Lushing.

— Antiga duquesa de Lushing. Selena prefere ser chamada de sra. Trewlove agora. Não posso acreditar que ela se casou com alguém de origens ilegítimas, mas ela é loucamente apaixonada por ele.

— Você conhece bem a família Trewlove?

Ela sabia que eles compareceram a alguns bailes na época em que ela ainda os frequentava, principalmente no início do ano, quando apresentaram sua irmã Fancy à sociedade. Mas Althea não se lembrava de ter visto Benedict em nenhum dos eventos, exceto nos casamentos. Ela sabia que ele era um homem de palavra. O carvão fora entregue naquela manhã. Duraria por um mês inteiro, até mais se eles não precisassem acender o fogo todos os dias. Parecia ser um homem extremamente generoso, pois repusera muito mais do que usara.

Kat deu de ombros.

— Bem o suficiente para falar com eles nos bailes.

— E Benedict? Algumas pessoas o chamam de Fera. Você teve oportunidade de conhecê-lo?

Kat a estudou por um minuto antes de responder.

— O que se parece com Heathcliff?

— Como assim?

— Alto, moreno, taciturno.

— Ele é mesmo taciturno? — Quieto. Observador. Discreto. Não gostava de ser o centro das atenções. — Admito que ele escolhe cuidadosamente suas palavras, mas taciturno?

Apoiando o cotovelo na mesa, Kat colocou o queixo na palma da mão e sorriu como um gato satisfeito.

— Você parece conhecê-lo melhor do que eu. Como isso aconteceu?

Com um suspiro, Althea começava a perceber que aquela visita havia sido um erro. Estranho, já que seu propósito em conversar com Kat era justamente garantir que ela não estava prestes a cometer um erro.

— Comecei a trabalhar em uma taverna, e ele vai lá de vez em quando. — Doeu admitir que ela estava trabalhando, ainda mais quando os olhos de Kat se encheram de pena. — Eu só estava curiosa para saber se você percebeu algo estranho nele em uma dessas ocasiões, ou se ouviu algo desagradável sobre ele.

Se ela fosse aceitar sua proposta, queria ter certeza de que não entraria em uma situação muito pior do que a que já estava. Mas, se ele se tornasse seu protetor, Griffith poderia se juntar a Marcus na busca para recuperar a honra da família. E Marcus estava certo. Na atual conjuntura, ninguém se casaria com ela. Althea já tinha 24 anos. Quando o assunto fosse resolvido, se é que algum dia seria, já estaria velha demais e ninguém ia querer se casar com ela. Não tinha nenhum motivo para se guardar para o casamento. Era melhor fazer o que pudesse agora para poupar seus irmãos da preocupação. Assim, Marcus e Griff poderiam concentrar seus esforços em garantir que nada acontecesse com eles enquanto perseguiam o que ela temia ser uma situação arriscada.

Empurrando a xícara de lado, Kat pegou as mãos de Althea como se quisesse transmitir força, pois sabia que sua querida amiga estava pensando em fazer algo escandaloso.

— Não sei nada sobre ele especificamente, mas sei que os Trewlove, apesar de não terem nascido na nobreza, possuem uma decência admirável. Pode ser tolice da minha parte, mas sempre pensei que, se eu precisasse colocar minha vida nas mãos de alguém, seria nas deles.

Althea encontrou conforto naquelas palavras porque, desde a noite anterior, havia começado a sentir o mesmo em relação a Benedict. Sem querer, colocara sua vida nas mãos dele e ele havia cuidado dela como se Althea fosse preciosa, mesmo que ela tivesse sido desagradável com ele.

Quão bem ele poderia tratá-la se ela fosse mais amigável?

Capítulo 5

Em seu escritório, sentado à escrivaninha, Fera mergulhava várias vezes a caneta no tinteiro e rabiscava freneticamente sobre o pergaminho, tentando não imaginar Althea olhando para ele pela fresta da porta, tão atraente, tão vulnerável, tão bonita com seu cabelo loiro caindo sobre os ombros.

Eu não desgosto de você.

Seria mais fácil se desgostasse.

Deixando a caneta de lado, leu as frases soltas que havia escrito. *Tranças beijadas pela lua. Olhos de safira. Rosto em formato de coração.* Ele percebeu que havia descrito Althea, transformando-a na protagonista do conto de assassinato e vingança que começara a escrever.

Maldição! Ele abriu a mão, esticou os dedos sobre o papel almaço, amassou-o com força e o jogou na lixeira de vime que transbordava com tudo que escrevera desde que acordara de madrugada.

Não conseguia tirá-la do pensamento: como ela era leve como uma pluma embalada em seu colo, como parecia certo tê-la pressionada contra seu peito enquanto ele a tirava daquele beco imundo, aterrorizado ao imaginá-la morrendo em seus braços. Mais tarde, na sala de estar, ele mantivera os braços cruzados e o ombro contra a parede porque queria desesperadamente abraçá-la e oferecer todo o conforto de que ela precisava, mesmo que, naquele momento, ele acreditasse que ela não aceitaria sua aproximação, que o enxergava como alguém inferior. Que ela desgostava dele.

Mas não era o caso. E, se fosse, ela mudara de ideia antes de acompanhá-lo até a porta.

Ele estava acostumado a ser olhado com desprezo. Bastardo desde o berço, sabia o que era morar na escuridão e viver à procura de um pouco de luz. Quando ele finalmente reunira coragem para perguntar a Ettie Trewlove sobre como ele tinha chegado à sua porta, descobriu como a tristeza de ser abandonado podia consumir a alma de uma pessoa, como às vezes podia arrastar alguém tal qual uma onda feroz que impede o retorno à superfície.

Mas ele também aprendera com Ettie Trewlove e seus irmãos que o amor ameniza a dor. Aprendera o poder do toque, de uma conexão, de saber que alguém estava e sempre estaria lá por ele.

Ainda assim, nunca se *apaixonara*, nunca confiara que alguém fora de sua família pudesse amá-lo completamente, com todas as suas falhas.

Então não conseguia explicar a força da atração que sentia por Althea Stanwick, a necessidade irracional que tinha de protegê-la. O desejo tinha um grande papel nisso, a atração física que sentia por ela era diferente de qualquer outra que ele já vivenciara. Quando finalmente foi dormir, sonhou que lambia cada centímetro dela, e que ela devorava cada pedaço dele. Acordou pulsando de desejo e duro como granito, e foi forçado a buscar alívio com a própria mão.

Aquilo não acontecia havia muito tempo.

Como parecia incapaz de esquecê-la, ele a evitaria no futuro. Não iria mais ao Sereia. Começaria a frequentar um bar mais próximo.

Uma batida soou em sua porta. Como de costume, sem esperar permissão, Jewel a abriu.

— Você tem visita.

Ele sabia que não era nenhum membro de sua família. Eles teriam apenas subido e entrado sem nem se incomodar em bater.

Provavelmente era seu editor que viera atualizá-lo sobre o livro lançado dois meses antes, o primeiro que escrevera. Embora normalmente ele lhe enviasse uma mensagem avisando que precisava vê-lo, e então Fera ia até o escritório. O editor não ficava muito confortável de visitar a residência de seu autor e se esforçava para que ninguém descobrisse onde era. Pelo visto, ser dono de um prédio que abrigava um bordel poderia trazer uma publicidade ruim.

— Já desço.

Jewel sumiu de vista. Afastando a cadeira, ele se levantou, pegou sua jaqueta e a vestiu, abotoou o colete e arrumou o lenço do pescoço. Ele se dirigiu para o corredor. A maioria das mulheres estava dormindo. Assim como ele, Jewel dormia pouco e gostava de aproveitar o silêncio matinal.

Descendo as escadas, agradeceu por ter uma distração para que pudesse parar de pensar em Althea. Mas, quando entrou na sala, foi bombardeado novamente, pois era ela quem estava de pé, perto da janela, com o raro sol de inverno iluminando sua silhueta. Ela usava um vestido verde-esmeralda mais adequado para um salão de baile do que para uma sala de estar, o decote baixo revelando seu colo e as curvas suaves de seus seios, as mangas curtas exibindo os ossos delicados e a maciez de seus braços.

— Bom dia — disse ela suavemente, com seu sorriso inquieto, e ele evitou pensar em como gostaria de cumprimentá-la daquela forma todos os dias, com ela aninhada em seu corpo enquanto ele deslizava para dentro dela.

— O carvão não foi entregue?

Ele detestava quão áspera e rude sua voz soava.

O sorriso de Althea se firmou um pouco mais.

— Foi sim. Muito obrigada.

Então por que ela estava ali? Para agradecê-lo novamente por sua ajuda na noite anterior? Ele não precisava de agradecimentos. E por que ela estava vestida de forma tão atraente, a ponto de parecer um pecado tirar os olhos dela?

— Quer beber alguma coisa? Xerez, conhaque... — Ele interrompeu a lista. Não era nem meio-dia ainda. — Chá?

— Você não me parece alguém que serve chá.

— Eu nunca sirvo chá. Ontem o chá foi ideia da Jewel. Mas posso pedir que alguém prepare, se quiser uma xícara.

— Não, obrigada. Estou bem.

Ele não queria contemplar a verdade das palavras dela, a perfeição suave de sua pele. Sua cintura fina. Precisava encontrar algum defeito naquela mulher que acalmasse o desejo de ter seu corpo pressionado contra o dela.

— Como posso ajudá-la?

— Vim discutir sua proposta.

Ele sentiu como se tivesse levado uma surra. Era a última coisa que ele esperava depois da falta de interesse dela em ouvi-lo na noite anterior. Ainda mais depois de ter decidido que não queria mais se envolver com ela.

Deveria dizer que a proposta não estava mais disponível, mas ele ainda precisava que alguém fizesse o trabalho. E não era tolo a ponto de ignorar a possibilidade de conseguir o que queria sem pelo menos ter uma conversa séria sobre o assunto.

Já que ela havia presumido que a proposta teria caráter pessoal, ele caminhou pela sala, encostou-se na janela e cruzou os braços sobre o peito para não ficar tentado a tocá-la. A fragrância de gardênias o acolheu, e ele a imaginou tomando banho antes de ir encontrá-lo. Ele nunca a vira sob uma luz tão brilhante antes. Ela tinha três sardas que acentuavam a curva de sua bochecha esquerda. Apenas três, nenhuma mais. Aquilo o fascinou. Será que ela tivera outras quando criança e aquelas foram teimosas, recusando-se a sumir? Ou foram as únicas três ousadas o suficiente para aparecer?

— Achei que você não estivesse interessada na minha proposta — disse ele, curioso para saber o que a fizera mudar de ideia.

— Como você viu ontem à noite, minha situação atual é terrível. Ocorreu-me que seria tolice não ouvir o que você tem a dizer.

— E como a sua situação ficou terrível? Você não nasceu na pobreza. É óbvio pelas suas roupas, sua dicção, a maneira como você se porta, como se estivesse acima de todos.

Ela olhou para a rua, para as carruagens que passavam, as carroças barulhentas, as pessoas que caminhavam. As crianças brincando. O cachorro que corria atrás delas. Respirando fundo, olhou firmemente para ele.

— Meu pai estava envolvido em um plano para assassinar a Rainha.

Ela voltou a observar o movimento da rua e ele se sentiu culpado. Não queria tê-la pressionado a revelar seus segredos. Deveria ter adivinhado o que havia causado sua desgraça. Ele havia lido sobre a prisão no jornal, mas aquilo fora meses antes. O homem era um duque, mas Fera não conseguia se lembrar de seu nome. Lembrava-se que a duquesa ficara doente logo após sua prisão e falecera.

— Você não quer saber os detalhes? — A voz dela soou como se viesse de muito longe.

— Não.

Ele queria tomá-la em seus braços, deslizar suas grandes mãos para cima e para baixo em suas costas estreitas e confortá-la. Mas sua insistência causara dor.

— Eu não sei os detalhes. O plano foi descoberto antes de ser executado. Prenderam meu pai no local onde os conspiradores se reuniam. Seus comparsas, ou seja lá qual for o termo para se referir a parceiros traiçoeiros, escaparam.

Ele não teve tanta sorte. Ele foi julgado, considerado culpado, e enforcado. A Coroa confiscou seus títulos e propriedades. Fomos deixados sem nada. Meus dois irmãos e eu. Você conheceu um deles ontem à noite.

Tudo foi contado de forma mecânica, memorizada, como se a história não fizesse parte dela. Quando olhou para ele, um vazio havia dominado seus olhos, como se ela estivesse revisitando o momento em que seu mundo desmoronara.

— Agora que você sabe a verdade sobre mim, ainda deseja que eu seja sua amante?

Ele não sabia nada sobre ela. Somente a verdade sobre seu pai. E embora a lei não a considerasse mais uma nobre, ela nascera na nobreza.

— Não quero que seja minha amante.

— Não posso culpá-lo.

Ela começou a andar em direção à porta. Estendendo a mão, ele envolveu os dedos em torno de seu braço. Sua pele era macia como seda, veludo e cetim, todos os tecidos combinados para criá-la de maneira única. Ela era incrivelmente quente, cheia de lugares secretos que deviam ser ainda mais quentes.

Seus olhos cinza-azulados tão incomuns não estavam mais vazios. Eles demonstravam fúria, e ele pensou que, se houvesse uma caneca de bebida por perto, ela a viraria sobre sua cabeça. Pensar naquilo quase o fez rir.

— Minha proposta nunca envolveu pedir que você fosse minha amante.

O que era uma pena.

Ela franziu a testa delicada, e seu olhar ficou raivoso.

— Quer que eu seja uma de suas prostitutas?

— Não, quero que você seja uma tutora.

Althea poderia dizer com honestidade que as palavras dele a deixaram totalmente confusa.

— Tutora?

Ele assentiu.

— Pedirei um chá e explicarei melhor.

— Pensando bem, acho que prefiro o xerez que você ofereceu.

Ele sorriu, dessa vez por completo, e ela percebeu que todos os pequenos indícios de seu sorriso que ela vira antes não poderiam tê-la preparado para a realidade de sua beleza devastadora quando sorria. Ele roubou seu fôlego, tão furtivamente quanto um batedor de carteira roubaria um lenço de seda, uma pulseira ou um anel. De repente tudo desaparecera. Em um momento, ela estava respirando, e no próximo simplesmente esquecera como fazê-lo.

Ele soltou o braço dela. Graças a Deus, porque seu toque a fizera pensar em coisas proibidas enquanto contemplava aquela pele áspera deslizando sobre cada centímetro dela. Não estava pronta para admitir que ficara desapontada por ele não a querer como amante.

— Fique à vontade — disse ele, apontando para duas poltronas perto da lareira —, vou buscar o xerez.

Althea observou enquanto ele caminhava para o lado oposto da sala, onde uma mesa de canto exibia vários decantadores de cristal. A suavidade de seus movimentos, tão calmos e tão deliberados, fez com que uma onda de calor percorresse o corpo dela, um desejo que ordenava que seus dedos deslizassem por todos os músculos dele. A jaqueta que ele usava não conseguia disfarçar a facilidade com que seus membros se ajustavam a qualquer tarefa que executava — pegar a garrafa, servir o líquido, virar-se para encará-la.

Ele flagrou seu olhar, e as bochechas dela pegaram fogo. Tentando não correr até a poltrona, temeu que seus movimentos parecessem desajeitados e demonstrassem seu constrangimento. Se ele percebeu, não deu indícios quando voltou e lhe entregou a pequena taça em forma de tulipa.

— Obrigada. — Ela tomou um gole, surpreendendo-se com a riqueza do sabor doce. — Excelente.

— Como você sabe, minha irmã é dona de uma taverna e cortaria minha cabeça se eu servisse uma bebida barata.

— Talvez esse seja o melhor licor que já tomei.

Eles se entreolharam por um longo momento antes de ela finalmente se virar e se sentar na poltrona. O conforto da cadeira pareceu engoli-la, e Althea sentiu como se estivesse sendo abraçada. Ela quase perguntou quem era o responsável por seu bom gosto para móveis. Era excelente, como todo o resto.

A outra poltrona gemeu um pouco quando ele se acomodou nela, e Althea imaginou que ela emitiria o mesmo som de boas-vindas se ele se acomodasse sobre ela. De onde viera tal pensamento?

Ela tomou outro gole do xerez, maior que o primeiro, antes de apertar os dedos ao redor da taça, tentando domar seus pensamentos. Ela o visitara com a expectativa de tornar-se uma sedutora. Por isso escolhera aquele vestido revelador. E, agora, ela seria uma professora.

Ele ergueu um copo, provavelmente contendo seu uísque preferido. Parecia muito mais relaxado do que ela.

Com seriedade, ele se inclinou para a frente, apoiou os cotovelos nas coxas e apertou o copo com as duas mãos.

— Minha proposta.

Ela esperou. Ele pigarreou.

— Tenho seis mulheres trabalhando aqui, sem contar com Jewel, e quero ajudá-las a encontrar outra ocupação. Infelizmente, elas não são tão refinadas quanto seria... necessário... em outros lugares.

O coração dela derreteu com o esforço que havia na voz dele para não ser indelicado, como se as mulheres estivessem sentadas lá, ouvindo enquanto falava.

— Você, por outro lado... cada aspecto seu foi cuidadosamente polido. É por isso que eu sabia que você vinha de Mayfair ou de algum lugar parecido. Pensei que você poderia ensinar as garotas a ser... mais elegantes. Como se vestir com mais estilo. Como falar de maneira adequada. Talvez você possa até instruí-las para serem empregadas, governantas, ou damas de companhia. Estou ciente de que elas nunca encontrarão trabalho na casa de uma família nobre, mas conheço vários homens que ficaram ricos recentemente e que poderiam convencer suas esposas a dar a chance de uma vida mais digna para essas mulheres. Elas têm a capacidade de aprender tudo que você pode ensiná-las.

Althea mal sabia o que dizer.

— O seu quarto é como o do seu irmão, sem cama? — perguntou ele, de repente.

Ela odiava admitir aquilo, mas a honestidade naquele momento de negociação era necessária.

— Sim.

— Você poderia morar aqui, se quisesse. Parte deste andar, esta sala em particular, é usada para negócios. O andar de cima é onde as mulheres... divertem os homens. O último andar é onde temos os quartos. Você teria seu próprio quarto com uma cama muito confortável, além de outros móveis. Uma lareira. Nunca ficamos sem carvão aqui. Suas refeições estariam inclusas. Três por dia. Naturalmente, você também receberia um salário. Estou disposto a ser muito generoso.

— Eu ganharia quase vinte e cinco libras por ano no Sereia.

— Eu pagarei cem.

Ela sabia que seus olhos se arregalaram.

— Cem libras?

Três meses antes, ela não fazia ideia de quanto as pessoas ganhavam, do que significava um bom salário, quanto custava comprar comida ou alugar uma residência.

Com o dedo indicador, ele deu um tapinha na lateral do copo.

— O que estou oferecendo é temporário. Assim que as mulheres conseguirem outra ocupação, seus serviços não serão mais necessários. Quero garantir que você não voltará para uma casa sem móveis e sem aquecimento. Para isso, darei a você um adicional de mil libras se conseguir ensinar tudo o que elas precisam saber em seis meses. Se levar um ano, pagarei quinhentas libras. Se você não conseguir ensiná-las em doze meses, concluirei que não serve como professora e você será dispensada com apenas cem libras.

Cem libras. Althea garantiria que elas aprenderiam tudo em seis meses para receber as mil libras adicionais, não importava o que lhe exigisse. Seus gastos seriam mínimos, conseguiria economizar a maior parte de seus ganhos.

Movendo-se para a ponta da poltrona, ele chegou mais perto dela.

— Serei honesto com você, srta. Stanwick. Não gosto de trabalhar com isso, e gostaria de parar, mas não posso fazer isso sem me sentir culpado, sem garantir que elas consigam algo melhor antes.

Althea notou o desespero em sua voz e pressentiu uma vantagem.

— Você me deu seis meses. Eu consigo fazer em três.

— Pago mil e quinhentas libras.

— Duas mil.

Ela arriscaria dizer que ele sentia vontade de sorrir novamente, mas, em vez disso, fechou a boca adorável e apertou a mandíbula. Ela havia saído vitoriosa. Ele estava apenas se esforçando para não deixar transparecer tão rápido que aceitaria imediatamente suas exigências.

— Você é uma negociadora e tanto, srta. Stanwick. Se conseguir realizar o trabalho em três meses, ficarei feliz em pagar as duas mil libras.

Ela conteve-se para não se gabar. Mas aquilo ainda não era o suficiente.

Três meses. Quando terminasse o trabalho, o que faria? Teria dinheiro, claro, mas aquilo não a sustentaria pelo resto da vida. E se Marcus e Griffith ainda estivessem envolvidos em questões perigosas, não queria que se preocupassem com ela. Ela ainda precisaria de alguém para protegê-la, e dificilmente conseguiria um marido.

Agarrada à taça de xerez, levantou-se e começou a andar; caminhava entre a poltrona e a janela, a janela e a poltrona, passando por várias estatuetas de casais nus, seus corpos escandalosamente entrelaçados. Ela ia e voltava, pensando em tudo o que ele estava oferecendo e tudo de que ela precisava.

Finalmente, parou na frente dele. Quando ela se levantou, ele também havia se levantado, então agora a olhava de cima. Althea deveria ter medo dele, da força e do poder que ele projetava com tanta facilidade, mas percebeu que nunca o temera. Ela não precisava ter conversado com Kat para saber que ele nunca a machucaria. Confiava nele. Por algum motivo, sempre confiara.

— Preciso de mais.

— Quanto?

— Quero que você me ensine a seduzir.

Capítulo 6

AQUELE ENCONTRO COM CERTEZA tomara uma direção inesperada. Ele presumira que ela pediria mais algumas libras, uma carruagem, roupas novas. O fato de ela continuar encarando-o indicava que falava sério sobre seu pedido.

— Por quê? — perguntou ele finalmente, cruzando os braços sobre o peito.

Ela sorriu de maneira provocante.

— Para seduzir.

— Estou falando sério, srta. Stanwick. Por que você me pediria isso?

Ele viu uma centelha de dúvida nos olhos dela. Ela colocou a taça de xerez na mesa baixa ao lado da poltrona em que estava sentada e, em seguida, ergueu o queixo, em desafio.

— Porque me dará a liberdade e os meios para ser dona de mim. — Ela deu um passo na direção dele. — Você quer se ver livre de sua situação atual. Ajude-me a conseguir o que eu quero.

Ela deu mais um passo.

Tudo dentro dele o obrigava a se afastar, mas se manteve firme enquanto ela se aproximava o suficiente para que a seda sobre seus seios roçasse no cetim do colete dele. As mãos dele, antes relaxadas, agora agarravam os próprios braços com tanta intensidade que certamente deixaria alguns hematomas.

— Você poderia me mostrar como um homem gosta de ser beijado...

Ele não havia percebido antes como o lábio inferior dela era carnudo e delicioso. Se ele curvasse os ombros e abaixasse a cabeça, poderia tomar aquela boca com delicadeza. Então, quando ela se sentisse confortável, ele a dominaria completamente e aprofundaria o beijo.

— Tocado...

O vestido revelava a parte de cima de seus seios empinados. Ele poderia colocar um dedo ou a língua na fenda onde eles se encontravam. Acariciar um seio, depois o outro.

— Abraçado.

Sem roupas, na cama. Ela não conseguiria cobri-lo completamente com seu pequeno corpo, mas sentir a cabeça dela em seu ombro e os pés delicados logo abaixo de seus joelhos já seria suficiente. Os seios pressionados contra seu peito. Suas mãos grandes segurando as nádegas redondas.

Pegando a ponta do lenço que ele tinha no pescoço, ela puxou até que o nó que ele havia cuidadosamente apertado não existisse mais. Então, deu um pequeno puxão que o trouxe um pouco mais perto dela.

— Você poderia me transformar na fantasia de qualquer homem.

Como ela não percebia que já alcançara aquele objetivo? Era uma tentação tão grande que ele mal conseguia se controlar.

Sem desviar o olhar, ela espalmou a mão sobre o peito dele, onde seu coração batia forte, vibrando contra os dedos finos dela.

— Você. Você poderia me ensinar a oferecer um prazer extraordinário.

Mas a que custo? Se ele a tivesse, conseguiria deixá-la ir?

Althea não podia acreditar que fora tão ousada a ponto de fazer aquele pedido. Era surpreendente para ela como ele conseguia ficar quieto, sem revelar seus pensamentos ou sentimentos. Ela gostaria de ser assim.

— Não imagino que seria um sacrifício me ensinar. — Ela manteve a voz baixa e um pouco rouca, como a de Jewel, e poderia jurar que sentiu a respiração dele acelerar de leve.

Ele abaixou a cabeça, e os lábios de Althea formigaram com a perspectiva da boca dele na dela.

— A primeira lição — a voz de Fera era igualmente baixa e rouca — é não ceder nada tão facilmente.

Quando ele deu um passo para trás, ela cambaleou para a frente, percebendo tarde demais que estivera encostada nele, apoiando-se nele. Ela estava tentando seduzi-lo, mas parecia que tinha sido seduzida. Althea teria ficado envergonhada se ele tivesse se vangloriado ou dado qualquer indicação de que sabia o efeito que tivera sobre ela, mas ele meramente a observou com seu jeito calmo e analítico.

Então, ele moveu o olhar para a mão dela, que ainda segurava o lenço. Ela o soltou, como se, de repente, estivesse em chamas.

— Preciso de mais uísque para continuar esta discussão — disse ele. — Quer mais xerez?

Pelo menos ele não estava rejeitando completamente o seu pedido.

— Sim, por favor.

Depois de pegar a pequena taça, ele caminhou até as bebidas. Althea se sentou na poltrona e olhou para a lareira, pensando que a pele dele guardava mais calor do que as chamas naquele momento. Ela esperava que seu rosto não tivesse ficado vermelho como uma maçã enquanto ele a olhava.

Ele colocou a taça dela na mesa ao lado, e ela se perguntou se tinha feito aquilo para evitar que se tocassem. O lenço de seu pescoço ainda estava solto, ele não se preocupou em amarrá-lo de volta. Ela gostava de vê-lo um pouco desarrumado, mas mal conseguia conceber que tinha começado a despi-lo. O que tinha na cabeça?

Ela tomou um gole de xerez. Nunca começara a beber tão cedo. Talvez a culpa fosse do álcool.

— Existem outras maneiras de alcançar sua liberdade.

Ele estava recostado na outra poltrona, mantendo distância, e ela temia ter destruído qualquer relação de camaradagem que tivesse nascido entre eles.

— É importante ter um protetor. — Caso contrário, seus irmãos continuariam sentindo-se responsáveis por ela. Ela queria libertá-los daquilo, assim como queria se ver livre. — Se eu for talentosa e habilidosa na arte de dar prazer, poderei escolher quem se deitará comigo e ser exigente em relação ao homem cujos favores aceitarei. Preciso ser uma das cortesãs mais cobiçadas de toda a Inglaterra. Para isso, preciso dominar completamente as artes da sedução.

— Não se engane, esse trabalho não é fácil. Por que trilhar esse caminho quando você poderia ser uma governanta ou uma dama de companhia, algo mais respeitável?

Ninguém na aristocracia a contrataria a menos que fosse como acompanhante íntima, mas ela percebeu que seus motivos não acabavam aí.

— Não quero nada respeitável. Já tive muito disso na vida. Eu tinha amigas que amava, e que eu achava que me amavam, mas, quando mais precisei delas, todas me deram as costas. Por causa de algo que não era culpa minha.

Eu voltarei à sociedade em meus próprios termos. Como amante de um lorde, me sentirei poderosa.

— Por que você precisa de um protetor?

Frustrada, ela revirou os olhos.

— Por que você faz tantas perguntas?

Ele se inclinou para a frente novamente, e ela ficou grata pela diminuição da distância entre eles.

— Se eu decidir ser conivente com a vida que você está buscando, preciso garantir que entenda todas as implicações. Você será tratada como um objeto, uma propriedade alugada para ser usada ao gosto do freguês.

— As mulheres costumam ser tratadas como propriedade mesmo nas casas mais nobres. Você não conhece as leis matrimoniais?

Ele deu um longo suspiro.

— Assim que embarcar nesta jornada, portas que agora estão abertas para você começarão a se fechar.

— Já estão fechadas. Sem o título, riqueza, poder e influência de meu pai, ninguém vai querer se casar comigo. Não tenho dote. Quando eu tiver recebido seu generoso pagamento, independentemente do prazo, estarei com um quarto de século de idade, empoeirando na prateleira.

— Como disse, conheço muitos homens sem títulos que acumularam fortunas comparáveis com as da aristocracia e que, em alguns casos, chegam a excedê-las. Eles estão sendo acolhidos pela nobreza, estão sendo convidados para fazer parte de seus negócios. Você podia se casar com um deles. Voltar à sociedade como a esposa de um cavalheiro que talvez tenha mais poder do que alguns dos nobres que o cercam.

— Este homem de sucesso que trabalhou tanto para ganhar seu lugar elevado na sociedade... quanto ele vai me detestar quando tudo que ele conquistou for por água abaixo porque ele tomou a péssima decisão de se casar com a filha de um traidor? E nossos filhos? Você acha que eles não sofrerão, que não serão insultados e provocados? Os empregados terão orgulho de trabalhar em nossa casa? Você não percebe quantas reputações serão manchadas por ter qualquer ligação comigo?

A mandíbula dele estava tão tensa que os dentes de trás deviam estar doendo com a força com que ele mordia.

— E você acha que o homem que tiver você como amante não terá um destino igual?

— Eu serei sua… minha mãe tinha um termo para isso…

Ela fechou os olhos, visualizando o rosto da mãe antes de ser acometida pela doença; doença que Althea acreditava ter sido resultado de sua vergonha pelas atitudes do marido. Ela abriu os olhos.

— "Esposa imaginária", porque eu poderia ser facilmente esquecida. Ele pode até me levar de vez em quando ao teatro ou à corrida de cavalos, mas eu nunca realmente farei parte da vida dele. Ele pode me cobiçar, mas não vai me amar ou sacrificar nada por mim.

— Por que acha que isso seria bom?

Foi a vez dela de se inclinar para a frente.

— Recentemente, soube que meus irmãos estão tomando decisões que colocam pelo menos um deles em perigo. Eles estão fazendo isso para cuidar de mim, para aumentar minhas chances de encontrar um marido, como se casamento fosse tudo que eu desejasse da vida. Mas não quero depender de um marido. Se aprendi alguma coisa com meu pai foi que um marido pode decepcionar tanto quanto qualquer outro homem.

Ela continuou:

— Com o dinheiro que você vai me pagar, eu poderia alugar uma casa, determinar quem entra e quem sai. Eu poderia definir quanto a minha companhia custaria ao lorde que eu teria como meu amante. Joias, vestidos, empregados. Os homens não economizam com suas amantes. Meu pai nunca economizou. E, se meu amante me desapontar ou fizer tolices, posso me livrar dele facilmente.

Ela seria exclusiva — um amante de cada vez e, com sorte, por longos períodos.

— Depois que eu me estabelecer, meu irmão pode colocar um ponto final nessa história perigosa em que está envolvido, isso se ela não terminar antes. Mas, se ele decidir continuar, não será para tentar facilitar a minha vida.

— Você pensou bastante sobre isso. — O tom dele era uma mistura de surpresa, espanto e admiração.

— Para ser sincera, desde meus 12 anos.

Ele arregalou os olhos surpreso, e, como se estivesse prestes a deixar o copo cair, o colocou sobre a mesa ao lado da poltrona.

— Pensei que meninas da nobreza só descobrissem o sexo na noite de núpcias.

— Já ouviu falar de Harriette Wilson?

— Não.

— Ela foi uma cortesã na época em que o príncipe regente governava, foi amante de alguns dos lordes mais famosos e influentes de sua época. Lady Jocelyn, que já foi uma grande amiga minha, encontrou uma cópia das memórias publicadas pela cortesã escandalosa. Jocelyn se recusou a revelar como conseguiu, embora eu suspeite que tenha roubado de seu irmão mais velho. Nós revezávamos o livro, cada uma lia um capítulo em voz alta. Harriette Wilson mencionou que um de seus amantes demonstrava uma "paixão ingovernável". Por algum motivo, isso ficou na minha cabeça, e pensei que algum dia gostaria de sentir esse nível de desejo por algo, qualquer coisa, mas nunca senti nada parecido.

Ela continuou:

— Mas outro aspecto de sua história também me chamou a atenção: o poder que ela exercia sobre os homens. Ela os testava antes de aceitá-los como amantes. Se eles lhe desagradavam, ela os dispensava. Sei que não vai acontecer da noite para o dia, mas sinto que, se eu seguir esse caminho, a independência me espera. Durante toda a minha vida, estive à mercê dos caprichos dos homens. Que eles fiquem à mercê dos meus, para variar. Ensine-me quando tocar, onde tocar, como acariciar, como deixar um homem louco de prazer.

O silêncio pairou entre eles, até que tudo o que ela podia ouvir era o *tique-taque* do relógio sobre a lareira e o sibilar ocasional do fogo. Sem tirar o olhar dela, ele estendeu a mão, pegou seu copo, bateu um dedo no vidro e tomou um gole. Como era possível um homem esconder todos os seus pensamentos e emoções?

— Se eu fosse seu irmão, quebraria minha mandíbula e nariz antes de me dar um belo olho roxo por sequer considerar sua proposta em vez de descartá-la imediatamente.

Ele parecia incrivelmente sombrio e sério.

— Não vou contar a Griff sobre essa parte do nosso acordo. Contarei apenas que morarei aqui e darei aulas de etiqueta. Não vou mencionar que é um bordel.

Outro gole do uísque. Ela ansiava por um gole de xerez, mas não queria revelar que seus dedos tremiam enquanto esperava uma resposta.

— Eu cumpro uma regra estrita, uma que nunca quebrei. Não me envolvo de maneira nenhuma com as mulheres que protejo. Não tiro vantagem delas. Elas não dormem na minha cama. E você estará sob minha proteção.

Althea foi invadida por uma onda de decepção.

— E se eu não morasse aqui?

— Eu ainda me consideraria responsável por você.

Talvez as meninas pudessem ensiná-la. Mas como ela ficaria confortável com o toque de um homem se não estivesse sendo tocada por um? Ela não queria admitir que já ansiava pelas carícias dele, por sentir o toque de seus dedos ao longo de muito mais do que só a parte inferior de sua mandíbula.

— Certamente você poderia ensinar o que preciso saber sem consumarmos o fato. Acho que isso seria benéfico, inclusive. Ser experiente e pura.

Ele a estudou como quem se esforçava para imaginar aquilo. Uma mulher que era uma contradição, que sabia como dar prazer, mas nunca se sentira totalmente satisfeita.

— Por mais que você queira sair deste negócio — disse ela baixinho, esperando que suas palavras pudessem ser ouvidas acima do trovejar de seu coração —, eu desejo dominá-lo.

A mandíbula magnífica dele se contraiu, e Althea se perguntou se as aulas de sedução poderiam envolver passar uma navalha sobre aquela barba que começava a crescer, ouvir o barulho das cerdas se partindo e, em seguida, beijar sua pele lisa.

Por fim, ele assentiu lentamente.

— Consigo ensiná-la a seduzir os homens sem violar meus princípios.

Fera tinha certeza de que, ao proferir aquelas palavras, tinha cavado sua própria cova. Satisfazer o desejo de tocá-la sem poder possuí-la por completo o mataria.

Quando ela soltou um suspiro trêmulo, recostou-se na cadeira e desviou o olhar para o fogo, como se não quisesse que ele percebesse o alívio que enchia seus olhos de lágrimas, Fera não teve mais dúvidas: ele era um homem morto.

Ficou de pé e caminhou até o canto, desesperado por mais uma dose de uísque. Passaria o resto de sua vida se perguntando por que diabo concordara com os termos de Althea. Talvez fosse porque ele não conseguia suportar a ideia de que ela procurasse ajuda em outro lugar; porque, à medida que ela falava, ficava cada vez mais evidente que ela seguiria aquele caminho, e que nenhum argumento que ele oferecesse a faria mudar de ideia. Ou, talvez, fosse porque ele a desejava irracionalmente desde a primeira vez que a vira, e o desejo desafiava qualquer lógica.

Ele entendia a ironia da situação. Queria tirar seis mulheres daquela vida e, para isso, precisava colocar mais uma. Pelo menos ela seria mais seletiva, mais exclusiva. Ele se perguntou se ela mudaria de ideia se ele oferecesse um salário de mil libras. Mas, então, aquilo não o faria diferente dos outros homens da vida dela, lutando para controlar a direção de seu caminho.

Ele tomou o uísque, serviu mais um pouco e se virou para ela. Ela havia voltado para a janela, e o sol do meio-dia formava uma auréola ao seu redor. Um anjo delicado. Foi o que ele pensou na primeira vez que a viu. Mas, maldição, sua espinha era de ferro, e havia um quê de malícia dentro dela.

— Quer mais xerez?

— Não, preciso ir trabalhar daqui a pouco.

Ele caminhou até a janela, apoiou o ombro no parapeito e apreciou a rigidez da madeira.

— Pedirei ao meu advogado que redija os termos do nosso contrato.

Ela o encarou.

— Você incluirá o acordo adicional que fizemos?

— De forma discreta. Pensarei melhor sobre isso. Minha principal preocupação envolve os termos financeiros. Preciso que sejam claros, para que não possamos tirar vantagem um do outro.

— Eu confio em você.

Ele abriu um sorriso irônico.

— Você não acabou de lamentar que os homens são criaturas nada confiáveis quando se trata de fazer o bem?

Ela sorriu, corou e olhou pela janela.

— Acho que sim. Preciso trabalhar. Eles estão contando comigo. Mas avisarei Mac que vou sair. Com sorte, a partir de amanhã, alguém conseguirá me cobrir.

— Pago cinco libras pelos seus turnos que forem cobertos por outra pessoa até que ele encontre uma substituta para você.

Enquanto o estudava, ela mordeu o lábio inferior.

— Será que nenhuma de suas meninas gostaria de trabalhar lá?

— Elas ganham mais aqui. Esse é um dos desafios que você enfrentará. Poucas ocupações para mulheres pagam bem, então você precisará descobrir o que cada uma delas gostaria de fazer. Porque se isso não for deixá-las ricas, que pelo menos deixe-as felizes.

— Teria sido melhor se eu soubesse disso antes de concordar com suas condições.

— Você pode desistir até assinar o contrato.

— Não tenho intenção de desistir. — Ela olhou para o relógio. — Preciso ir embora. Se você concordar, posso me mudar amanhã.

— Com certeza. Quero que as meninas comecem as aulas o quanto antes.

— Ótimo. Qual horário seria bom para você?

— Posso mandar uma carruagem buscá-la por volta das dez.

— Você tem uma carruagem?

— Não, mas meu irmão tem. Posso pegar emprestada. Ficará mais fácil trazer seus pertences.

— Eu não tenho muita coisa. Eles literalmente nos expulsaram, conseguimos pegar apenas as roupas do corpo e alguns itens pessoais. Pegarei um cabriolé.

Ele assentiu.

— Gostaria de ver seu quarto antes de ir? Caso ele a faça mudar de ideia.

— Contanto que tenha uma cama, manterei minha decisão.

Ele se sentia mal de saber quão pouco fora deixado para ela. A filha de um duque, contentando-se com migalhas. Ela logo descobriria que ali não era lugar de migalhas. Teria tudo o que quisesse. Ele garantiria isso.

No saguão, ele pegou a capa dela no cabide e a colocou sobre os ombros delicados antes de vestir a própria jaqueta.

— Você não precisa me acompanhar até em casa — disse ela.

— Não planejava fazê-lo.

Ela parecia desapontada e satisfeita ao mesmo tempo, como se desejasse independência, mas também um homem que se importasse o suficiente para cuidar dela.

Ele ficou satisfeito com a risadinha que Althea deu quando ele chamou um cabriolé.

— Eu deveria ter imaginado que você não me deixaria ir para casa sozinha.

— Não me ocorreu perguntar... como está sua cabeça?

— Melhor. A área ainda está sensível, mas o galo diminuiu.

— Ótimo.

Ele deu o endereço de Althea para o cocheiro.

— Espere até que ela se apronte e leve-a até o Sereia e o Unicórnio. Isso aqui deve cobrir os gastos.

Ele entregou as moedas.

O homem deu uma olhada rápida no dinheiro e tirou o chapéu.

— Está bem, senhor.

— Você não precisa fazer isso — disse ela.

— Temos um acordo agora. Além disso, você ainda não aprendeu que, quando me diz que não preciso fazer algo, isso não me impede de fazê-lo?

— Espero que nossos objetivos estejam alinhados nos próximos três meses, então.

— Não acho que teremos problemas.

Seu pênis, no entanto, teria grandes problemas, e procuraria vingança.

Ele a ajudou a entrar no táxi.

— Me avise caso precise de alguma coisa.

— Não preciso de nada além do que combinamos.

Enquanto o cocheiro incitava o cavalo a andar, Fera cruzou os braços e observou até ela desaparecer de vista. Estava ansioso para provar que ela estava errada.

Capítulo 7

ELE NÃO FOI AO Sereia naquela noite. Althea perdera tanto tempo olhando para a porta e desejando que Benedict entrasse no bar que mal tinha conseguido atender adequadamente seus clientes.

Depois de pegar Mac lhe fazendo cara feia diversas vezes, teve certeza de que ele ficou aliviado com seu aviso prévio. Com a oferta generosa de Benedict, ele não teria problemas em encontrar outras meninas dispostas a assumir os turnos dela. Uma das garçonetes tinha até uma amiga que estava procurando uma oportunidade de trabalhar no Sereia, o que aliviava Althea da culpa por ter saído de forma tão repentina.

Quando eles encerraram o expediente e todos começaram a arrumar o local, Mac a chamou e apontou para algumas moedas que ele havia colocado no balcão.

— Pelas noites que você trabalhou aqui.

Depois de contar, ela balançou a cabeça.

— Você não descontou as cervejas que virei na cabeça dos homens.

— Nunca desconto. Eu só ameaço para que as meninas pensem duas vezes antes de fazer isso. Mas, se mesmo assim decidem dar um banho em alguém, imagino que o encrenqueiro tenha feito por merecer. — Ele deu uma piscadinha. — Provavelmente beliscou um traseiro.

Ela sorriu para ele.

— Gostei de trabalhar aqui. Obrigada por me contratar mesmo quando eu não tinha experiência.

— Você trouxe um pouco de classe para este lugar. Espero que dê tudo certo em sua nova jornada.

Ela não contara o que era, apenas que havia assumido um cargo em outro lugar. Colocando as moedas nos bolsos, ela foi ajudar os outros a varrer e esfregar o chão. Não sentiria falta daquilo.

Quando finalmente estavam todos no beco, Mac se despediu, sem jeito. Talvez ele fosse sentir sua falta. Polly a abraçou e Rob disse que ela deveria passar lá e tomar uma cerveja. Os outros apenas acenaram, e cada um seguiu seu caminho.

Ela caminhou até a rua e sorriu ao ver Griffith apoiado na parede — sua perna dobrada, o pé pressionado contra o tijolo, as mãos enfiadas nos bolsos do casaco e a cabeça baixa. Ao ouvir seus passos, ele olhou para cima, endireitou-se e retribuiu o sorriso.

— Eu disse que não me atrasaria novamente.

Ela não o via desde que ele fora para as docas, antes do amanhecer. Todos os seus dias eram assim, um sem o outro, desde o amanhecer até a meia-noite. Ela tinha tanta coisa para contar.

— Senhorita Stanwick?

Atrás de Griffith, ela viu o cabriolé e o cocheiro acomodado em seu assento alto. Não ficou surpresa.

— Sim?

— Fui pago para levar a senhorita para casa.

— Isso deve ser coisa do Trewlove — disse Griffith, não parecendo muito satisfeito.

— Provavelmente.

Com certeza. Ela apostaria as duas mil libras que ainda nem ganhara.

— Como sabia que era eu? — perguntou ao motorista enquanto caminhava em direção ao veículo.

— O cavalheiro me disse para ficar de olho na bela que sairia do beco.

Aquilo não deveria tê-la deixado feliz ou ter enrubescido suas bochechas. Ela tinha a sensação de que, quando tudo estivesse terminado, se ressentiria da única regra que ele se recusava a quebrar.

Griffith a ajudou a subir antes de sentar-se ao seu lado.

— Acho que ele não acreditou que eu não me atrasaria.

Ela suspeitava que aquilo tinha a ver com Benedict agora se sentir responsável por ela. Quando o cocheiro iniciou a jornada, Althea ficou grata pelo luxo de não ter que caminhar para casa.

— A taverna é da irmã dele, não é? — perguntou Griffith — A duquesa de Thornley.

— Sim.

— Me certificarei de que ela o avise que você não precisa mais de ajuda e que sou totalmente capaz de acompanhá-la para casa.

Seu irmão era muito orgulhoso. Ter que confiar na bondade de estranhos tinha sido uma das coisas mais difíceis para eles. Ela pensou em dizer a ele que nenhuma mensagem seria necessária, mas decidiu esperar até que chegassem em casa, caso Griff começasse a fazer objeções aos seus planos. Althea não queria que o motorista presenciasse uma discussão.

Quando já estavam dentro da pequena casa, com a lamparina acesa, ela caminhou até a lareira e analisou o balde cheio de carvão. Havia surpreendido Benedict ao aparecer em sua sala naquela manhã, pensou. Se ele estivesse esperando por ela, não teria enviado tanto carvão. Estranhamente, aquilo comprovava sua natureza generosa e confirmava que tomara a decisão certa. Também lhe dava forças e determinação para começar uma discussão que poderia ser muito desagradável.

— Vou dormir — disse seu irmão.

Althea percebeu o cansaço em sua voz, mas aquela conversa não podia esperar. Ele sairia antes do amanhecer, e ela precisava contar sobre sua decisão.

Ela se virou.

— Esta foi minha última noite na taverna.

Ele estava de pé perto da mesa, esperando que ela pegasse a lamparina para que realizassem seu ritual noturno.

— Graças a Deus. Nunca gostei de você trabalhando lá, especialmente tarde da noite. Vou me sentir muito melhor sabendo que você está em casa, em segurança.

— Na verdade, Griff, o sr. Trewlove me ofereceu uma posição como tutora. Eu aceitei. Amanhã mesmo me mudarei para a residência onde darei minhas aulas.

— Aulas? Você não é professora.

Ela também não era costureira, balconista de mercearia, ou garçonete.

— Acredito que sou capaz de fazer o que me foi pedido. O sr. Trewlove está ajudando algumas garotas a melhorar de vida, e parte dessa assistência envolve aprender boas maneiras. Ele me pagará cem libras por ano, além de fornecer alimentação e hospedagem. Eu não poderia recusar uma oferta tão generosa.

A testa dele franziu tão profundamente que ela temeu que o irmão pudesse se machucar.

— É uma proposta desmedida. Por que ele faria isso? O que ele quer com você?

— Já disse. Que eu ensine boas maneiras, etiqueta e modos.

Ele balançou a cabeça.

— Não, ele quer tirar vantagem de você, levá-la para a cama. Eu proíbo.

Althea teria ficado menos surpresa se ele a tivesse esbofeteado.

— O que disse?

— Você não fará isso.

— Eu já aceitei.

— Envie uma mensagem para ele, diga que mudou de ideia.

— Para o diabo! Não farei nada disso!

Ele olhou para ela como se tivesse levado um soco.

— Sou seu irmão…

— Sim, mas não é meu pai, meu marido, nem meu rei. Não preciso obedecê-lo. Além do mais, quero esse emprego. Estou empolgada com a proposta. Tenho as habilidades necessárias e posso fazer um bom trabalho.

Enquanto falava, percebeu que era tudo verdade, mais do que havia imaginado. Por estar tão focada em cuidar de seu futuro, Althea não tivera tempo para considerar como se sentia sobre o que estava prestes a fazer.

Griff parecia perplexo, e se jogou na cadeira.

— Então você não vai morar mais aqui?

Ela percebeu que o problema para ele talvez não fosse tanto o que ela faria, mas o fato de que agora estaria sozinho. Ele acordaria pela manhã e voltaria à noite para uma casa vazia. Juntando-se a ele na mesa, ela se sentou na outra cadeira e colocou as mãos sobre as dele. Ela precisava cuidar delas antes que eles fossem dormir. Depois daquela noite, ele teria que fazer os curativos sozinho.

— Eu ouvi você e Marcus conversando ontem à noite. Griff, eu não preciso de uma babá.

Com um gemido, ele fechou os olhos com força.

— Althea, não foi isso que eu quis dizer.

— Eu sei. Olhe para mim.

Ele abriu os olhos, tão azuis quanto os dela, e ela viu que estavam cheios de arrependimento.

— Não sei exatamente o que Marcus está fazendo, mas ouvi o suficiente para saber que é incrivelmente perigoso, e sei que ele precisa de você mais do que eu. Não correrei perigo algum neste novo trabalho. Não precisarei lidar com bêbados abusados ou andar sozinha à noite. Terei uma cama para dormir. E uma lareira. Estarei segura. Se você encontrar um lugar melhor para trabalhar, está livre para ir sem culpa. — Ela apertou as mãos dele. — Se decidir se juntar ao Marcus, por favor, por tudo que é mais sagrado, tome cuidado. Eu não suportaria perder nenhum de vocês.

Ele deu um sorriso torto.

— Acho que nós dois ainda vemos você como aquela menininha irritante que queria que nos juntássemos a ela em seus chás de bonecas, aqueles com xicarazinhas que não tinham quase nada dentro.

Eles nunca aceitavam os convites, mas ela sempre achou que era porque a mesinha era muito pequena e as bonecas ocupavam todas as cadeiras.

— Chás de bonecas não me interessam tanto nos últimos tempos.

— Marcus não vai gostar. Por outro lado, acho que você tem razão sobre este novo trabalho trazer menos preocupação para ele... e para mim. Parece que esse tal de Trewlove já se encarregou de protegê-la, de garantir que você ficará bem.

— Pelo que observei no Sereia e pelo que outros me contaram, parece que seu propósito de vida é garantir que pessoas não sejam tratadas injustamente.

— Sem dúvida, isso tem a ver com a história dele. Sua vida não deve ter sido fácil. Se bem que, atualmente, o nome Trewlove tem mais respeito que o nosso. Quem diria?

Pelo jeito, aquela ideia deixava um gosto amargo na boca de Griff, e ela não tinha certeza se era porque Trewlove havia se tornado sinônimo de "bastardo" ou porque Stanwick havia se tornado sinônimo de "traidor", e porque a maioria da população preferiria ser associada com um Trewlove, e não com um Stanwick. Havia pouco tempo, as coisas eram diferentes.

Ele olhou para a lareira.

— Acredito que foi ele quem enviou esse carvão.

— Ele insistiu em acender a lareira ontem à noite, então mandou para substituir o que usou.

— E foi bem generoso. Acho que vai cuidar bem de você.

Ela decidiu não falar nada sobre o dinheiro adicional que ganharia, porque não queria que ele percebesse que o emprego era apenas temporário, três meses no máximo. Aquela informação poderia desencorajá-lo a ajudar Marcus e forçá-la a revelar seus planos futuros. Nenhum de seus irmãos aprovaria o que Althea tinha em mente.

— Sinto que tomei a decisão certa em relação ao emprego. Ele me aguarda às dez da manhã, então me despeço de você ao amanhecer.

— Eu vou com você.

O coração de Althea acelerou.

— O que disse?

— Vou acompanhá-la até lá, quero saber onde encontrar você.

— Posso lhe dar o endereço.

— Quero me certificar de que o local é aceitável e respeitável.

— Por Deus, Griff. Olhe onde nós moramos. — Ela gesticulou, indicando o ambiente ao redor deles. — Um chiqueiro seria mais aceitável que isso.

Ele empalideceu, como se ela tivesse golpeado sua cabeça com uma pá. Desde a primeira vez que ela passara pela soleira e entrara naquela casa minúscula, fria e horrível, com a pintura desbotada e descascada, madeira lascada e arranhada, uma bomba de água que rangia e que testava sua força toda vez que ela tinha que usar a maldita coisa, certificara-se de nunca mostrar sua tristeza e desespero por estarem no fundo do poço.

— Existem lugares piores, Althea. Acredito que Marcus esteja morando em um desses lugares, isso se ele tiver lugar para morar. Ele pode estar dormindo na rua.

Ela respirou fundo e se enrolou na capa com mais força, tentando recuperar um pouco do calor que havia perdido quando o respondeu daquela maneira. Em sua nova casa, ela poderia aposentar a capa. Não precisaria mais se aquecer em casa da mesma forma que se aquecia para sair na rua.

— Não quis parecer ingrata. Vocês não têm culpa por estarmos nessa situação. Se quiser ir comigo amanhã, tudo bem, mas saiba que nenhuma palavra que disser me impedirá de seguir o caminho que escolhi.

Na grande bolsa feita de carpete que ela usara quando tiveram que se esgueirar no meio da noite, três meses antes, logo depois de perderem tudo, ela enfiou as roupas que tinha, sua escova de cabelo com cabo de pérola, um espelho e o pequeno frasco de perfume com aroma de gardênia. Ela passara a usar o perfume com tanta moderação que duvidava que alguém pudesse realmente sentir o cheiro, mas borrifar um pouquinho atrás de cada orelha sempre a fazia sentir como se nem tudo estivesse perdido.

Althea deixou os cobertores cuidadosamente dobrados no canto, porque tinha certeza de que poderiam ser úteis para Griff, e, talvez, Marcus. No topo da pilha, colocou o que recebera no Sereia, as três gorjetas que Benedict Trewlove havia deixado para ela, e os poucos centavos que restavam de suas duas tentativas anteriores de emprego. Ela sabia que Griff era orgulhoso demais para aceitar o dinheiro, mas, se ela deixasse as moedas lá, quando ele fosse pegar os cobertores não teria escolha a não ser colocá-las no bolso. Ela se sentiu melhor sabendo que talvez aquele dinheiro pudesse ajudar os irmãos.

Nem sequer considerou levar algumas moedas para pagar um cabriolé, pois sabia que simplesmente não seria necessário.

Quando saiu da casa acompanhada por Griff, ela logo percebeu que tinha razão.

— Bom dia, srta. Stanwick — disse o cocheiro que os levara para casa na noite anterior.

— Bom dia, senhor.

Griff ajudou Althea a subir na carruagem e depois a seguiu, segurando sua bolsa no colo. Eles não haviam trocado uma palavra desde que acordaram. Ela detestava aquela tensão entre eles.

Estudou o perfil do irmão, esforçando-se para memorizá-lo, caso eles nunca mais se vissem. Aquele homem estivera em sua vida desde seu nascimento, e mesmo assim ela poderia descrever Benedict Trewlove com mais facilidade do que poderia descrever o próprio irmão.

— O que você vai dizer para o pessoal das docas para justificar sua ausência?

— Nada. Não vou mais trabalhar lá. Pegarei meu salário esta tarde e, em seguida, vou embora.

— Você vai atrás de Marcus?

Ele finalmente olhou para ela e deu um sorriso irônico.

— Sim. Me sinto culpado por estar tão aliviado...

— Por se livrar de mim?

Ele negou com a cabeça.

— Claro que não. Mas por poder ajudá-lo. Espero que dê tudo certo em seu novo trabalho.

— Vai dar. Deixei os cobertores para você — embora ela não tivesse planejado contar sobre o dinheiro, queria garantir que ele fosse até o quarto dela quando voltasse para casa — e todos os meus ganhos.

Como ela previra, ele não ficou satisfeito com aquilo.

— Você pode precisar do dinheiro.

— Não precisarei. Pedirei adiantamento do salário desta semana, vai ficar tudo bem.

— Você confia muito nele.

— Não há motivos para não confiar.

— Você já esteve errada a respeito de um homem.

Althea sabia que ele estava se referindo ao ex-noivo dela.

— Você está sendo injusto. E todos nós estávamos errados sobre papai.

Aquele comentário pareceu desinflá-lo.

— Sim, de fato.

O cabriolé desacelerou e parou na frente de sua nova residência.

— Eu conheço esse lugar — disse Griffith. Ele desviou o olhar para encará-la. — É um bordel.

— Você já veio aqui?

— Não. — Ele olhou novamente para o prédio, depois de volta para ela. — Alguns colegas do trabalho recomendaram. Você não pode estar achando que eu a deixarei entrar nesse lugar.

Ela suspirou.

— Ah, Griff, já estive aqui duas vezes. Eu vou dar aulas, não vou... você sabe.

As portas do veículo se abriram e ela saiu. Ela segurou a alça de sua bolsa, puxando-a do colo do irmão.

— Solte.

Segurando a bolsa com firmeza, ele saiu da carruagem e a colocou no chão.

— Althea...

— Eu ficarei bem. Prometo.

— Devo esperá-lo, senhor? — perguntou o cocheiro.

— Não. — Assim que o veículo partiu, Griffith deu um sorriso irônico. — Não acho que Trewlove pagou a minha volta para casa. Se as coisas aqui não derem certo, ou caso você precise de nós — ele puxou um pedaço de papel do bolso e colocou-o na mão de Althea —, vá até este endereço, bata na porta e diga ao cavalheiro que atender que você tem um pacote para Wolf que precisa ser entregue imediatamente. Marcus será avisado e, à noite, ele baterá na sua janela. Quando isso acontecer, encontre-nos do lado de fora. Entre em contato apenas se for extremamente necessário.

Ela sentia como se tivesse entrado em um mundo de criminosos, espiões e intrigas. Se não fosse pelas atitudes do pai, Marcus teria se tornado o duque de Wolfford. Ela se perguntou se aquela era a razão por trás do apelido que ele escolhera para si. Wolf.

— Então foi assim que você entrou em contato com Marcus.

— Algumas vezes, sim. É melhor para ele se acreditarem que ele realmente abandonou tudo o que amava.

Ela fez algo que nunca havia feito antes: deu um abraço bem apertado no irmão, como se nunca mais fosse fazê-lo novamente. Quando os braços dele a envolveram, ela quase chorou.

— Por favor, tome cuidado. E, se você precisar de *mim*, sabe onde me encontrar.

Ele a soltou e acenou com a cabeça em direção ao prédio.

— Vá.

Pegando sua bolsa, ela caminhou até os degraus e subiu depressa, colocou a mão na maçaneta da porta e se virou para olhar para o irmão uma última vez.

Ele já havia se perdido na multidão que seguia a caminho do trabalho, de casa, das lojas e de seus compromissos. Ficou incomodada ao perceber que havia muitos aspectos de Griff que ela desconhecia.

A porta se abriu, e, antes que ela pudesse reagir, a bolsa foi tirada de suas mãos.

— Ele não parecia muito feliz — disse Benedict Trewlove.

Althea o imaginou com o rosto pressionado contra a janela, aguardando sua chegada e observando enquanto ela se despedia do irmão.

Ela não deveria ter ficado feliz ao pensar que ele estava ansioso para que ela chegasse. Não é como se os dois pudessem se envolver de verdade. Ele não fazia parte dos seus planos, do seu futuro. Ele via nela uma solução para seus problemas, e ela o via do mesmo jeito. Eles se ajudariam a alcançar seus objetivos, e então se separariam amigavelmente e seguiriam com suas vidas.

Ele recuou, e ela entrou no edifício.

— Duvido que o descontentamento de meu irmão em saber que morarei em um bordel recomendado por seus colegas dure muito. Ele está livre de mim, pode fazer o que quiser.

— Ele perde, mas eu ganho. Vou levá-la até seu quarto. Depois, sairemos para encontrar com o advogado e assinar o contrato. — Ele a acompanhou pelo amplo saguão, passando pela sala de visitas, até a escada. — As meninas estão dormindo. Fechamos às seis da manhã. Elas costumam estar morrendo de fome, então servimos o café da manhã antes de elas irem dormir. Se você não acorda cedo, posso pedir que o cozinheiro prepare uma refeição para você mais tarde.

— Como eu acordava muito antes do amanhecer para preparar comida para o Griff antes de ele sair para as docas, acredito que continuarei acordando em horários desagradáveis.

— Você cozinha?

— "Cozinhar" é um pouco além do que consigo fazer. Comíamos principalmente queijo, pão, ovos cozidos, qualquer coisa que fosse fácil preparar.

— Aqui você terá pratos mais apetitosos. Acho que eu poderia ter usado esse argumento para convencê-la.

— Você já me convenceu o suficiente.

Ele começou a subir as escadas.

— A partir de amanhã, suas manhãs serão livres, você poderá fazer o que quiser. As garotas costumam dormir até o meio-dia. O almoço é servido à uma da tarde. Suas aulas começam às duas. Acredito que algumas horas por dia serão o suficiente, mas você pode ajustar o horário de acordo com sua preferência. Nós jantamos às seis e meia. Então, as meninas se preparam para a noite. Abrimos a casa para os clientes às oito.

Ela se perguntou se todos os bordéis funcionavam com tanta eficiência, ou se aquele, por ter Benedict como dono, era diferente.

Ao chegar no topo das escadas, ela olhou de relance e com culpa para o corredor onde ficavam as portas que levavam aos aposentos onde aconteciam as safadezas. Será que os quartos tinham camas grandes, espelhos, lençóis vermelhos de cetim e poltronas forradas de seda?

— Você pode explorar, se quiser — disse ele, com um tom divertido, fazendo-a perceber que tinha ficado para trás enquanto ele continuara subindo. Agora ele estava encostado no balaústre da escada, vários degraus acima. — Não tem perigo.

Vergonha aqueceu sua pele.

— Não, eu... só quero ver meu quarto.

Quando eles chegaram no andar seguinte, ela respirou aliviada.

— Meu escritório. — Benedict apontou para uma porta fechada no final do corredor. — Costumo passar bastante tempo lá. — Ele passou por uma porta aberta. — A biblioteca. Você dará suas aulas aqui.

Espiando o cômodo, ela se sentiu contente com o cheiro de mofo familiar e as prateleiras abarrotadas de livros.

— Não esperava encontrar uma biblioteca em um bordel.

— Este andar não faz parte do bordel. É nossa residência, onde moramos. — Ele olhou ao redor. — E eu gosto de livros.

— São todos seus?

— Todos meus.

Deviam ter custado uma fortuna. Althea não conseguiu resistir e caminhou até a estante larga e alta que revestia uma das paredes. Continha uma variedade surpreendente de livros encadernados em couro. Ela ficou surpresa com a diversidade e quantidade, e como muitos deles pareciam praticamente novos.

— Eu tenho permissão para lê-los?

— Sim.

Ela voltou à porta e sorriu suavemente.

— Se tivesse me mostrado isso aqui antes, a negociação teria sido bem mais rápida.

— Você gosta de ler?

— Bastante.

A resposta dela pareceu lhe agradar.

— Encontre-me aqui esta noite, às dez. Vamos começar nossas aulas.

As aulas. Sobre como seduzir. Ela esperava que elas acontecessem na cama, ou pelo menos perto de uma, mas se absteve de questioná-lo sobre aquilo, porque foi invadida por uma onda de calor.

— Vamos continuar — disse ele calmamente. — Não temos muito tempo antes do horário com o advogado.

— Sim, é claro.

Ele a conduziu até uma porta no final do longo corredor, abriu-a e indicou que ela deveria entrar primeiro. Jogando os ombros para trás, ela passou por ele e foi imediatamente dominada por seu cheiro. Sândalo, canela e algo mais misterioso, mais rico e atraente, um perfume que o descrevia perfeitamente. Um perfume que ocuparia seus pulmões se ela cheirasse a pele dele. Na biblioteca. Na cama.

Talvez a biblioteca fosse apenas o ponto de partida, e eles acabariam a lição ali, na cama de dossel, com uma colcha lilás e os travesseiros roxos.

Como se fosse pecado olhar para a cama, considerar o que poderia acontecer ali, ela desviou o olhar e analisou cuidadosamente cada pedaço do quarto. As paredes eram forradas com papel de parede lavanda. Uma poltrona de brocado malva com violetas bordadas em roxo ficava perto da lareira. Um guarda-roupa de mogno escuro cobria uma das paredes. Uma escrivaninha de mogno e uma cadeira de madeira de encosto reto com uma almofada roxa acolchoada repousavam perto da janela. Ela se imaginou sentada ali, escrevendo cartas enquanto o sol da manhã invadia o quarto. Se ainda fosse próxima de alguma amiga ou parente, ficaria feliz em escrever para eles. Mas ela e seus irmãos haviam sido abandonados por todos os amigos e familiares, com exceção de Kat, com quem a relação estava por um fio.

— Você está bem? — perguntou ele.

Sua postura repentinamente rígida devia ter denunciado a lembrança da perda. Lutando contra as emoções, ela se recompôs e olhou por cima do ombro. Ele esperava do lado de fora do quarto, embora tivesse colocado a bolsa dela no chão, dentro do cômodo.

— Com certeza. Este quarto é maravilhoso. Para ser sincera, achei que teria só uma cama.

Os olhos dele escureceram e suas narinas dilataram-se, e ela não pôde deixar de imaginar se, ao considerá-la com a cama logo atrás, ele estaria se arrependendo de sua regra inquebrável.

— Você pode adicionar toques pessoais, pendurar alguma coisa na parede.

Ela não ficaria lá por muito tempo. Não seria sensato fazer qualquer alteração que transformasse o quarto em um lugar do qual sentiria falta. Ainda assim, quis ser educada.

— Obrigada.

— Temos duas criadas que manterão seu quarto arrumado, além de um criado, que pode carregar qualquer coisa para você, como pacotes, a banheira de cobre, água quente para o banho. Também temos uma lavadeira. Como pode imaginar, temos muitos lençóis para lavar, mas ela também cuidará das suas roupas. Apresentarei todos para você mais tarde.

— Você parece ter pensado em tudo.

— Duvido. Se precisar de algo em relação às suas acomodações, fale com Jewel. Como mencionei, ela administra as coisas, inclusive os funcionários.

Qualquer outra coisa de que precise, fale comigo. Se não tiver perguntas, vou deixá-la se acomodar. Precisamos sair dentro de alguns minutos.

De repente, um ataque de nervosismo a atingiu ao perceber tudo o que estava fazendo.

— É tempo mais que suficiente. Como pode ver, não tenho muitas coisas.

O rosto dele foi dominado por alguma emoção, mas Althea não conseguiu identificar: tristeza, raiva, decepção, pesar... Meu Deus, esperava que não fosse pena. Não suportaria saber que ele sentia pena dela.

— Encontre-me na sala quando estiver pronta.

Então, ele se foi, e ela respirou novamente. Depois de pegar sua bolsa, a colocou sobre a colcha. O quarto não era nem de longe tão elegante ou chique quanto aqueles em que ela dormira nas propriedades do pai. No entanto, sentiu que estava recuperando o controle da sua vida.

Olhando pela janela da sala e segurando um copo de uísque, Fera lutou para não pensar em Althea na frente da cama. Quão fácil teria sido jogá-la sobre ela? Quão satisfatório seria começar suas aulas com uma lição que ela nunca esqueceria?

Ele parou na porta e não ousou entrar no quarto, porque temeu ceder à tentação. Perguntou-se quantas vezes sua regra chegaria perigosamente perto de ser quebrada. Não conseguia lembrar de uma única vez em sua vida em que desejara mais uma mulher.

Como um garoto apaixonado, ficara parado na janela esperando a chegada dela, e, quando a carruagem enfim apareceu, ele teve que se conter para não sair correndo e recebê-la. O que provavelmente tinha sido uma boa ideia, pois os punhos cerrados do irmão de Althea indicavam que Fera não teria sido recebido de maneira amigável.

Ele não estava convencido de que ela entendia exatamente o quanto Griffith Stanwick não a queria naquele lugar. O fato de ela estar no andar de cima era uma prova de sua capacidade de persuadir, ou, talvez, da fé do irmão em seu bom senso, ou do quanto ele desejava vê-la feliz, ou da força da necessidade de Althea de se sentir livre para fazer o que quisesse.

O que mais importava para Fera era manter sua promessa de não a levar para a cama. Depois de três meses — ele não tinha dúvidas de que ela cumpriria sua meta — e com dinheiro em mãos, ela poderia mudar de ideia quanto ao desejo de se tornar uma amante. Poderia perceber que o casamento ainda era uma opção, e ele não queria diminuir suas chances de encontrar a felicidade ao tirar dela algo que muitos homens cobiçam na noite de núpcias. Ele não iria arruiná-la.

Ouviu passos silenciosos. Agora que ela estava ali, a casa parecia diferente. Não parecia tão… indecorosa.

Virando-se, ele observou enquanto ela entrava na sala, com os olhos cheios de antecipação, e as bochechas coradas. Ele colocou o copo de lado.

— Chegou a hora de oficializarmos nosso acordo.

Depois daquilo, não haveria mais volta.

Capítulo 8

ENQUANTO ESPERAVAM NA RECEPÇÃO pela audiência com o advogado, Althea lutava para acalmar os nervos. Uma coisa era negociar termos, condições e resultados escandalosos com Benedict Trewlove na privacidade de uma sala de visitas. Outra bem diferente era vê-los redigidos por um homem decente, cujo trabalho era seguir a lei, e saber que ele testemunharia não apenas a assinatura do contrato, mas também o fato de que ela estava condenando sua alma ao fogo eterno da perdição. Mas, até aí, de acordo com a sociedade, as atitudes de seu pai já haviam garantido um triste fim para ela, simplesmente pelo fato de Althea ser sangue do seu sangue. Desde o dia anterior, começara a perceber que os pecados do pai lhe haviam dado a oportunidade de abraçar a própria liberdade. Era melhor aceitar os próprios pecados também.

— O sr. Beckwith vai recebê-los agora — disse o secretário, segurando aberta a porta de carvalho que parecia uma bocarra ameaçando engoli-la inteira.

Suas pernas não estavam tão firmes quanto ela gostaria quando se levantou, mas, então, Benedict colocou a mão na parte inferior de suas costas com muita segurança, e uma força percorreu seu corpo, acalmando todos os tremores.

Ela entrou primeiro na sala, onde um homem baixo e esguio estava atrás da mesa. Ele a cumprimentou com a cabeça grisalha.

— Senhorita Stanwick, sr. Trewlove.

Ainda era um pouco desorientador ser chamada de srta. Stanwick, em vez de lady Althea.

— Senhor Beckwith, o acordo está pronto? — perguntou Benedict.

— Sim, senhor. Sentem-se, por favor.

Ele apontou para duas cadeiras de couro diante da mesa.

Benedict indicou que ela se sentasse na da esquerda, e ele se sentou na outra. Se o advogado tinha algum pensamento a respeito de seu relacionamento com o homem ao lado dela, não demonstrava. Althea suspeitou que Benedict pagara um bom dinheiro para garantir que ele não expressasse suas opiniões sobre o assunto.

O advogado os encarou com penetrantes olhos azuis, que pareciam ainda maiores por causa dos óculos apoiados no nariz nobre.

— Aqui está uma cópia para cada um de vocês, a cópia extra será arquivada. Peço que leiam e se certifiquem de que estão de acordo com os termos.

Althea esperava que nenhum dos homens notasse o leve tremor em seus dedos quando pegou os papéis e começou a ler. Era tudo tão formal, exposto com tanta precisão, exatamente como haviam discutido no dia anterior.

Seu salário seria de cem libras por ano, a serem pagas semanalmente, e o saldo seria pago integralmente caso ela deixasse o emprego por qualquer motivo antes de completar as cinquenta semanas. Se ele a dispensasse, ou se ela decidisse partir por conta própria, receberia as cem libras mesmo que a culpa da partida fosse dela. Eles não haviam discutido os pequenos detalhes sobre como lidariam com uma eventual separação desagradável; ela nem sequer havia considerado aquela opção, que talvez acontecesse algo que a levaria a ir embora antes do previsto. Parecia que Benedict tinha mais experiência em redigir contratos do que ela, não deixando nada ao acaso. Althea não encontrou nenhuma falha nos termos que a favoreciam.

Os pagamentos se ela atingisse a meta em três, seis e doze meses foram detalhados. Sucintos e objetivos.

Mas foi o texto do adendo às negociações que fez seu coração bater tão forte que ela tinha quase certeza de que o advogado podia ouvir.

O sr. Trewlove dará à srta. Stanwick aulas de como ser uma exímia sedutora. Quando o acordo deles terminar, caso a srta. Stanwick considere que o sr. Trewlove falhou em sua tarefa, sendo sua opinião sobre o assunto a única prova necessária, o sr. Trewlove deve pagar imediatamente a soma de 1.000 (mil) libras.

Ela olhou para a direita, onde ele estava sentado calmamente na cadeira ao lado, e notou que os papéis dele já repousavam sobre a mesa, indicando que ele lera tudo.

— Esta última parte, sobre eu considerar que você falhou no combinado...

Ele deu de ombros.

— Se vou penalizá-la se seu trabalho não atender às minhas expectativas, é justo que eu seja penalizado caso não seja capaz de atender às suas.

— Você não acredita que eu seria capaz de mentir simplesmente para conseguir as mil libras?

— Você mentiria?

— Não.

— Então não vejo problema.

— Os termos não parecem equitativos. Eles me favorecem mais que a você.

— Você sabe o que quero. Isso não se mede em dinheiro.

Por um breve momento, ela imaginou que ele não estava falando sobre sair do ramo dos bordéis, mas sobre possuí-la. Como seria ser desejada por alguém com tanta vontade? A ponto de ser uma necessidade, uma ânsia capaz de anular o bom senso?

— Se você está olhando para as quantias mencionadas no documento — continuou ele — e acredita que está tirando algum tipo de vantagem, eu garanto que não. Estou pronto para assinar. E você?

Althea nunca assinara um documento legal, nunca colocara sua assinatura em algo que a ligaria oficialmente a outra pessoa. Sempre havia achado que a primeira vez que o faria seria no dia de seu casamento, quando entregaria sua vida ao marido. E, agora, assinar aquele documento lhe garantiria liberdade, algo que um casamento nunca seria capaz de oferecer. Althea respirou fundo e se acalmou.

— Sim, estou pronta.

Ela mergulhou três vezes a caneta no tinteiro e assinou três vezes seu nome, vendo Benedict fazer o mesmo. Então, o advogado serviu como testemunha.

Quando terminaram, Benedict Trewlove olhou para ela com satisfação refletida nos olhos escuros.

— Está feito.

— De fato, está — disse o sr. Beckwith enquanto enrolava duas cópias dos papéis e as entregava para eles.

Althea colocou a sua na bolsa. Benedict colocou a dele na jaqueta e se levantou. Ela fez o mesmo, o que encorajou o sr. Beckwith a se levantar também.

— Antes de nos despedirmos, sr. Trewlove, já que você está aqui, e caso não considere meu pedido um atrevimento, gostaria de saber se você poderia... — ele abriu uma gaveta, retirou um livro e o colocou sobre a escrivaninha — autografar uma cópia do seu romance para minha esposa. Ela seria eternamente grata.

Atordoada, Althea se perguntou se ele estava falando com alguém que entrara discretamente na sala. Embora o sr. Beckwith tivesse falado o nome com todas as letras, ela não conseguia conceber que ele estava insinuando que Benedict Trewlove era um escritor famoso.

Porém, Benedict pegou o livro e a caneta com a qual ele havia assinado o acordo.

— Devo escrever alguma coisa específica?

— Deixo isso ao critério do autor da obra. O nome dela é Anne, com "e" no final.

Fascinada, ela observou quando Benedict abriu a capa, mergulhou a caneta no tinteiro e escreveu no livro. Sem fechá-lo, ele o devolveu ao sr. Beckwith.

— "Para Anne, uma mulher misteriosa. Com carinho, Benedict Trewlove". Ah, ela vai adorar isso — disse o advogado, sorrindo. — Muito agradecido. Ela pediu que eu perguntasse quando o próximo será publicado.

— No ano que vem.

— Passarei a informação adiante. Posso fazer mais alguma coisa pelo senhor?

— No momento, não. Agradecemos sua discrição sobre este assunto.

— Naturalmente. Sua remuneração faz jus ao posicionamento.

Benedict apertou a mão do sr. Beckwith.

— Tenha um bom dia.

O sr. Beckwith sorriu para ela.

— Prazer em conhecê-la, srta. Stanwick.

— Obrigada, senhor.

Com os dedos posicionados sobre a parte inferior das costas dela, Benedict a conduziu até a porta, e ela imaginou se era com aquela mão que ele escrevia romances.

Parecia que o fato de ele fazer muitas perguntas a ela, e sua vergonha em respondê-las, havia freado a curiosidade dela de fazer perguntas a ele também. De repente, Althea percebeu que sabia muito pouco sobre aquele homem, mas queria saber tudo.

— Por que você não me disse que era escritor?

Ela esperou até que estivessem acomodados na carruagem a caminho de casa para fazer a pergunta.

— Não é um assunto que surge facilmente em uma conversa. — Fera suspirou. — E, para ser sincero, não me sinto totalmente confortável com isso. Não sei se vai durar. O livro que estou escrevendo não está... cooperando. Esse comentário me faz parecer um louco, como se um romance fosse uma coisa viva que determina seu próprio caminho.

— Mas é, não é? Uma coisa viva. Mesmo quando está concluído, ganha vida quando as pessoas o leem. Ou elas ganham vida durante a leitura. Adoro livros porque é como se estivesse viajando com um amigo.

Ele não sabia como reagir ao comentário, principalmente porque sentia o mesmo. Para ele, os livros sempre proporcionavam uma fuga da realidade, que nem sempre fora aprazível.

— Quantos você já publicou?

— Meu primeiro livro foi publicado há dois meses.

— Está à venda nas livrarias?

A enxurrada de perguntas e a empolgação de Althea o deixaram ainda mais encabulado. Ele ergueu um ombro e deixou-o cair.

— Em muitas delas, sim. Não sei se pode ser encontrado em todas.

Sua irmã Fancy, a condessa de Rosemont, era dona de uma livraria, o Empório de Livros Fancy. Ela encomendara cerca de mil cópias. Ou algo assim.

— Como se chama?

— *Assassinato no Ten Bells.*

O proprietário do pub em Whitechapel não se importara com o uso do estabelecimento como cenário do assassinato. Aparentemente, a notoriedade fizera seus lucros aumentarem consideravelmente.

O sorriso satisfeito de Althea pesou no peito de Benedict.

— Por isso você escreveu aquela dedicatória para a sra. Beckwith. Uma mulher misteriosa. Porque você escreve histórias de mistério.

Ele enxergava sua obra mais como uma história de detetive do que qualquer coisa.

— Eu quero que você me conte tudo — disse Althea.

O que mais havia para contar? Ao perceber onde estavam, ele mudou o foco para algo de natureza mais urgente, que requeria sua atenção. Ele pretendia informá-la logo depois que subissem na carruagem que eles se separariam, mas ela havia começado a fazer perguntas.

— Agradeço o interesse. No entanto, precisarei responder depois. Não é sempre que visito esta área de Londres, e preciso fazer uma parada em outro lugar. Se você não se importar, descerei aqui e pedirei ao cocheiro que a leve para casa.

Um lampejo de decepção iluminou os olhos cinza-azulados como um relâmpago durante uma fria tempestade de inverno. Mas o raio foi embora com a mesma velocidade que chegou, e ele ficou se perguntando se a reação realmente acontecera.

— Não tem problema. Faça o que deve fazer.

Inclinando-se para trás, ele chamou o motorista pela pequena abertura no teto.

— Ficarei no parque Abingdon. Pare em uma floricultura no caminho.

Quando chegaram ao cemitério, Benedict segurava um buquê de flores coloridas que só floresciam naquela época do ano, em uma estufa específica, e que, sem dúvida, lhe custara uma pequena fortuna. Prometeu voltar à residência antes que Althea começasse sua primeira aula e, com a graça e agilidade que ela esperava dele, desembarcou do veículo.

Depois de pagar um adicional ao cocheiro, Benedict disse onde deixá-la. Quando começaram a se afastar, ela olhou para trás e o viu cruzar vagarosamente a entrada do portão. Seus passos estavam mais lentos que o habitual, e então Althea foi atingida — como na noite em que o viu se afastar de seu casebre — pela solidão que ele emanava. Mas, dessa vez, havia algo mais. Uma sensação de abandono pairava ao redor dele. E por que não deveria? Ele não cruzara aquele portão para tomar uma xícara de chá.

Eles mal chegaram à rua seguinte quando ela pediu que o motorista voltasse para onde o deixara. Depois de pedir que o homem esperasse, ela desceu do veículo, mas a indecisão a tomou. Deveria apenas esperar que ele voltasse ou se juntar a ele a fim de oferecer solidariedade enquanto visitava alguém que ele perdera? Ele ficaria feliz em vê-la ou irritado com a intrusão?

Por fim, decidiu que valeria a pena lidar com o risco da irritação dele, só caso ele realmente precisasse ser consolado.

Enquanto caminhava, era impossível negar que o local emanava paz, calmaria e quietude. Um farfalhar soou enquanto a leve brisa movimentava as últimas folhas que teimavam em se agarrar às árvores. O ar gélido tornava sua respiração visível.

Passando pela estátua de um enorme anjo de pedra, ela notou que as palavras esculpidas na base indicavam que ele guardava o duque de Lushing. Sua viúva havia se casado com um Trewlove.

Ao virar uma esquina, ela avistou Benedict com a cabeça inclinada, ajoelhado sobre um túmulo com uma lápide pequena e simples, o lindo buquê de flores frescas descansando contra o mármore preto com letras douradas.

SALLY GREENE
15 DE JUNHO DE 1841 – 05 DE AGOSTO DE 1866
ENCONTRA-SE VALSANDO COM OS ANJOS

Parando longe o suficiente para não se intrometer, mas perto o bastante para ler as palavras, ela sentiu uma pontada aguda de tristeza, perguntando-se quem era a jovem e o que exatamente ela significara para ele. Imaginou a cor de seu cabelo, a suavidade de sua alma. Embora não conseguisse imaginar Benedict com alguém que não fosse tão forte, ousado e audacioso quanto ele.

Levou um tempo até ele finalmente se levantar, colocar o chapéu na cabeça e se virar para encará-la.

— Minha intenção não era incomodá-lo — disse ela, com toda a sinceridade.

— Você não me incomodou, mas deveria ter ido direto para casa.

— Não é fácil encontrar transporte por aqui. Decidi que seria melhor voltar e pedir que o motorista esperasse por nós, queria garantir que você estivesse lá quando eu encontrasse as garotas. Para ser sincera, estou um pouco ansiosa com esse primeiro encontro.

Ele a olhou um minuto inteiro antes de assentir.

— Você demonstra tanta confiança que não me ocorreu que estivesse nervosa. Foi uma boa decisão pedir que o cocheiro nos esperasse. Vamos embora.

— Você a amava?

As palavras saíram antes que ela pudesse detê-las, antes que ele pudesse andar, e ela percebeu que já sabia a resposta. A resposta estava nas flores, na maneira como ele estivera ajoelhado, na melancolia e na tristeza que se agarravam a ele como um casaco velho.

Enfiando as mãos enluvadas nos grandes bolsos do sobretudo, ele olhou para o céu acinzentado.

— Era impossível não amar Sally. Ela sempre reclamava que sua boca era muito larga e seus dentes eram tortos, mas, quando sorria, seus olhos escuros brilhavam, e era como se mil velas tivessem sido acesas para iluminar o mundo inteiro.

Aquelas palavras eram tão profundas e poéticas que Althea sentiu a garganta apertar, e se perguntou como explicaria as lágrimas que faziam seus olhos arder. Ela sabia que o conde de Chadbourne nunca falara sobre ela com tanta paixão ou a olhara com tanto carinho, pois, se fosse o caso, ele certamente não a teria abandonado após o escândalo de seu pai. Teria ficado ao seu lado.

— Sally foi uma mulher de sorte por ser tão adorada. Ela morreu muito jovem. Você tinha planos de se casar com ela?

Ele a encarou.

— Meus sentimentos por ela advinham de uma grande amizade.

— Amigos não costumam oferecer tantas flores.

E não tão caras.

— Ah, as flores… São uma tentativa de aliviar minha culpa. Eu sou o responsável por sua morte.

Antes que aquelas palavras caíssem como uma bigorna no peito de Althea, ele tirou o relógio do bolso, abriu a tampa com agilidade, olhou a hora e o colocou de volta no lugar. Ele acenou a cabeça em direção ao caminho que ela percorrera.

— Já ficamos tempo demais aqui.

Sua voz soou tensa, como se ele temesse a resposta dela à sua confissão e se arrependesse de tê-la feito. Parecia que mudar de assunto era uma tentativa para que ele nunca soubesse o que ela pensava sobre aquilo.

— Não há nada que me faça acreditar que você a matou.

— Não diretamente, mas isso não me exime da culpa.

Quando passou ao seu lado, ela o deteve facilmente, agarrando seu braço — um braço forte, de músculos firmes; a rigidez era evidente mesmo através do sobretudo.

— Você não pode falar uma coisa dessas e esperar que eu ignore.

Ele a estudou com atenção.

— Você lembra quando eu disse que o bordel surgiu de um favor para uma amiga?

Althea assentiu.

— Ela era a amiga. Sally precisava de um lugar onde pudesse fazer seu trabalho em segurança, então eu providenciei.

— Ela era uma mulher da noite?

Ele reagiu com uma leve zombaria.

— Muito mais uma garota do que mulher. Tinha 15 anos quando começou a trabalhar. Aos 16 anos, ela entrou em contato comigo para saber se eu poderia protegê-la. Era impossível negar qualquer coisa que ela pedisse. Nesse sentido, às vezes você me lembra Sally. Enfim, alguns anos depois, uma noite eu a ouvi gritar. Não sei o que o canalha fez com ela antes de eu chegar no quarto, mas, quando abri a porta, ele estava montado nela, batendo sua cabeça contra o chão. Eu o arranquei de cima dela, bati nele até sangrar e o joguei na rua. Quando voltei, ela estava sentada na beirada da cama. Disse que sua cabeça doía um pouco e que ia dormir. Desejei que ela tivesse bons sonhos. Quando eu estava saindo, ela deu um tapinha no meu ombro e disse: "Meu herói". Na manhã seguinte, ela estava morta. Um herói de verdade entenderia a necessidade de chamar um médico.

O coração de Althea estava se partindo. Como ele poderia achar que aquilo tinha sido sua culpa?

— Foi por isso que você chamou um médico na noite em que me machuquei, o motivo pelo qual cuidou tão bem de mim.

— Eu não suportaria se você morresse.

Fera não tivera a intenção de fazer uma declaração tão fervorosa, e esperava que ela entendesse que era por causa da culpa por outra morte, e não por um desejo ardente que sentia por ela. Independentemente do que ele estava começando a sentir por ela, era melhor colocar um ponto final naquilo de imediato. Ela tinha planos e objetivos, e eles com certeza não o incluíam.

Nenhum dos dois disse uma palavra enquanto voltavam para o cabriolé que os esperava. Ele estava dividido entre sentir-se grato por ela não ter partido sem ele e desejar desesperadamente que ela o tivesse feito.

Ele ficara ciente de sua presença assim que se ajoelhou diante do túmulo de Sally, como se ela tivesse chegado e lhe dado um tapinha no ombro. Era quase como se, ao falar dela para Sally, suas palavras a tivessem conjurado.

Elas teriam gostado uma da outra, ele tinha certeza. Althea carregava uma força da qual ele não sabia se ela estava ciente. Mas a vida não tinha sido gentil e, quando as circunstâncias a haviam levado para uma parte de Londres a que não pertencia, aquela força acabara abalada.

Quando eles chegaram na carruagem, ele a ajudou a subir e sentou-se ao seu lado. Estava começando a parecer quase natural estar tão perto dela, ter sua coxa pressionada contra a dela, sentir o cheiro de gardênia flutuando ao redor, olhar para a esquerda e ver as bochechas rosadas pelo frio.

Enquanto desbravavam rapidamente as ruas lotadas, ele sentiu que deveria dizer algo — parecia correto lhe agradecer por não ter ido embora, explicar que as últimas palavras que dissera foram simplesmente o resultado do redemoinho de emoções que o bombardeavam sempre que ele visitava Sally, ou até mencionar a instabilidade do clima —, qualquer coisa que pudesse quebrar o gelo que se formara entre eles. Ele não deveria tê-la levado até o cemitério, ou a sobrecarregado com seus arrependimentos. Tantos anos, e mesmo assim ele não conseguia afastá-los. Era por isso que continuava morando em um maldito bordel; não abandonaria as mulheres que confiavam nele, e ocasionalmente em seus punhos, para mantê-las seguras.

Althea provavelmente sentira seu olhar sobre ela, pois lhe devolveu com um de simpatia e compreensão, e Fera lembrou que ela havia perdido a mãe recentemente. Talvez ela estivesse lidando com a própria dor e arrependimento.

— Conte-me sobre minhas alunas — disse ela, tão baixinho que ele quase não a ouviu acima do barulho dos cascos, do ruído das rodas, do rangido das molas, dos gritos e berros que construíam a cacofonia das pessoas e seus cotidianos. — Como elas são?

Ele estava grato por ela não querer discutir o que ele compartilhara. Mas, até aí, o que mais ele poderia dizer?

— Lottie é paqueradora, gosta de provocar e não leva quase nada a sério. Acho que ela será seu maior desafio. Ela gosta muito de homens, então é provável que seja constantemente dispensada dos empregos por ser... generosa demais. Lily é a mais tímida de todas e tem um coração de ouro, sempre quer cuidar de todo mundo. Acho que ela seria uma excelente dama de companhia para uma viúva rica. Pearl e Ruby são muito amigas e suspeito que, para onde uma delas for, a outra vai junto. Hester quer ser uma dama de companhia, mas não em uma residência extremamente nobre. As esposas de homens bem-sucedidos também precisam estar sempre apresentáveis. Talvez valha a pena ensiná-la o que uma dama espera de uma criada particular.

— Isso é extremamente simples, não seria difícil ensiná-la.

— Ela certamente adoraria praticar. Pelo que entendi, Hester costuma tratar as meninas como se fossem bonecas, fazendo penteados e dando dicas do que devem vestir.

— Conversarei com ela sobre isso.

— Ótimo. Por fim, temos Flora. Ela passa bastante tempo cuidando do jardim.

A cada palavra que ele dizia, o cenho dela se franzia mais. Seus lábios estavam ligeiramente separados, e Fera considerou aproximar sua boca para que suas línguas fossem devidamente apresentadas. Ele ainda não havia decidido o que ensinaria para ela. Qualquer indício de intimidade, ainda que fosse um simples toque, poderia levar a outras coisas e testar sua determinação de não se aproveitar dela. Havia sido por isso que ele acrescentara o pagamento de mil libras caso ela não ficasse satisfeita com seus ensinamentos. Não era sua intenção desonrar intencionalmente a segunda parte do acordo, mas ele também sabia que cumprir totalmente os termos poderia ser problemático. Ele deveria ter incluído uma cláusula dizendo que, a qualquer momento, se emoções não planejadas viessem à tona, ambos poderiam interromper as aulas sem nenhuma penalidade.

— Parece que está incomodada com algo — disse ele finalmente, assim que conseguiu parar de pensar na boca dela.

— Não esperava que elas seriam tão... normais. Interessadas em penteados, jardinagem... Achei que elas seriam promíscuas.

— Não se engane, a promiscuidade existe. É por isso que preciso que você as ajude a mostrar o que elas têm de mais bonito. Elas costumam conversar bastante. Falam bem mais sobre sexo do que sobre o clima. Compartilham piadinhas grosseiras. Usam roupas escandalosas, mas, no fundo, assim como todo mundo, cada uma delas tem sua paixão particular. Elas têm sonhos.

— E sorrisos equivalentes a mil velas.

— Algumas delas, sim. Mas não as julgue pela aparência.

— Gostei de Jewel assim que a conheci. Ela foi gentil, se preocupou comigo e ainda provocou você. Pensei que ela era a exceção.

— Pela minha experiência, ela é mais a regra.

Capítulo 9

Quando eles voltaram para casa, o almoço já tinha sido servido e as moças haviam voltado para seus aposentos para se prepararem para as aulas.

Apenas Althea e Benedict ocupavam a grande mesa de jantar. Ela ficou surpresa com o estilo simples mas elegante do cômodo. Era tão chique quanto qualquer casa de família nobre em Mayfair.

— Sua cozinheira é excelente — disse ela.

— Eu cresci em um cortiço, cheio de irmãos, então sempre sentia fome. Prometi a mim mesmo que, assim que fosse possível, não passaria mais por isso.

Ela pensou nas moedas que ele deixava nas mesas, nos cabriolés que ele alugava com tanta facilidade, na casa, nos móveis elegantes, nas roupas bem--feitas que realçavam seu corpo tentador e em forma.

— E agora é possível.

— Sim, é.

— Nunca pensei que escrever livros fosse tão lucrativo.

Principalmente tendo escrito apenas um.

— E não é, mas meus navios são.

Outra informação inédita sobre Benedict Trewlove. Não que aquilo fosse fazer alguma diferença em sua decisão de aceitar a proposta dele, mas confirmava que ela sempre estivera certa sobre ele ser um homem com muitos segredos.

— Você tem navios?

— Um homem precisa se sustentar.

Ele falou aquilo de forma simples, como se não tivesse importância. No entanto, Althea já havia visto navios irem e virem, já havia imaginado todas as aventuras que as tripulações vivenciavam, mas nunca conhecera alguém que realmente tivesse um navio e viajasse pelos mares.

— Quantos você tem?

— Quatro.

— Desde quando você os tem?

Ele girou a taça de vinho branco.

— Quando eu era mais novo, por volta dos 14 anos, comecei a trabalhar nas docas.

Meu Deus. Aos 14 anos. Ela sabia o preço que o trabalho nas docas havia cobrado de Griff. Não conseguia imaginar como aquilo devia ter sido difícil para um menino de 14 anos.

— Enquanto carregava e descarregava cargas, falava com os mercadores que vinham buscar suas mercadorias e fazia perguntas aos capitães e suas tripulações. Eu sabia que faria dinheiro se me envolvesse com navegação. Então, economizei até poder comprar um navio. Isso levou vários anos, é claro, já que navios são caros. Com toda a experiência obtida ao longo do tempo, consegui determinar uma rota lucrativa e comprar mercadorias para diversos comerciantes que sabiam que eu estava disposto a cobrar menos que a concorrência. Não demorou muito até que eu tivesse clientes o suficiente a ponto de precisar de outro navio. Então, outro... e mais um. Aliás, acredito que precisarei comprar mais um em breve.

— Você já viajou pelo mundo, então?

Ele encarou a taça de vinho.

— Quando comprei meu primeiro navio, achei que viajaria. Pensei que desbravaria outros continentes. Cheguei até o estreito de Dover. Ferguson, o primeiro capitão que contratei, aconselhou que eu desse uma boa olhada na terra firme, porque em breve estaríamos navegando a mar aberto. — Ele abriu um sorriso irônico. — Mandei que ele voltasse para o porto. Não queria perder a terra de vista, muito menos me afastar da Inglaterra. Não sei bem por que não pensei nisso até estar quase que completamente cercado pelo mar. Você já saiu da Inglaterra?

— Viajei para Paris para comprar vestidos.

— O vestido verde que você usou ontem era de Paris?

Ela assentiu.

— Gostou dele?

Em vez de responder, ele olhou para o relógio.

— Chegou a hora de apresentá-la às meninas.

Lottie, Lily, Hester, Pearl, Ruby e Flora.

Elas estavam relaxando na biblioteca praticamente seminuas, usando espartilhos que evidenciavam os seios e lenços de seda amarrados sem esmero, revelando decotes e coxas. Algumas, inclusive, pareciam não estar acostumadas a usar roupas de baixo, a julgar pelas áreas sombreadas visíveis sob o tecido fino. Havia moças descalças, outras apenas com sapatilhas. Seus penteados variavam, desde coques até madeixas soltas. Uma delas exibia o cabelo arrumado com grampos e cachos, perfeito para um baile.

Althea concluiu que se tratava de Hester. Ela parecia tão jovem, não podia ter mais de 20 anos.

— Endireitem-se, mocinhas — ordenou Jewel, colocando-se à esquerda de Althea.

Elas obedeceram instantaneamente, movendo seus corpos com tamanha fluidez que a fez pensar que elas, sim, é que deveriam lhe ensinar as artes da sedução. Embora algumas a encarassem como quem não soubesse o que esperar, Althea também notou uma dose de esperança e entusiasmo em seus olhares e nos sorrisos hesitantes.

— Como mencionei ontem — disse Benedict —, a srta. Stanwick está aqui para ensinar boas maneiras e algumas habilidades que ajudarão vocês a encontrar posições em outro lugar. Vocês devem respeitá-la e seguir suas instruções sem contestá-las. Alguma dúvida?

Uma mão se ergueu. A mulher não era muito alta, mas Althea se esforçou para não invejar seus seios fartos.

— Lottie? — disse ele.

— Ela é uma daquelas riquinhas? Porque ela tem cara de riquinha.

— Ela conhece um universo que pode lhe oferecer muito mais que este.

— Ela não se acha melhor que você, querida, então não se ache melhor que ela — disse Jewel.

— Não estou me achando melhor não, Jewel. Quero ser que nem ela. Aposto que ela conseguiria fisgar um ricaço. É esse o tipo de posição em que quero estar. Debaixo de um partidão.

Althea não se segurou. Rindo, ela teve a sensação de que teria conversas com aquelas mulheres muito diferentes de todas as que já tivera nos salões elegantes da elite londrina.

Benedict suspirou.

— Lottie...

— Está tudo bem — garantiu Althea. — Até as riquinhas sonham com isso.

Ela ficou encantada com o rubor inesperado que iluminou as bochechas de Benedict. Não demorou até que as mulheres estivessem de pé, rodeando-a. Ela suspeitou que estivera sendo testada e, de alguma forma, causara uma boa impressão.

— Senhoritas, antes de começarmos o exercício de hoje — começou ela —, quero que me digam o que gostariam de fazer, caso não consigam fisgar um partidão.

Elas começaram a rir e falar ao mesmo tempo.

— Vou deixá-la conduzir a aula — disse ele perto do ouvido dela antes de sair da sala.

— Senhoritas, não consigo ouvi-las se falarem todas ao mesmo tempo. O que acham de colocarmos as cadeiras em círculo para que possamos nos conhecer melhor?

Assim que todas se reuniram, Lottie perguntou:

— Você gostou do seu quarto?

Althea ficou surpresa ao vê-la se importando com aquilo.

— Sim, gostei muito. As cores são muito relaxantes.

Lottie sorriu.

— Foi o que pensei quando escolhi o papel de parede e a roupa de cama.

— Foi você quem decorou o quarto?

— Lottie decora todos os cômodos — disse Pearl.

Ora essa, aquilo era muito interessante. Poderia ser uma alternativa viável.

— Esta sala também?

Lottie sorriu e deu de ombros.

— Todos os cômodos.

— A sala de visitas é mais contrastante. — A mulher apenas piscou. — Por que você decorou a sala de visitas daquela forma?

— Ah, para os rapazes. Eles gostam de uma sem-vergonhice. Faz eles se sentirem safados também.

Althea se inclinou ligeiramente para a frente.

— Se não fosse a recepção de um bordel, como você decoraria?

Com a testa muito franzida, Lottie parecia incrivelmente séria, como se tivesse sido questionada se o Parlamento deveria aprovar uma determinada legislação.

— Em tons de azul e amarelo, acho, porque o sol entra pelas janelas de manhã.

Althea conseguia imaginar. A mulher tinha mesmo jeito para a coisa. As cores ficariam perfeitas.

Enquanto conversava com as outras meninas pela meia hora seguinte, Althea começou a ter uma noção de seus interesses e de como poderia guiá-las a outros caminhos. Depois de estabelecer uma ideia sobre cada uma, seguiu em frente.

— Eu gostaria de discutir o traje adequado para nossas aulas. Já que meu esforço envolve ensiná-las a ser damas, seria conveniente se vocês não se apresentassem como pessoas que se sentem tão confortáveis em... mostrar o corpo. Vocês devem ter roupas que usam quando vão às compras, certo?

Todas assentiram. Ótimo. Althea sugeriria que elas vestissem aquelas peças durante as aulas.

— Temos também os vestidos de despedida que Fera mandou uma costureira fazer para a gente — apontou Lily.

— Vestidos de despedida? — Althea balançou a cabeça, confusa.

Entusiasmada, Lilly assentiu.

— Para entrevistas e para quando a gente for sair daqui. Ele mandou fazer um para cada prostituta que já trabalhou aqui. Segundo ele, é para pendurar nossos sonhos no guarda-roupa. Assim, quando abrimos, lembramos que existe algo melhor por aí.

— Todas — ela não conseguia dizer *prostituta* — as mulheres que já trabalharam aqui? Houve outras?

— Ah, se teve. A gente é só a raspa do tacho.

As que precisavam aprender boas maneiras.

— Lottie é quem está aqui há mais tempo. Quantas você acha, Lottie?

— Nossa, não sei. Umas vinte e cinco meninas. Mas não estou aqui há tanto tempo quanto Jewel. Ela saberia melhor.

Althea ficou chocada ao saber que houvera tantas e, mesmo assim, depois de sua visita ao cemitério, entendeu a necessidade que Benedict sentia de ajudá-las. Queria fazer tudo que estivesse ao seu alcance para que as meninas conseguissem ter uma vida diferente.

— Talvez vocês devessem usar seus vestidos de despedida para as aulas, pode ser uma motivação.

Lily pareceu horrorizada.

— Mas é só para quando a gente for embora de vez.

— Bem, então sugiro usar algo um pouco mais adequado amanhã, para lembrá-las do que desejam ser, em vez de como estão no momento.

— Caramba, você fala chique demais — disse Lottie.

Althea sorriu.

— E, em breve, você falará também. Mas, primeiro, vou ensiná-las a andar como uma dama.

Ela acalmava a solidão que corroía sua alma.

Aquela fora a única frase que ele havia escrito na última hora, desde que deixara Althea com as meninas. Aquilo servia para descrever tanto sua relação com Althea quanto a do detetive de seu livro com a mulher suspeita de assassinar o próprio marido.

Ele estivera pensando em colocar a viúva como culpada, mas percebeu que ela tinha potencial para amolecer o coração do tão sensato inspetor. Será que ele precisava amolecer? Aquilo o tornaria muito vulnerável?

Com um gemido, ele jogou a cabeça para trás e passou os dedos pelo cabelo comprido. Sentiu que estava examinando mais a si mesmo do que o personagem que havia criado.

Parecia que ele estava constantemente analisando seus sentimentos em relação à Althea. Ele gostava de conversar com ela. Gostava que ela nunca tivera medo dele. Gostava que ela sabia o que queria. Na maioria das vezes, não ficava incomodado de nunca conseguir fazê-la mudar de ideia — exceto quando o bem-estar dela estava em jogo, aí Fera ficava extremamente irritado.

O engraçado era que ele gostava até daquilo.

Ele ficou tentado a ficar e observar a aula, mas precisava trabalhar. Não tinha certeza se as oito palavras que escrevera significavam que havia cumprido seu objetivo.

Então, ele ouviu um barulho, o som de algo caindo. Será que uma das garotas havia esbarrado em algum móvel?

Bum.

Que diabo elas estavam fazendo?

Bum.

Ele saiu de seu escritório e foi até a biblioteca, que ficava bem ao lado. As mulheres estavam andando pela sala, todas tentando equilibrar um dos preciosos livros dele na cabeça. Um passo, talvez dois, e o livro caía no chão. *Bum.*

Exceto um. Exceto o que Althea equilibrava no topo da cabeça para demonstrar a técnica; deslizando pela sala, o livro mal se movimentava. Tão equilibrada, tão elegante, tão controlada. Ela não deixaria aquele livro cair.

Por quantas horas ela praticara aquele caminhar? Quão diligentemente trabalhara para aperfeiçoar os detalhes para que sua técnica fosse considerada impecável? Para que não fosse menosprezada, para que fosse primorosa e conseguisse encontrar um marido à sua altura? Ele imaginava que ela tivesse se dedicado com a mesma atenção às centenas de outras lições que a transformaram em uma mulher da nobreza.

No entanto, apesar de todo o seu treinamento, as atitudes de seu pai haviam feito com que tudo fosse em vão.

Vinte e quatro anos. Por que ela ainda não estava casada?

Ela girou, e seu olhar imediatamente pousou nele. A força de seu olhar poderia muito bem ter sido um toque na pele dele, tamanho o impacto. Aquilo não o ajudaria a se manter indiferente quando chegasse a hora de ensiná-la a arte da sedução.

Girando nos calcanhares, ele desceu as escadas quase a galope na urgência de aumentar a distância entre eles, de fazer sumir aquela sensação quente e eletrizante. Finalmente chegou ao escritório de Jewel. A porta estava aberta. Ao contrário dele, ela nunca a fechava, não se importava que a perturbassem enquanto trabalhava.

— Por que você não está na aula?

Sentada em sua mesa, onde escrevia no livro contábil, Jewel olhou para cima.

— Por que eu estaria? — Ela colocou uísque em dois copos e deslizou um para a borda da mesa. — Fiquei tempo o suficiente para garantir que as garotas se comportariam. Althea as conquistou rapidinho.

Fera não ficou surpreso. Ele ficara encantado até quando ela se irritou com ele por fazer perguntas naquela primeira noite no Sereia. Sentando-se na cadeira em frente à mesa de Jewel, ele pegou o copo, ergueu-o em um brinde e tomou um gole do líquido âmbar. A bebida desceu suavemente, aquecendo seu peito.

— Preciso que você ensine a ela os cuidados que deve ter para não engravidar.

Jewel parou, o copo perto dos lábios. Fera quase nunca podia dizer exatamente no que ela estava pensando. Assim como as melhores prostitutas, Jewel era uma atriz talentosa. Mas sua guarda estava baixa, e ele percebeu que a havia surpreendido.

— Eu nunca vi você tentar se dar bem aqui dentro, mas, desde o início, percebi que tinha alguma coisa diferente com ela.

Ele tamborilou os dedos no copo.

— Não tenho planos de me dar bem, mas ela me pediu para ensiná-la a seduzir os homens.

Eventualmente, alguém iria se dar bem. Ele tensionou a mandíbula tentando não imaginar a cena, mas o nó em seu estômago aumentou com a raiva iminente. Ele não queria que ninguém colocasse as mãos nela. Mas o que ele queria não importava, os termos não haviam sido definidos dessa forma.

Com um sorriso amplo, como o do gato de *Alice no país das maravilhas*, Jewel recostou-se na cadeira.

— Isso parece interessante. E você vai ensinar?

— Não tenho escolha. Ela colocou isso como condição para dar aula para as meninas.

— Você não parece muito feliz. Está com medo de se apaixonar por ela? De não conseguir resistir à tentação?

Sim. Sim.

— Não. Só não fico confortável de colocá-la num caminho tão perigoso.

— O caminho que Althea decidir seguir deve ser uma escolha dela... assim como foi de Sally. Você não é responsável pela morte dela. Se alguém é, é o canalha que a atacou naquela noite. Ainda me enlouquece o fato de não terem nem considerado prendê-lo porque ela era uma prostituta.

— Se eu não tivesse concordado em protegê-la...

— Sally ainda assim teria se envolvido na prostituição, Fera, mas as coisas teriam sido mais difíceis para ela. Ela teria apanhado mais e sido maltratada por muito mais homens. Digo por experiência própria. Antes de você me acolher, eu xingava os homens todas as noites, mas não via saída. Agora, olhe para mim. Você me ensinou a ser uma boa administradora, a manter livros contábeis. A ser uma anfitriã. Aliás, quando a última garota for embora, poderíamos transformar este lugar em uma pensão adequada e ganhar um bom dinheiro.

— É isso que você quer fazer?

— Acho que tenho experiência suficiente.

Ele assentiu. Aquele plano era muito bom, e Jewel teria muito tempo para implementá-lo e colher seus frutos. Ela tinha apenas 29 anos.

— Por que Althea precisa dessa habilidade que você vai ensiná-la? — perguntou ela baixinho.

— Ela planeja tornar-se amante de um homem, de um lorde.

— Ah. Conheço algumas meninas que seguiram esse caminho. Elas não reclamam da vida que levam. Casa chique, roupas elegantes, comida refinada. Mas fica um pouco difícil quando elas se apaixonam pelo seu protetor.

Ele não conseguia imaginar Althea satisfeita sendo tratada como um objeto. Ele frequentemente se perguntava se a própria mãe levara essa mesma vida. Seu irmão Aiden sabia que sua mãe biológica havia sido amante do pai. No ano anterior, Aiden havia a conhecido, e Fera lutara para não invejar o irmão pela proximidade que ele desenvolvera com a mulher que lhe dera à luz. Na época em que Aiden nasceu, ela não tivera escolha a não ser renunciá-lo.

Com base no que Fera sabia sobre sua própria mãe quando ela o entregou para Ettie Trewlove, ela também não tivera escolha. Ela havia prometido voltar para buscá-lo, mas talvez ela tivesse dito aquilo apenas para aliviar sua consciência. Ele não gostava de considerar que algo pior tivesse acontecido para impedir sua volta. Preferia imaginá-la saudável, feliz e bem cuidada. Ele poderia perdoá-la por não o querer. A vida de uma mulher com um bastardo a tiracolo não era fácil.

— Você vai ensiná-la a evitar a gravidez?

— Quem? Althea?

— Não, minha mãe. — Ele a olhou frustrado. — Sim, Althea. Estávamos falando sobre ela.

— Para alguém que não tem interesses carnais, você certamente se preocupa bastante com ela.

Depois de tomar todo o uísque, ele colocou o copo na mesa com um pouco mais de força do que o necessário, ficou satisfeito com o barulho alto e se levantou.

— Precisamos garantir que ela não cairá em nenhuma armadilha.

Ele só não estava seguro de que ele próprio não cairia em alguma.

Capítulo 10

Althea parou diante do espelho de corpo inteiro em seu quarto e, estudando seu reflexo, pensou se deveria se trocar para a aula e colocar o vestido verde em vez do cinza que usara o dia inteiro.

Durante o jantar, ela ficara surpresa ao entrar na sala e ver que as meninas estavam vestindo a mesma roupa que usaram na biblioteca, nenhuma linha a mais.

Sentado à cabeceira da mesa, vestindo uma jaqueta preta, colete cinza, camisa branca e um lenço perfeitamente atado ao pescoço, indicando que ele respeitava as meninas o suficiente para se arrumar adequadamente para jantar com elas, Benedict ficou de pé quando ela chegou.

Apertando nervosamente as mãos diante do corpo, envergonhada de repente, ela disse:

— Você não precisa se levantar para mim.

— Ele se levanta para todo mundo, querida. Não pense que você é especial — explicou Jewel, sentada na outra extremidade da mesa.

No entanto, para ele, ela queria ser.

Quando ele indicou a cadeira ao lado, à sua esquerda, ela sentiu que era especial. Eles não trocaram uma só palavra durante o jantar. Não porque ela não quisesse, mas porque as outras garotas dominaram a conversa, falando uma por cima da outra, revelando entusiasmo enquanto discutiam seus sucessos e fracassos durante a aula. Embora Althea estivesse feliz com a empolgação delas, no dia seguinte começaria a ensiná-las sobre regras de etiqueta à mesa do jantar.

Depois de comer, todos foram para seus quartos, e Althea ficou vendo os minutos passarem. Ouviu as risadas e os passos das meninas quando desceram para entreter os clientes. Ela continuou esperando.

Prendeu e soltou o cabelo três vezes. Qual penteado seria melhor? Por fim, decidiu deixá-lo preso.

Havia considerado escrever suas impressões sobre as garotas, uma espécie de diário para ela, ou talvez um artigo para outros. A tarde fora muito esclarecedora. Elas eram muito diferentes das mulheres com quem ela costumava passar o tempo. Althea não tinha mais certeza de que era benéfico para a aristocracia ser tão ditatorial sobre as pessoas com quem deveriam se relacionar. Por causa disso, sua visão de mundo era muito limitada.

O mesmo valia para aquelas meninas, que se referiram a ela como "riquinha" e pareceram desconfiadas até que a conheceram um pouco melhor. Eventualmente, elas até poderiam virar amigas. A alta sociedade adoraria aquilo.

Quando o relógio finalmente marcou dez da noite, ela atravessou silenciosa o corredor forrado de papel verde decorado com minúsculas flores rosadas e se sentiu em casa. A decoração daquele lugar variava do sensual ao masculino até o feminino, dependendo da área. Ao se aproximar da biblioteca, ela notou que a porta estava aberta.

Quando olhou para dentro, viu Benedict sentado diante da lareira em uma das duas poltronas estofadas em veludo ameixa. Ela pensou que tinha sido silenciosa, mas ele ou ouviu sua chegada ou sentiu sua presença, porque imediatamente colocou o livro de lado e se levantou.

— Você não precisa se levantar para mim — disse ela novamente.

— Fui educado dessa forma.

Pela mesma mulher que o presenteara com uma caixa prateada de fósforos. Ao entrar na sala, Althea se perguntou se as garotas ficaram tão nervosas em sua aula como ela se sentia naquele momento. Então, viu a taça de xerez descansando na mesa ao lado da poltrona vazia e sorriu.

— Se você preferir outra coisa... — disse ele.

— Não, eu gosto de xerez. — Em pé diante da cadeira, ela cruzou as mãos. — Como terei algumas horas livres todos os dias, gostaria de passar esse tempo lendo. Em algum lugar desta biblioteca deve haver pelo menos uma cópia de *Assassinato no Ten Bells*. Você vai me fazer procurá-la?

Ela aproveitou a oportunidade para apreciar a suavidade dos passos largos de Benedict enquanto ele caminhava até uma estante com portas de vidro, perto da entrada da sala. Ouviu um clique quando ele abriu uma das portas e quando a fechou. Ao se aproximar dela, ele entregou um livro. Com reverência, ela o pegou e deslizou os dedos sobre a capa dura e violeta. Em seguida, virou o livro para admirar a lombada, onde o título e o nome dele estavam gravados em dourado. Queria acariciar o homem do mesmo modo que acariciava o livro. Erguendo o olhar, ela o encarou.

— Se importa se eu ler?

— Pode ficar com ele.

— Não quero pegar sua cópia...

— Eu tenho outra. Tenho várias, na verdade.

Ele voltou para perto de sua poltrona, mas permaneceu de pé.

Althea foi até a dela, acomodou-se na almofada fofa e tomou um gole do xerez, esperando enquanto ele se acomodava.

Observando-a, ele deu um longo gole do que ela tinha quase certeza que era uísque.

— Durante o jantar, as garotas falaram bastante sobre a aula, mas você ficou em silêncio. Gostaria de saber a sua opinião.

Ela ficou grata por eles não começarem as lições imediatamente.

— Embora elas sejam um pouco indisciplinadas, tudo correu muito bem. Soube que você mandou fazer um lindo vestido para cada uma delas. Preciso que elas o vistam durante as aulas.

— Então peça que o façam.

— Quando sugeri isso, soube que você disse a elas que os vestidos só podem ser usados no dia em que forem embora, e elas consideram sua palavra sagrada. No entanto, se quiserem ter algum sucesso, precisam começar a se ver de forma diferente, como damas. Não conseguirão fazer isso se estiverem vestidas de maneira vulgar.

— Falarei com elas.

— Obrigada.

O olhar de Benedict a avaliou dos pés à cabeça, o que a fez desejar estar vestida com algo semelhante ao que suas alunas usavam naquela tarde.

— Amanhã vamos a uma costureira, pedirei que faça alguns vestidos para você.

— Isso é muito generoso, mas não é necessário.

— Você tem o cinza, um azul — que ela usara na segunda noite em que a viu no bar — e o verde. Tem mais alguma peça?

Uma camisola de flanela e roupas íntimas, embora ela não achasse que ele estivesse interessado nessas outras peças. Ela não queria reconhecer quão desgastados estavam ficando seus vestidos cinza e azul.

— Acredito que são o suficiente.

— Você acabou de argumentar brilhantemente que as vestimentas de uma pessoa devem refletir quem ela é e o que ela quer da vida. Isso não deveria valer para você também? Você não deveria se vestir como uma sedutora?

Usando seu próprio discurso contra ela, ele criara uma armadilha para que ela fizesse sua vontade. A inteligência de Benedict a irritava.

Ela olhou em direção ao fogo e se lembrou de uma época em que teria tido um ataque de raiva e saído da sala, xingando horrores e exigindo a demissão de criados, tudo aquilo por uma irritação muito menos avassaladora do que a fúria que a percorria agora por ter caído na armadilha dele. Mas isso era quando tinha opções e não precisava da misericórdia de ninguém, afinal, seu pai tinha tentáculos poderosos que a alcançavam e a envolviam, garantindo que ela emanasse esse mesmo poder.

Agora, Althea não podia mais se dar ao luxo de mostrar sua irritação ou exercer sua autoridade para insistir que os outros se esforçassem diligentemente para resolver as coisas por ela. Como amante, seu futuro seria determinado pelos caprichos de um homem e pela sua própria habilidade de esconder aquilo que a incomodava. Ela temia não estar à altura da tarefa ou não possuir as habilidades de atuação necessárias para disfarçar seu descontentamento.

Voltou sua atenção a Benedict.

— Você tem razão. Agradeço sua consideração. A ida até a costureira virá em boa hora.

Se ele se vangloriasse pela vitória, ela encerraria a noite ali mesmo. Porém, ele não o fez. Simplesmente continuou olhando para ela.

— Esqueci de mencionar, e não sei se você percebeu esta tarde, mas todas as meninas sabem ler. Se houver qualquer livro que possa ajudá-las a atingir seus objetivos, me escreva os títulos e eu garantirei que sejam entregues aqui.

— Estou surpresa. Pensei que a falta de ensino básico seria um fator determinante para fazê-las entrar nessa vida.

— Mulheres recorrem a essa vida por vários motivos. Algumas sabem ler, outras não. Fancy, minha irmã, oferece aulas de leitura gratuitas para adultos algumas noites por semana. As que não sabiam ler frequentaram essas aulas, para pelo menos terem essa vantagem.

Althea lembrou que a mais jovem dos Trewlove se casara recentemente com o conde de Rosemont. Durante um tempo depois da traição do pai, Althea ficara obcecada por acompanhar todos os acontecimentos na aristocracia; cada casamento, nascimento e escândalo a lembravam de que ela não fazia mais parte daquele mundo. Encontrar folhetins de fofoca dando sopa, no entanto, era um desafio, e não sobrara nenhuma amiga disposta a fofocar com ela.

No passado, interessava-se pelos rumores mais inconsequentes, aqueles que nem chegavam às colunas, e os saboreava como se fossem doces deliciosos e raros. No entanto, depois de sua família protagonizar um grande e desagradável escândalo, ela perdeu o gosto pela coisa.

— Você parece muito interessado na evolução das meninas.

— Minha mãe acredita que conhecimento é a chave para uma vida melhor. Ela insistia que fôssemos à escola, não deixava que perdêssemos uma aula sequer. Quando começamos a trabalhar, juntávamos nossas moedas para comprar uma assinatura anual na biblioteca comunitária. Só podíamos pegar um título por vez, então revezávamos a chance de escolher o livro. Mesmo que um de nós não estivesse tão interessado pelo livro selecionado, todos tínhamos que ler para que pudéssemos discuti-lo. Suspeito que algumas pessoas se surpreendam com o nosso conhecimento, com a facilidade com que conseguimos manter uma conversa sobre assuntos complicados. Como conseguimos sustentar nossas opiniões com argumentos. Por isso, *estou* interessado na educação das meninas. Elas deveriam ter tantas oportunidades quanto os homens para melhorar de vida. Nunca entendi o homem que se casa com uma mulher com quem não consegue ter um debate empolgante.

— Como não serei esposa de ninguém, não participarei de debates. Imagino que meu amante gostará mais de me ver do que de me ouvir.

— Isso seria uma tolice. As palavras de uma mulher seduzem muito mais que o balanço do seu quadril.

Ela não podia negar que as palavras *dele* eram mais sedutoras que seus ombros largos. Mas ela certamente não se importaria em deslizar os dedos por aqueles ombros.

— Existem palavras específicas que você acha mais sedutoras que outras? — perguntou ela.

Ele tomou um gole do uísque e ela quis limpar as gotinhas que ficaram em seus lábios. Os lábios de Chadbourne eram finos, o superior quase invisível, mas a boca de Benedict era como o resto dele — larga, carnuda e tentadora.

— As honestas e, algumas vezes, até as dolorosas — respondeu ele finalmente. — Lembro-me de ter lido sobre seu pai nos mínimos detalhes, tudo o que ele suportou como traidor da Coroa, mas nada sobre você. Ontem você me disse que eu sabia a verdade sobre você, mas não sei. Me conte quem é de verdade.

Ela voltou sua atenção para o fogo.

— Nossa conversa estava tão agradável.

Ele apoiou os pés no chão, inclinou-se para a frente, apoiou os cotovelos nas coxas e embalou o copo com as duas mãos, como se fosse um passarinho precisando de proteção.

— Althea, eu compartilhei boa parte da minha vida com você, aspectos pessoais, profissionais. Contei a verdade sobre Sally, meu papel na morte dela, a culpa que sinto por isso. Você me confortou e, agora, esse segredo não está mais entre nós. Por que você se esconde tanto de mim?

— Meu passado é vergonhoso.

— Eu sou um bastardo, Althea, você acha que não sei o que é vergonha? Acha que eu iria ridicularizá-la pelas dificuldades que você enfrentou, ou julgá-la por circunstâncias sobre as quais você não teve controle?

— Já disse que não sei dos detalhes.

— Não quero saber dos detalhes do que aconteceu. Quero saber de você.

Se ele não tivesse ficado tão quieto e imóvel, apenas esperando que ela cedesse e contasse tudo, ela teria sido capaz de ignorá-lo. Nunca conseguira se abrir com ninguém. Sua família também sofrera, mas, por um acordo velado, todos se recusavam a discutir o assunto ou dizer em voz alta que se sentiam traídos. Parecia que expressar qualquer sentimento só pioraria a situação. Então, todos fingiram que nada tinha acontecido. Eles simplesmente acordaram um dia pobres e plebeus.

Teria sido mais fácil se continuasse se concentrando nas chamas multicoloridas que dançavam na lareira, mas, por algum motivo, ela se perdeu no escuro profundo dos olhos de Benedict, no corte quadrado de seu maxilar, em seu nariz pontudo, nos ossos marcados das bochechas, em todos os contornos de seu rosto que estavam se tornando tão dolorosamente familiares; ela conhecia cada um de seus traços. Benedict a olhava com tamanha intensidade que a fazia sentir-se assustada e confortada ao mesmo tempo. Assustada porque Althea não deveria ansiar por sua atenção, ou valorizar tanto sua presença. Ele era parte temporária de sua vida, como tantos haviam sido. Ela aprendera, por meio do desgosto e da decepção, que uma simples palavra ou gesto podiam acabar com qualquer devoção.

— Eram duas horas e oito minutos da madrugada quando as batidas fortes na porta de casa me acordaram — murmurou ela, com a garganta apertada, como se quisesse evitar pronunciar aquelas palavras horríveis. — Não sei porque olhei para o relógio na lareira. A janela do meu quarto dava para a entrada. Caso contrário, eu provavelmente não teria ouvido a comoção. Quando olhei para fora... parecia que toda a Scotland Yard estava lá. O mordomo, ou talvez um criado, abriu a porta para eles, e então os corredores se encheram com o eco dos passos e os gritos. A porta do meu quarto se abriu de repente...

Ela tomou um gole de xerez. A doçura da bebida contrastava com as palavras amargas que pronunciava.

— O inspetor, ou seja lá quem fosse, me olhou rapidamente e voltou para o corredor. Como se estivesse em transe, fui até a porta. Minha mãe estava gritando, a criada se esforçava para acalmá-la. Havia muitos homens por todos os lados, eu não conseguia chegar até ela. Eles arrastavam meus irmãos pelo corredor, suponho que também os arrancaram da cama, e tudo que eu conseguia pensar era que eles não pareciam civilizados vestindo seus camisolões. Curioso, não? Então, Marcus gritou: "Pelo amor de Deus, homem, deixe-nos pelo menos ficar decentes".

Althea continuou:

— Você ainda não conheceu Marcus, mas ele pode ser bastante intimidante. Provavelmente tem a ver com ele ser o herdeiro, pois os oficiais deixaram que eles se vestissem. Lembro que, quando o estavam escoltando para fora, ele me disse que ficaria tudo bem. E eu acreditei nele. Mas nada voltou a ficar bem.

Capítulo 11

POR MAIS QUE ODIASSE ouvir os detalhes do que havia acontecido com ela, Fera ficou grato pela oportunidade de conhecê-la melhor, de entendê-la.

Ele conseguia ver que os dedos dela tremiam enquanto ela segurava a taça e bebia o xerez, como se a bebida fosse lhe dar forças para continuar. Ele considerou encher novamente a taça de Althea, mas qualquer movimento que não fossem os ponteiros do relógio marcando os minutos e as chamas se contorcendo na lareira parecia errado.

Muito lentamente, como se ela fosse um filhotinho de lebre que sairia correndo se fosse assustado, ele estendeu o copo para ela.

— Pegue.

Aceitando o copo, ela olhou para o líquido âmbar.

— Uísque?

— Sim.

— Nunca tomei uísque.

— Prove um pouco.

Parecia algo tão bobo de se dizer depois de Althea ter descrito de forma devastadora aquela que fora, sem dúvida, a pior noite de sua vida.

Seus lábios tocaram a borda do copo muito brevemente. Ele duvidou que ela provara sequer um pouquinho. Ela tamborilou os dedos contra o copo de cristal lapidado.

— Achavam que meus irmãos estavam envolvidos com as ações de meu pai, que sabiam de alguma coisa. Eles não tinham nada a ver com aquilo, mas ficaram presos por duas semanas. Uma semana depois que meu pai e meus irmãos foram presos, minha mãe decidiu que deveríamos ir a um baile para o qual tínhamos sido convidadas. Ela disse que deveríamos continuar vivendo normalmente, e que nossa aparição sinalizaria que não estávamos envolvidas nesta conspiração, que não a apoiávamos, e que nossa lealdade à Rainha estava acima da nossa lealdade a seu marido, meu pai, o duque de Wolfford.

Assim como no dia anterior, ela falava como se tudo aquilo tivesse acontecido com alguém que ela nem sequer conhecia. Sua voz estava distante e oca. No entanto, Fera estava certo de que, por dentro, um turbilhão de emoções a bombardeava.

— Tentei convencê-la de que seria melhor esperar até que tudo estivesse resolvido. Eu ainda não havia aceitado a ideia de que meu pai pudesse estar envolvido em tamanha traição. Tinha certeza de que as coisas logo se resolveriam e ele seria inocentado. Tudo voltaria a ser como antes. Além disso, eu estava prometida ao conde de Chadbourne, e ele nem sequer me visitara para saber como eu estava, o que me fez hesitar. Nenhum de meus amigos nos visitou e, quando tentei visitá-los, eles nunca estavam em casa. Mas minha mãe insistiu na ideia, e eu não poderia deixá-la ir sozinha. Só mais tarde percebi que o estresse estava afetando seu julgamento. Ela havia começado a viver em um mundo onde seu marido nunca fora acusado de traição. Mas eu não sabia disso na época, então a acompanhei.

Mais uma pausa, e ela continuou:

— Fomos anunciadas no baile, e, enquanto descíamos os degraus, Chadbourne dirigiu-se ao pé da escada. Depois, todos os artigos dos jornais da sociedade fizeram questão de relatar como eu fiquei feliz com aquele gesto, descrevendo minha expressão, como a de uma princesa que acreditava que um cavaleiro havia chegado para defender sua honra. Para minha mais absoluta tristeza mais tarde, eu realmente me sentia assim naquele momento. Ele tinha vindo me salvar. Só que, quando o alcancei, ele me deu as costas, e todas as outras pessoas fizeram o mesmo. Ele fez uma declaração pública sobre sua lealdade à Coroa e à Inglaterra e sobre como não poderia admitir que eu, a filha de um traidor, virasse sua esposa.

Fera sentiu imediatamente uma imensa aversão àquele homem. Ele iria procurá-lo, encontrá-lo e destruí-lo.

— Minha mãe desmaiou e precisou ser carregada para fora pelos criados. Ela nunca se recuperou, nunca mais falou, não saiu de sua cama... foi murchando como uma flor arrancada da terra e deixada sem água. Poucas horas depois de enforcarem meu pai, ela faleceu. Não aguentou a humilhação, acho. O que acabou sendo conveniente porque, no dia seguinte, eles vieram e tiraram tudo de nós. Aquilo por si só a teria matado.

Ela buscou seu olhar, e ele conseguiu ver como tinha sido difícil para ela revelar tanto, mas que ainda havia muito mais a ser dito.

— Me fale sobre Chadbourne.

O sorriso que ela abriu era autodepreciativo.

— Ele chamou minha atenção quando fui apresentada à sociedade pela primeira vez, aos 19 anos, mas eu não tinha pressa em me comprometer. Aproveitei as danças, o flerte, o interesse dos rapazes. Ele não me cortejou de verdade até o ano seguinte. No terceiro ano, pediu minha mão em casamento.

— E você espera reconquistar a atenção dele se tornando uma cortesã?

A risada dela era cáustica, e refletia a dor que ainda sentia.

— Por Deus, claro que não. Mas eu não me importaria de ser tão procurada a ponto de *ele* me querer, e então eu poderia rejeitá-lo. Acho que isso seria satisfatório.

Ela bebeu o uísque, engasgou-se, tossiu e seus olhos encheram-se de água.

— Como ficou frio de repente.

Deixando o copo de lado, ela se levantou, envolveu-se com os braços e foi até a lareira. Com cuidado, ele se juntou a ela e apoiou o antebraço na cornija da lareira.

— Nunca fui de prestar atenção em lareiras — disse ela baixinho. — Estavam sempre lá, acesas com suas chamas. Eu nem sequer notava os criados que a acendiam.

— Raramente apreciamos o que temos até que não tenhamos mais.

Ela parecia tão triste, e Fera se sentia culpado porque a forçara a desenterrar lembranças, porque sua curiosidade queria revirar cada pedaço de sua vida para entendê-la totalmente, mesmo ele sabendo que não tinha esse direito.

— Você o amava?

Althea assentiu tão rápido que ele quase não percebeu, mas sentiu a confirmação como um soco no estômago.

— Fui uma tola — disse ela, categoricamente.

E ele sabia que a traição do patife a havia ferido mais profundamente do que a do pai, tirado mais dela do que o pai, a sociedade ou a Coroa. Ele arrancara seus sonhos e esperanças. As atitudes de Chadbourne podiam muito bem tê-la levado a considerar tornar-se amante de Fera quando pensou que era isso que a proposta dele envolvia.

— O tolo foi ele.

Antes que pudesse pensar nas consequências, antes que pudesse se lembrar de sua regra sagrada e inquebrável, ele baixou a boca para encontrar a dela.

Foi um erro. Tão errado quanto comer um bolo inteiro sozinho. Ele sabia que se arrependeria mais tarde, mas, enquanto aquele doce deleite estivesse ali, ele não desejava mais nada.

Os lábios dela eram tão quentes, macios e carnudos quanto imaginara. Fera poderia ter parado após o primeiro movimento, mas ela emitiu um gemido que soou como uma súplica aos seus ouvidos, e Althea envolveu seu pescoço com os braços, prendendo-se como uma planta trepadeira que se agarra à uma superfície. Ele passou um braço em volta da cintura dela e a trouxe para mais perto enquanto conduzia seus lábios, intensificando ainda mais o beijo.

Os sabores inebriantes de xerez e uísque explodiram em sua língua, mas foi ela a responsável pela sensação de leveza que o inebriou. Já estivera com muitas mulheres, mas nunca experimentara uma ânsia tão forte de tomar o que estava sendo oferecido e implorar por mais. Uma inocência se destacava nos movimentos dela, uma hesitação ao dar de cara com o desejo dele, e Fera sabia que não era porque ela estava desconfiada, mas porque não estava familiarizada com o que estavam experimentando.

Meu Deus. Seu prometido nunca tinha a beijado? Que tipo de santo ele era para resistir àquela tentação? Fera estava certo em chamá-lo de tolo. Ele mesmo não era nem santo nem tolo, mas sim um pecador.

Quando se tratava das relações entre homens e mulheres, ele não conhecia limites, estava aberto a explorar todas as possibilidades. Tudo era permitido. Ela queria que ele a ensinasse a seduzir. Ele poderia ensiná-la como destruir o raciocínio de um homem, como conquistar, atiçar, manipular, como dominar.

Não que ela precisasse de lições. Lá estava ele fazendo o que havia jurado nunca fazer: inalar a fragrância de gardênia aquecida com paixão, sentir o contorno daquelas curvas, memorizar todas as suas formas e observar como o corpo dela se pressionava de forma tão irresistível contra os contornos rígidos de seu tronco, seu peito... sua virilha. O vestido de Althea era simples, não tinha anáguas. Ela provavelmente estava ciente do efeito que causava nele.

Ou será que estava tão perdida nas sensações que criavam juntos que não conseguia prestar atenção em mais nada além de si mesma?

Os dedos dela acariciaram parte de trás de sua cabeça, ao longo de seu couro cabeludo...

Agarrando os pulsos finos, ele prendeu os braços dela contra às costas, o que só serviu para pressionar seus seios com mais firmeza contra o peito dele.

Ela era filha de um duque e, embora tivesse caído em desgraça, aquilo não mudava o fato de que ela era da nobreza, e ele, um bastardo.

Não havia razão para ela ter sido abandonada pelos pais. Já ele, era compreensível que tivesse sido abandonado pelos seus.

Afastando a boca da dela e olhando para seus traços adoráveis, ele se perguntou o que o tinha possuído para pensar que tinha o direito de tocá-la, beijá-la ou sentir todas as partes de seu corpo que estavam pressionadas contra o dele. Seus lindos lábios estavam úmidos e volumosos, pequenos suspiros escapando da abertura entre eles. Os olhos azuis cintilavam de desejo.

Ela não o queria, só queria suas lições. Sua avaliação anterior estava incorreta. *Fera* era o tolo.

Libertando-a como se de repente tivesse se queimado, ele deu um passo para trás.

— Sairemos para a costureira amanhã, às dez da manhã.

Ele se dirigiu para o corredor.

— Benedict?

Acelerando os passos, ele desceu as escadas, abriu a porta da frente e saiu.

Idiota.

Ele a beijara. Aproveitara cada momento daquele beijo. Queria beijá-la novamente.

Como era um grande idiota, também saíra sem o sobretudo. Teimoso demais para voltar e buscá-lo, encolheu os ombros por causa do frio, o que sem dúvida o fez parecer mais intimidador, e seguiu em frente. Ele estava com muita vontade de socar alguma coisa — uma parede de tijolos, uma mandíbula, um estômago. Se cruzasse com alguém causando uma confusão, ficaria muito feliz em aumentar o caos.

Apesar de seu tamanho, Fera sempre vira a violência como último recurso. Usava apenas como punição. Naquela noite, Fera sentia que precisava ser punido. Ele fizera papel de tolo.

Ela o beijara de volta.

Será que ela havia gostado? Será que gostaria de beijá-lo novamente? Ou será que aquilo não passara de uma primeira lição?

Não importava. Mulheres geralmente não o irritavam, mas, a partir do momento em que Althea dissera que ela não era da conta dele aquela noite no bar, seu tom amargo havia se enraizado em sua mente, provocando todos seus aspectos que respondiam às artimanhas femininas.

O fato de ela ter os olhos mais lindos que ele já vira e traços delicados que o lembravam das princesas dos contos de fadas que ele lia para sua irmã Fancy — catorze anos mais nova —, quando ela era só uma garotinha, não significava que Thea o via como alguém que fosse digno dela, ou pensasse nele como um príncipe encantado que chegara para salvar o dia.

Thea. Em sua cabeça, "Thea" combinava bem mais com ela. Althea era a moça que fora um dia. Thea era a mulher em que havia se transformado.

Atualmente, ela estava sob seu teto e seus cuidados. E seus cuidados não deveriam incluir beijos que mantinham os lábios dele aquecidos até agora, apesar do frio. Quando era estúpido o suficiente para passar a língua pelos lábios, ainda conseguia sentir o gosto dela. Não do xerez que ela bebera, ou do uísque que engolira, mas uma mistura de canela, manteiga e açúcar, elementos doces, de um sabor que era único e era dela, que ele lembraria e saborearia até seu último suspiro.

Quando concluíssem seu acordo, ele estaria mil libras mais pobre, pois morreria se tivesse que ensiná-la a seduzir outro homem que não ele.

Capítulo 12

Foi só um beijo. As palavras embalaram o sono de Althea e, ao acordar, ela percebeu que ainda pareciam zombar dela. Tinha sido apenas um beijo, da mesma maneira que um banquete era apenas um prato, uma tempestade não passava de uma gota de chuva, e uma nevasca resumia-se a um floco de neve solitário.

Fora tudo, fora avassalador, fora como o sol mais brilhante, a maior lua, milhares e milhares de estrelas. Fora muito mais que lábios se movendo em sincronia, explorando-se e conhecendo-se. Muito mais que línguas e dentes, suspiros e gemidos. Fora muito além de bocas entrelaçadas; envolvera seus seios, membros e um ponto sensível entre as pernas dela que parecia querer colar-se nele. Fora o formigamento, a pulsação e um êxtase dominante quando ela sentiu o desejo dele presente, rígido e pressionado contra sua barriga. Fora algo que a aqueceu por inteiro. Fora a faísca que acendeu a paixão. Fora algo que ela jamais havia vivenciado, ao mesmo tempo que era familiar, como se cada aspecto dela reconhecesse que encontrara seu lugar em Benedict.

O que era absolutamente absurdo, ainda mais porque ficara evidente que ele não compartilhara da atração entorpecente que ela havia sentido. Ficara óbvio que ele mal podia esperar para fugir dela e acreditava que aquele encontro tinha sido um erro. Estranho como a fuga repentina de Ben doera muito mais que ver Chadbourne lhe dando as costas.

Enquanto fazia sua rotina matinal — lavava o rosto, escovava e trançava o cabelo e colocava seu vestido azul simples —, ela lutou para não se lembrar da devastação que atingiu sua mãe quando toda a sociedade se voltou contra elas, abandonando-as e deixando que seguissem sem nenhum tipo de apoio. A deterioração da mãe começara naquela noite, e Althea culpava a alta sociedade tanto quanto o pai por terem destruído uma mulher tão orgulhosa e gentil.

Quando parou de pensar naquilo, percebeu que ansiava pelo encontro com Benedict no café da manhã, queria que uma cadeira ao seu lado estivesse reservada para ela, apesar da fuga dele na noite anterior. Ela encontraria um jeito de rir da situação, para dar a impressão de que havia considerado o beijo a primeira de várias lições e para que ele não pensasse que Althea levaria a sério quaisquer emoções que viessem à tona com sua proximidade, seu toque, seus ensinamentos.

Porém, quando entrou na sala de jantar, viu que a cadeira da cabeceira estava vazia, e aquilo a afetou violentamente.

— Benedict... — as mulheres olharam para ela —, quer dizer, Fera não tomará café da manhã conosco?

— Ele ficou fora até altas horas da madrugada — disse Jewel. — Acho que ainda está dormindo.

Althea o imaginou esparramado sobre uma cama enorme, especialmente projetada e construída para acomodar seu tamanho. Será que ele usava um camisolão? Ela duvidava. Ao pensar que ele provavelmente não usava nada, sua boca ficou seca. Não queria vê-lo sem roupa. Bem, talvez sem camisa. Seus braços seriam tão irresistíveis e musculosos quanto pareciam? Seu peito seria cheio de diferentes contornos? Ela o imaginou modelando para um escultor que criava estátuas de deuses gregos.

Embora estivesse sem apetite, ela encheu um prato com os quitutes oferecidos, sentou-se e obrigou-se a comer como se seu estômago não estivesse cheio de receios e dúvidas.

— Garota, você parece preocupada.

Ela desviou o olhar e se perguntou se já conhecera alguém que parecesse se importar tão verdadeiramente com ela quanto Jewel se importava. Gostaria de dominar essa técnica, mas fora criada para nunca demonstrar exatamente o que sentia, especialmente quando envolvia emoções extremas. Mesmo quando fora recebida de maneira horrível em seu último baile, ela mantivera o queixo erguido e se recusara a desmoronar sob o peso da rejeição.

— Benedict disse que iríamos à costureira às dez. Talvez ele tenha mudado de ideia.

— Ah! — Hester arfou, animada. — Ele vai mandar fazer um vestido para você pendurar os seus sonhos?

Althea não estava em busca de sonhos, apenas procurava uma alternativa para aquele pesadelo. Ela não queria falar sobre aquilo, não tinha intenção de que as moças soubessem de seu passado. Elas podiam ser pecadoras, mas isso não significava que não ficariam horrorizadas se descobrissem a verdade sobre o pai dela. Althea forçou um sorriso.

— Acho que sim.

— Mal posso esperar para ver como vai ficar.

Seria provocante, sensual e, sem dúvida, usaria pouquíssimo tecido.

— Qual é o seu sonho? — perguntou Hester, franzindo o cenho. — O que você quer tanto fazer que não está fazendo agora?

Antes que ela pudesse responder, Jewel disse:

— Acredito que Fera esteja apenas agradecendo Althea por ter que aturar vocês. — Vendo a compaixão em seus olhos, Althea soube que ele tinha confidenciado as ambições dela àquela mulher. — Althea, assim que terminarmos o café da manhã, você acha que poderíamos conversar em meu escritório? E querida, se ele disse que iria levá-la à costureira às dez, ele fará isso. Ele é um homem de palavra.

Ela desceu as escadas naquela manhã para encontrá-lo no saguão, mas não ficou particularmente satisfeita com a alegria que a invadiu ao vê-lo. Era impreterível que ela não esquecesse que eles tinham um acordo de *negócios*. Não seria benéfico desenvolver nenhum tipo de afeto por Benedict. Ele tinha uma função para ela. Ela tinha uma função para ele. O único vínculo que tinham era suas assinaturas em um contrato. Em três meses, cada um seguiria seu próprio caminho e, provavelmente, nunca mais se encontrariam.

Como de costume, ele a observou com atenção, e Althea sentiu-se aliviada por suas bochechas, que haviam ficado vermelhas de vergonha durante a conversa com Jewel, terem finalmente voltado ao normal. Atendendo ao pedido de Benedict, a mulher a ensinara vários métodos para evitar uma possível gravidez. Althea estava grata pela informação, mas também tivera de lidar com o choque de realidade de perceber o que ela de fato estava fazendo.

Sem dizer uma palavra, ele abriu a porta e ela saiu por baixo da marquise. A chuva encharcava a calçada, mas uma carruagem já esperava por eles. Ela suspeitou que ele havia solicitado o transporte para poupá-la de caminhar no frio e na chuva.

Colocando o capuz da capa, correu para a carruagem com a mão de Benedict apoiada na parte inferior de suas costas durante todo o caminho. Nem precisou parar — quando percebeu, ele estava colocando-a na carruagem e acomodando-se ao seu lado.

Althea começava a ansiar pelos momentos que eles compartilhavam nas viagens de carruagem. Benedict ocupava tanto espaço que ela não tinha escolha exceto aninhar-se contra ele. Embora ela vestisse sua capa e ele um sobretudo, ainda era possível sentir o calor que irradiava entre os dois. Ela manteve seus olhos no cenário escuro e acinzentado que a chuva pintara.

Como ele não havia sequer a cumprimentado adequadamente, ela decidiu cutucar a Fera.

— Gostei bastante da lição da noite passada.

— Aquilo não foi uma maldita lição.

Ela olhou para o lado para encontrá-lo a encarando, sua mandíbula tão tensa que os dentes de trás deviam estar doendo com a força com que ele mordia.

— Você me ensinou a beijar.

A sentir, derreter, desejar, precisar.

— Não deveria ter acontecido.

— Estou certa de que estava em seu plano de lições.

— Você acha que planejei exatamente o que irei lhe ensinar?

— Espero que sim. Nos pouparia bastante tempo. Eu planejei cada uma das minhas aulas para as garotas.

Ele pareceu chocado e descontente.

— Eu já disse. Para mim, a sedução está nas palavras de uma dama.

Ela fez um som de escárnio.

— A tragédia que compartilhei noite passada não tem absolutamente nada de sedutora.

— Você confiou em mim mais que nunca. Foi muito além das palavras. Você compartilhou sua dor.

— Minha dor é afrodisíaca para você?

Negando com a cabeça, ele fechou os olhos com força.

— Não. — Quando ele os abriu, Althea enxergou seu remorso. — Eu gostaria que você não soubesse o que é sentir dor, mas você se abriu comigo, e eu nunca deveria ter me aproveitado disso. E me aproveitei.

— Alguma coisa o fez acreditar que eu não parecia receptiva?

— Você estava vulnerável.

— E você estava me consolando.

Talvez por isso tivesse sido tão errado. O que acontecera entre eles não havia sido baseado em sedução, luxúria ou atração. Ele vira que Althea estava machucada e tentara diminuir sua dor. Talvez, no dia seguinte, à luz do dia, ele tivesse percebido que ela não era uma tentação.

— Não acontecerá novamente.

— O que devo esperar de nossas aulas, então?

Nada de beijos, carícias ou abraços?

— Althea, ser amante de um homem é realmente a vida que você quer?

— A vida que eu gostaria é impossível para mim.

— O que planejou para si não é a vida que você merece e, se não for a vida que você deseja, mas a que aceita como sua, todos aqueles riquinhos mimados sairão ganhando, e você sabe que eles não merecem essa vitória.

— Você não sabe absolutamente nada sobre isso.

— Você mudaria de opinião se soubesse o motivo pelo qual me chamam de Fera.

Talvez ela tivesse perguntado, e talvez ele tivesse contado, se a carruagem não tivesse, naquele exato momento, estacionado em uma rua cheia de lojas, se ele não tivesse entregado o dinheiro pela minúscula abertura para o motorista, se as portas não tivessem se aberto e se ele não tivesse saltado imediatamente para ajudá-la a sair. A calçada estava lotada e a chuva aumentara bastante, então eles tiveram que correr para encontrar proteção embaixo das marquises. Ela pensou que estavam apenas buscando um refúgio para se protegerem da chuva, até que Benedict empurrou a porta e ela notou a palavra "Costureira", escrita de maneira elaborada e pintada em dourado, em uma placa pendurada na entrada.

Ele aguardou até que ela entrasse na loja primeiro e, de repente, aquele era o último lugar em que Althea queria estar. Queria estar no Sereia conversando, ou em um banquinho no parque enquanto dividiam um guarda-chuva e ele compartilhava algo tão íntimo quanto o que ela contara na noite passada.

Ela não conhecia a costureira, mas gostou de revisitar os rolos de tecido, o cheiro de tinta, os livros de moldes e o barulho das mulheres conversando. Uma mulher que parecia um pouco mais velha que Althea pediu licença a um pequeno grupo de damas e se aproximou deles.

— Senhor Trewlove, é um prazer vê-lo novamente.

— Beth. Vejo que os negócios estão a todo vapor.

— Não faz mal ter uma duquesa como cliente.

Benedict se virou para Althea.

— Beth é costureira da minha irmã Gillie há anos. Esse é seu ateliê. Beth, conheça a srta. Stanwick.

— É um prazer conhecê-la — disse a dona da loja.

— Igualmente.

Ela não visitava uma costureira desde que seu mundo se despedaçara. Antes, nunca havia sido chamada por outro nome que não lady Althea, e todos costumavam fazer o possível e o impossível para garantir que a filha do duque tivesse as melhores costureiras à disposição.

— Ela precisa de alguns vestidos — disse Benedict. — Alguns para vestir diariamente. Um que seja apropriado para um baile. E outro para a sedução. Este deve ser vermelho.

Ele pronunciou a palavra "sedução" com facilidade, como se fosse normal anunciar que ela precisava de algo dessa natureza. Ela sabia que suas bochechas estavam tão vermelhas quanto a roupa que ele pediu que fosse feita para ela.

— Não sei se preciso de um para um baile. — Ela manteve a voz baixa, esperando não ser ouvida.

— Pode ser usado para seduzir também, talvez seja até mais eficiente.

Ele dava às suas protegidas roupas que fossem apropriadas para as ocupações que aspiravam. Mas o amante de Althea lhe daria um vestido de festa. Ela não iria a um baile sem ele, então seria correto pensar que a prioridade deveria ser, antes, chamar a atenção do possível amante. Mas ela não queria ter aquela discussão ali e, se ele estava disposto a gastar dinheiro com aquilo, que assim o fizesse. Então ela disse, tentando ser o mais graciosa possível:

— Você é muito generoso. Obrigada.

— Me dê alguns minutos para que eu finalize o serviço da srta. Welch — disse Beth —, então poderei atendê-la pessoalmente.

Ela lembrou-se da época em que uma costureira jamais a deixaria esperando enquanto finalizava outro serviço. Althea costumava atrair a atenção de todos ao entrar em uma loja, e orgulhava-se disso. Olhando para trás, percebia como havia sido mimada. O que mais ela fizera para merecer tratamento especial, além de ter tido a sorte de nascer em uma família privilegiada? Sorte essa que não durara muito tempo.

— Não estamos com pressa, fique à vontade — disse Benedict —, preciso tratar de outros assuntos. Uma hora será o suficiente?

— Certamente — afirmou Beth, antes de se dirigir à srta. Welch.

— Você não vai me deixar sozinha — disse Althea, nada feliz com a ideia de ser abandonada.

— Achei que você ficaria confortável aqui, que saberia se virar.

É claro que ela sabia. Tivera um guarda-roupa cheio de peças de cetim, seda e renda. Um de seus vestidos favoritos tinha uma saia que parecia ter sido feita apenas com penas de pavão, o bordado tão requintado que sempre era o centro das atenções quando ela o usava.

— Você acha que ela pensa que sou... sua amante?

— E importa o que ela pensa de você? Você acredita que, depois de atingir seu objetivo, será vista com bons olhos em algum lugar?

Talvez não com bons olhos, mas ela seria tão altiva que ninguém ousaria virar as costas para ela. Ela despertaria o desejo de um príncipe conhecido por gostar de viúvas perversas e, assim que conquistasse sua atenção, ela teria poder.

— Você parece irritado.

— Que motivo eu teria para estar irritado? E Beth não julga ninguém. Voltarei quando tiver terminado meus afazeres.

Ela observou enquanto ele saía para enfrentar o temporal que inundava as ruas. Será que ele preferia ficar ensopado a tê-la como companhia? Como tudo mudara tão drasticamente desde a confortável visita à biblioteca na noite anterior, se transformando em um constrangimento tamanho que parecia atá-los como um nó? Será que ter descoberto o que ela revelara sobre sua família o havia deixado desgostoso? Será que ele não havia gostado de beijá-la?

— Senhorita Stanwick?

Ela se virou para encarar a costureira cujos olhos estavam cheios de compreensão, como se ela reconhecesse um olhar apaixonado quando o vira. Althea, no entanto, não estava apaixonada. Naquele momento, ela não sabia se sentia sequer apreço por Benedict.

— Senhorita Beth.

— Pode me chamar de Beth. Para os vestidos do dia a dia, tenho alguns tecidos cujas tonalidades combinam muito bem com a sua pele. Vamos dar uma olhada?

— Sobre o vestido de baile... gostaria que ele fosse vermelho também. Brilhante, vibrante e com um decote ousado, bem revelador.

Ela planejava testar o apelo do vestido antes de ir a um baile, em uma noite com Benedict Trewlove.

Capítulo 13

Fera estava irritado. Irritado porque ela achava que merecia ser uma amante. Tudo por causa dos erros de seu pai estúpido, seu noivo idiota e seus vários amigos ingratos. Fera nunca fora um pária, mas sabia o que era sentir-se excluído ou menos merecedor. Esse sentimento vinha das circunstâncias de seu nascimento, algo sobre o qual ele não tivera controle algum, assim como ela não tivera controle sobre a decisão de seu pai de se envolver em um golpe.

Em ambos os casos, pessoas inocentes sofreram.

Ele ficou furioso por estar irritado. Quando jovem, lutara contra seus demônios interiores para garantir um controle constante sobre suas emoções. Ele sempre fora grande, mas não de uma maneira elegante. Por muito tempo fora desproporcional, com pernas muito longas e braços muito curtos e musculosos. Suas mãos eram imensas. Seu torso era volumoso, robusto e rotundo. Eventualmente, seu crescimento entrou nos eixos e ele tornou-se um grandalhão que conseguia não ser desajeitado. Mas, na época, frequentemente atacava as pessoas que o ofendiam ou zombavam dele com nomes chulos.

Sempre que sua mãe cuidava de seus cortes e arranhões, ela pedia que Fera ignorasse os comentários cruéis — "Ninguém joga esterco de cavalo sem sujar as próprias mãos" — e exercitasse sua paciência, pois, no final, aquela postura o colocaria acima daqueles que achavam que zombar dos outros os tornava melhores. Eventualmente, ele fora atrás de Gillie e se abrira sobre seus traumas, porque, assim como ele, ela fora abandonada e deixada em uma cesta de vime na porta de Ettie Trewlove. Além disso, ela também não tinha a menor ideia de quem eram seus pais. Unidos pela dúvida sobre suas origens, criaram um forte laço.

Fera nem sequer tinha certeza de que a mulher que o entregara era, de fato, sua mãe. Ela nunca afirmou ser. Ele suspeitava que ela dissera a Ettie Trewlove que voltaria para buscá-lo porque não tinha moedas suficientes para pagar uma taxa maior, e mentira para que ele não fosse rejeitado. Talvez isso significasse que ela se importava um pouco com ele, mas não provava que era sua mãe.

Não que isso tivesse importância. Ele recentemente fizera 33 anos e percebera que o que desconhecia não era tão relevante quanto tudo o que sabia. Fera sabia que seu temperamento podia ser terrível, razão pela qual o mantinha controlado, mas isso de certo mudaria se encontrasse Chadbourne. Se tivesse conhecido o pai de Thea, todo aquele controle teria ido pelos ares. Principalmente porque, mesmo depois de enforcado, o duque continuava causando danos, fazendo sua filha sentir-se indigna de todos os seus sonhos.

Quando Fera chegou ao seu destino, a água da chuva escorria abundantemente pela aba de seu chapéu. Ele abriu a porta e entrou no saguão de onde a maioria dos homens era escoltada para fora, pois o local era exclusivo para mulheres. Mas ele não era qualquer um.

— Aiden está?

— Ele está no sótão, sr. Trewlove — disse a jovem atrás do balcão enquanto estendia as mãos para receber seu chapéu e sobretudo.

O tratamento por senhor sempre o desequilibrava, fazia parecer que ele era um sujeito civilizado que nunca havia quebrado algumas cabeças durante sua vida. Ele era quase um homem feito quando reconheceu a sabedoria dos conselhos de sua mãe e começou a controlar seu temperamento, mas ainda se irritava facilmente, e seus punhos estavam sempre prontos para fazer justiça e reestabelecer sua calma.

Com relutância, ele tirou o chapéu e o casaco.

— Estão bem molhados.

A mulher sorriu ao pegar as peças.

— Como poucas clientes precisam de mim no momento, verei o que posso fazer para resolver isso antes de você ir embora.

Aquele horário do dia e a época do ano em que estavam resultava na escassez de clientes. A maioria das mulheres que visitava o clube era da aristocracia e nesse momento residiam no interior. Mas Aiden e sua família moravam no andar de cima, então era fácil encontrá-lo por lá.

— Vou subir.

Ele subiu as escadas de dois em dois degraus, seguindo o caminho familiar por alguns lances até chegar ao último andar, onde um caminho mais estreito levava ao sótão. Ao chegar no topo, encontrou a porta entreaberta, sem dúvida para diminuir um pouco o cheiro da tinta, já que a chuva impedia que a janela ficasse aberta. Apoiando o ombro no batente, ele observou o que Aiden fazia em seu ateliê.

— Você só pinta sua esposa agora?

Seu irmão não pareceu se assustar, as escadas provavelmente haviam ecoado os passos de Fera, e ele já fora informado em mais de uma ocasião que sua presença agitava o ar de um jeito que era impossível passar despercebido. Por outro lado, quando necessário, ele conseguia espreitar um sujeito e não ser visto até que fosse tarde demais.

— Por que eu me importaria com qualquer outra coisa? — perguntou Aiden, recuando para estudar seu próprio trabalho, que Fera sempre achou de natureza etérea, como se o objeto da pintura estivesse sendo visto através de um véu. Nesse caso, era uma mãe segurando seu filho pequeno. — Deve-se pintar o que traz alegria.

Girando, Aiden inclinou a cabeça em direção à tela.

— Esses dois me trazem muita alegria. É meu presente de Natal para Lena, então, se vir minha esposa antes disso, por favor não mencione o quadro.

— Seu segredo está seguro comigo.

Aiden foi até uma pequena mesa, ergueu uma garrafa e serviu dois copos de uísque. Ele entregou um a Fera.

— Um pouco de calor não faz mal em dias tão frios.

— É verdade. Saúde.

Ele tomou um bom gole, dando boas-vindas à quentura que começava na garganta e se espalhava por seu peito e membros.

— Estou acostumado a vê-lo durante a madrugada.

A predileção pela noite era uma característica que ambos compartilhavam.

— Eu tinha negócios a tratar que só poderiam ser feitos durante o dia, estava por perto e precisava conversar com você. Queria saber se um tal de lorde Chadbourne frequenta o Clube Cerberus.

Além do Clube Elysium, que atendia às fantasias femininas, Aiden era dono de uma casa de jogos, onde fortunas eram conquistadas e perdidas — geralmente perdidas — todas as noites. Seu irmão sempre fora fascinado por mitologia, o que explicava nome dos clubes e o fato de sua esposa parecer uma deusa em todos os retratos que ele pintara dela.

— Ele esteve lá algumas vezes no último ano.

Embora o clube fosse conhecido por ser o último recurso para nobres que não conseguiriam dinheiro em outro lugar, sua reputação ganhara um pouco mais de respeitabilidade desde que Aiden se casara com uma duquesa viúva.

— Por quê? — perguntou Aiden.

— Ele deve dinheiro para você? Tem algum tipo de dívida?

— Não. Ele costuma tirar a sorte grande nos jogos. Cheguei a pensar que estava trapaceando, mas, se for o caso, não consegui descobrir.

— Você sabe se ele ainda está em Londres?

— Ele estava por aqui há alguns dias.

— O que ele joga?

— Pôquer.

Fera não ficou surpreso que Aiden soubesse a resposta. As pessoas muitas vezes subestimavam seu irmão, não percebiam que ele se lembrava de cada detalhe quando se tratava das pessoas que frequentavam seus clubes.

— Você poderia pedir que o gerente do seu clube me avise na próxima vez que ele aparecer para jogar?

Depois de beber lentamente seu uísque, Aiden passou um dedo ao redor da borda do copo.

— Qual é o nome dela?

Fera não deveria ter ficado chocado com a pergunta. Aiden estivera em sua vida desde o momento em que fora deixado na porta de Ettie Trewlove. Embora nenhum deles soubesse exatamente quando nasceram, sua mãe adotiva conseguira avaliar quando perderam seus primeiros dentes e descobrira que tinham apenas alguns meses de diferença de idade. Ele pensou em ignorar a pergunta, mas confiava demais em sua família.

— Althea.

— Presumo que ele tenha agido mal com ela.

— Não do jeito que você está pensando.

Ele e seus irmãos sempre defenderam mulheres que haviam sido maltratadas fisicamente por outros homens. Sua mãe fora a primeira de muitas. Beth, a costureira, também estava entre elas.

— Independentemente disso, ele a machucou — acrescentou Fera.

Aiden assentiu.

— Você será avisado.

Fera sentiu a faixa apertada — que nem havia notado antes — ao redor de seu peito se afrouxar, mesmo quando a mão que não segurava o copo começou a abrir e fechar, como se estivesse pronta para desferir um golpe.

— Eu não a amo.

Ele não entendeu o motivo de ter falado aquilo. Se pudesse voltar no tempo alguns segundos, teria engolido as palavras.

— Eu não disse que amava.

— Ela é apenas alguém que estou ajudando.

— Eu também só estava ajudando a Lena, irmão, então tome cuidado, ou você vai acabar trocando romances policiais por poesia.

Beth era falante, extremamente hábil em manter uma conversa enquanto tirava medidas, mostrava tecidos e sugeria diferentes estampas. Foi assim que Althea aprendeu muito mais não só sobre Benedict, mas também sobre os Trewlove em geral. Estava ansiosa para mostrar seus novos conhecimentos no caminho para casa... mas talvez residência fosse o termo mais apropriado. Ela sentia-se muito confortável lá, mas estava longe de ser o seu lar. Era apenas um endereço temporário. Nenhuma das meninas permaneceria em sua vida, Benedict não permaneceria em sua vida. Eventualmente, ele seria apenas uma lembrança.

Ela não gostou muito da alegria que a invadiu quando ele passou pela porta. Foi tão avassaladora que ela nem notou a mulher que surgira um momento antes com uma criada ao seu lado, até que a megera abriu a boca.

— Beth, eu não sabia que você atendia traidoras. Se essa fedelha for uma de suas clientes, procurarei outro lugar para encomendar meus vestidos.

Lady Jocelyn colocou-se diante dela, parecendo ofendida e virtuosa ao mesmo tempo, e seu nariz estava tão arrogantemente empinado que Althea não ficaria surpresa se seu pescoço ficasse com cãibras.

Antes que Beth pudesse responder, Althea disse:

— Você parece bem, lady Jocelyn.

Embora parecesse impossível, a mulher empinou ainda mais o nariz.

— Não costumo falar com traidoras, mas, sim, estou radiante com meu recente noivado e minha futura lua de mel. Talvez você já saiba... me casarei com Chadbourne.

Althea não sabia. Esperava que ele eventualmente se casasse, nem que fosse apenas para gerar um herdeiro, e sabia que aquilo a impactaria. Surpreendentemente, o choque não foi tão forte quanto ela esperava. No entanto, sabia que sua expressão não denunciaria nem uma fração do que estava sentindo.

— Meus pêsames. Não deve ser fácil casar-se com um homem que não tem hombridade para manter sua palavra ou seus compromissos. Basta um pequeno desafio para que ele saia correndo.

Lady Jocelyn não conseguia esconder suas emoções com tanta facilidade. O fogo em seus olhos indicava que estava possessa.

— Ele foi rápido em perceber que merece uma mulher do mais alto calibre, não umazinha que venha de uma linhagem de patifes traidores.

— Sempre muito exagerada... "Linhagem"? Havia apenas um traidor.

— Quem disse que sua prole será diferente? — Ela ergueu a mão com tanta velocidade que criou uma brisa. — Já chega. Não tenho mais nada para tratar com você. É indigno de mim falar com uma pessoa de caráter tão pífio. Beth, se você pretende vesti-la, saiba que a encomenda do meu enxoval será cancelada.

Althea sabia quanto custava um enxoval. Ela estava planejando o seu antes de seu pai estragar tudo. Não poderia deixar que Beth arcasse com aquele prejuízo.

— Não, na verdade...

— Sim — interrompeu Beth. — Farei vestidos e peças de gala para ela. — Ela se voltou para Althea. — Faremos a prova na sexta-feira, e tudo estará pronto semana que vem.

— Beth...

— Está decidido. — Ela voltou sua atenção para lady Jocelyn. — Não precisa se preocupar com seu lindo enxoval, lady Jocelyn. Irei doá-lo para caridade. Tenho certeza de que há muitas mulheres que farão bom uso das peças que minhas meninas e eu passamos horas costurando. Desejo o melhor para você. Tenha um bom dia.

Boquiaberta. Foi assim que lady Jocelyn ficou, e Althea sabia que sua outrora querida amiga nunca tivera alguém menos abastado falando com ela como se fosse superior. Ela quis abraçar Beth.

— A duquesa de Thornley não ficará nada feliz em saber desse acontecimento, afinal, só vim aqui por recomendação dela.

Lady Jocelyn girou nos calcanhares e andou em direção à porta apenas para encontrá-la bloqueada por Benedict, que tinha os braços cruzados sobre o peito. Althea estava bastante familiarizada com aquela postura implacável.

— Você deve pedir desculpas à srta. Stanwick. O pai dela foi um traidor, mas ela não é nada disso.

— Isso não é da sua conta.

— *Ela* é da minha conta.

Embora não pudesse ver o rosto de lady Jocelyn, Althea sabia que ela encarava Benedict com fúria, um olhar capaz de atirar adagas, o qual ela vira muitas vezes no passado. Aquela mulher não aceitava ser desafiada.

— Acho que conheço você. — Ela apontou um dedo para ele. — Você é um daqueles *bastardos* dos Trewlove.

Ela falou a palavra "bastardos" como se sentisse um gosto horrível na boca e estivesse prestes a vomitar. Aparentemente, ela não estava ciente de que a duquesa de Thornley, cujo nome ela falara imperiosamente como se fosse parente da Rainha, também era uma Trewlove e considerava aquele homem seu irmão. Mas não foi esse o motivo pelo qual Althea deu um passo à frente. Ela o fez porque não queria vê-lo magoado por ter tentado defendê-la. Precisou se segurar para não agarrar o cabelo daquela mulher.

— Jocelyn, você não tem o direito de insultá-lo.

— E você deve me chamar de "lady Jocelyn".

— Ela não me insultou — disse Benedict calmamente. — É verdade. Sou um bastardo, nascido sem família, sem nenhuma ideia de quem são os meus pais, mas minha educação é muito superior à sua, lady Jocelyn. Peça desculpas.

— Ou você vai fazer o quê, exatamente?

Ele encostou-se na porta.

— Posso passar o dia inteiro impedindo sua saída. Enquanto isso, você precisa urgentemente encontrar outra costureira para começar a trabalhar em seu novo enxoval. Vamos lá, basta dizer "me desculpe".

Lady Jocelyn olhou por cima do ombro. A fúria que distorcia seus traços adoráveis foi um acalento para a alma de Althea. A mulher cerrou os lábios, quase os deformando. Então, fechou os olhos com força e os abriu na sequência.

— Me desculpe.

— Peço desculpas também. Desejo que seja muito feliz com Chadbourne.

Por um momento, a mulher piscou tanto que Althea pensou que ela estivesse lutando contra as lágrimas. Mas, quando Benedict abriu a porta, ela saiu como um trovão, sua fiel criada se apressando atrás dela.

Ignorando os olhares dos poucos clientes e funcionários da loja, Althea se virou para Beth.

— Peço desculpas. Diga-me o valor do enxoval, pagarei a quantia em três meses.

Ela sabia que isso custaria pelo menos um quarto dos ganhos extras que receberia por cumprir o prazo.

— Não se preocupe. Outras pessoas farão bom uso dele. Duvido que ela usaria qualquer coisa mais de uma vez. — Beth apertou a mão de Althea. — Para ser honesta, estou feliz por me livrar dela. Ela sempre mudava de ideia sobre o que queria, mas só depois que terminávamos de fazer o que ela havia pedido. Estava ficando cansativo. — Ela olhou por cima do ombro de Althea e fez um sinal com as mãos. — Senhoritas, de volta ao trabalho! A diversão acabou.

Agora era Althea que precisava conter as lágrimas. Antes, nunca soubera valorizar um ato de gentileza, mas, atualmente, enchia-se de alegria ao ver que uma costureira esforçada, que dependia da boa vontade de outras pessoas para ganhar seu sustento, a defendia.

— Espero que tudo tenha corrido bem antes de eu chegar — disse Benedict, aproximando-se mais e a distraindo com sua presença.

Ela ficou aliviada com a distração. Nunca derramara uma lágrima em público, e não queria começar agora.

— Foi tudo ótimo — garantiu ela. — Estou muito ansiosa para ver a versão final das peças.

O olhar avaliador de Benedict tinha um quê de tristeza.

— Lembro de você mencionar que lady Jocelyn era uma querida amiga. Estamos falando da mesma pessoa?

Ela assentiu, afinal, o que mais podia dizer?

— Agora ela vai se casar com o homem que dispensou você.

— Parece que sim.

O assunto fora encerrado ali, e Althea ficou aliviada. Eles se despediram de Beth e saíram na chuva. Teriam ficado encharcados se uma carruagem azul com acabamentos em vermelho não os estivesse esperando com um criado, que prontamente abriu a porta quando saíram da loja. Benedict colocou a mão nas costas de Althea enquanto eles corriam para o veículo.

— Essa carruagem é nossa mesmo?

— Sim. Vamos, entre. Rápido.

O cocheiro ajudou-a a subir e ela se acomodou no luxuoso veículo. Quando Benedict sentou-se ao seu lado, a carruagem partiu.

— Como você conseguiu isso? — perguntou ela enquanto seguiam pela rua.

— Pertence ao Aiden, meu irmão. Eu o visitei e pedi emprestada para evitar que você ficasse muito molhada.

— Agradeço sua consideração, bem como sua insistência para que lady Jocelyn se desculpasse.

Ela olhou pela janela e observou a chuva, ouvindo os pingos que tamborilavam no teto da carruagem, que a levaram para um lugar de calma e sossego, completamente oposto à tensão que sentira na loja.

— Você consegue ser muito arrogante quando quer — disse ele baixinho, como se também achasse a atmosfera pacífica e não quisesse perturbá-la. — Devo admitir que quase bati palmas quando você lhe ofereceu pêsames.

Ela balançou levemente a cabeça.

— Eu estava furiosa porque ela ameaçou não pagar Beth. Minha intenção era sair de cena após falar que Beth não faria minhas peças, mas então aquela mulher incrível me defendeu, e toda a minha nobreza interior veio à tona. Eu não podia deixar que lady Jocelyn saísse por cima naquela situação.

— Beth será paga pelo enxoval.

— Você não deveria arcar com os custos.

— Não arcarei. Por bem ou por mal, será pago pela família de lady Jocelyn. Eu só preciso saber quem é o pai dela. Ou o irmão mais velho. A pessoa responsável por ela. — Benedict deu de ombros. — Ou talvez eu mande Chadbourne pagar. — Ele deu um sorriso alegre e malicioso. — Gosto mais dessa ideia.

Ela olhou para as grandes mãos enluvadas de Benedict cruzadas sobre as coxas.

— Quando você fala "por bem ou por mal"...

— Talvez eles percam mais que o normal nas mesas de jogo, ou algo que desejam manter escondido venha à tona caso se recusem a pagar por um trabalho que já foi realizado.

— Você não vai machucá-los, vai?

Ele deu um suspiro pesado e olhou pela janela, como se estivesse desapontado por ela ter feito aquela pergunta.

— Digamos que eles aprenderão a importância de pagar uma costureira que passou horas fazendo roupas para alguém tão mimada quanto lady Jocelyn.

— E se não aprenderem?

Quando ele voltou sua atenção para ela, não estava mais sorrindo.

— Posso ser bastante persuasivo. E, se eu não conseguir, meus irmãos darão conta do recado. Mick, em particular, é respeitado pela aristocracia, e os nobres querem ser bem-vistos por ele. Mas eles não sentirão o peso dos meus punhos, se é isso que a preocupa.

Ela temeu que pudesse ter ferido os sentimentos dele, então lhe deu um sorriso travesso.

— Eu não me importaria se Chadbourne sentisse o peso de seus punhos.

A risada dele, profunda e intensa, ecoou pela carruagem.

— Não me esquecerei desse seu lado vingativo.

Com um longo suspiro, ela observou as mãos cobertas por luvas gastas que repousavam em seu colo.

— Nunca subestime uma mulher que foi desprezada. — Ela ergueu os olhos. — Beth me contou que você e seus irmãos a ajudaram a sair de uma situação difícil com seu senhorio.

"Difícil" era um eufemismo, afinal, o homem cobrava favores sexuais de Beth em troca do aluguel.

— Isso foi obra da Gillie.

— Ela disse que você o confrontou.

— Gillie pediu que o fizéssemos.

— Ele sentiu o peso de seus punhos?

— Mais de uma vez.

— É por isso que o chamam de Fera?

— Parcialmente.

— E quais seriam os outros motivos?

Ele apenas balançou a cabeça, e Althea não estava com vontade de pressioná-lo. Ele a havia defendido, tinha o direito de guardar seus segredos.

— Como foi a visita ao seu irmão?

Ela sentia falta de seus irmãos, mas não os colocaria em risco dizendo que gostaria de encontrá-los.

— Ótima. Garantiu que voltássemos confortavelmente para casa.

Capítulo 14

MAIS TARDE NAQUELA NOITE, quando o relógio bateu dez horas, Althea entrou na biblioteca levando consigo a cópia de *Assassinato no Ten Bells*. Se ele não estivesse disposto a ensiná-la, ela leria o livro. Quando avistou a pequena taça de xerez em formato de tulipa repousando na mesinha ao lado da poltrona em que se sentara na noite anterior, algo derreteu dentro de seu peito, perto da área onde seu coração batia.

Como sempre, Benedict se levantou. Ela não deveria estar tão feliz em vê-lo. Apenas algumas horas haviam se passado desde o jantar e, ainda assim, parecia uma eternidade.

Graciosamente, ela acomodou-se na cadeira, assim como havia ensinado as moças naquela tarde a se sentar. Ela não sabia quando ele o tinha feito, mas, em algum momento, pedira que as moças se vestissem de modo menos revelador para as aulas.

— Obrigada por falar com as meninas sobre as roupas. Percebi uma grande diferença na maneira que responderam à lição desta tarde. E, é claro, foi bom aproveitar o jantar sem tantos decotes à vista.

— Percebi que elas estavam menos… indisciplinadas do que o normal durante a refeição.

— O foco da lição de hoje foi como se sentar e se portar durante o jantar. Elas aprendem rápido. Pensei em alguns livros que poderiam ser úteis para elas.

Ela colocou a mão no bolso de seu vestido azul-escuro e tirou um pedaço de papel onde escrevera o título dos livros. Inclinando-se para a frente, ela o entregou para ele. Quando Benedict pegou o papel, seus dedos roçaram nos dela, e Althea sentiu como se a chuva daquela manhã tivesse voltado com força total e um raio tivesse caído sobre ela. Como um toque tão simples em uma área tão pequena poderia ser sentido por todo o seu corpo?

Ela se afastou tão rápido que quase criou uma brisa, agitando as chamas na lareira, mas Benedict apenas recostou-se em sua poltrona como se não tivesse sentido nada. Ele encarava as chamas como se fossem a coisa mais fascinante do mundo.

— Pedirei que Fancy solicite cópias para as garotas.

Ele parecia estar o tempo todo lutando contra seus demônios, um homem tão tenso que poderia explodir a qualquer momento. Ela se perguntou se seus lábios pousariam nos dela caso isso acontecesse. Estava tentada a descobrir.

Ele mencionara que palavras o seduziam. Será que aquilo valia para todos os homens ou apenas para ele? Ela achara que a arte da sedução envolvia olhares provocativos e decotes reveladores. E se ela tivesse entendido tudo errado e a sedução, afinal, resumia-se a ser apenas ela mesma?

Na noite anterior, ele havia investigado seus segredos. Hoje, ela queria explorar os dele.

— Tive tempo de começar a ler seu livro depois do jantar. Acredito que, quando terminarmos aqui, passarei a noite devorando o resto da história. — Ele desviou o olhar das chamas e focou nela. Althea ficou feliz por ter uma visão clara de seus olhos e traços, e continuou: — Sua descrição da cidade à noite é tão vívida que senti como se estivesse realmente caminhando por ela. Como você consegue fazer isso?

— Conheço bem esse mundo.

— Por que você escreve sobre assassinato? Por que não escrever sobre fadas, piratas ou donzelas em busca de um príncipe?

— Não sei nada sobre donzelas que procuram um príncipe.

— E sabe muito sobre assassinatos?

Ela sabia que era uma pergunta boba. As pessoas podiam escrever sobre coisas das quais tinham pouco conhecimento. Ainda assim, parte dela questionava o motivo de ele nunca ter contado por que era conhecido como Fera.

Após pegar sua bebida, ele cruzou as pernas. Parecia ser um homem que se preparava para contar uma história que duraria a noite inteira. E ela não se importava se ele falasse até o amanhecer, não importava que, quanto mais detalhes soubesse sobre ele, mais seu coração estaria em risco. Althea deveria enxergá-lo como um tutor, e nada mais. Infelizmente, quando se tratava dele, seus sentimentos não eram imparciais.

— Quando eu tinha uns 8 anos, vi um homem muito elegante passando por Whitechapel. Ele me fascinou tanto que o segui por um tempo. Periodicamente, ele parava, tirava um relógio de ouro do bolso do colete, consultava-o, guardava-o de volta e continuava andando. Acho que nunca desejei algo tanto quanto aquele relógio de bolso. Então o roubei.

Os olhos de Althea se arregalaram, pois sempre vira o relógio de um cavalheiro acompanhado por uma correntinha que prendia o objeto em seu colete. Seria preciso uma habilidade notável para soltá-lo sem ser identificado, e apenas um tipo de pessoa teria essa maestria. Alguém com muita experiência em furtar coisas.

— Você era um batedor de carteiras?

Benedict deu de ombros.

— Não é um aspecto da minha vida do qual eu tenha muito orgulho ou costume me gabar. No entanto, muitas moças e rapazes menos favorecidos costumam aderir à prática. Há sempre um vigarista disposto a ensinar como roubar coisas sem ser pego, contanto que você dê a ele uma boa parte do que roubou. Mas eu vi aquele relógio como a minha saída. Eu sabia que, se minha mãe soubesse o que eu fazia, morreria de vergonha. No final do dia dei tudo o que havia roubado, exceto o relógio, que escondi no meu sapato, para Bill Três-Dedos, e disse que não trabalharia mais para ele. Ele não gostou da notícia, e, naquela noite, voltei para casa com dois braços quebrados.

— Meu Deus, não.

Ao pegar o xerez, ela percebeu que sua mão estava tremendo.

Novamente, ele simplesmente deu de ombros.

— Ele me deixou escolher. Um braço quebrado pela arrogância de acreditar que poderia simplesmente ir embora. Dois se eu quisesse sua permissão para ir embora. Eu escolhi a segunda opção. Nunca me arrependi.

— Ele deixou você ir?

— Embora fosse um criminoso, Bill era um homem de palavra. Às vezes, penso nos planos que ele tinha para mim caso tivesse ficado. Na época, eu não passava de um garoto desajeitado com membros compridos, grande demais para a minha idade. Paguei um pequeno preço para me livrar dele. E eu tinha o relógio, então, comecei a trabalhar como acordador.

Três meses antes, ela não conheceria aquela função, porque tinha criados para acordá-la.

— Griff pagava três moedas por semana para que um rapaz batesse em sua janela às cinco e meia todas as manhãs, para que ele pudesse chegar às docas a tempo. Era isso que você fazia?

— Sim.

— E quem acordava *você*?

Ele lhe deu um sorriso que fez com que o calor fluísse por seu corpo, como se tivesse tomado outro gole de xerez.

— Eu dormia durante o dia, o que funcionava bem, porque meus irmãos e eu tínhamos apenas uma cama. À noite, eu assombrava Whitechapel caminhando pelas ruas, estábulos e becos, até a hora de começar a acordar as pessoas.

— É por isso que você consegue descrever o bairro à noite tão bem.

Ele assentiu.

— Eu via as prostitutas, os bêbados, os maliciosos e aqueles que faziam o bem. Eu via uma parte da vida que algumas pessoas nunca veem. E, cerca de um ano depois, logo após começar a acordar meus clientes, encontrei uma mulher caída em um beco. Imaginei que ela estivesse tão bêbada que acabou adormecendo, então fui acordá-la. — Ele tomou um longo gole de seu uísque, como se precisasse de forças, e Althea teve um péssimo pressentimento quanto ao rumo da história. — Ela estava morta.

Seu olhar estava focado no copo, na forma como as chamas do fogo refletiam no cristal cortado, e ela se perguntou se ele estava visualizando a mulher ali.

— Seu vestido azul estava encharcado de sangue. O cheiro acobreado invadiu minhas narinas quando me agachei diante dela. Com base nos cortes em suas roupas, suas mãos e pescoço, presumi que alguém a tivesse esfaqueado. Seus olhos estavam abertos, mas não havia vida neles, e me perguntei se a última coisa que ela vira fora seu assassino.

O fogo crepitava e assobiava. O relógio da lareira marcava as horas. Ela sentiu o sangue correndo, e as batidas de seu coração ecoando nos ouvidos. Qual seria o tamanho do impacto disso em uma criança tão nova? Quão horrível fora a cena que ele vira?

Depois de outro gole de uísque, ele olhou para ela.

— Fui procurar um policial. Eu estava agarrado à vara que eu usava para cutucar a janela das pessoas. Ele me deu um tapinha no ombro e disse que eu continuasse com minha tarefa de acordar as pessoas, porque elas precisavam ir trabalhar. Fiz o que ele mandou, mas, de alguma forma, parecia errado sair dali como se algo horrível não tivesse acontecido. Depois de bater na minha última janela, voltei para onde a encontrei, mas o corpo não estava mais lá. Pensei que talvez eu tivesse me enganado, que ela levantara e fora para casa. Mas, no fundo, sabia que não podia ser isso. Ela nunca mais voltaria para casa.

Ele tomou o último gole de uísque. Sem nem pensar, como se estivesse em transe, ela pegou o copo dele, foi até o aparador e tornou a enchê-lo. Ao voltar, ela lhe entregou o copo.

— Desculpe ter perguntado. Não deve ser fácil reviver todas essas lembranças.

— Sim, mas acho que tudo isso me ajudou a ser quem eu sou.

Ela afundou na almofada da poltrona.

— Como assim?

Inclinando-se para a frente, ele apoiou os cotovelos nas coxas robustas e envolveu o copo com ambas as mãos.

— Antes eu via meu porte físico como uma coisa inconveniente. Algo que me destacava, mesmo quando eu não queria. — Ele parecia lutar para encontrar as palavras corretas. Ela não o pressionou, simplesmente esperou.

— Meu tamanho fazia com que as crianças me chamassem de monstro. Mas eu achava que, se estivesse por perto quando aquela mulher fora atacada, eu teria conseguido salvá-la. Meu lado racional sabe que isso não é verdade, mas comecei a prestar mais atenção durante minhas andanças, e, algumas vezes, consegui impedir alguém de fazer o mal. Até que fiquei conhecido como Fera de Whitechapel. E fiquei fascinado por assassinatos.

— Você não é o único obcecado. Os jornais não economizam tinta para descrever detalhadamente os crimes e julgamentos de assassinos, é chocante.

Ele deu a ela um sorriso autodepreciativo.

— E foi assim que consegui inspiração para minhas histórias. Além disso, conversei com policiais, detetives e inspetores. Fui aos tribunais, observei os julgamentos. Cheguei a pagar uns trocados para visitar alguns dos locais dos crimes.

Um calafrio percorreu sua espinha.

— Isso é um pouco macabro.

— Você tem razão. Turismo focado em assassinatos foi popular por um tempo, mas eu não queria ver a sanguinolência. Meu objetivo era entender os motivos. Tudo nas cenas dos crimes parecia tão normal. As louças nas prateleiras. A colcha na cama. A cadeira diante da lareira. Percebi que esse era um dos maiores horrores do assassinato. Pode acontecer em qualquer lugar, e a qualquer momento, sem aviso. Em uma vila tranquila. Em uma rua movimentada. Em um grande parque. Eu devorei romances policiais, até que comecei a escrever os meus. Todos eram péssimos. — Ele inclinou a cabeça em direção ao colo dela, onde seu livro estava. — Até que, finalmente, um deles ficou bom. Ou pelo menos foi o que me disseram.

Althea deu a ele um sorriso encorajador.

— O livro é ótimo. Mal consegui largá-lo desde que comecei a ler.

Ele se acomodou, tomou um gole do uísque e voltou sua atenção para o fogo.

— Desculpe. Eu não costumo me abrir assim.

— Fico feliz que tenha o feito. Sua paixão pelo assunto é evidente.

Ele olhou de volta para ela.

— E qual é a sua paixão?

Ela passou o dedo sobre a lombada do livro, sobre o título dourado em relevo. Sobre o nome de Benedict. Descobrir mais sobre ele tornara-se uma espécie de paixão para Althea. Ela queria saber tudo, todos os grandes e pequenos momentos da vida daquele homem, os emocionantes e os corriqueiros. Queria que ele a beijasse novamente, e desejava beijá-lo de volta. Acreditara que, ao se tornar amante de algum lorde, se libertaria da preocupação de seus irmãos e poderia sentir-se livre, mas estava começando a se perguntar se não trocaria uma prisão por outra.

Nunca saberia o que poderia ter respondido — ou confessado —, porque Jewel entrou de repente na biblioteca e Benedict imediatamente se levantou.

— Chegou uma mensagem para você.

Ele pegou a carta que ela estendeu para ele, desdobrou-a e leu o que estava escrito. Depois a dobrou novamente e a enfiou no bolso de sua jaqueta antes de se virar para Althea.

— Peço desculpas, mas preciso cuidar de um assunto.

Embora pudesse estar especulando, Althea pensou ter identificado certa decepção na voz e no rosto dele.

— Bem, espero que sua noite seja agradável, então.

Benedict começou a caminhar em direção à porta, mas parou abruptamente no meio do caminho. Ela estava certa de que o ouvira rosnar e xingar de forma sombria em voz baixa.

Ele se virou.

— Estou indo para a casa de jogos do meu irmão. Mulheres são bem-vindas lá. Quer vir comigo?

Capítulo 15

A EMPOLGAÇÃO DELA ERA evidente. Fera podia senti-la quase quicando no assento à sua frente, seus movimentos causando pequenos tremores na carruagem de Aiden. Seu irmão garantira que, junto com a mensagem, uma confortável carruagem também estivesse à sua disposição. Dentro do veículo, Benedict encontrou um aquecedor para os pés e um cobertor feito de pele, e ficou um pouco confuso. Não tinha por que Aiden achar que ele precisaria daqueles mimos, mas ficou grato mesmo assim por estarem disponíveis para Thea.

Ele ainda estava pensando em por que havia tagarelado tanto em resposta à uma pergunta tão simples. Uma frase curta teria sido o suficiente. "Encontrei uma mulher morta e isso instigou minha imaginação."

Mas não foi assim que as coisas aconteceram. Ela estivera pálida, seus membros frios e rígidos o atordoaram e impediram que ele pensasse em qualquer outra coisa. Enquanto corria para buscar ajuda, ele sentiu o frio invadir suas veias, deixando seus passos desajeitados e frenéticos. Quando finalmente encontrou um policial, Benedict gaguejou incoerentemente até conseguir desacelerar seu coração, respirando fundo e recuperando a sensação de calma.

Por um tempo, ele considerara juntar-se à Força de Polícia Metropolitana quando fosse mais velho, mas temera se tornar avesso a noções de empatia, assim como o policial que lhe dera tapinhas nas costas e o mandara embora, sem considerar que um garoto de 9 anos acabara de testemunhar uma cena que assombraria seus piores pesadelos.

Benedict ficou aliviado com a chegada da mensagem, assim não passaria o resto da noite revivendo seu passado. Ele desejou, no entanto, que tivesse chegado um pouco mais tarde, depois de Thea revelar sua paixão. O olhar dela estivera focado nos lábios dele, e aquilo dificultara a respiração de Benedict em meio a tanta curiosidade. E, agora, ele precisava encontrar um jeito de distrair seus pensamentos.

— Você joga pôquer?

— Não.

— É uma modalidade muito comum nas mesas de Aiden. Precisarei ensinar as regras a você, e qual carta descartar para garantir uma mão vencedora.

— Ah, não planejo apostar. Não tenho dinheiro para isso. Estou curiosa, é claro. Nunca fui à uma casa de jogos e não vejo a hora de vivenciar e testemunhar essa novidade.

Ele apostaria dois de seus navios que, assim que chegassem, ela se sentaria na mesa e faria uma aposta, buscando a sensação de vencer.

— Esse assunto que precisa resolver, vai demorar muito? — perguntou ela.

— Não.

— Talvez eu consiga observá-lo nas mesas de apostas.

— Então deixe-me explicar as regras, para que você aprecie plenamente minhas habilidades em um jogo de cartas.

Mesmo na escuridão da carruagem, ele podia sentir o olhar de Althea, como se ela tivesse estendido a mão e o tocado com seus dedos enluvados.

— Sei que não o conheço há muito tempo, mas sempre vi você como um homem modesto, e não um fanfarrão.

Ele havia se gabado de uma habilidade que não dominava a fim de convencê-la a jogar. Depois que ela lhe desejara boa noite e ele se dirigira para a porta, Benedict percebeu que era importante levá-la para o clube.

— Vamos lá, me mime um pouco.

A risada de Althea era suave, mas penetrava sua alma.

— Muito bem.

Ele explicou que cartas do mesmo naipe vencem as da sequência, e que três cartas iguais vencem as do mesmo naipe ou sequência, mas que uma sequência com o mesmo naipe vence tudo.

— Não me parece um jogo complicado — disse ela.

— E não é mesmo, mas fortunas podem ser conquistadas ou perdidas numa mesa de pôquer.

Era muito perigoso tê-la consigo naquela carruagem, seu perfume de gardênias provocando suas narinas.

Após balançar a cabeça e dar um longo suspiro, ele pressionou as costas contra o assento, esticou as pernas e cruzou os braços sobre o peito. Aquele seria o momento perfeito para colocá-la em seu colo e dominar a boca que o provocava, provando novamente seu beijo inesquecível. Ele se controlou. Nunca seria esse tipo de momento.

A carruagem parou. Um criado abriu a porta e Fera saiu da carruagem, estendendo a mão para ajudá-la a saltar.

Os olhos de Thea se arregalaram levemente.

— Esperava que fosse parecido com o White's.

A construção era de tijolo e pedra, e tinha metade do tamanho do conhecido clube de cavalheiros.

— Não nessa área de Londres. Fique perto de mim para que todos estejam cientes de que está comigo.

Ele ofereceu o braço e, quando ela aceitou, Fera foi invadido por uma sensação de satisfação e orgulho que não costumava sentir. Ele a conduziu escada acima, e um empregado abriu a porta.

Fera a conduziu para dentro e, apesar do interior mal iluminado, viu Aiden no final da curta entrada, olhando para a primeira de várias salas onde diversos jogos de azar estavam em progresso. Após entregar seu casaco e o de Thea para a recepcionista, ele se aproximou do irmão.

— Não esperava vê-lo aqui.

Aiden olhou por cima do ombro, abriu a boca para falar, mas ficou mudo — seus olhos se arregalaram de leve ao ver Thea, e ele encarou Benedict. Na verdade, não parecia surpreso em vê-la ali. Parecia mais satisfeito, como se tivesse adivinhado que um aquecedor para os pés e um cobertor seriam bem utilizados na carruagem.

— Pedi ao mensageiro que me avisasse ao entregar o recado para você. Você não achou que eu perderia o que quer que aconteça esta noite, não é?

Aiden sempre gostara de testemunhar ou participar de uma represália ou falcatrua.

— Thea, esse é meu irmão, Aiden. Aiden, permita-me a honra de lhe apresentar a srta. Stanwick.

Aiden lançou seu já conhecido sorriso diabólico para Thea e pegou sua mão para beijá-la. Ela usava luvas, e o irmão não conseguiria sentir toda sedosidade de sua pele, mas, mesmo assim, Fera sentiu vontade de socá-lo. Esse sentimento, no entanto, era bastante irracional, já que Aiden era loucamente apaixonado pela esposa.

— É um prazer conhecê-la, srta. Stanwick.

— O prazer é todo meu.

— Como você conheceu meu irmão?

Maldito, ele ainda segurava a mão dela.

— Isso não importa agora — interrompeu Fera. — Vamos ao que interessa. Onde ele está?

Os olhos de Aiden ainda brilhavam quando ele voltou sua atenção para Fera. De todos os seus irmãos, Aiden era o mais risonho e tinha a visão mais espirituosa sobre a vida. Exceto quando se tratava de sua esposa e filho. Então, ficava sério como se acompanhasse um cortejo fúnebre. Ele inclinou a cabeça na direção que Fera deveria olhar.

— Ali, na mesa encostada no meio daquela parede. O rapaz loiro cujo rosto está virado para nós.

O homem era franzino, muito menor do que Fera esperava. Ele provavelmente não tinha mais de um metro e setenta de altura. Trajava peças excepcionalmente bem costuradas, e seu cabelo exibia um penteado sem um fio fora do lugar. Seus movimentos eram refinados e elegantes. Pelo visto, Althea escolhera casar-se com um pavão. Agora, estava ao lado de um homem que se assemelhava a um urso.

Com o canto do olho, ele conseguia vê-la se inclinar, sem dúvida tentando descobrir quem "ele" poderia ser. Fera soube que Althea percebera que se tratava de Chadbourne quando ela arfou, soltou sua mão e pressionou as duas mãos contra a boca.

— Chadbourne. — Ela lhe lançou um olhar que misturava surpresa e traição. — Você sabia que ele estaria aqui?

Ele assentiu.

— Era o que dizia a mensagem que recebi.

Na verdade, dizia somente: *"Ele está aqui"*, mas era tudo que ele precisava saber.

Thea virou a cabeça para a sala de jogos e, na sequência, de volta para Fera.

— Ele era o assunto que você precisava tratar?

— Sim.

— E o que você vai fazer?

— Garantir que ele perca cada centavo que trouxe consigo esta noite.

Benedict notou que o olhar de Althea ficou menos tenso quando ela percebeu que ele não tinha intenção de matá-lo. Aquela percepção o deixou magoado, mas sabia que sua mágoa era irracional. Sim, ele era uma fera, já matara uma vez, e não tinha vontade de repetir a experiência.

— Quanto você quer começar apostando? — perguntou Aiden.

Fera não desviou o olhar dos lindos olhos azuis que temia que o estivessem condenando.

— Mil libras.

Aiden saiu para buscar as fichas.

— Você vai apostar e arriscar perder mil libras? — questionou ela, claramente horrorizada.

— Não. Você vai.

Althea perdeu o ar como se ele a tivesse socado.

— Você ficou louco?

— Não. Por que você acha que eu lhe ensinei as regras do jogo na carruagem?

— Porque você queria se gabar.

Ela teria ficado muito mais feliz se aquele fosse verdadeiramente o motivo.

— Thea. — Ele olhou para ela com firmeza. — Eu queria derrotá-lo, mas, ao deixar a biblioteca, percebi que essa batalha não é minha. Não fui *eu* a quem ele humilhou publicamente, a quem ele deu as costas, quem ele abandonou.

— Arrancar o dinheiro que ele trouxe não vai mudar nada disso.

— Não mesmo. Sua humilhação ao ser derrotado nunca poderá ser comparada com o que você sofreu, mas, ainda assim, *é alguma coisa*. E, às vezes, alguma coisa é melhor do que nada. Quando você ganhar, basta devolver a Aiden as mil libras que ele lhe emprestou, e a quantia que sobrar será sua. É um pé-de-meia, você pode gastar como quiser.

Ela sentiu-se esperançosa, mas não gostou nada daquele sentimento. Uma renda um pouco maior, talvez o suficiente para pagar Beth pelo enxoval sem atrasos.

— E se eu perder?

— Você não vai. Estarei sentado ao seu lado, então, se tiver dúvidas sobre qual carta descartar, basta me perguntar.

Ela realmente ficaria feliz em derrotar Chadbourne.

— É possível que ele deixe a mesa ao me ver. Assim como lady Jocelyn, ele me receberia melhor se eu tivesse uma doença contagiosa.

— Não acho que ele vá embora, mas não quero que você sinta que não tem escolha. Se não quiser jogar contra ele, eu jogarei. No entanto, devo avisá-la: eu vim para derrotá-lo, e não sairei daqui sem fazê-lo. Se quiser, Aiden pode pedir que um de seus homens a acompanhe de volta para casa. Você pode ficar aqui e assistir. Ou você pode jogar e dar a surra que ele merece.

Naquele momento, Althea percebeu que não era uma pessoa tão boa assim. Ela não só queria ver Chadbourne perder, mas queria ser a pessoa responsável por isso. Assentiu com firmeza.

— Eu jogarei contra ele.

— Ótimo. Acho que você não se arrependerá.

— Aqui está — disse Aiden ao entregar uma bandeja cheia de fichas para Benedict, não demonstrando nenhuma surpresa quando ele entregou todas para Althea.

— Cada ficha vale dez libras. Boa sorte.

— Tentarei não dar prejuízo.

Aiden deu de ombros, como se aquilo não fosse um grande problema.

— Não estou preocupado. — Ele encostou no braço de Benedict. — Basta tocar no ombro do rapaz de camisa vermelha sentado em frente a Chadbourne que ele irá para outra mesa.

— Precisaremos do seu crupiê especial.

— Danny já está lá, garantindo que Chadbourne ganhe o suficiente para que esteja arrogante e cheio de si quando você chegar. Agora chegou a hora de você me entreter colocando aquele homem em seu devido lugar.

Benedict balançou a cabeça, e ela suspeitou que, se ele fosse do tipo que revirava os olhos, também teria feito isso. Então, ele se virou para Althea.

— Está pronta?

— Eu nasci pronta.

Colocando a mão nas costas dela como se quisesse tranquilizá-la, ele a conduziu pelas mesas e pelas tantas pessoas que estavam ali. Era uma mistura de bem-vestidos e maltrapilhos. Ela duvidou que qualquer uma daquelas mulheres pertencesse à nobreza. Seus vestidos de lã eram simples e lisos, e os penteados eram descuidados, muito menos elegantes do que poderiam ser. Os olhos de Althea arderam com a fumaça de todos os cachimbos e cigarros que envolvia o local. Até algumas das mulheres fumavam charutos. Parecia que todos ali estavam se esbaldando na bebida. Os criados corriam de um lado para o outro, sempre reabastecendo os copos.

As pessoas estavam tão concentradas na jogatina que ninguém prestou atenção enquanto eles avançavam pela sala. Ela duvidou que seria notada, mesmo se houvesse algum outro lorde ali ou alguém que a reconhecesse. Afinal, ela não se vestia mais como uma aristocrata, e sim como uma plebeia, e os nobres raramente olhavam para os rostos dos plebeus, a menos que estivessem bem na frente deles, como ela tinha ficado com lady Jocelyn naquela tarde. Portanto, ela não se sentiu vulnerável ao atravessar a sala, como se pudesse ser reconhecida a qualquer momento por alguém.

— Seu irmão costuma fazer empréstimos assim para todo mundo?

— Não é um empréstimo, Thea. Se você perder tudo, não precisará pagar de volta.

Ela parou abruptamente e encarou Benedict.

— Você não está falando sério. Ele me deu todo esse dinheiro?

Ele lhe deu um sorriso indulgente.

— Se o dinheiro passar tempo o suficiente nas mesas, a quantia que você perder será eventualmente perdida para a mesa e voltará para os cofres de Aiden. É por isso que as casas de jogos são tão lucrativas.

— Ele não dá dinheiro para qualquer um.

— Não, e as pessoas precisam pagá-lo com juros. Apenas membros da família podem apostar sem investir diretamente.

— Eu não faço parte da família.

Ele suspirou.

— Você está comigo, e esse encontro foi ideia minha, então as fichas representam um favor de Aiden para mim. Agora venha, antes que Chadbourne se canse de jogar.

Ela notou quando Chadbourne a viu ali. Os olhos dele ficaram redondos como os de uma coruja, e ela lamentou que seus novos vestidos ainda não estivessem prontos — não queria estar usando peças desbotadas, com punhos manchados, gola frouxa e botões desgastados. Eles cairiam perfeitamente e não ficariam folgados, afinal, Althea não era mais a garota rechonchuda que tinha sido quando as refeições eram fartas e ela passava tardes a fio degustando caixas de chocolate enquanto descansava em um divã aveludado com um livro nas mãos. Seu cabelo, no entanto, estava impecável. Hester fizera bom proveito de sua primeira lição para se tornar uma dama de companhia e passara mais de uma hora arrumando o cabelo de Althea em um penteado elegante.

Chadbourne não se levantou quando ela se aproximou, e ela torceu para que as pernas dele tivessem ficado bambas ao vê-la. Althea, no entanto, suspeitava que o real motivo de ele não ter se levantado era outro: simplesmente não acreditava que ela era digna de tal cortesia.

A indolência de Chadbourne a fez valorizar ainda mais Benedict, que não só se levantava sempre que ela entrava em um cômodo, mas demonstrava o mesmo respeito às mulheres de sua residência, cujo ganha-pão vinha da prestação de serviços íntimos. Ela se perguntou se ele desprezava alguém. Quando olhou para ele, percebeu em seu olhar que Chadbourne aparentemente era digno de seu desprezo e sentiu-se confortada.

Estranhamente, a jogatina na mesa havia parado, mas Althea suspeitava que era mais um resultado da chegada de Benedict do que da sua, afinal, bastava que ele surgisse para que as pessoas ficassem imóveis até entender suas intenções. Ou, talvez, fosse apenas por que o crupiê especial — embora ela não fizesse ideia do que o garantira tal título — estivesse esperando a chegada deles.

Ela parou em frente à mesa, seu olhar fixo nos olhos azuis que, um dia, a olharam de maneira tão carinhosa e preciosa.

— Lorde Chadbourne.

— Lady Alth... — Ele parou, seu descontentamento transformando os traços de seu rosto que ela costumava considerar tão bonitos. Era interessante como a traição o tornava tão menos atraente. — Althea, o que diabo você está fazendo aqui?

— Me chame de srta. Stanwick. Estou aqui para tirar todo o seu dinheiro.

Capítulo 16

Minha nossa. Ela falara com tanta confiança que todos ali, incluindo Chadbourne, pareciam extremamente surpresos. Talvez ela tivesse feito alguns dos presentes se apaixonarem instantaneamente por ela. Não que fosse o caso dele. Não era como se o coração de Fera tivesse se enchido de orgulho por Althea não ter se sentido intimidada por aquele palhaço metido.

— Você não pode... Não pode jogar aqui — gaguejou Chadbourne. Ele olhou para o crupiê, que embaralhava silenciosamente as cartas com mãos tão discretas quanto ele. — O pai dela traiu a Inglaterra. Ela não deveria estar aqui.

— O único requisito do sr. Trewlove para permitir a entrada é que a pessoa tenha dinheiro a perder. — O crupiê, Danny, encarou a bandeja que Thea segurava. — Ela parece ter cerca de mil libras em fichas, então é bem-vinda nesta mesa. — Ele cumprimentou Thea com a cabeça.

Fera tocou o ombro do homem vestido de vermelho e o sujeito desapareceu como fumaça. Ele puxou uma cadeira e Thea se sentou com a elegância de uma rainha que tomava seu trono.

— Não posso jogar com a filha de um bastardo traidor — anunciou Chadbourne enquanto começava a juntar suas fichas, fazendo barulho ao reuni-las, sem dúvida esperando que Danny aquiescesse e expulsasse Thea para que o lorde pudesse continuar suas apostas.

— Está com medo de perder para uma mulher? — zombou Fera, que entendia a estupidez do orgulho masculino e sabia como tirar vantagem disso.

O conde o encarou por um tempo, sem se preocupar em disfarçar sua aversão por alguém que ele considerava um mero plebeu.

— Isso é da sua conta?

— *Ela* é da minha conta.

Fera se perguntou se deveria escrever aquelas palavras na testa para que não precisasse repeti-las para todos os aristocratas idiotas que encontrasse.

O barulho das fichas cessou, as mãos do lorde pararam e seus olhos se estreitaram.

— E quem você acha que é?

— Me chamam de Fera.

Virando-se um pouco, ele pegou uma cadeira vazia de uma mesa próxima e girou-a, colocando-a entre Thea e Danny de forma que as costas da cadeira ficassem de frente para a mesa, sentou-se nela, uma perna de cada lado, e cruzou os braços sobre o apoio.

— Você pretende jogar? — perguntou Chadbourne.

— Vou observar. — Ele deu de ombros. — E aconselhar a senhorita quando necessário, já que ela nunca jogou antes.

— Isso poderia ser considerado trapaça.

— Como posso trapacear se as cartas não estarão em minhas mãos? Além disso, ouvi dizer que, esta noite, a sorte está do seu lado. Seria uma grande tolice mudar de mesa e desperdiçar o benefício. A sorte não vai acompanhá-lo em todas as mesas, sabe?

O homem analisou Fera desconfiado, como se suspeitasse de uma armadilha. Ele percebeu o momento exato em que o conde decidiu que Fera não representava ameaça alguma. Muitos homens haviam cometido o mesmo erro.

— Você tem razão.

Chadbourne começou a empilhar suas fichas cuidadosamente. Minha nossa, como era fácil manipular pessoas presunçosas.

— Se a discussão acabou — disse Danny —, podemos começar. — Ele embaralhou novamente as cartas e as alinhou em suas mãos. — A aposta mínima é de dez libras.

— Posso pegar sua mão? — Fera fez o pedido a Thea com um tom de intimidade.

Ele achou ter escutado a espinha de Chadbourne estalar quando o homem se endireitou rapidamente, com uma precisão quase militar. O conde, sem dúvida, já usara o mesmo tom para falar com ela antes, e entendeu muito bem o que estava implícito.

Ela não o questionou, apenas estendeu a mão, e isso encheu Fera de satisfação, como se, de fato, ela estivesse lhe dando prazer. Bem, não exatamente. Mas significava que ela confiava nele e, ao perceber isso, sentiu-se muito grato. Devagar, ele tirou a luva de Althea. Era a primeira vez que ele tocava a pele de sua mão, e desejou tê-lo feito quando estavam na carruagem, no escuro e sozinhos. Quando ele poderia ter pressionado os lábios naquela mão, traçado delicadamente as linhas que alguns afirmavam prever o futuro. A palma tinha pequenos calos, muito provavelmente inexistente antes de o verme sentado do outro lado da mesa ter partido seu coração.

No entanto, aquela mão carregava uma história muito mais interessante agora que não era mais macia como a seda; tinha bagagem, experiência, e Fera valorizava muito isso.

Depois de dobrar a luva, ele afrouxou os três botões da manga dela e começou a enrolar o tecido ao longo do antebraço.

— Não queremos que ninguém pense que você tem uma carta na manga e a acuse de trapacear.

— Ah.

Thea soltou um suspiro ofegante, e ele se perguntou se ela estava tão molhada quanto ele estava duro. Ele deveria ter feito aquilo em outro lugar, onde pudesse beijá-la... ou, talvez, algo mais. Outro erro. Um erro ainda mais grave.

O silêncio à mesa era quase ensurdecedor, e Fera podia sentir que os outros homens estavam hipnotizados ao observar seus cuidados e que estavam, todos eles, com pelo menos um pouco de inveja. Portanto, ele foi ainda mais devagar ao tirar a outra luva e arregaçar a outra manga. Quando terminou, ele ergueu os olhos para o rosto de Thea e percebeu que ela olhava de maneira enigmática para suas mãos, como se perguntasse como elas foram parar ali.

Finalmente, ela encontrou seu olhar e ele enxergou uma mulher que desejava ser arruinada, e que ele queria muito arruinar.

Alguém pigarreou, o que fez Thea se sobressaltar e voltar sua atenção para o crupiê.

— Como eu disse, apostas na mesa.

Fera não deixou de notar as notas graves na voz de Danny, um certa rouquidão, e se perguntou se o crupiê iria buscar o abraço de uma mulher assim que terminasse seu turno.

Os outros cinco jogadores da mesa, incluindo o crupiê, jogaram suas fichas. Thea olhou para Fera, e seus olhos pareciam conter uma infinidade de dúvidas.

Com um sorriso de incentivo, ele assentiu com a cabeça. Ela selecionou cuidadosamente uma ficha, como se aquela escolhida fizesse a diferença, e a jogou na mesa para que se juntasse às outras. Ele não foi o único a observar os movimentos de sua mão elegante e esguia.

Danny começou a distribuir as cartas. Fera sinalizou para um funcionário que passava por ali. Quando o rapaz se aproximou, Fera disse:

— Traga um xerez para a srta. Stanwick e um uísque para mim.

— Agora mesmo, senhor.

— Você sabe o que ela gosta de beber? — perguntou Chadbourne, o mau humor enraizado em suas palavras.

Fera ficou em silêncio por um minuto antes de lhe dar o sorriso que homens exibiam havia séculos, quando sabiam que tinham o que outro homem cobiçava.

— Eu sei de tudo que ela gosta.

Althea tinha a impressão de que dois jogos estavam sendo disputados na mesa.

Um deles envolvia cartas, e estava sendo jogado entre ela e Chadbourne. O outro envolvia... Bem, para falar a verdade, parecia que envolvia ela, e estava sendo disputado entre Chadbourne e Benedict. Com base na frequência com que o maxilar do conde se tensionava, ela tinha certeza de que Benedict estava ganhando. Fera parecia estar terrivelmente relaxado, divertindo-se como uma pantera que acabara de conquistar sua presa. Era uma partida injusta. A presa nunca tivera chance.

Althea não sabia se suas chances de ganhar de Benedict eram muito melhores. Ao elaborar seu plano, tudo parecera muito claro, principalmente porque acreditara que seu coração estava morto, nada além de cinzas jogadas ao vento. Sua mente não estivera muito melhor. Três meses depois de seu mundo ser destruído, sua capacidade de lidar com assuntos complicados seguira debilitada. Ainda se sentira entorpecida com sua situação, tão diferente da vida que previra para si. Aquele entorpecimento, no entanto, havia sido uma bênção, impedindo-a de enlouquecer.

Tinha pensado que seu coração adormecido e sua mente vacante facilitariam tudo o que precisava ser feito, afinal, seus sonhos haviam sido abandonados e seus desejos não eram mais factíveis. Naquele momento, no entanto, os ventos haviam mudado e soprado o coração de volta ao seu peito, e sua mente analisava as decisões que havia tomado até então, fazendo com que ela se sentisse uma tola. Tudo isso por causa do homem sentado ao seu lado — o homem que devolvera a vida para seu coração e seus pensamentos.

O jogo de cartas era incrivelmente fácil de jogar, não exigia muita concentração. Ainda assim, ao vencer a rodada, Althea ficou extasiada. Após o anúncio do vencedor, as cartas descartadas foram colocadas no fim do baralho. As cartas só seriam embaralhadas se uma das mãos reveladas tivesse três cartas do mesmo naipe.

Como não precisava se concentrar no jogo, começou a prestar atenção em Chadbourne e percebeu algo sobre ele que nunca havia visto antes: seu queixo fraco. Ele fez uma pequena aparição, sobressaindo-se levemente, mas logo depois desapareceu atrás do lenço amarrado com esmero no pescoço do conde.

Nada em Benedict era fraco. Embora ele não estivesse jogando, qualquer um acharia que ele era o vencedor daquela mesa. Talvez fosse por causa da intensidade com que assistia ao jogo. Mesmo que as únicas cartas reveladas ao final de cada sessão fossem as dos dois jogadores finais, já que a rodada continuava com todos apostando ou desistindo até que sobrassem apenas dois, Althea teve a impressão de que ele sabia quais cartas seriam distribuídas em cada turno.

Ao decidir qual carta descartaria, ela olhava para ele. Normalmente, ele assentia, e ela ficava satisfeita por ter escolhido corretamente. Mas, vez ou outra, ele balançava a cabeça, e, quando tinha que decidir se aumentaria a aposta, Althea acabava desistindo. Nessas ocasiões, quando as cartas dos jogadores finais eram reveladas, ela percebia que teria perdido independentemente da carta que tivesse descartado.

Ele nem sequer descruzara os braços. Benedict só movimentava uma das mãos para pegar o copo de uísque e tomar um gole. Não era ele quem dava as cartas, mas Althea estava disposta a apostar todas as fichas empilhadas em sua frente que ele, de alguma forma, estava a ajudando a trapacear.

E ela não se importava.

Quase sempre ela e Chadbourne eram os dois últimos jogadores, e ela quase sempre o derrotava. Era delicioso observar as várias emoções no rosto do conde: descrença, decepção, raiva, determinação. Ele *venceria* a próxima mão.

Só que isso quase nunca acontecia. Às vezes, as cartas dele eram tão ruins que até ela, uma novata, poderia ter previsto que ele estava dando adeus às fichas que jogava no centro da mesa.

À medida que as horas passavam, o grupo de seis jogadores diminuiu para três, então ela e o conde se enfrentavam com mais frequência. Sua confiança estava crescendo e, como a pilha de fichas de Chadbourne havia diminuído de tal forma que ele não permaneceria na mesa por muito mais tempo, ela decidiu que estava na hora de inventar um terceiro jogo para tornar aquela noite ainda mais interessante. Ela decidiu chamá-lo de "Vamos irritar o Chadbourne".

— Encontrei com lady Jocelyn hoje cedo — disse ela calmamente, como se aquelas palavras não tivessem o poder de deixá-la enjoada.

Chadbourne desviou os olhos das cartas e a encarou, e Althea lembrou-se de uma época em que aquela atenção a deixava nas nuvens. Ela havia sido uma grande tola. Considerara-o elegante, refinado, educado, mas ele não valia nem ouro nem prata, apenas latão.

— Onde? — perguntou, ríspido.

Ela suspeitava que, se ele descobrisse que aquele encontro fora intencional, provavelmente teria uma discussão acalorada com sua futura noiva.

Ela sorriu docemente.

— Não se preocupe, foi uma coincidência. Dá para acreditar que estamos indo à mesma costureira? — Pelo franzir da testa dele, ele não acreditava. — Ou, na verdade, estávamos — completou ela. — Jocelyn decidiu fazer negócios em outro lugar, e não pagou a costureira pelo trabalho que ela já havia feito. Ousada, não? Suponho que caberá a você, como seu futuro marido, realizar o pagamento devido. Se bem conheço a preferência dela por roupas, acredito que o enxoval deve valer cerca de quinhentas libras. Se quiser me dar essa quantia hoje à noite, posso entregá-la para Beth, a costureira, quando for provar minhas peças na próxima sexta-feira.

Ela jogou duas fichas na mesa, atirando-as com elegância, e garantindo que fizessem um estalo adorável ao encostarem na pilha.

Chadbourne olhava para ela como se não a conhecesse mais. E Althea percebeu, com certa satisfação e tristeza, que ele realmente não a conhecia.

— O pai dela cuidará disso.

As duas fichas dele estalaram.

— Espero que você tenha razão. Não gostaríamos de vê-la perdendo o que é dela por direito.

Ela olhou para Danny. Um canto da boca do crupiê se curvou maliciosamente enquanto ele jogava sua aposta na mesa. Enquanto ele permanecesse no jogo, Althea não seria derrotada. Ela pegou duas fichas de madeira e as bateu na mesa.

— Quando é o casamento? — perguntou.

— Em janeiro. Será na St. George, naturalmente.

Naturalmente. A mesma igreja que eles haviam escolhido. E no mesmo mês. Era surpreendente como a dor parecia uma picada de abelha — desconfortável, mas muito rápida. Talvez fosse porque Benedict, apesar de manter suas mãos imóveis para evitar que o acusassem de trapaça, escorregara seu pé embaixo da mesa até que tocasse o dela, como um sinal discreto de apoio e solidariedade. Seus joelhos se tocaram e Althea decidiu não se mexer, de forma que absorvesse todo o conforto que Benedict oferecia. Ele a fortalecia com o mais simples dos gestos.

— Fiquei surpresa por você tê-la escolhido como noiva.

Ela jogou suas fichas.

— Eu sempre gostei dela.

Chadbourne jogou suas fichas.

As fichas de Danny também caíram na pilha.

— Você não perdeu tempo ao pedi-la em casamento.

Mais fichas.

— Como escolhi mal da primeira vez, decidi que caberia a mim seguir em frente sem delongas para que meu equívoco fosse reparado rapidamente.

Ao ouvirem um rosnado, a mão de Chadbourne segurando as fichas congelou e seu olhar se moveu devagar para o homem que estava ao lado de Althea, cujas mãos agora estavam fechadas em punhos. Elas ainda estavam sobre seus braços, mas o esforço para que assim fosse era evidente.

— É bom que você escolha suas próximas palavras com muito cuidado — disse Benedict com uma voz suave e sedosa, como a do Diabo recebendo alguém no Inferno.

Althea sorriu gentilmente.

— Nada do que ele diz é capaz de me machucar. Eu teria que me importar com o que ele pensa para ficar magoada e, bem, não me importo mais.

Foi com surpresa e alívio que percebeu a veracidade em suas palavras. O peso que carregara havia meses tinha simplesmente desaparecido. A opinião dele não valia mais nada.

— Você está diferente — disse Chadbourne.

Sem sorrir, ela voltou sua atenção para ele.

— Sim, estou.

Ele se inclinou para a frente, os cotovelos sobre a mesa, as mãos estendidas.

— Althea, no que diz respeito a você, eu não tive escolha a não ser fazer o que fiz. Acredito que saiba disso. Minha família, nossos filhos, todos teriam sido condenados ao ostracismo se tivéssemos continuado nosso relacionamento.

Nossos filhos. Aqueles que eles teriam criado juntos, mas aquilo não era mais uma realidade.

— Sempre temos escolha, mesmo quando parece impossível — disse Althea.

Ela escolhera seguir um caminho que a tornaria indecorosa, mas que significaria que seus irmãos não precisariam mais se preocupar com ela.

— Muito bem. — Ele finalmente adicionou suas fichas à pilha. — Eu decidi defender a honra da minha família.

— Desonra, você quer dizer.

A maioria das pessoas teria murmurado aquelas palavras, mas Benedict Trewlove não era como a maioria das pessoas. Na verdade, ele era diferente de qualquer um que ela já conhecera. Não arranjava desculpas para suas decisões ou escolhas. Mesmo que ela suspeitasse que muitos questionassem sua sabedoria por ele se associar a um bordel.

— Acho que sei quem você é — disse Chadbourne, encarando Benedict com os olhos estreitados. Ele tentava parecer ameaçador, mas, na verdade, só passava a impressão de que precisava de óculos.

— *Acha?* Eu disse para você quem sou.

— Você não falou tudo. Lembro-me de ter visto você em alguns casamentos. Você é um Trewlove, e isso significa que é um bastardo.

— Você fala essa palavra como se eu precisasse sentir vergonha.

— Você é ilegítimo, não é ninguém. Nada do que você fizer mudará suas origens.

— É verdade. Sou e sempre fui um bastardo. Você, por outro lado, escolheu ser um.

Chadbourne estremeceu de indignação.

— Como ousa me chamar de bastardo?

— Prefere que eu lhe chame de imbecil?

— Eu sou um conde. Você me deve o respeito que mereço.

— Eu respeito quem é digno, e você não é.

— Sim, eu sou! Sou um lorde!

— Você não está em Mayfair, companheiro — disse Danny alegremente, como se estivesse acostumado a interromper discussões nas mesas antes que os envolvidos chegassem às vias de fato. — Você está em Whitechapel. Aqui, os Trewlove são a realeza. Pode perguntar a qualquer um. — Ele jogou suas fichas na pilha e olhou para Althea. — Senhorita Stanwick, deseja apostar ou desistir?

Ele parecia impaciente, como se quisesse que o jogo terminasse. Chadbourne só tinha mais quatro fichas. Talvez ele ganhasse as fichas no centro da mesa, mas não seria por tê-la derrotado. Ela baixou suas cartas.

— Eu desisto.

Danny olhou para o conde.

— Lorde Chadbourne, deseja ver minhas cartas?

— Ora, é claro que sim.

Ele juntou suas quatro fichas restantes. Para ver as cartas do oponente, ele precisaria pagar o dobro do que os demais jogadores haviam apostado. Ele deixou-as cair na pilha, uma por uma.

Danny mostrou suas cartas. Três valetes. Copas, paus e ouros.

As pessoas que caminhavam pela rua provavelmente ouviram os gemidos consternados de Chadbourne. Ele poderia até mostrar suas cartas, mas, depois de sua reação, era desnecessário. Era óbvio que não conseguiria vencer a mão do crupiê.

Danny recolheu os discos de madeira.

— Foi um prazer. Espero que volte a nos visitar.

— Não o lorde Chadbourne — afirmou uma voz profunda, com autoridade. — Ele não voltará mais aqui.

Althea olhou para a esquerda e viu Aiden parado com os braços cruzados sobre o peito em uma postura familiar, e se perguntou se aquilo era um hábito de todos os Trewlove. Ela também se perguntou havia quanto tempo ele estava ali. Como Aiden parecia procurar entretenimento, provavelmente testemunhara tudo o que acontecera, mas fora muito discreto. Mais uma coisa que os irmãos pareciam compartilhar: eles preferiam as sombras.

— Milorde, o senhor não é mais bem-vindo no Clube Cerberus. Meu irmão sempre foi mais tolerante do que eu com aqueles que menosprezam os bastardos. No entanto, apenas para que fique claro, você nunca ganhará mais um centavo neste clube. Nem um maldito centavo.

Chadbourne fechou os olhos com força e, com o polegar e o indicador, beliscou a ponte do nariz. Ela havia esquecido como ele sempre fazia isso quando estava desapontado ou frustrado. Já achara aquele hábito um tanto quanto charmoso. Agora, via como era irritante.

O conde abriu os olhos, e ela suspeitou que ele havia usado aquele tempo para tentar suavizar seu olhar.

— Parabéns, Althea. Você não só me fez perder todo o meu dinheiro, mas garantiu que eu fosse banido do meu clube favorito. Acho que estamos quites.

— Chadbourne, você é *realmente* um grande imbecil se acha que perder acesso ao seu clubinho de jogatina pode ser comparado a tudo que eu perdi, a ponto de nem saber mais quem eu era.

Capítulo 17

ELA AINDA NÃO TINHA se dado conta do peso daquelas palavras até que as tivesse dito. Quando seu pai fora preso, ela ficara sem norte, e tivera dificuldades em se considerar sua filha. Mas ela tinha Chadbourne, estava noiva, se tornaria esposa e mãe. Quando ele virou as costas para ela, outro fio que compunha o tecido de seu ser se desfez, e ela ficou parada naquela escada sem ter certeza de quem era. Então, a Coroa levou tudo deles, e ela não era mais uma dama, não tinha mais uma casa. Ela conhecia e compreendia cada aspecto de lady Althea Stanwick. Mas quem, afinal, era Althea Stanwick?

Eram duas e meia da manhã quando ela e Benedict saíram do Clube Cerberus para entrar na carruagem que os esperava.

— Eu sei que está terrivelmente frio e parece que vai chover, mas podemos passar um tempinho passeando por aí?

— Quer visitar algum lugar específico? — perguntou Benedict, como se aquele pedido àquela hora da noite não fosse absurdo ou inconveniente, além de uma imposição.

— Não, só quero sentir a escuridão e a ausência de todos, exceto você.

Mesmo quando estava sozinha em seu quarto, ela podia sentir a presença das meninas e dos estranhos que as visitavam. Ouvia frequentemente os estranhos arranhões e gemidos que acompanhavam suas ações.

Agora, as cortinas das janelas estavam fechadas, o cobertor de pele estava dobrado sobre ela, o aquecedor de pés fora reaquecido, os dedos de seus pés estavam aconchegados, e Benedict estava sentado em frente a ela, com as longas pernas esticadas e os pés calçados com botas ao lado dos dela. Quando ele os posicionou assim, ela levantou o cobertor e colocou-o sobre suas panturrilhas, para que ele pudesse sentir-se aquecido também.

— Não sei o que eu via nele. — Quando Benedict permaneceu em silêncio, ela acrescentou: — Em lorde Chadbourne. Não sei por que achei que o amava.

— Achou? Você não tinha certeza?

— Na época, eu estava convencida de que sim. Nos últimos tempos, pensei nele com frequência, sentia saudade, mas minhas lembranças eram gentis demais. Eu não gostei do homem que derrotei esta noite. Eu trapaceei para vencer?

— Um pouquinho.

Althea sabia que ele responderia honestamente, mesmo que sua resposta o colocasse no papel de vilão. No entanto, ela não conseguia imaginar que ele algum dia tivesse sido o vilão, nem mesmo quando era um menino de 8 anos que roubou um relógio.

Por mais que desejasse a escuridão, gostaria de uma lamparina acesa para que pudesse ver as feições dele claramente, analisar suas expressões e olhar em seus olhos. Ela tinha certeza de que veria um sorriso discreto de satisfação.

— Quando você indicava que eu deveria desistir, a mão vencedora sempre teria vencido as minhas cartas. Você conseguiu acompanhar cada uma das cartas jogadas.

— Até certo ponto. As que estavam na mesa, pelo menos. Então conseguia fazer outras suposições com base na rapidez com que os outros jogadores desistiam. Não é um método infalível, mas aumenta consideravelmente as chances de ganhar.

— Por que Danny é um crupiê *especial*?

— Por causa de sua habilidade de controlar as cartas e seu domínio com as mãos. Ele nem sempre dá a carta do topo, mas sim a que está embaixo dela. Mas, quando lhe dei algumas libras para agradecer sua ajuda esta noite, ele disse ter tirado apenas as cartas do topo.

— Você acreditou nele?

— Ele não tem motivo para mentir. Aiden disse a ele para fazer o que precisava ser feito para garantir o resultado que queríamos. No entanto, desconfio que ele estava manipulando a ordem em que adicionava as cartas ao final do baralho. Você se sente menos vitoriosa por saber que teve ajuda?

— Não. — Ela nem sequer hesitou ao responder. — Eu gostei de ver o conde ser derrotado. Não me importa como aconteceu. Acho que isso diz mais sobre mim do que sobre ele. — Ela ficou em silêncio e pensou em tudo que havia acontecido naquela noite. — Os outros três homens que estavam na mesa... Você os conhece? Gostaria de compensar suas perdas.

Depois que Aiden recuperou sua cota — palavra que ele usou para pegar de volta as fichas que originalmente lhe dera —, ela deixou o clube com pouco mais de mil e duzentas libras. Uma quantia muito surpreendente para apenas algumas horas de entretenimento. Ela não conseguia conceber como as pessoas colocavam tanto dinheiro naquelas apostas.

— Aiden pode fazer os cálculos e avisá-la de quanto ele precisará para cobrir os gastos. Ele não mencionará que houve trapaça envolvida. Provavelmente vai dizer a eles que aquilo é fruto da notável generosidade da senhorita.

— Suponho que rumores de trapaça poderiam fazer mal ao estabelecimento dele.

— De fato. Na maior parte do tempo, Aiden administra o clube com honestidade. Mas, em raras ocasiões, quando certo resultado é necessário, ele não se opõe a fazer o que deve ser feito para alcançá-lo. Você não precisa dar a sua parte para os outros cavalheiros. Como mencionei, quem passa muito tempo em uma mesa de jogo acaba perdendo. É sabido, esperado e consentido.

— Me sentirei melhor se devolver o dinheiro. Suas roupas indicavam que eram trabalhadores. Suspeito que as botas de Chadbourne custassem mais do que eles ganham juntos em um ano.

Houve um tempo em que ela não saberia daquilo, não saberia quão duro as pessoas trabalhavam para ganhar tão pouco. Ela se importava apenas com vestidos, novos passos de dança e as últimas fofocas. Ela se importava com sua aparência — seu cabelo, o brilho de sua pele, suas roupas, chapéus, sapatos, luvas. Jamais teria saído em público com um vestido ligeiramente gasto ou usando uma luva com um furinho na palma da mão, um pouco abaixo de onde estava seu dedo médio.

— Por que você fez isso? — perguntou ela baixinho. — Por que eles mandaram uma mensagem para você? Por que ir até lá só para confrontá-lo?

O silêncio pesou entre eles, ficando cada vez mais denso.

Finalmente, ele falou, e sua voz soou como um carinho na noite:

— Porque você merece coisa melhor do que aquele homem que quase teve a imensa honra de tê-la como esposa.

Lágrimas arderam nos olhos de Althea. Benedict merecia coisa melhor do que o desprezo que recebera durante a maior parte de sua vida.

— Lamento pelas coisas indelicadas que ele disse a você. Sobre o seu nascimento.

— Estou acostumado. Já ouvi coisas bem piores.

— Mas você não merecia ouvi-las. Não sei se já conheci alguém que se preocupa tanto com o bem-estar dos outros quanto você.

Apesar do frio, ela tirou as luvas e as colocou ao lado no banco. Com seus ganhos, ela poderia comprar um novo par, mas nunca jogaria fora as que usara naquela noite. Ela as colocaria em uma caixa para que pudesse guardar para sempre a lembrança de Benedict tirando-as de suas mãos. Durante o pouco tempo que ele levou para removê-las, nada mais existiu naquela sala cheia de fumaça, que ecoava o estrondo dos aplausos dos vencedores e a frustração dos perdedores.

Fora a melhor lição de sedução que ele lhe dera até agora, embora ela suspeitasse que ele diria que aquilo não fora uma lição.

Devagar, ela afastou o cobertor de pele e lutou para manter o equilíbrio enquanto movia-se deselegantemente para o lado dele da carruagem. As longas pernas de Benedict estavam posicionadas uma de cada lado de Althea, então ela não teve opção a não ser se sentar em seu colo. A atitude teria deixado uma dama profundamente constrangida por estar tão perto da virilha de um homem.

O braço dele envolveu suas costas para garantir que ela não caísse, mas, além disso, ele não fez nenhum outro movimento, e Althea duvidou que ele estivesse sequer respirando. Ela segurou o lado esquerdo do rosto de Benedict, de modo que a mandíbula forte dele repousasse em sua palma, e a espessa barba por fazer roçou em sua pele, sensação que causou intensas ondas de prazer em seu corpo. Com o polegar, ela acariciou levemente seu carnudo lábio inferior. Era macio, agradável e quente. Ele tinha tantas texturas diferentes, e ela queria explorar cada uma delas.

— Quando você tirou minhas luvas, me peguei imaginando se você sempre tira as roupas das mulheres tão lentamente. — A voz dela era um sussurro íntimo e abafado.

— Nem sempre. — A voz *dele* era áspera, e aquilo fez seus mamilos enrijecerem e ficarem sensíveis. O hálito quente dele em seu polegar deu um nó em seu estômago.

— Eu sei que você disse que foi um erro, mas você pensa no nosso beijo?

— Cada segundo do meu dia.

O calor se acumulou entre suas coxas, correndo por suas veias.

Apesar da escuridão que revelava apenas suas silhuetas e contornos, ela pressionou os lábios no canto da boca dele, o mesmo que se curvava sutilmente quando ele não estava pronto para sorrir por completo.

— Você quer me beijar agora?

Um movimento brusco aconteceu às costas de Althea e, quando a mão de Benedict envolveu sua bochecha, a luva que a mantinha quente não estava mais lá. Com seus dedos longos e grossos entrelaçados em seu cabelo, ele a trouxe para mais perto.

— Não há nada que eu queira mais do que isso.

Ele tomou sua boca como se quisesse fazê-lo por toda a eternidade.

Aquele beijo não era delicado, como fora a remoção de suas luvas. Não era lento, disciplinado ou civilizado. Era frenético, e acompanhado pelos gemidos guturais de Benedict enquanto ele lambia o lábio superior de Althea antes de explorar todo o interior de sua boca, onde as línguas se chocaram com fervor. Não era só um beijo. Era um banquete, pois cada lambida criava uma sensação de calor que a envolvia. Como um simples toque em uma parte tão específica podia fazer o resto do corpo sentir como se pequenos raios dançassem em cada centímetro de sua pele? Por que tudo nela se transformava em uma onda desaguando num emaranhado indescritível de sensações?

Tentando se equilibrar, ela agarrou o ombro dele com a mão livre e cravou os dedos nele, lamentando a espessura de seu casaco. Ela ergueu a mão para segurar sua cabeça. Ele agarrou o pulso de Althea, afastou sua boca da dela e beijou a palma de sua mão. Sem hesitar, Benedict conduziu a mão dela para dentro de seu sobretudo, de sua jaqueta, e a enfiou por baixo de seu colete.

— Aproveite o calor que eu posso lhe oferecer — murmurou ele, posicionando a mão dela que estava em seu ombro embaixo do casaco, onde os dedos dela o agarravam enquanto ele voltava sua atenção para sua boca.

Althea não conseguia imaginar nenhum outro homem a devorando daquela maneira, ou ela permitindo que qualquer outro homem o fizesse. Nem mesmo Chadbourne, quando ela acreditava estar apaixonada por ele. Não conseguia imaginar os braços do conde a envolvendo, sua boca causando sensações tão perversamente maravilhosas, persuadindo sua língua a passear por seus lábios entreabertos enquanto ele a sugava com um entusiasmo que Chadbourne jamais demonstrara por qualquer coisa em sua vida. Ele não se sentia entusiasmado por ela. O relacionamento deles sempre fora tranquilo e calmo, nunca envolvera uma tempestade de desejo. Nunca a fizera pensar: "Sem isso, eu morreria".

Aquele momento era uma grande revelação para ela; Althea ficou extremamente grata por não ter se casado com ele, e por ter tido a oportunidade de explorar aquela selvageria deliciosa.

Benedict envolveu a cintura dela com suas grandes mãos, afastando as bocas, sua respiração rápida e intensa.

— Monte em mim.

Ela obedeceria a qualquer uma de suas ordens, não importava o que fosse. Tamanho era o poder que ele tinha sobre ela no momento. Poder que ele tinha pela promessa feita de lhe dar prazer, de fazê-la experimentar sensações deliciosas, promessas ilustradas por olhares ardentes, conversas sérias e sorrisos atraentes. Ele sabia o que estava fazendo, e faria questão que ela também soubesse.

Com a ajuda dele, apesar do balanço da carruagem, ela subiu facilmente no assento, apoiando-se em um joelho enquanto passava a outra perna por cima da dele, e acomodava o espaço entre suas coxas contra o membro duro de Benedict. Os dois gemeram como se nada no mundo fosse tão sublime, e em seguida deram uma risada rápida por estarem tão sincronizados. Então, procuraram avidamente pela boca um do outro.

Aquela posição era muito melhor, deixando-a de frente para ele. Ela deslizou as mãos por dentro da jaqueta dele e agarrou os ombros largos, jogou a cabeça para trás enquanto ele explorava seu pescoço com aquela boca quente e os dedos dele afrouxavam os botões do vestido. Quando desabotoou o último, ele se afastou, e ela sentiu seu olhar. Por um segundo ela lamentou que as sombras a impedissem de mergulhar na profundidade dos olhos escuros e de descobrir o que veria ao encará-los.

Mais devagar do que tirara suas luvas, ele deslizou as mãos ao longo do vestido aberto, subindo pela frente do espartilho, seus dedos calmamente delineando cada um dos ganchos de aço. Como não tinha mais uma empregada que a ajudasse, Althea precisou comprar um espartilho que fechava na frente, para que pudesse se vestir com mais facilidade. Ela se deu conta de que aquela decisão havia sido bem mais útil do que imaginava.

Quando ele tocou o último gancho, seus polegares exploraram sua clavícula e viajaram até a borda da sua camisa, eventualmente voltando para o pescoço. Sua respiração titubeou quando ele mais uma vez se aproximou de seu espartilho. Com a mesma facilidade que ela jogara uma ficha na mesa, ele soltou um fecho.

— Se quiser, eu paro.

Outro fecho.

— Se quiser, eu te ajudo, para que seja mais rápido.

— Ah, Deus.

Os braços dele a envolveram rapidamente, e a boca de Benedict encontrou seus seios. A respiração dele era tão intensa que criou gotículas entre eles.

Suas mãos voltaram a despi-la. Um fecho. Outro fecho. E mais outro.

O espartilho abriu-se completamente, e, se ela não estivesse usando o vestido — pelo menos parcialmente —, ele teria caído no chão.

— Não consigo nem imaginar quantas amantes você já teve para conseguir fazer isso no escuro.

Ela fechou os olhos com força e mordeu o lábio inferior. Por que diabo ela dissera aquilo? Para piorar, por que seu tom fora tão petulante? Ela não queria que ele respondesse, não queria saber com quantas mulheres ele fizera amor.

— Consigo lembrar de uma sequência de cartas, não importando quantas vezes a ordem do baralho mude. Preciso fazer algo uma única vez para saber com funciona.

Ela não acreditou por um único segundo que ele só tivera uma mulher, mas apreciou sua tentativa de tranquilizá-la. Quantos homens teriam se gabado, aumentado a história para demonstrar sua virilidade ou provar como eram irresistíveis? Mas Benedict Trewlove nunca precisara provar nada a ninguém. Ele não inventava desculpas, estava totalmente satisfeito com a pessoa que era.

Inclinando-se, ela possuiu a boca que tantas vezes dissera aquilo que ela precisava ouvir. Não demorou muito, logo ela se afastou, pegou as mãos de Benedict e as pressionou contra sua camisola.

Ele soltou a fita e desabotoou cada um dos botões, revelando seus seios, que ficaram totalmente à mostra.

As mãos dele tocaram os seios de Althea com mais gentileza e carinho que o algodão e a musselina. Apesar das sombras, ela viu o brilho de seus dentes quando ele sorriu.

— Sempre soube que eles encaixariam perfeitamente em minhas mãos. Sua pele é como se a seda, o cetim e o veludo tivessem se juntado para criar uma textura que enlouquece os homens.

Homens. Uma cortesã teria muitos homens em sua vida. Era isso que ela realmente queria? Mudar de um amante para outro? Será que os hábitos mudariam tanto de homem para homem? De repente, parecia que seria o suficiente deixar apenas um homem louco. Aquele homem.

Abaixando a cabeça, ele encheu seus seios de beijos. Ela não queria que ele parasse. E ele parou, mas foi para lamber gentilmente seus mamilos, causando uma sensação de prazer que deixou seu corpo em chamas. Quando ele os sugou, cada parte de seu corpo quis se esticar e se contrair ao mesmo tempo. Os dedos de Althea se cravaram nos ombros fortes na tentativa de mantê-la presa quando sentiu que poderia flutuar. Enquanto Benedict lambia um de seus mamilos, seus dedos acariciavam o outro, que estava endurecido e cheio de prazer. Ela estava totalmente extasiada. Sentia-se selvagem.

Ela não estava preparada para aquilo, para as sensações que a dominavam, para o desejo implacável de ser tocada naquele lugar secreto e sensível entre suas pernas.

E talvez ela tivesse sido, se a carruagem não tivesse começado a desacelerar.

Ele xingou e começou a abotoar o espartilho.

— Pedi que o motorista nos desse uma hora antes de voltar para casa. Você estava certa. Eu deveria ter aberto os fechos mais rapidamente.

Ela não conseguiu segurar uma risada. Com mais um beijo, a boca de Benedict roubou sua risada e freou sua respiração.

Quando a carruagem parou, ele rápida e gentilmente a tirou de seu colo e a envolveu com sua capa.

— É só segurar para que ela não abra.

Antes que o criado chegasse, Benedict abriu a porta e desembarcou. Ele saiu para recebê-la, e ela segurou sua mão. Assim que desceu do veículo, Althea se apressou sem esperar por ele — subiu correndo os degraus da entrada enquanto seu espartilho desabotoado balançava sob o vestido. Ela deveria ter colocado o capuz da capa. Se alguém visse a expressão em seu rosto, perceberia o rubor e saberia que ela não estava fazendo nada de bom. Ela correu para o saguão e se dirigiu para as escadas.

Jewel estava parada na porta que dava para a sala da frente.

— Como foi sua aventura na jogatina?

Althea nem sequer diminuiu o ritmo.

— Interessante.

— Acredite se quiser, mas eu nunca estive em um lugar assim. Quero saber os detalhes!

— Conto tudo amanhã.

Ela disparou pelos degraus e não parou até que estivesse na segurança de seu quarto, as costas apoiadas contra a porta fechada. Althea tocou suas bochechas. Estavam em chamas. Seus seios estavam pesados como se desejassem o toque dele, a boca dele. Ela suspeitou que eles estavam ligeiramente esfolados pelo roçar da barba de Benedict. Aquele formigamento não deveria ser tão bem-vindo e delicioso.

Uma coisa era ceder à paixão no escuro, mas como ela poderia encarar Benedict na luz do dia? Seus pensamentos eram absurdos. Ela queria que ele a ensinasse sobre sedução, paixão e prazer. Será que ela pensou que seus caminhos não se cruzariam em outros momentos que não fossem durante as lições?

Não conseguiria se envolver com ele fora das aulas. Ela o havia procurado com um propósito, tinha planos concretos e se envolver com Benedict iria atrapalhá-los.

Althea se assustou ao ouvir a batida em sua porta. Colocando a mão por baixo de seu vestido ainda desabotoado, ela agarrou seu espartilho, puxou-o com muito esforço e jogou-o em direção à cama. Com um baque, a peça caiu no chão.

— Sou eu, Fera.

— Já vai.

Seria ridículo exigir qualquer modéstia naquele momento. Mesmo assim, ela abotoou rapidamente o vestido antes de abrir uma fresta da porta e olhar para fora. Por que ele não parecia que também tinha sido arruinado? Ela deveria tê-lo despido. Como as mulheres que moravam naquele lugar conseguiam encarar tão levianamente a intimidade que compartilhavam com um homem? Na manhã seguinte, Althea perguntaria a elas.

Ele parecia estar procurando provas que todas as carícias, lambidas e chupões haviam de fato acontecido.

— Você esqueceu isso na carruagem.

Ela olhou para sua mão, a mesma que provocara prazer com tanta habilidade, mas que agora segurava um par de luvas de cor creme. Com muito cuidado e sem tocá-lo, ela as pegou.

— Obrigada. E obrigada pela lição na carruagem.

— Aquilo não foi uma maldita lição.

Ela lambeu os lábios.

— Então o que aconteceu na carruagem foi um erro. Seria melhor se nossas atividades fossem limitadas apenas às lições.

Ela nunca imaginou que ele poderia ficar ainda mais quieto, mas, ao ouvir as palavras dela, Benedict não emitiu um ruído.

— Eu acredito firmemente em fazer o que é melhor — disse ele finalmente, sem nenhum traço de ironia. Enfiando a mão no bolso, ele tirou um pacote embrulhado em papel pardo, preso com um barbante. — Seus ganhos.

Por Deus, ela nem se lembrava mais daquilo. Como não trouxera uma bolsa, ele havia se oferecido para guardá-los. Ela pegou o dinheiro com a mesma mão que tinha pegado o par de luvas e apertou ambos contra os seios.

— Agora que tenho como pagar, arcarei com os custos dos vestidos e outras peças que Beth está costurando para mim.

— Não acha que seria melhor guardá-lo para um imprevisto?

— Hoje foi um imprevisto.

Diante de sua resposta, ela esperou que ele abrisse um sorriso, ou pelo menos um meio-sorriso. Benedict assentiu e passou o dedo indicador delicadamente pelo rosto de Althea, demarcando o contorno. Ela deveria ter recuado e fechado a porta. Em vez disso, perdeu-se em seu olhar enquanto ele acariciava sua pele. Ele segurou o queixo de Althea com o polegar e se aproximou da boca dela. Ao contrário dos outros, aquele beijo foi terno, doce e lento, como flores que desabrocham na primavera. Estava repleto de tristeza, pesar, desculpas... e desejo, vontade e necessidade.

Quando se afastou, ele pressionou o polegar contra os lábios úmidos dela.

— Descobri que aprendo mais com meus erros do que com meus acertos.

Deixando-a, enquanto Althea lutava para não o chamar de volta, ele entrou em seu escritório no final do corredor e fechou a porta com um pouco mais de força do que o normal. Ela se perguntou se ele passaria as próximas horas assassinando alguém em seu papel almaço.

Capítulo 18

BENEDICT MAIS UMA VEZ não apareceu para tomar café da manhã. A desculpa era que estava dormindo até tarde, mas Althea não acreditava. Ele a estava evitando, ou tentando lutar contra a tentação.

Para sua surpresa, nenhuma das moças já havia visitado uma casa de jogos. Elas a encheram de perguntas, seus olhos cheios de empolgação enquanto ouviam Althea descrever a decoração, a atmosfera, os clientes.

— Acho que devíamos tirar uma noite de folga e ir até lá — disse Lily, sua voz carregada de entusiasmo diante da possível aventura.

Elas concordaram que o fariam durante o feriado depois do Natal.

Em algum momento do dia, Benedict saiu de casa sem que ela percebesse. De acordo com Jewel, saíra para tratar de negócios.

Talvez ele precisasse se encontrar com os mercadores que esperavam determinada carga, ou um de seus navios retornara de viagem. Althea gostaria de estar nas docas para ver um dos navios dele chegar, passear pelo convés, ficar no leme com Benedict ao seu lado. Mas, independentemente do que ela fizesse ou para onde fosse, era perigoso imaginá-lo ao seu lado. Ela não deveria envolvê-lo tanto em sua vida. Não seria bom se ele tornasse mais difíceis os planos dela de ir embora sem olhar para trás, sem arrependimentos.

Ele também não apareceu para o jantar.

Às dez da noite, quando Althea entrou na biblioteca, ele não estava lá. Ela serviu seu próprio xerez e um copo de uísque para ele. O copo dele, no entanto, não foi tocado.

Por que ele não avisara que não estaria disponível naquela noite? Onde diabo estava Benedict? O que ele estava fazendo?

Talvez ele tivesse perdido a noção do tempo enquanto escrevia. Ela própria nunca gostara de deixar uma carta incompleta. Talvez ele se sentisse da mesma forma sobre uma cena ou capítulo.

Quando o relógio bateu onze da noite, ela foi ao escritório e bateu na porta. Ninguém respondeu, e ela abriu a porta. Benedict não estava lá.

Talvez algum assunto urgente tivesse exigido sua presença. Ele naturalmente se explicaria no dia seguinte.

No entanto, o homem continuou ausente, e não se juntou às moças em nenhuma das refeições seguintes. Jewel garantiu a ela que ele dormira em casa, mas havia saído naquela manhã para cuidar de alguns assuntos.

Naquela noite, Benedict novamente não apareceu para encontrá-la na biblioteca. Althea estava começando a suspeitar que ele nunca mais voltaria e que aquela ausência tinha um motivo: ela.

Na manhã seguinte, ela estava na biblioteca quando ouviu passos pesados na escada, e o som da porta de seu escritório batendo. Ele, novamente, não se juntou às moças para almoçar. Seu comportamento indicava que ele a estava evitando. Althea, no entanto, não toleraria aquilo.

Ela nem sequer se preocupou em bater. Abriu a porta e entrou no escritório dele.

Trajando calça e uma camiseta, Benedict estava parado na janela. Seus braços estavam levantados, as mãos apoiadas no caixilho da janela, e a cena a lembrou da imagem que vira em algum lugar de um prisioneiro acorrentado.

Ele abaixou um braço e se virou parcialmente para ela.

— Não devo ser perturbado quando estou trabalhando, a menos em casos de incêndio ou briga séria. Qual é a situação?

Bem, ele estava irritado, o que era ótimo, porque ela também estava.

— Que tipo de trabalho você está fazendo? Impedindo a parede de cair?

Com um grande suspiro, ele a encarou e virou a mão em direção à mesa.

— Estou tentando escrever.

— Escritores geralmente começam suas obras mergulhando a caneta no tinteiro.

Os olhos escuros emanavam toda a sua impaciência. Ele os fechou com força e os abriu.

— Você não entende o processo. O que você quer?

Ela marchou até ficar no meio do caminho entre ele e a porta.

— Quero as aulas que combinamos, as que você prometeu.

Ele não poderia ter parecido mais chocado ou irritado se Althea tivesse batido nele.

— Falando em aulas, você não deveria estar ensinando as meninas neste momento?

— Tomei a liberdade de dispensá-las hoje.

— E por que diabo você faria isso?

— Porque você está me evitando. Você deixou de comer conosco e, além disso, não me encontrou na biblioteca no horário que combinamos.

— Eu tenho que trabalhar.

— Acredito que não seja só isso.

Ela temia que não fosse só isso.

— Quando você me beijou, disse que não era uma maldita aula. Quando estávamos na carruagem, você novamente disse que não era uma aula. Para ser sincera, acho que você nunca teve a intenção de me dar aulas. É por isso que se comprometeu a pagar mil libras se não cumprisse sua parte do acordo. Você queria se aproveitar de mim sem me ensinar o que eu precisava aprender.

— Isso não é verdade.

— Então quando eu terei uma aula de verdade?

Benedict cerrou os punhos e ela evitou pensar no poder que eles continham. Ela viu um músculo pulsar na mandíbula dele. Seus olhos estavam em chamas.

— Você quer uma maldita aula?

— Foi o que combinamos.

— Ótimo, feche e tranque a porta.

As palavras de Benedict deixaram Althea irritada.

— O que disse?

— Assim como você, Jewel costuma entrar sem bater. Acredite, você não vai querer ser interrompida. Tranque a porta.

Ela lambeu os lábios.

— Ora, decidiu me dar a aula que combinamos?

Ele não respondeu, mas seu olhar penetrante confirmava suas intenções, e Althea se perguntou se ele olhara para ela do mesmo jeito naquela noite na carruagem. Se o tivesse visto com mais clareza, se soubesse o calor que aqueles olhos eram capazes de causar, ela provavelmente teria explodido em chamas.

Ansiosa, sentiu um tremor percorrer seu corpo e engoliu em seco. Girou nos calcanhares, lutou para acalmar os ânimos e foi até a porta para trancá-la.

Quando se virou, ele já estava na sua frente. Como um homem daquele tamanho podia ser tão silencioso? Mas sua elegância sempre fora incomparável, como um grande navio percorrendo graciosamente os mares.

Benedict usou suas mãos fortes para pegar os pulsos de Althea, erguendo-os sobre sua cabeça e segurando-os com firmeza, mas gentilmente, contra a porta. Ela não se sentiu desconfortável, sabia que ele não a machucaria.

— Você lembra do dia em que me procurou pela primeira vez, quando lhe disse para não ceder tão facilmente?

Ele se inclinou um pouco para baixo e Althea não precisou levantar tanto a cabeça para encontrar seu olhar. Ela assentiu.

— Nunca ceda tão facilmente. Ele precisa desejar. Precisa implorar. Precisa acreditar que, se não tiver você, morrerá.

— Como eu faço isso? — Ela soava sem fôlego, mal conseguia ouvir a própria voz com a sensação de êxtase que percorria seu corpo.

Ele mais uma vez respondeu com os olhos, dispensando toda e qualquer palavra. Iria fazê-la querer, implorar, acreditar que morreria se não pudesse tê-lo.

Era muito perigoso delinear a linha do queixo delicado dela com os dedos. Cada momento aumentava seu desejo. Estava cada vez mais difícil não implorar. Ele estava convencido de que morreria se não pudesse tê-la.

Mas aquilo não era uma possibilidade.

Desde que Sally Greene pedira sua proteção, ele fizera o mesmo por muitas outras mulheres. Tivera todo tipo de mulher à sua disposição. Belíssimas. Comuns. Voluptuosas. Esbeltas. Atarracadas. Altas. Baixas. Engraçadas. Gentis. Doces. Grosseiras.

Não houve uma vez que ele se sentira tentado por qualquer uma delas. Era fácil manter-se fiel ao seu código de conduta. Elas moravam sob o mesmo teto que ele. Não estavam disponíveis para ele. Fera havia construído uma barreira eficaz que luxúria nenhuma seria capaz de quebrar. Gostava de conversar com elas e aproveitar sua companhia, porém, toda e qualquer interação era meramente platônica. Ele conseguira abraçá-las em comemoração e acalentá-las em momentos difíceis.

Mas não podia nem olhar para Althea que seu pênis já ficava duro, e aquilo estava se tornando um problema. Portanto, a lição não era só para ela, mas para ele também. Tratava-se de um lembrete, uma reafirmação de seus princípios.

No entanto, se ela o tocasse, ele estaria perdido. Assim como estivera na carruagem quando tivera mais que um gostinho, e como estivera na biblioteca quando a beijara.

Portanto, ele segurou os pulsos dela, amortecidos contra sua palma, de forma que, em vez daquela pele macia, a madeira da porta tocasse os nós dos dedos de Fera. Ele passou um tempo acariciando a pele que estava naturalmente exposta pelo corte de seu vestido. Outra aula. O desejo não era escravo da nudez.

Ela era uma ótima aluna. Seus lábios se separaram e sua respiração estremeceu conforme entrava e saía de seus pulmões. O azul em seus olhos escureceu, o cinza transformou-se em prata. Seus longos cílios dourados tremularam, e então ela arregalou os olhos como se estivesse determinada a desafiá-lo, a não implorar.

Mas, eventualmente, ela imploraria.

Ele virou a mão para que os nós de seus dedos deslizassem pela pele sedosa. Como ela podia ser tão macia?

De onde vinha aquele cheiro delicioso de gardênias? Ela não podia ter tomado banho após o almoço. Ele fechou os olhos com força. Pensar em Althea tomando banho não era uma boa ideia. Imaginar a água escorrendo sobre aqueles lindos seios que ele acariciara, beijara, sugara. Ah, eles não estavam mais no escuro da carruagem. Ele adoraria saber se aqueles mamilos eram escuros ou rosados. Gostaria de explorar tudo nela.

Mas essa não seria a metodologia adequada para aquela aula. Fera precisaria se controlar.

Ele abriu os olhos e sentiu-se grato por ver que os dela ainda estavam nele, para que ele pudesse mergulhar em suas profundezas. Era uma rendição perigosa, mas sabia o limite. Pousou a boca na bochecha dela.

— Você sabia que tem três sardas?

— Sim, e detesto elas.

— Não diga isso. Elas são hipnotizantes. Você tinha mais sardas quando era criança?

— Sim.

Fera adoraria tê-las visto. Provavelmente teria zombado dela sem piedade, e depois se odiado por fazê-lo. Garotos eram idiotas e não valorizavam meninas que, eventualmente, se tornariam belíssimas mulheres.

Ele deu um beijo no canto de sua boca. Ela virou a cabeça para beijá-lo. Ele se afastou.

— Não. Não vamos nos beijar.

— Por que não?

Porque ele perderia o controle.

— Você não precisa beijar para seduzir.

Ele passou os lábios em seu pescoço e ela soltou um suspiro seguido de um gemido. Fera sentiu a calça ficar apertada. Estava tentado a se esfregar nela, mas se controlou, e, por mais que estivesse morrendo de vontade, manteve a parte inferior de seu corpo longe de Althea.

Ele sentiu a pressão em sua mão quando ela tentou se soltar dele, como se precisasse tocá-lo tanto quanto ele desejava tocá-la. Era errado sentir-se tão satisfeito em contê-la, mas ele a manteve presa, pois sabia que sua força física não era páreo para ele. Mesmo assim, ela não era fraca. Uma mulher fraca não o teria deixado de joelhos, e Althea o dominou desde a primeira vez que o servira um copo de uísque.

Bastava um sorriso para que ela o derrubasse. Sua risada o escravizava. O bater de seus cílios roubava a capacidade dele de pensar ou raciocinar. Ela o tinha em suas mãos.

O corpo dela se contorceu e se esticou quando ele lambeu, mordiscou e roçou os dentes em seu pescoço, enquanto a mão larga alisava o lado direito de seu corpo, alcançando um seio, explorando sua cintura, repousando em seus quadris. Benedict apalpou sua nádega arredondada e deslizou por sua coxa até que pudesse encaixar o antebraço abaixo de seu joelho, levantar sua perna e abri-la para ele.

Se Althea não o tocasse, morreria. Mas Benedict parecia determinado a matá-la.

Como era possível sentir tanto desejo somente com o toque aquele homem?

Quando ele começou a deslizar os dedos por sua pele, Althea esperou que a noite anterior se repetisse — botões abertos, a carne exposta ao ar, línguas questionadoras e mãos exploradoras. Mas ele não mexera em sequer um laço de sua roupa, e agora ela sentia-se louca de vontade.

Com a perna apoiada na cintura dele, envolvendo seu quadril, ela ficou na ponta dos pés, se esforçando para soltar-se o suficiente e descobrir algum ponto secreto no corpo de Benedict que pudesse tocar, mas ele se manteve fora de seu alcance. O gemido dela era quase uma lamúria.

Sem parar de acariciar o corpo de Althea, ele conseguiu levantar o excesso de tecido de sua saia, e deslizar a mão até que seus dedos ágeis se fecharam ao redor do tornozelo dela.

Ela percebeu quando ele congelou, como uma presa pega pelo caçador. Talvez não esperasse encontrar a carne nua que as saias sempre escondiam. Como não tinha planos de sair, ela não estava usando meias ou sapatos, apenas um par de chinelos.

O triunfo por surpreendê-lo a dominou. Benedict pressionou ainda mais a boca contra seu pescoço. Sua respiração estava pesada e rápida, como se a necessidade de um toque mais envolvente o tivesse dominado, assim como a dominava.

Os dedos dele dançaram lenta e provocativamente ao longo de sua panturrilha antes de criar pequenos círculos na parte de trás do joelho. Sua língua traçou devagar a concha da orelha dela.

— Você *quer*? — A voz rouca dele denunciava desejo e necessidade.

— Sim. — O suspiro baixo de Althea ecoou da mesma forma.

— Você quer que eu te toque?

Ele já a estava tocando, mas instintivamente ela soube que Benedict se referia a um tipo diferente de toque, aquele que a faria implorar por mais prazer.

— Sim. — A confirmação saiu hesitante, chorosa e apelativa.

— Onde?

— Não me faça falar.

Não me faça implorar.

A boca dele deixou a orelha de Althea, e ela ficou frustrada por não ter mais aquela pequena parte do corpo dele junto a si.

— Abra os olhos, Bela. Deixe que o azul e a prata de seu olhar me contem onde você deseja ser tocada.

Ela o obedeceu. Em suas feições tensas, ela enxergou a mesma necessidade que sentia. Crua e primitiva. A necessidade de possuir, de ser possuído. O desejo de devorar, de ser devorado.

— Por favor — sussurrou ela.

Ele soltou um grunhido de dor quando sua boca pousou na dela, tomando o que ele prometeu que não tomaria. Ela se abriu e entrelaçou a língua dele com a sua.

Os dedos dele alisavam a coxa de Althea, explorando cada centímetro de sua pele. Ele ajustou a posição de sua perna, abrindo-a ainda mais. Seus dedos deslizaram infalivelmente pela fenda de sua roupa de baixo, vibrando sobre a penugem macia antes de seguir adiante. Separando os lábios, ele acariciou cada parte dela antes de pressionar o polegar contra a protuberância inchada. Ela gemeu e projetou o quadril para a frente.

— Você está tão molhada, tão quente — disse ele contra a boca dela. Então, colocou um dedo dentro dela. — Tão apertada.

Ele parecia atormentado, mas seu tormento não era maior do que o dela. Estava a ponto de implorar quando ele dominou sua boca e começou a acariciar vigorosamente onde ela precisava ser acariciada — seus dedos faziam movimentos circulares, aplicavam pressão e deslizavam sobre a pele úmida e escorregadia.

O prazer a percorreu, onda após onda, dominando-a cada vez mais, até que seu toque tivesse invadido seu corpo inteiro. Sensações de puro êxtase explodiram dentro ela, arrancando um grito de sua garganta, que ela silenciou ao pressionar a boca contra o pescoço de Benedict. Ela o mordeu enquanto o sentimento continuava a ondular por ela, enquanto suas mãos agora livres apertavam com força aqueles ombros largos. Quando a perna em que se apoiava ameaçou ceder, ele a segurou firmemente em seus braços.

Quando a sensação passou e os tremores começaram a diminuir, ela percebeu que respirava com tanta dificuldade quanto ele.

Lenta e suavemente, ele colocou a perna que tinha levantado de volta no chão e se afastou dela até que nenhuma parte dos dois se tocasse.

— É isso. Você aprendeu o que desejava. As lições terminaram.

Fera não queria ter ido tão longe, sua intenção era levá-la ao limite para que ela pudesse voltar para o quarto e se satisfazer sozinha. Ele não planejara deslizar a mão por baixo de sua saia e conhecê-la tão intimamente.

Mas não tivera forças para negar a Althea o que ele poderia dar. Queria que ela conhecesse o êxtase absoluto por meio de suas mãos, e não com as dela.

Ela estava corada de prazer, e ele não queria nada mais do que tomá-la de volta em seus braços. Mas, a partir daquele momento, ele teria que resistir sempre. Bastava um toque para que sua determinação fosse por água abaixo.

Fera observou enquanto ela piscava repetidamente. Ela absorvia devagar o peso das palavras.

— Lições. Plural. — Ela balançou a cabeça em negação. — Esta foi apenas a primeira.

— Primeira e última. Já terminamos — repetiu ele com ênfase. — Reconhecerei que sou um péssimo professor e lhe pagarei as mil libras. Você terá o dinheiro amanhã.

— Mas você não é péssimo. Você é tudo menos péssimo. Por que você não vai me ensinar? Foi a maneira como reagi? Você sentiu repulsa?

— Você está brincando, não é?

Não havia humor algum no olhar dela. Somente preocupação, constrangimento e timidez. Aquela mulher, que nunca estivera tímida em sua presença, agora sentia a necessidade de se esconder, e ele se odiava por todas as dúvidas que havia colocado na cabeça dela.

— Você sabe quantos homens entregariam a alma ao diabo para que uma mulher reagisse assim em seus braços?

Óbvio que não sabia. Ela era inocente.

Ela negou com a cabeça, e a dor em seus olhos o dilacerou.

— Não sei o que fiz de errado.

Ele amaldiçoou cada pessoa maldita que a fizera questionar seu valor.

— Você não fez nada de errado.

— Então por que você não vai mais me ensinar?

Ele sentiu-se dominado pela frustração contra a qual vinha lutando desde que a conhecera.

— Porque eu não consigo tirar minha boca de você. Não consigo tirar minhas mãos de você. E está ficando cada vez mais difícil manter meu maldito pau longe de você.

A tristeza nos olhos dela se transformou em espanto.

— Ah.

— Você não precisa ser ensinada, Thea. Você não precisa de lições. Você é uma sedutora nata. Basta ser você mesma. Não reconhecer isso e continuar com as lições seria tirar vantagem de você. Eu prometi que não faria isso.

— Mas não estou reclamando. Não me importo.

Com um suspiro profundo, ele balançou a cabeça.

— Mas eu me importo. Não é correto.

— E quanto ao resto do acordo?

— Essa decisão é sua. Se o que aconteceu entre nós deixou você desconfortável, visitaremos Beckwith amanhã, encerraremos o acordo e você será paga. Honrarei o salário anual e a conquista realizada nos três meses. Com isso, e com o que ganhou noite passada, deve conseguir colocar sua vida em ordem, para que possa ser seletiva na escolha de seu amante.

— Prefiro continuar ensinando as meninas. — Ela lhe deu um sorriso hesitante. — Determinei carreiras para cada uma delas, acredito que ficarão muito empolgadas com a sugestão. Para ser sincera, quero ajudá-las a sair daqui. Isso me deixaria satisfeita e realizada. E acho que seria difícil me substituir.

Ele quase confessou que, na verdade, ela seria impossível de substituir.

Se ele não precisasse continuar dando as aulas, poderia manter uma distância entre eles, frear aquela corrente incessante de necessidade e desejo.

— Nada de sentar-se no meu colo em carruagens, esse tipo de coisa.

Ela assentiu.

— Você e eu teremos que simplesmente parar de tentar um ao outro. Porque você também é um sedutor nato.

Ele deu uma risada sincera.

— Nunca me disseram isso. Honestamente.

Ela sorriu.

— Mas podemos ser amigos, certo?

— Podemos tentar.

Capítulo 19

Antes que Althea deixasse o escritório, Benedict mencionou que jantaria com a mãe naquela noite, então ela não deveria esperá-lo no jantar. Mesmo assim, sentiu sua falta. No quarto, pensou sobre o que ele lhe ensinara naquela tarde, e no que provavelmente não tivera a intenção de ensiná-la: ele a queria tanto quanto ela o queria. Mas Althea entendia sua resistência diante da atração que sentiam um pelo outro, sua necessidade de ser honrado. Admirava-o por isso. Ela se esforçaria muito para não ser uma tentação, para estabelecer uma amizade sincera e duradoura com aquele homem. Talvez, quando todas as meninas fossem embora, as coisas pudessem ir mais longe entre eles.

Como ele não lhe daria mais aulas, ela não tinha motivos para ir à biblioteca às dez da noite, mas foi mesmo assim, e levou seu livro consigo. Se ele não estivesse lá, ela leria.

Só que lá estava ele, assim como a taça de xerez dela.

Quando Benedict se levantou, Althea pensou ter visto uma sensação de alívio cruzar seu rosto por um breve momento. Ou talvez fosse simplesmente um reflexo do que ela sentia, a alegria que a percorreu porque ele estava ali, possivelmente ansiando por sua chegada, se a bebida indicasse alguma coisa.

— Você sabia que eu viria.

— Eu *esperava* que você viesse.

Naquela circunstância específica, ela pensou que *esperar* era muito melhor do que *saber*. A esperança envolvia desejos, anseios e vontades. Em alguns casos, até sonhos.

Ela vagou até sua poltrona, sentou-se e sentiu prazer em vê-lo acomodar seu grande corpo no assento a seu lado. Era relaxante saber que não haveria lições, que ela não precisaria se perguntar quando começaria, ou o que aconteceria.

— Como foi o jantar com sua mãe?

— Agradável, como sempre. A comida é sempre farta.

— Seus irmãos também foram?

— Não. Nós nos reunimos com ela um domingo por mês, mas nos esforçamos para que pelo menos um de nós a visite durante a semana.

— É bom ver que vocês a valorizam, passam tempo com ela. É difícil quando elas não estão mais conosco.

— Lamento por você ter perdido sua mãe.

Ela assentiu e lutou para não sentir falta dela, para não se sentir melancólica. Benedict se mexeu na poltrona.

— Ando distraído ultimamente, esqueci de avisá-la que o pai de lady Jocelyn pagará Beth pelo trabalho.

— Como você conseguiu isso?

Ele levantou um ombro e inclinou a cabeça.

— Conversamos um pouco, e ele concordou que não seria bom se Londres inteira soubesse que ele não honrou suas dívidas, principalmente porque ele está interessado em investir em um dos negócios de Mick.

— Fico feliz em saber. Obrigada por garantir que Beth não arcasse com um prejuízo só por ter sido gentil comigo.

— Foi um assunto simples de resolver.

Ela tinha suas dúvidas. Esticou-se para pegar o xerez, e só então percebeu uma grande caixa que estava ao seu lado, presa por um barbante. Ela imediatamente olhou para Benedict.

— É para você.

Suas pernas estendidas e as mãos cruzadas sobre o estômago davam a impressão de que ele estava relaxado, despreocupado; no entanto, ela sentiu que Benedict estava tenso, como se temesse sua decepção.

— Vou guardar para o Natal, o que acha?

— Não é um presente de Natal, é um presente para agora. Vamos lá, abra.

Sua respiração estava um pouco instável quando ela estendeu a mão para pegar o pacote, colocou-o no colo e puxou o laço, observando enquanto ele se desfazia. Ao levantar a tampa, ela sorriu ao ver requintadas luvas de pelica cor de marfim dobradinhas dentro da caixa.

— Elas são lindas.

— Notei que as suas estavam furadas.

Óbvio que ele havia notado. Benedict notava tudo. Sair para comprar o par de luvas era mais uma justificativa para suas ausências recentes. Ela tirou uma luva e a colocou em sua mão, nada surpresa ao descobrir que servia perfeitamente, trazendo calor e conforto. Mais uma vez, ela ergueu o olhar e percebeu que, agora, ele parecia completamente à vontade. Althea se perguntou se ele estivera preocupado que ela não gostasse do presente.

— Obrigada.

A resposta dele foi discreta, um movimento quase curto demais para ser notado, como se ele não soubesse o que fazer com o agradecimento de Althea. Depois de tirar a luva, ela a dobrou na caixa, colocou-a sobre a mesa e envolveu a haste da taça de xerez com os dedos.

— Amanhã, quando eu for fazer a prova dos vestidos, pensei em comprar outras peças que estão em falta no meu guarda-roupa. — Até um minuto antes, as luvas tinham estado no topo dessa lista. — Quero levar Hester comigo, ensiná-la como uma empregada deve acompanhar sua senhora.

— Ela adoraria ir com você. Me certificarei de que a carruagem de Aiden esteja disponível, assim ficará mais fácil transitar com as sacolas.

— Muito obrigada.

— Vamos, quero saber as carreiras que você pensou para as meninas.

— Flora deveria se envolver com jardinagem, ela já cuida de algumas mudinhas por aqui. Recomendo que peça ao seu jardineiro para ensiná-la o básico. Lottie tem um gosto incrível para decoração. — Ela usou as mãos para referir-se ao cômodo como um todo. — Novos ricos em ascensão poderiam se beneficiar de suas dicas. Você poderia ajudá-la a abrir seu negócio. Lily, Ruby e Pearl seriam excelentes damas de companhia. Posso ensiná-las os fundamentos dessa função.

— Quanto tempo isso levaria?

— Não mais do que três meses. — Ela sorriu. — Isso vai lhe custar as duas mil libras, Benedict.

— Vale o investimento.

Althea gostava da relação de camaradagem que eles haviam estabelecido, e aquilo quase a fez desejar nunca o ter pedido para ensiná-la a seduzir. Antes de ir para lá, sua vida parecia desesperadora, e ela não tinha muita esperança no futuro. De repente, tudo parecia muito mais promissor.

— O que você vai fazer quando as meninas não puderem mais oferecer... entretenimento?

— Jewel quer transformar a casa numa pensão, alugar os quartos. — Sua boca lentamente se abriu em um sorriso, e ela pensou em outras coisas que ele fazia lentamente. — Vamos ter que contratar Lottie, ela cuidará da decoração dos ambientes para que fiquem adequados aos futuros inquilinos.

Althea supôs que tudo naqueles cômodos precisaria ser substituído.

— A sala da frente precisa ser refeita.

— É muito cafona.

— *Risqué*.

Eles se acomodaram em um silêncio confortável. Decidindo que haviam esgotado todos os tópicos possíveis de uma conversa, ela abriu o livro que ele havia escrito.

— Minha família vai se reunir para o Natal.

Erguendo o olhar, ela sorriu. Era difícil acreditar que o Natal seria na próxima quinta-feira.

— Fico feliz por vocês.

— Gostaria que se juntasse a nós.

Ela não teria ficado mais surpresa se ele de repente tivesse se despido por completo.

— Metade da sua família pertence à nobreza. Os nobres jamais me receberiam de braços abertos.

— Para as garotas que moram aqui, a véspera e o dia do Natal são a época mais movimentada do ano. Homens que não têm família ou esposas vêm procurar conforto. Jewel promove uma atmosfera mais acolhedora do que o normal. A bebida corre solta. As garotas conversam, dançam e flertam. E, claro, levam os homens para a cama. Esse processo não costuma ser discreto. Quer mesmo ficar lá em cima, sozinha, ouvindo o som da celebração?

— Sou protagonista de um escândalo, filha de um traidor...

— Minha família é de bastardos, somos especialistas em escândalos. Aqueles que se casaram com um Trewlove também protagonizaram escândalos. Thea, duvido que exista um local em Londres onde você seria mais bem-vinda, ou se sentiria mais em casa.

— Quem estará lá?

— Gillie e Thorne, já que a reunião será na casa deles. Mick e Aslyn. Mick foi o primeiro de nós que nossa mãe acolheu, então ele sempre foi visto como o irmão mais velho, e não tem vergonha de se exibir por isso. Aiden e Selena, Finn e Lavínia, Fancy e Rosemont. Além deles, meus sobrinhos também estarão lá. Mick, Finn e Gillie têm cada um uma filha. Aiden tem um filho. A bebê de Gillie é a mais velha, está com quase 18 meses. Por fim, há um rapaz órfão chamado Robin, que todos nós acolhemos. Não sabemos bem sua idade, mas ele deve ter uns 10 anos. Adora animais. Ele mora com Finn e Lavínia em seu rancho. E nossa mãe estará presente, é claro.

— E se você estiver errado e minha presença envergonhá-lo?

— Eu não teria convidado se não a quisesse lá, se não tivesse certeza de que seria bem-vinda.

Ao olhar para ele, ela sentiu uma centelha de esperança. Ela assentiu.

— Seria uma honra acompanhá-lo.

Capítulo 20

Durante as noites que se seguiram, quando Althea entrava na biblioteca, Benedict estava sempre lá, assim como a taça de xerez, esperando por ela. Apesar de cada um trazer um livro — um mero adereço para que pudessem fingir que tinham ido até lá para ler em vez de passar o tempo na companhia um do outro —, as capas nunca eram abertas, as páginas nunca eram lidas. Em vez disso, eles conversavam, compartilhavam histórias e riam.

Ela contou sobre seu primeiro pônei. Ele contou sobre o cachorro sarnento que tivera quando menino. A primeira vez que o pai dela a levara ao teatro. A noite em que ele e os irmãos foram a um teatro marginal. Os livros eróticos que ela e lady Jocelyn liam em voz alta uma para a outra. Os livros eróticos que ele lera sozinho.

Althea podia contar tudo a ele. E, se eles às vezes se encaravam por longos segundos, se a vontade, a necessidade e o desejo ameaçavam aparecer, Benedict se tornara perito em quebrar o feitiço, levantando-se para mexer no fogo, servir bebida ou apenas ficar ao lado da lareira. Algumas vezes, ele pedira licença para se retirar, alegando que precisava trabalhar em seu manuscrito inacabado, mas Althea sabia que era porque ele não confiava em si mesmo para honrar o compromisso de não tirar vantagem dela, o que só servia para fazê-la confiar ainda mais nele. Ela se viu desejando desesperadamente que ele a presenteasse com um beijo, uma carícia ou um elogio sussurrado.

Ela foi à costureira provar os vestidos e ficou impressionada com o trabalho de Beth. Também foi às compras com Hester, embora tivesse se controlado para não comprar tudo o que queria. O dinheiro era algo que não podia mais gastar sem consequências, e Althea planejava poupar o máximo possível.

Os novos trajes chegaram na terça-feira seguinte, e ela passou grande parte da tarde de quarta-feira se arrumando, com a ajuda de Hester, para passar a véspera de Natal com Benedict. E com a família dele. Não poderia esquecer da família dele. Todos estariam presentes, mas eles não eram o motivo para a ansiedade dela. Benedict era.

Althea queria estar tentadora, tentadora o suficiente para fazê-lo quebrar aquela maldita regra.

Por isso, tomara banho com um sabonete francês com aroma de gardênia que havia comprado. Por isso, mandara fazer novas roupas íntimas de cetim, seda e renda. Por isso, vestira meias longas e estreara suas sapatilhas de cetim.

Ao se olhar de pé, na frente do espelho, em seu novo vestido de veludo vermelho, Althea finalmente percebeu o quanto suas antigas roupas a desfavoreciam — e não apenas por causa dos remendos e do desgaste, mas porque elas não abraçavam mais todas as curvas do seu corpo, como ela esperava ser abraçada pelas mãos de Benedict quando voltassem para casa à noite.

Tocando sua clavícula, ela desejou ter um colar para se enfeitar. Sem uma joia para preencher o espaço, havia muita pele exposta entre o queixo e a curva de seus seios. Embora sentisse falta de presilhas de pérola em seu penteado, ela não podia deixar de admirar o trabalho que Hester fizera. O cabelo de Althea estava preso para trás, deixando seu rosto livre, e as mechas caiam em cachos sobre suas costas, enquanto todos os grampos do elaborado penteado estavam cobertos por lacinhos de fita vermelha.

— Nossa, ele vai cair aos seus pés esta noite. Isso vai ser um baita presente de Natal.

Althea não soube como responder, mas esperou que seus sentimentos não transparecessem em seu rosto. Talvez o "ele" não fosse nem Benedict.

— Estou certa de que não sei do que você está falando.

Hester riu levemente.

— Estou certa de que sabe.

Althea fez uma imitação perfeita de uma duquesa altiva.

— Uma criada não contradiz sua senhora.

— Opa. Esqueci dessa regrinha.

Althea viu o sorriso da jovem refletido no espelho. Ela não havia esquecido de nada.

— Não seja desaforada. — Mas seu tom não foi nem um pouco repreensivo.

Uma leve batida soou na porta. Benedict havia chegado para buscá-la. Enquanto Hester atendia a porta, Althea pegou a bolsinha na qual guardara com cuidado os presentes que havia feito para os familiares dele. Ela trabalhara neles diligentemente todas as manhãs e até tarde da noite, depois que se despedia de Benedict na biblioteca. Era impossível dormir com sua pele ainda formigando pelos olhares que recebia dele.

— Ah, ele vai ficar perdidinho por você esta noite.

Não era Benedict. Era a Jewel.

— Falei praticamente a mesma coisa — afirmou Hester, deixando-se cair na cadeira como se seu trabalho tivesse terminado. Bom, tecnicamente estava.

Althea decidiu não responder ao comentário. Se mal conseguia enganar Hester, com certeza não enganaria Jewel.

— Ele já está pronto?

— Sim, está esperando no saguão.

— Então é melhor eu me apressar.

Althea deu um passo.

— Antes de você ir…

Althea parou e olhou para Jewel, uma mulher a quem lady Althea nunca teria dado atenção. Então, arqueou uma sobrancelha.

— Estas pérolas eram da minha mãe. — Jewel esticou o braço e abriu a mão para mostrar um colar. — Nunca as usei para trabalhar, só uso em ocasiões especiais. Achei que você gostaria de usá-las esta noite. Ficariam lindas com o seu vestido.

— Nossa, Jewel. — Althea estava emocionada. — Mas e se eu acabar perdendo ou quebrando?

— Nada disso vai acontecer, querida. Significaria muito para mim se você usasse o colar. — O sorriso dela era um pouco travesso. — Daí vou poder falar que ele esteve na casa de um duque.

A garganta de Althea estava embargada demais para uma resposta, então ela apenas assentiu e se virou para o espelho. Jewel passou a joia por seu pescoço, prendeu o fecho e lhe deu um tapinha no ombro.

— Pronto.

— É lindo, Jewel. Realmente realça o vestido.

— E vai atrair os olhos dele para esse belo decote.

Ela fechou os olhos, mas riu enquanto sacudia a cabeça. A Madame era muito direta em seus comentários, embora eles não deixassem de ser verdadeiros. Althea abraçou a mulher com força.

— Obrigada por tudo, Jewel.

— Sempre que precisar, querida.

— Hester, poderia me ajudar com a minha capa?

— Nada disso — disse Jewel. — Você precisa descer a escada do jeito que está. Hester, leve o xale dela, mas a cubra somente depois que ele der uma boa olhada nela.

Althea não tinha motivos para estar nervosa enquanto descia os degraus. Ela ia apenas ter uma noite agradável com um cavalheiro de quem ela gostava muito. Haveria tantas pessoas que eles provavelmente mal teriam tempo para ficarem juntos. Durante muito tempo, ela nunca tivera problema em conversar com estranhos. Se a família dele não a recebesse bem, ela se adaptaria.

Ela estava quase na metade da última leva de degraus da escada quando sentiu o olhar dele e parou. Não foi exatamente o olhar quente dele que a fez parar, mas a aparência do homem. Althea ficara tão concentrada em como se arrumaria para Benedict que não havia pensado em como ele se arrumaria para ela.

"Lindo" era uma palavra insuficiente. "Impressionante" e "magnífico" também, mas todas elas passaram pela cabeça de Althea, uma após a outra.

Benedict havia cortado o cabelo, apenas as pontas, mas ela já era capaz de perceber as diferenças mais sutis nele. Trajava peças elegantes para um jantar: uma calça preta feita sob medida, acompanhada de um fraque também preto, longo e desabotoado, um colete de seda branca e uma camisa tão branca quanto a neve. Seu lenço de pescoço era cinza-claro, e estava perfeitamente amarrado. Seu outro casaco estava apoiado em um braço, enquanto a mão segurava um chapéu preto. Ficou claro que ele tinha um alfaiate incrivelmente habilidoso. Benedict poderia entrar em qualquer baile da nobreza e ninguém questionaria seu direito de estar ali.

— Respire — sussurrou Jewel atrás dela, e só então Althea percebeu que havia prendido a respiração.

Descendo até o fim da escada, ela parou na frente dele e se deleitou com a calidez dos olhos escuros.

— Você me deixou sem fôlego — afirmou ele em voz baixa.

— Nada mais justo. Você me deixou igual.

Ela sorriu. Ele também.

— Thorne nos enviou uma carruagem, então é melhor irmos — disse ele.

Thea se sentou do lado oposto de Fera na carruagem, com um cobertor de pele no colo e os pés próximos do aquecedor. Ela ofereceu para compartilhar o cobertor com ele, convidando-o a se sentar ao lado dela, mas a pele de Fera já estava pegando fogo — um fogo que só poderia ser apagado se a tivesse. Em uma cama, num sofá, numa carruagem.

Ele não fazia ideia de por que se submetia à tentação que ela representava continuamente.

Sabia, desde a primeira vez que a vira, que seria fácil imaginá-la descendo a escadaria de um baile. Tudo nela emanava nobreza. Não era o lindo vestido ou o penteado elaborado. Era algo mais profundo, que existia dentro dela. Algo que fora passado de geração em geração. A Coroa podia ter tirado os títulos do pai dela, mas não era capaz de tirar dela seu destino: ser uma dama da mais alta sociedade.

E, pelo menos naquela noite, os dois estariam de braços dados.

Thea havia dominado a arte de seduzir com enorme facilidade. Era algo natural para ela. Com o sorriso suave que ela dava sempre que o via pela primeira vez no dia, a recepção calorosa que cintilava nos olhos cinza-azulados, o leve rubor que tomava conta de suas bochechas — como se ela estivesse revivendo a sensação ter as mãos dele em seus seios.

As noites compartilhadas na biblioteca eram o céu e o inferno. Tê-la ao seu lado, sentir seu perfume e ouvi-la contando histórias com sua voz delicada, mas tudo isso sem poder beijá-la, acariciá-la e apertá-la contra o seu corpo... saber que, eventualmente, os planos dela a levariam para longe dele...

Ele não habitava o mundo que ela escolhera para procurar um amante. Ao contrário de seus irmãos, Fera nunca se sentira à vontade vivendo na alta sociedade. Não seria bem-vindo agora.

Todas as noites, depois que eles se separavam, deitava-se sozinho na cama e, enquanto encarava as sombras dançando no teto, ficava tentado a procurá-la. *Você quer ser a amante de um homem? Seja a minha.*

Ele tinha dinheiro para comprar uma casa para ela, mais roupas do que ela precisaria em toda sua vida, além de joias para enfeitá-la. Também poderia contratar empregados, adquirir uma carruagem, tudo que ela precisasse. Seu empreendimento naval lhe dera a base necessária para começar a construir um império, e ele acumulara uma fortuna modesta. Mesmo que Fera nunca mais ganhasse um centavo, conseguiria viver bem até a velhice, apenas com o rendimento de suas aplicações. No momento, ele usava o rendimento para fazer caridade, mas poderia usá-lo para conquistá-la — porém, se Thea o aceitasse, não teria o prestígio de ter um lorde como protetor. Ela renunciaria àquilo por ele? Era justo pedir aquilo dela? Que ela aceitasse uma pessoa comum, um bastardo, quando poderia ter a proteção de um homem com títulos e privilégios?

— Presumo que sua família saiba que vou acompanhá-lo. — Um fio de dúvida, talvez até de nervosismo, se enredou na voz dela.

— Sabe, sim.

— Eles sabem a verdade sobre mim?

— Eles sabem a verdade sobre seu pai. Não vi razão para manter isso em segredo, já que aqueles que se casaram com meus irmãos reconheceriam seu nome ou rosto. Achei melhor evitar qualquer constrangimento se eles fossem pegos de surpresa.

Ela estava encoberta pelas sombras, mas ele suspeitou que, se estendesse a mão, encontraria os punhos enluvados fechados nervosamente no colo dela.

— Thea, serão apenas algumas horas montando a árvore, bebendo bons vinhos e uísques, saboreando um jantar delicioso, e então vamos embora. Se você se divertir esta noite, será bem-vinda amanhã, quando passarei mais algum tempo lá, trocando presentes e comendo mais delícias.

— O único outro vestido para a ocasião que tenho é o vermelho sedutor, embora não tenha certeza se me cobre o suficiente para chamar de vestido. Se eu vier com você amanhã, terei que usá-lo.

Era óbvio que parte dela estava querendo provocá-lo, enquanto a outra estava se esforçando para inventar uma desculpa aceitável para não se juntar a ele no dia seguinte. Fera não queria admitir que se divertiria muito menos sem ela ao seu lado.

— Quando você vai me mostrar o outro vestido?

— Não sei se vou. É verdade quando digo que ele tem tecido de menos, embora seja lindo.

Ele queria vê-la com o vestido. Mas também gostaria de vê-la sem o vestido.

— Pode não ser a melhor escolha para amanhã. Qualquer um dos outros vestidos diurnos estará de bom tamanho.

— É tão bom ter escolhas de novo. Obrigada pelas roupas.

Eu poderia lhe dar mais que apenas roupas, ele quase disse, mas não era o momento certo. Talvez o momento certo não existisse.

— Estamos em Mayfair — falou ela em voz baixa, olhando pela janela. — Eu sei qual é a casa do duque de Thornley, mas nunca estive nela.

— Onde você morava quando vivia nesta região?

— Se eu contar, você pode querer passar na frente da casa. Não quero vê-la. Voltar aqui é mais difícil do que imaginei que seria.

— Podemos voltar para casa se preferir.

— Isso não seria justo com a sua família. Tenho certeza de que eles estão ansiosos para vê-lo esta noite. Eu vou superar. Esta noite será um teste para ver se estou pronta para enfrentar os demônios do meu passado.

Ao entrarem na residência, os dois foram tomados pelo aroma silvestre dos diversos ramos e guirlandas pendurados na escadaria.

— O duque e a duquesa estão no salão — anunciou o criado uniformizado que pegou o casaco de Benedict e a capa dela.

Quando Benedict ofereceu o braço, ela não hesitou em aceitá-lo antes de seguirem para a enorme sala ao lado do saguão de mármore. Ao passarem pela soleira, pararam para absorver o ambiente. Raminhos de pinheiros decoravam várias mesas, e guirlandas estavam penduradas na cornija da lareira. Na outra extremidade, em uma mesinha, havia uma árvore de Natal.

Pequenos grupos de pessoas conversavam espalhados pela sala. A família dele. Alguns seguravam bebês, embalando-os. Althea sabia a família dele era volumosa, mas ainda assim ficou nervosa ao vê-la. Talvez fosse a lembrança das festas frias e distantes de sua família que a fez sentir como se estivesse afundando e a fez apertar o braço de Benedict com mais força. Ou talvez, ainda, fosse o medo que sentia de Benedict estar errado, e a família dele virar as costas para ela — pelo menos os que conheciam a família dela.

Ele acariciou a mão enluvada em seu braço.

— Vai ficar tudo bem.

Ela forçou um sorriso quando o encarou. Quantas vezes ele experimentara o mesmo nervosismo apenas por ter nascido quem era?

— Vocês chegaram! — exclamou uma mulher alta e esguia, rapidamente cruzando a sala até eles. O cabelo ruivo, mais curto que o de Benedict, emoldurava seu rosto. — A tempo de nos ajudar com a árvore.

Althea nunca havia recebido um sorriso tão receptivo quanto o dela. Ela soltou o braço de Benedict quando a duquesa de Thornley abraçou o irmão, que a abraçou de volta.

Quando se separaram, a mulher imediatamente pegou as mãos de Althea e as apertou.

— Althea, fico muito feliz por você ter vindo. Sou a Gillie.

— Fico muito honrada pelo convite, Sua Graça.

A mulher sorriu novamente.

— Não somos formais aqui. Acredito que você já conheça Thorne.

O duque havia aparecido atrás da esposa, e Althea notou que Gillie nem precisara se virar para saber que o marido estava ali. Assim como Benedict parecia notar quando Althea entrava em um quarto, e, imediatamente ficava de pé, mesmo que um segundo antes estivesse absorto em um livro.

— Olá, Althea. Você parece bem — disse Thorne.

Ela precisava admitir que a mudança para o bordel fizera muito bem a ela. Ter um teto sobre a cabeça, uma lareira sempre aquecida e comida em abundância tinha seus benefícios, embora suspeitasse que seu bem-estar se devia mais ao homem a seu lado.

— Obrigada. Você também parece bem.

— Como estão seus irmãos?

— Bem, até onde sei. Não tenho notícias deles há um tempo.

— Bom, ficamos felizes com sua presença.

— E, falando nisso, deixe-me apresentá-la.

Gillie enganchou seu braço ao de Althea e começou a guiá-la pela sala, seguida de perto por Benedict. A primeira parada foi Aiden e sua esposa, Selena, a antiga duquesa de Lushing.

— Nós nos conhecemos — afirmou Aiden, antes que Gillie falasse algo.

— É mesmo? — perguntou Selena. — No Elysium?

Ele sorriu.

— Não, no Cerberus. Ela ganhou uma bolada.

Althea corou.

— Eu tive um pouco de ajuda.

— Não há problema algum em receber um pouco de ajuda, se é para um bem maior.

Selena esticou o braço e apertou a mão dela.

— Fico feliz que você tenha vindo.

Finn e Lavínia foram os próximos. Althea notou que Finn e Aiden eram bem parecidos.

Depois das apresentações e cumprimentos, Lavínia sorriu para Benedict.

— Obrigada pela doação das bonecas e dos soldadinhos de madeira. Todas as duzentas crianças ficarão em êxtase amanhã.

— Duzentas crianças? — perguntou Althea.

— Eles cuidam de um orfanato na fazenda — explicou Benedict.

E ele havia doado brinquedos para as crianças. Althea imaginou que não descobriria aquilo se não estivesse ali naquela noite, e se perguntou o que mais ele fazia sem receber o devido crédito.

— Este é o Robin — disse Finn, colocando a mão no topo da cabeça de um menino de cabelo escuro, com olhos castanhos e travessos, que parecia estar cheio de vontade de contar os segredos que sabia.

— Olá, Robin — cumprimentou ela. — Ouvi dizer que você gosta de animais.

— Eu amo animais. Você já foi ao zoológico?

— Faz um tempo, mas já fui, sim.

— É meu lugar favorito do mundo todo.

— Então é um lugar bem especial, não é?

Ele assentiu com a cabeça.

Gillie apresentou Althea para Mick e Aslyn, assim como para Fancy e Rosemont, antes de pedir licença para cuidar de algo. Então, Benedict acompanhou Althea até uma pequena mulher de cabelo preto e grisalho, sentada em uma cadeira e embalando um bebê. Quando se aproximaram, ele beijou a bochecha que a mulher lhe ofereceu.

— Olá, mamãe.

— Olá, filho. Desculpe não ficar de pé, mas não quero acordar a pequenina. Ela estava dando trabalho antes de vocês chegarem.

— Está tudo bem. É melhor que a bebê de Gillie fique dormindo do que chorando. Gostaria de apresentar a Thea.

O sorriso que a mulher lhe deu estava repleto de felicidade.

— Estou muito feliz em conhecê-la.

— Fico honrada em conhecê-la, sra. Trewlove. Seu filho é um homem extraordinário.

— Você tem razão. Todos eles me deixam muito orgulhosa. — Então, ela olhou para Benedict e gesticulou com a cabeça. — Traga aquela cadeira para mais perto para que sua moça e eu possamos conversar.

— Ela não é a minha moça.

— Eu não sou a moça dele.

Os dois falaram ao mesmo tempo, seus olhares se encontraram, e Althea percebeu que as bochechas dele ficaram coradas. Se o calor que estava sentindo indicasse algo, as dela deveriam estar iguais.

— A cadeira, filho — insistiu a mãe.

Ele trouxe a cadeira e Althea se sentou.

— Agora pode ir — ordenou a srta. Trewlove.

Althea sentiu a hesitação de Benedict.

— Eu ficarei bem.

— Você não precisa responder nada que não quiser.

Com visível relutância, ele se afastou.

— Agora, me conte tudo sobre você — solicitou a sra. Trewlove.

Uma fila de babás chegou para levar os bebês ao berçário. A decoração da árvore estava bem encaminhada. Fera ajudou no início, mas, eventualmente, quando percebeu que ficar perto da árvore o impedia de ouvir a conversa entre Thea e a mãe, ele se desculpou, arranjou um pouco de uísque e escolheu uma localização estratégica perto da lareira. Ele ainda não conseguia ouvi-las, mas dali podia ao menos ver o rosto de Thea, ver as expressões que ela fazia e descobrir se precisava ou não interromper a conversa. Até o momento, ela havia dado três risadas, oito sorrisos e vários acenos de cabeça, além de ter revelado duas coisas com muitos detalhes, com base no tempo que falara sem parar. Os ombros delicados, quase completamente expostos pelo vestido, estavam relaxados, e as mãos enluvadas gesticulavam no ar enquanto ela falava, duas vezes enfatizando um ponto importante que explicava.

— Já beijou ela, chefe?

Suspirando fundo, ele olhou para Robin. Até pouco tempo antes, ele teria precisado agachar para não ficar tão alto em relação ao menino. Mas o rapaz havia crescido bastante, e agora batia na altura de seu peito. Fera se perguntou se o menino era mais velho do que achavam.

— Você consegue guardar um segredo, jovem Robin?

O rapaz assentiu com a cabeça.

— *Aham.*

— Já beijei, sim.

Os olhos de Robin se arregalaram como se fosse a primeira vez que alguém tivesse realmente respondido à sua pergunta frequente.

— E como foi?

Fera voltou a atenção para Thea. Ela ouvia, entretida, uma história que sua mãe contava. Como fazer justiça ao beijo dela? Todas as palavras de seu vocabulário pareciam inadequadas, insuficientes para detalhar o poder do beijo, como ele o fazia se sentir.

— Foi vasto como os oceanos, e infinito como as estrelas.

O silêncio foi sua resposta. Fera olhou para baixo. O rapaz estava com as sobrancelhas franzidas e a boca torta.

— O que isso quer dizer? — perguntou ele, finalmente.

— Significa que eu gostei para caramba.

Os olhos do menino brilharam e seu sorriso era grande o bastante para substituir um farol.

— Minha nossa. Então ela é a melhor, *nénão?*

— *Não é?* — corrigiu Fera. — E, sim, ela é a melhor.

Ele não precisava de uma justificativa para dizer no que ela era melhor. Ela simplesmente era *a melhor*.

— Robin! — chamou Gillie. — É hora de colocar a estrela no topo da árvore.

O rapaz saiu correndo com suas pernas magrelas. Ele seria alto quando terminasse de crescer, mas ainda não era alto o suficiente para alcançar o topo da árvore. Deixando seu copo na cornija, Fera foi até Robin, que pulava de um pé para o outro.

— Pronto? — perguntou ele.

O menino concordou com animação. Fera o segurou pela cintura e o colocou em cima dos próprios ombros. Gillie lhe passou a estrela. Robin pegou o enfeite, se inclinou e encaixou a estrela no topo da árvore. Fera o colocou de volta no chão. Enquanto Gillie acendia as velas penduradas nos galhos da árvore, ele andou até onde Thea estava, um pouco afastada das pessoas — como se não fizesse parte do evento.

— Gostou de conversar com a minha mãe?

— Sim. Ela é muito amorosa. É possível sentir o tamanho do amor dela por vocês. Sua mãe biológica não poderia ter escolhido alguém melhor para cuidar de você.

Quando as velas foram acesas, todos exclamaram e bateram palmas. Os maridos deram beijos castos nas esposas, e Althea se perguntou se deveria ter oferecido os lábios para Benedict. Se ele estivesse olhando para ela, ela o teria feito, mas ele parecia mais interessado na estrela no topo da árvore.

Gillie bateu duas palmas, que ecoaram na grande sala.

— Temos uma hora antes do jantar, e Aiden tem um projeto que precisa da participação de todos. Aiden?

Ele se aproximou da irmã.

— Vai demorar um pouco para ficar pronto, então peguem uma bebida gostosa e fiquem à vontade enquanto arrumo as coisas.

Ela e Benedict se dirigiram a um canto, onde um criado serviu xerez para ela e uísque para ele. Com os copos em mãos, eles deram apenas alguns passos antes de serem parados por Fancy e o conde de Rosemont.

— Esqueci de dizer, seus livros chegaram — disse Fancy ao irmão —, trouxemos eles, caso já queira levá-los.

— Levarei, sim. Obrigado.

— Qual é o nome da sua livraria? — perguntou Althea.

A jovem sorriu.

— O Empório de Livros Fancy.

— Ah, tem o seu nome, mas não a preposição. Muito inteligente.*

A mulher riu levemente e deu um tapinha no braço do marido.

— Todo mundo entendeu o trocadilho, menos ele. Disse que eu havia esquecido a preposição.

— Nós nos conhecemos na livraria — explicou Rosemont. — Em minha defesa, eu não estava muito bem da cabeça na época. Não queria que ela fosse inteligente.

---

* *Fancy*, em inglês, significa chique, sofisticado. Ao suprimir a preposição, em vez de a livraria se chamar "Empório de Livros da Fancy", é como se o nome fosse "Sofisticado Empório de Livros". (N.E.)

— Ele estava dando um tempo nos relacionamentos com as mulheres, não queria ter se interessado por mim.

Althea sorriu para Rosemont. Já havia dançado com ele em bailes.

— Mas você se interessou.

— De fato. Às vezes, quando a vida nos coloca em um caminho que não queremos necessariamente percorrer, descobrimos que é uma jornada que precisamos enfrentar para conquistar nossa felicidade. Talvez, assim como eu, você se beneficie da estrada difícil em que está agora. A minha me levou ao amor da minha vida.

Fancy se aninhou ao seu lado, e o braço dele a envolveu com proteção.

— Ele é tão poético, às vezes. É só uma das razões pelas quais eu o amo.

Um assobio estridente cortou o ar.

— Estamos prestes a começar — gritou Aiden.

— Opa. É melhor irmos logo.

Fancy pegou a mão do marido e começou a conduzi-lo para o sofá.

Benedict colocou a mão na parte inferior das costas de Althea.

— Eles não estão casados há muito tempo. Ainda são dois pombinhos apaixonados.

Ela o encarou.

— Você acha que eles vão passar dessa fase?

Ele balançou a cabeça.

— Não.

A resposta dele, sua crença na duração de um amor, fez o peito de Althea apertar enquanto se dirigiam a um sofá e se acomodavam um ao lado do outro. Mas como ele poderia não acreditar naquilo quando cada marido de sua família segurava a mão da respectiva esposa com tanto carinho, ou a abraçava protetoramente? Quando cada esposa se aninhava nos braços de seu marido com tanto conforto?

Os móveis estavam dispostos num semicírculo, e Aiden estava de pé em frente ao que parecia ser um cavalete. Apenas as pernas de madeira estavam visíveis, pois um pano cobria toda a tela.

— Certo, vamos começar — anunciou ele.

Com um grande floreio, ele retirou o pano de cima da tela. O nome TREWLOVE estava escrito em grandes letras, possivelmente em carvão.

— Não é um dos seus melhores quadros — disse Benedict.

— Porque ainda não está terminado. Temos a tela — ele apontou para o quadro —, uma paleta de diversas cores — ele levantou a tinta — e um pincel.

Este último Aiden brandiu no ar como se fosse uma espada em uma batalha contra piratas.

— Ele sempre gostou de atuar — sussurrou Benedict, e Althea desejou que ele sussurrasse outras coisas, coisas românticas, no ouvido dela.

Ele não estava segurando a mão dela, mas seu braço estava descansando sobre o assento do sofá, um dedo lentamente fazendo círculos na pele dela, logo abaixo da manga do vestido. Será que ele percebia que estava fazendo aquilo?

— Sem ofensas para quem entrou na família depois do casamento, mas esta atividade é apenas para quem cresceu com o sobrenome Trewlove — continuou Aiden. — Cada um de vocês, um por vez, pintará uma das letras. Vamos criar um lindo quadro com nosso sobrenome. Mãe, você primeiro. Pinte o "T".

— Minha nossa. Não sabia que eu seria a primeira. — Ela se levantou da cadeira e andou até o filho. — E se eu errar?

— Eu posso guiar você. Se errarmos, eu arrumo.

— Está bem, então.

— Que cor você quer?

— Minha favorita. Azul-claro.

Ele mergulhou o pincel na paleta e o entregou à mãe. Então, posicionou-se atrás dela, segurou seu braço e a ajudou a traçar a letra devagarinho.

— Perfeito — afirmou ele quando terminaram.

A sra. Trewlove estava radiante quando voltou para sua cadeira.

— Agora vamos seguir na ordem em que chegamos. Mick.

— Laranja — anunciou ele, enquanto se aproximava do irmão.

Ele terminou rapidamente, e voltou para seu lugar ao lado de Aslyn, que sorria para o marido como se ele tivesse acabado de conquistar o mundo.

— Sou o próximo — disse Aiden. — Vou usar azul-escuro porque é a cor do vestido que minha amada esposa usou na primeira vez que nos conhecemos.

Ele moveu o braço como se estivesse tocando um violino.

Quando terminou, Finn estava ao lado dele. Os irmãos trocaram sussurros e um sorriso.

— Eles se parecem muito — disse Althea bem baixinho.

— Eles têm o mesmo pai.

Ela virou o rosto para Benedict, a dúvida estampada em seus olhos.

— O conde de Elverton — respondeu ele.

Ela nunca gostara daquele homem. Não era segredo nenhum que ele fora infiel à esposa e tivera diversas amantes ao mesmo tempo.

— Fera, o "L" é seu.

Benedict ficou de pé, e Althea imediatamente sentiu falta de seu toque. Ela o observou caminhar com passos fortes e graciosos. Como um movimento tão simples, um movimento comum para a maioria das pessoas, parecia extraordinário quando executado por ele? Ele tinha o poder de agitar sua mente, tirar seu fôlego, fazer seu coração palpitar. E, naquele momento, Althea soube que, se o Papai Noel existisse e pudesse dar a ela um presente de Natal, ela pediria a oportunidade de dançar uma valsa com Benedict Trewlove.

Ele traçou o "L" devagar em tinta vermelha, e ela se perguntou se a escolha da cor tivera relação com a cor de seu vestido.

Quando ele voltou ao sofá, Gillie se levantou.

— Isso está demorando muito. Vamos, Fancy.

As duas irmãs marcharam de braços entrelaçados, pintaram o "O" e o "V" e voltaram para o lado dos maridos sem alarde algum. Nada como uma mulher para dar andamento às coisas. Só o último "E" restava.

Aiden passou os olhos pelo grupo como se tivesse cometido um grande crime. Então, olhou de volta para a tela.

— Ora, parece que não planejei isso muito bem, não é? Não podemos ter o nome Trewlove sem o "e" no fim, e não temos mais nenhum Trewlove original para pintá-lo.

— Parece que precisamos encontrar alguém com apenas um nome para pintar a letra — apontou Mick —, só não sei quem…

— Eu tenho só um nome! — exclamou Robin.

Ele estava sentado no chão, aconchegado entre os pés de Gillie e Lavínia.

— Tem certeza, mocinho? — perguntou Aiden.

— Eu conheço meu próprio nome. É só Robin, nada mais.

— Nossa, que bela coincidência — disse Gillie.

Finn escorregou do sofá e se ajoelhou, ficando quase olho no olho com o menino. Althea percebeu que ela cometera um grande erro ao comprar suas roupas novas. Ela havia esquecido de comprar um lenço, e sentiu que precisaria urgentemente de um nos próximos minutos.

— Você gostaria de ser um Trewlove, rapaz? — perguntou Finn, muito gentilmente.

O menino assentiu com tanta força que seu cabelo quicou em sua testa.

— Minha nossa! Posso? É o melhor nome de todos!

— Devemos aceitá-lo como um Trewlove? — perguntou Aiden. — Todos a favor, levantem a mão.

A votação não contou apenas com os Trewlove originais, mas os cônjuges também. Althea levantou a mão tão rápido que seu ombro até doeu.

— Bom, Robin Trewlove, faça o último "E", então — anunciou Aiden.

O garoto pulou para ficar de pé e correu para o cavalete. Enquanto ele pintava o "E", uma cor diferente para cada linha, Althea virou-se para Benedict, que era apenas um borrão por causa das lágrimas que ela não conseguira impedir de marejarem seus olhos.

— Você sabia qual era o objetivo desse *projeto*?

Ele assentiu com a cabeça enquanto lhe entregava um lenço de linho.

— Finn e Lavínia queriam dar a Robin nosso sobrenome e pediram nossa permissão. Já que todos concordaram, queríamos fazer uma cerimônia para que ele entendesse que é parte de todos nós.

Ela secou as lágrimas. Um jeito tão simples, mas com um impacto imensurável, e que mudaria para sempre o modo como o menino se veria no mundo. Aquele poderia ser um momento raro na vida de Althea — de testemunhar um presente que não custara um centavo, mas que valia mais que ouro.

Enquanto secava as lágrimas com o lenço de um homem tão generoso, rodeada pelos membros de sua família incrivelmente gentil e atenciosa, não sabia por que pensara que a felicidade poderia estar em retornar à alta sociedade, por que valorizara tanto a opinião dos nobres.

Se ela se tornasse amante de outro, provavelmente nunca mais veria Benedict, e, decerto, nunca ficaria sozinha com ele de novo. Não passaria mais noites conversando na biblioteca. Seria o fim dos momentos de descoberta de novas facetas daquele homem complexo e profundo.

— Muito bem — proclamou Aiden, e ela virou o rosto para ver que Robin havia terminado de pintar o "E" e exibia um sorriso tão grande que provavelmente fazia seu maxilar doer. — Quando a tinta tiver secado, vamos pendurar o quadro no seu quarto, para que você não se esqueça que é um Trewlove agora.

— Não vou esquecer — afirmou Robin com tanta seriedade que Althea precisou usar o lenço novamente. — Nunca.

Enquanto Robin pavoneava de volta ao seu lugar, Althea pensou que a mulher que Benedict escolhesse como esposa teria o mesmo orgulho de receber o sobrenome Trewlove.

— Nossa, olhem! Está nevando — exclamou Gillie.

— Está nevando bastante, na verdade — adicionou Thorne.

— Mamãe, Finn e Lavínia já planejavam passar a noite aqui. Acho que todos devem fazer o mesmo. Temos espaço o suficiente.

— Gillie, não trouxemos nenhuma troca de roupa — lembrou Fancy.

— Podem repetir a roupa de hoje. A segurança de vocês é mais importante do que uma troca de vestidos. Posso emprestar uma das minhas camisolas para você dormir. Tenho muitas. Pense nos pobres cavalos, cocheiros e criados trabalhando neste tempo. E se nevar muito? Vocês não conseguiriam vir amanhã.

Althea não prestou atenção às inúmeras vozes ao seu redor enquanto os outros discutiam as consequências de suas opções. Seu olhar se voltou para Benedict, como se ela precisasse da confirmação de que ele não sumira, que era real, e nunca fora apenas um sonho.

— Você quer ficar ou partir? — perguntou ele baixinho.

— É a sua família. A escolha deve ser sua.

— Você se sente confortável com eles?

Como se ela estivesse enrolada em um cobertor quentinho num dia de inverno.

— Sim.

— Então vamos ficar, tudo bem?

Capítulo 21

Althea estava deitada na cama vestindo uma enorme camisola, já que Gillie era bem mais alta, observando pela janela os flocos de neve, iluminados pelos postes da rua, rodopiando no vento assustadoramente forte do lado de fora.

Todos haviam decidido permanecer na casa, e o resto da noite tivera direito a uma boa dose de álcool após um jantar suntuoso. Robin Trewlove comera com eles, mas se retirara com a sra. Trewlove para a cama logo depois. Althea temeu que fosse passar momentos constrangedores com as damas quando os homens se retirassem, mas aquela família aparentemente não seguia a tradição de separar damas e cavalheiros após o jantar. Todos haviam ido para a sala de bilhar, onde Selena vencera Aiden de lavada três vezes.

A certa altura, quando Althea estava sentada em um sofá com Benedict, assistindo à surra de Aiden, Thorne se aproximou e se agachou diante deles.

— Gostaria de saber se algum dos seus navios partirá com destino para a América do Sul nos próximos meses.

— O que você precisa da América do Sul?

— Um tucano.

— O que diabo é um tucano?

— É um pássaro colorido com bico grande.

— E o que diabo o Robin vai fazer com um tucano?

— O mesmo que ele faz com a tartaruga enorme que dei a ele.

Benedict suspirou, mas sem qualquer irritação verdadeira pelo que certamente seria um inconveniente para um de seus capitães.

— Posso tentar arranjar.

Thorne piscou para ela.

— É útil ter um cunhado que trabalha com navios.

Depois que Thorne se afastou, ela perguntou:

— Como sabia que o tucano era para Robin?

— Porque Thorne está sempre dando animais de presente para ele. Amanhã de manhã será um spaniel.

A camaradagem entre os irmãos era diferente de tudo que ela já vira. Eles sabiam muito um sobre o outro, trocavam histórias, riam, provocavam-se. Incluíam os cônjuges nas conversas. Eles *a* incluíam.

O que ela mais havia gostado fora observar as interações de Benedict com os outros. A sra. Trewlove lhe dissera que Finn sempre fora o mais sensível e Fera o mais contemplativo. Agora Althea percebia que, todas as vezes que ele apenas a observara no começo, era simplesmente o jeito dele. Enquanto seus irmãos discutiam e debatiam, ele apenas ouvia, refletindo sobre as coisas. Quando por fim falava, suas palavras geralmente eram recebidas com "Sabia que você teria a resposta" ou "Sabia que você os faria ver a razão".

Observando as conversas, Althea entendeu que os Trewlove compartilhavam segredos, tristezas, mágoas, sucessos e fracassos. Eles não se julgavam. Eles se aceitavam como eram.

Ela continuou a reviver a noite inteira em sua mente, recontando conversas, reexaminando momentos que a fizeram rir, sorrir ou chorar. Enquanto pudesse se concentrar no passado, mesmo que fosse um passado de apenas algumas horas, Althea evitaria pensar que Benedict estava no quarto ao lado do dela.

— Notei um lampejo de pânico em seu rosto quando sugeri que todos passassem a noite aqui — Gillie dissera a ela —, então pensei que você ficaria mais confortável dormindo no quarto ao lado do Fera. Você pode sempre chamar um criado, é claro, se precisar de alguma coisa, mas eu queria que você tivesse a garantia de que ele está por perto.

Na antiga casa dos pais, os homens solteiros dormiam em uma ala separada daquela onde dormiam as mulheres solteiras. Eles nunca seriam colocados perto um do outro. Sua mãe ficaria horrorizada ao saber que Althea contara os passos da cama até a porta que dava para o quarto dele, e que agora ela estava tentando ouvir algum som, qualquer indicação de que ele ainda estava acordado. Que ela esperava que ele estivesse do outro lado se esforçando para ouvir qualquer som vindo do quarto dela.

Talvez fosse todo o vinho correndo em suas veias, ou o amor que aquela família demonstrara durante toda a noite, ou simplesmente a necessidade de não ficar sozinha na véspera de Natal...

Ela quase riu alto ao perceber que não era diferente dos homens que estariam passando a noite com Jewel, Hester e Lottie... homens sem família, homens sem alguém para amá-los. Naquela noite, Althea vivenciara algo melhor do que jamais havia sonhado para seu futuro. Mas ela sabia que poderia ter muito mais.

Se ela estivesse disposta a dar aqueles onze passos, bater na porta dele e cometer um erro complicado.

Com a cabeça apoiada nas mãos, Fera olhou para o teto e amaldiçoou Gillie pela centésima vez.

Cada vez que seu olhar errante pousava na porta, ele pensava: *Três passos, no máximo quatro. É tudo o que é preciso para chegar lá.*

Não era como se todas as noites, em algum momento antes de finalmente conseguir se forçar a dormir, ele não pensasse em bater na porta dela. Mas era mais fácil resistir à tentação quando o quarto dela não estava bem ao lado do dele, quando ele não conseguia sentir o aroma de gardênias... decerto era sua imaginação. O perfume dela não seria capaz de passar por baixo da porta...

Tinha sido um erro levá-la para a festa e ver como ela se encaixava facilmente em sua família, como parecia *certo* vê-la sentada com sua mãe, como ele gostava de tê-la por perto, como o momento em que deram o sobrenome Trewlove para Robin fora mais especial porque ela estivera presente. Daqui a alguns anos, quando eles se recordassem da cena, quando ele se lembrasse das lágrimas nos olhos dela...

O problema era que, em alguns anos, *eles* não se recordariam de nada juntos. Seria apenas ele, sozinho. Porque ele não conseguia imaginar nenhuma outra mulher entrando em sua vida que não fosse Thea, e, se uma pessoa não pudesse ter o que mais queria no mundo, seria possível encontrar felicidade com menos?

Ela não queria se casar. Queria viver a sociedade em seus próprios termos, de forma notória, escandalosa e infame. Ah, ele certamente poderia levá-la aos bailes de Gillie e Fancy, mas aquilo não cumpriria os objetivos dela. Thea poderia encontrar a felicidade com o pouco que ele poderia oferecê-la?

E por que ele estava pensando naquilo tudo? Ah, sim, porque aquilo o impedia de pensar nela deitada na cama...

A batida na porta foi suave, mas fez com que tudo dentro dele congelasse imediatamente, como se fosse uma presa pega despercebida pelo caçador. Talvez fosse coisa de sua cabeça, porque decerto ela não iria...

Ele ouviu mais uma batida, um pouco mais alta. Devia haver algo errado. Ela não iria procurá-lo por outro motivo. Talvez o quarto estivesse pegando fogo.

Rolando para fora da cama, Fera agarrou a calça apoiada na cadeira e a vestiu. Descalço, caminhou até a porta e silenciosamente abriu apenas uma fresta, para checar, caso tivesse ouvido mal.

Porém, não fora o caso. Thea estava ali, parecendo vulnerável com a enorme camisola de Gillie esvoaçando ao seu redor, a bainha amontoada a seus pés. Seu cabelo estava trançado e pendurado sobre o ombro, e ele teve um forte desejo de desfazer o penteado.

— Meu fogo se apagou — sussurrou ela.

— Ah.

Não havia incêndio nenhum. A decepção por ela o ter procurado só para pedir ajuda foi maior do que ele gostaria.

— Posso acendê-lo para você.

— Não.

Ela agarrou o antebraço dele, os dedos cravando com firmeza, como se estivesse desesperada.

— Achei que poderia compartilhar o seu.

— Meu fogo? — perguntou ele com cautela.

Ela queria se aconchegar na poltrona em frente à lareira?

— E sua cama, embaixo dos cobertores, onde é quente e aconchegante.

O coração dele palpitou com tanta força que Fera ficou surpreso pela casa inteira não ter tremido.

— Thea, eu só posso resistir à tentação até certo ponto. Se você entrar aqui e se aninhar na minha cama, o resultado será um grande erro.

— Eu sei. Mas não estou sob seu teto esta noite, você não precisa me proteger.

Ele fechou os olhos com força. Ela entendia as consequências, o que aconteceria entre eles, e ainda estava ali. E, se o fogo dela realmente tivesse apagado, por que havia sombras dançando nas paredes do quarto dela?

— Como você mesmo disse, sempre podemos aprender algo com nossos erros.

Ele sentiu a incerteza na voz dela, o embaraço por ter ido à sua porta com a chance de ele negar sua entrada. Mas negá-la seria o equivalente a virar as costas para ela, machucando-a, causando-lhe dúvidas. Ele não era capaz de fazer aquilo, assim como não era capaz de impedir que o sol surgisse no horizonte.

Sim, seria um erro, mas ele poderia limitar o dano causado, garantir que não fosse um erro tão grande quanto tinha potencial de ser. Poderia deixar a virgindade dela intacta, para que ela não pagasse um preço muito alto por ter se entregado. Assim, ainda teria a opção de se tornar esposa em vez de cortesã. Fera abriu mais a porta.

Para evitar um possível tropeço, ela começou a puxar a extensa barra de flanela da camisola.

— Sua irmã é mais alta do que eu.

Era o nervosismo que fazia a voz dela tremer um pouco?

— Ela é mais alta que a maioria das mulheres.

Mais até que alguns homens.

Quando os dedos dos pés dela ficaram visíveis, ela passou pela soleira. Ele fechou a porta com um leve "clique" e se aproximou dela, perto do pé da cama.

— Podemos facilmente resolver o problema dessa camisola enorme e incômoda.

Thea ainda estava segurando o tecido dobrado. Gentilmente, ele afastou as mãos dela e começou a juntar o material, suas mãos grandes muito mais eficazes que as dela. Quando reuniu o suficiente, Fera puxou a camisola sobre a cabeça dela e jogou na cadeira próxima.

Sua respiração acelerou com a revelação do corpo dela. Thea era linda. Da cabeça aos pés. Delicada. Esbelta. Como um vaso raro. Ainda assim, ela possuía uma firmeza que o assegurou de que ele não a quebraria.

As cortinas estavam fechadas, nenhuma lamparina estava acesa. O fogo da lareira fornecia a única luz. À mercê das chamas se contorcendo, as sombras diminuíam e aumentavam sobre sua pele pálida. Ao mesmo tempo que ansiava por mais luz — de uma lamparina, de um lustre, do sol —, Fera desejava a escuridão que silenciava as próprias falhas e adicionava mistério ao que estava prestes a acontecer.

Ele pegou o cabelo trançado na mão, olhou-a nos olhos e lentamente começou a soltar as mechas.

As mãos dela pousaram no peito dele num toque hesitante.

— Sempre quis saber como é seu corpo por baixo das roupas. — Ela traçou os dedos sobre as costelas dele lentamente, como se contasse cada uma. — Presumo que trabalhar no cais tenha garantido sua boa forma. Você é tão firme, tão forte.

Terminada a tarefa, ele passou os dedos pelos fios longos e sedosos que havia libertado.

— E você é tão macia.

Então, ele segurou o queixo delicado, inclinou seu rosto e reivindicou aquela boca para si.

O beijo não foi gentil. Foi selvagem e desesperado, em resposta às muitas noites de abstinência. O fervor aumentou quando Benedict passou as mãos pelas costas dela, grudando seus corpos e sentindo o contorno dos seios nus contra seu peito. Althea gemeu baixinho com a sensação, o calor, a intimidade. Quantas mulheres haviam conhecido a glória de sentir o toque da pele dele na sua?

Benedict era muito mais alto que ela. Althea deveria ter se sentido pequena, uma pequena flor aos pés de um enorme carvalho, mas, em vez disso, sentiu-se poderosa. Sentiu-se mais no controle que nunca. Eles se satisfaziam na mesma medida. Embora Benedict fosse muito mais experiente, ele deixava claro que ela lhe dava tanto prazer quanto recebia.

Enquanto ele a provocava com os lábios, ela passou as mãos pelos ombros largos, apalpando os músculos fortes que enrijeceram e relaxaram quando ele deslizou as mãos pelas costas dela e, finalmente, apertou suas nádegas. Althea ficou na ponta dos pés e subiu suas mãos para o pescoço retesado dele…

Os dedos de Benedict se fecharam sobre a mão dela e a guiaram até a frente da calça dele, fazendo-a tocar no volume duro que era um afrodisíaco aos sentidos dela. Se tamanho fosse prova, aquilo demonstrava que ele estava louco de desejo por ela. Ele gemeu baixo e, sem interromper o beijo, roçou a mão dela para cima e para baixo em seu comprimento.

— Abra minha calça — ordenou ele contra os lábios dela, antes de aprofundar o beijo novamente.

Althea trouxe sua outra mão para ajudar na tarefa. Seus dedos tremiam de excitação. Quando o membro dele apareceu, ela ficou surpresa pelo calor e pela maciez. Ela passou as mãos pelo membro ereto, e Benedict gemeu de forma feroz.

— Pare.

Ele parecia prestes a morrer.

Ela o obedeceu. Benedict abaixou a calça por completo e chutou a peça para o lado. Então, estendeu a mão para ela.

— Pare — ordenou ela.

Ele obedeceu, ofegante. A lareira estava às costas dele, e a visão que Althea tinha dele estava envolta em sombras.

— Quero vê-lo mais claramente.

Ela o segurou pela mão e o trouxe mais para perto, para que a luz do fogo o revelasse por completo. O fulgor laranja dançava sobre a pele dele, destacando o contorno dos músculos, a barriga reta, uma grande cicatriz em uma das laterais. Ela a tocou com a ponta dos dedos.

— Como isso aconteceu?

— Uma faca.

O que não explicava muita coisa.

— Alguém o atacou?

— Isso já faz muito tempo. Não dói mais.

Mas doera um dia. Tinha entre sete e dez centímetros, e era muito vermelha. Althea ficou brava ao saber que alguém o quisera mal, que Benedict poderia ter morrido antes que ela tivesse a oportunidade de conhecê-lo.

— Por quê?

— Não tem importância. E certamente não vem ao caso no meio de uma sedução.

Determinada a descobrir o motivo, ela o encarou.

— Por que alguém quis machucá-lo dessa forma?

Benedict soltou um longo suspiro, percebendo que Althea não deixaria o assunto morrer.

— Porque eu assumi a proteção das mulheres dele e aluguei quartos para que elas pudessem trabalhar em segurança. Ele não gostou da minha intromissão.

Ela não tinha dúvidas de que uma dessas mulheres era Sally Greene.

— Espero que tenha feito ele se arrepender de ter machucado você.

— Acho que podemos afirmar com certa segurança que ele se arrependeu, sim.

Agachando-se, Althea beijou uma ponta da linha irregular onde a faca havia rasgado a pele, o centro dela, e a outra ponta. A cada toque de seus lábios, sentia um arrepio passar por ele, via os músculos tensos de sua barriga enrijecerem.

— Odeio a ideia de você ter sido machucado.

Ele a tocou na nuca.

— As feridas da carne curam muito mais facilmente do que as do coração. Se fosse possível, eu assumiria a dor que outros infligiram a você.

Althea não lembrava de alguém já ter lhe dito palavras mais doces, mas jamais desejaria a Benedict o que ela sofrera — e, se fosse possível que ele tomasse as dores dela, ela não permitiria, porque ficaria agoniada ao saber que ele sofreria.

Então, ela se perguntou se o que havia destruído a mãe não fora a dor da traição do pai, mas sim uma dor maior, por saber que seus filhos sofreriam e perceber que não poderia fazer nada para evitar.

Benedict a ajudou a ficar de pé, para que pudesse mais uma vez cobrir sua boca com a dele. Aquele, ela pensou, era o perigo da intimidade com um homem. As roupas eram uma espécie de armadura e, quando removidas, coisas que ninguém poderia imaginar eram reveladas. Ela agora sabia coisas sobre ele que provavelmente poucos sabiam. Sabia que seu corpo era uma maravilha esculpida, como uma estátua viva. Que seu membro impressionante latejava quando pressionado contra uma barriga. Que ele tinha uma cicatriz, e ela conhecia sua história. Ele nunca teria lhe contado se Althea não tivesse visto a cicatriz. Por causa de tudo aquilo, sentiu-se mais próxima dele do que nunca.

Com a boca ainda colada à dela, ele a ergueu, embalou-a em seus braços e a carregou dois passos até a cama. Era uma coisa boba para ser motivo de felicidade, quando ela poderia ter chegado à cama sozinha facilmente, mas algo naquela ação passava um ar de ternura, de querer garantir que ela se sentisse especial. Assim como ele continuava a se levantar quando ela entrava em uma sala. Benedict a deitou na cama desarrumada, onde ele sem dúvida estivera quando ela batera em sua porta.

— Eu o acordei? — perguntou ela.

— Não. — Ele se deitou com ela e passou o indicador por um seio. — Não consegui dormir pensando no quanto você estava perto.

Entrelaçando os dedos aos dela, Benedict esticou os braços de Althea, segurando-a naquela posição, e tomou um seio em sua boca. Então, lambeu e sugou a pele sensível. Ela sentiu como se ele estivesse tocando seu corpo inteiro, cada centímetro, por dentro e por fora. Como se, de alguma forma, ele a estivesse remodelando para que nunca mais fosse a mesma. Ela queria dar a ele o mesmo presente, transformá-lo da mesma maneira, e lutou para se libertar de seu aperto.

— Não se mexa. Esta noite é para você.

— Eu quero que seja para nós dois.

— Então deixe-me guiá-la.

Quando ela relaxou, ele a soltou e se ergueu, com um joelho de cada lado de Althea. Começando pelos pulsos, ele deslizou as mãos ao longo dos braços finos, pela cintura, pela barriga e ao redor de seus seios.

— Abra suas pernas para mim.

Althea não sabia se era o tom baixo e sensual de sua voz, ou a franqueza de suas palavras, mas um calor tão ardente correu por suas veias que ela ficou surpresa por seu sangue não ter se transformado em lava. O fogo se intensificou ainda mais quando ele se esticou de bruços, aninhou-se entre as coxas dela e soprou suavemente a penugem macia no centro de sua intimidade. Ela desejou que o quarto estivesse mais iluminado para que pudesse vê-lo claramente, mas também estava grata por haver tão pouca luz que ele não pudesse vê-la em detalhes. Ela não tinha cicatrizes para esconder, mas nenhum homem jamais a vira exposta daquela maneira, em uma posição tão vulnerável. No entanto, não se sentiu constrangida, pois a maneira com que ele passava os dedos e lábios ternamente sobre ela a fazia se sentir estimada.

Mordendo o lábio, Althea observou a luz do fogo brincar sobre as costas musculosas e nádegas firmes. Benedict tinha um corpo magnífico. Tão longo, tão grande.

Ele beijou a parte interna de uma coxa, depois a outra. Deslizou as mãos sob os joelhos dela, ergueu-os e dobrou-os, até que o quadril dela estava inclinado para cima, na direção dele. Então ele lambeu seu lugar mais íntimo como se tivesse descoberto uma gota de creme que implorava para ser provada.

Althea se viu implorando. Não conseguiu impedir os pequenos gemidos que escaparam de sua boca, mas eles pareceram incitar o entusiasmo de Benedict pela tarefa em questão. Ela sabia que o nível de intimidade entre um homem e uma mulher na cama era diferente, mas não sabia que mergulharia tão fundo, que seria consumida até que o mundo ao redor desaparecesse e restasse apenas ele e seu corpo, suas mãos, seus dedos, sua língua, sua boca. Beijando, acariciando, sugando, mordiscando, conquistando.

Era assim que ela se sentia. Como se estivesse prestes a cair aos pés dele, mas, ainda assim, sairia ganhando. Althea passou os dedos pelo cabelo dele e mais uma vez Benedict entrelaçou seus dedos aos dela e os segurou com força. A restrição só aumentou o prazer que crescia dentro dela. Conforme as sensações se intensificaram, as coxas dela começaram a tremer. Mesmo assim, ele continuou a tarefa.

— Ben?

— Entregue-se, Thea.

A respiração dela se transformou em suspiros encurtados, o peito apertou, a pele parecia estar encolhendo. Ela virou a cabeça de um lado para o outro. Não tinha mais controle sobre aquilo, não tinha mais controle sobre nada. Seus dedos agarraram os dele. *Não me solte. Não me solte. Não me solte.*

Então, um êxtase tão intenso, tão incrível, explodiu por ela, explodiu para fora dela. Quando suas costas se arquearam, Althea engoliu um grito, e aquilo de alguma forma tornou a liberação ainda mais poderosa.

Enquanto ela tremia e balançava na sequência do cataclismo, ele a lambeu, uma, duas, três vezes. Finalmente liberando suas mãos, ele deslizou para cima, roçando por todo o comprimento do corpo dela, e a envolveu em um abraço, murmurando em seu ouvido:

— Shh, querida. Shh.

Alguns minutos depois ela notou uma umidade no peito dele, na bochecha dela. Ela não tinha chorado, tinha? No entanto, a intimidade do que ele fizera a deixou bamba, sentindo-se incrivelmente crua, e ao mesmo tempo valorizada. Como ela não choraria?

Só quando seu tremor diminuiu ela conseguiu grunhir:

— E você?

Erguendo-se ligeiramente, ele a encarou.

— Tive prazer ao dar prazer a você.

Embora ficasse tocada com as palavras, Althea balançou a cabeça. Ele tinha feito aquilo uma vez antes, em seu escritório, e ela estivera muito distraída para considerar o que ele não havia recebido.

— Não é justo que eu seja a única a… — ela não sabia exatamente como descrever — me desfazer — sim, aquela era uma boa palavra, um desmoronar, um refazer — e você não.

Aquilo a deixava vulnerável e, de alguma forma…

— Isso me deixa melancólica. Mostre-me o que fazer. Você não deveria estar dentro de mim?

— Eu não vou tirar sua virgindade.

— Por que não?

— Pode ser que você precise dela.

Se ela mantivesse seu plano. Mas como poderia depois de se deitar com ele?

— Deve haver outra maneira para você. Por favor, não me deixe sozinha, não desta vez.

Sem tirar os olhos dela, ele pegou a mão pequena, levantou-a e deu um beijo de boca aberta em sua palma, cobrindo-a com umidade. Ela observou os músculos da garganta dele trabalharem enquanto ele engolia em seco. Devagar, bem devagar, ele abaixou a mão dela e a pressionou contra seu membro duro e latejante, gemendo quando ela envolveu os dedos ao redor dele.

Benedict manteve a mão sobre a dela e a guiou, acariciando sua extensão quente e gloriosa. Para baixo e para cima. No topo, ele roçou o polegar sobre a cúpula de seda, espalhando a umidade reunida lá antes de voltar para as longas carícias.

Como estavam se encarando, e porque nenhum dos dois desviou o olhar, o ato parecia mais sensual, mais íntimo... simplesmente mais.

Ela se deleitava em observar a mudança das feições dele, o aperto de sua mandíbula, a maneira como seus olhos se fechavam brevemente como se ele estivesse experimentando um prazer quase insuportável, a intensidade com que seus olhos ardiam quando eram abertos de novo. Liberando a mão dela, Benedict começou a massagear um seio.

— Meu Deus, eu amo seus seios.

E ela estava descobrindo que amava o pau dele. Ela se sentiu devassa ao chamá-lo assim, mas nenhuma outra palavra seria melhor. Às vezes, quando ela passava o polegar sobre a cabeça do membro e espalhava a umidade ali, ele gemia tão profundamente que ela sentia o peito dele estremecer. Saber que o deixava daquela maneira a fazia se sentir poderosa. A melancolia se dissipou. Aquilo era o que ela queria: se sentir igual.

— Mais forte, mais rápido — murmurou ele.

Ela obedeceu, intensificando seu aperto e bombeando mais rapidamente. A satisfação a dominou quando a respiração dele ficou mais ofegante, porque ela ficara igual ao se aproximar do clímax, então ele tinha que estar perto. Ele grunhiu uma maldição — ou talvez fosse uma bênção — enquanto enterrava o rosto na curva do pescoço dela e fechava a boca sobre seu ombro.

O corpo dele tremeu. Sua semente quente atingiu a cintura dela, passando por cima da mão pequena.

Gentilmente, ele parou os movimentos da mão dela, e ela o abraçou, segurando com força, incerta se queria soltá-lo um dia.

Felizmente, havia uma bacia e um jarro de água no quarto, então Fera pôde limpar a bagunça que fez nela e em si mesmo. Agora, esticado na cama com Thea aninhada em seu lado esquerdo — onde ela podia sem dúvida ouvir as batidas de seu coração —, seu braço ao redor dela, Fera segurava a mão que ela colocara em sua barriga, a mesma mão que o tinha feito derramar sua semente com tanta força que ele quase perdera a consciência. De vez em quando, ele a levava aos lábios e dava um beijo nos nós dos dedos, na palma da mão, nas pontas dos dedos, no pulso.

Não conseguia se lembrar da última vez que experimentara tamanha satisfação depois do sexo. Era uma coisa estranha, especialmente considerando a maneira como atingira seu clímax. Não estivera enterrado profundamente dentro dela. Não sentira os músculos dela pulsando ao redor de seu pênis quando ela encontrou sua própria liberação. Fera lamentou o fato, queria sentir a tensão do corpo dela, não queria que nenhuma parte dela ficasse intocada. Mas ele não a arruinaria por um momento de satisfação que poderia causar uma vida inteira de remorso.

— No que diz respeito a erros — disse ela baixinho —, acho que esse foi um dos melhores que cometi.

Rindo baixinho, ele beijou o topo de sua cabeça, amando a forma como o cabelo dela se espalhava sobre o travesseiro, sobre o peito dela.

— Eu sentia pena das prostitutas, mas se elas experimentam isso...

— Duvido que experimentem sempre. Fale com Jewel. Ela vai lhe dizer a verdade.

— E amantes?

— Depende do egoísmo do parceiro, suponho.

Fera deslizou os dedos para cima e para baixo no braço dela. Não queria pensar nela tendo um amante, mas a possibilidade pesava em seu coração.

Thea começou a esfregar o peito do pé sobre a panturrilha dele, para cima, para baixo, em círculos.

— Eu menti. Meu fogo não apagou.

— Eu sei. Eu vi a luz do fogo dançando sobre a parede.

Fera sentiu o sorriso dela se formar contra seu peito, e, de alguma forma, aquilo pareceu tão íntimo quanto tudo o que eles haviam feito.

— Você acha que sua irmã estava nos incentivando a fazer isso nos colocando em quartos conectados?

— Gillie não costuma ser tão ardilosa, mas há uma outra ala inteira em que ela poderia ter me colocado. — Ele balançou a cabeça. — Não sei. Não importa.

— Isso não foi uma lição, foi?

Ele ergueu a mão dela e sussurrou "não" contra os nós dos dedos. Beijou-os.

— O que acontece conosco agora?

— Eu não sei. — Perceber que ele não era tão obstinado como sempre pensara ser, pelo menos não no que dizia respeito a ela, lhe trouxe certa humildade. — Não houve uma única noite em que não quis segui-la até seu quarto.

— Não houve uma única noite que eu não quis que você o fizesse.

Ele gemeu baixinho.

— Thea...

Levantando-se sobre os cotovelos, ela o encarou.

— Você não está se aproveitando se é o que eu quero. Se podemos dar prazer um ao outro sem que eu perca minha virgindade, qual é o mal?

Fera conseguiria resistir à tentação de possuí-la totalmente? Thea não sabia como era difícil aquele pedido. Mas ele também não podia negar o prazer de tê-la nua em seus braços.

— Você tem que prometer que não vai abrir a porta para mim a menos que seja o que você quer.

— Eu prometo.

Segurando a cabeça dela, ele a acomodou na curva de seu ombro. O silêncio caiu entre eles. Ele não se importou. Era confortável. Podia ouvir a respiração dela, e gostava bastante desse som.

— Eu deveria ir embora logo — disse ela. — Em breve criados virão para reacender o fogo.

Restavam apenas algumas brasas na lareira, e elas já estavam morrendo.

— Eu não sabia que faziam isso. Nunca passei a noite na casa de um nobre antes.

Ele havia visitado suas irmãs várias vezes em suas residências grandiosas — estava feliz por elas terem acomodações tão boas —, mas nunca vira qualquer razão para não voltar para sua própria casa no final da visita. Embora ele tivesse empregados em sua residência, eles cuidavam das necessidades das mulheres mais do que das dele. Certamente não acendiam o fogo.

— Foi o que presumi quando você se ofereceu para acender a lareira. Você deveria ter dito: "Vou chamar um criado".

— Por que eu faria isso se eu mesmo posso resolver o problema?

— Porque é assim que se faz.

Rapidamente, ele rolou sobre ela. Thea deu um gritinho, tapou a boca com a mão, os olhos arregalados enquanto o observava. Ele tinha uma visão clara de seu rosto, com ela encurralada entre os braços enquanto se apoiava sobre os cotovelos.

— Além disso, acho que você gostou da maneira como acendi *seu fogo*. Devo acendê-lo mais uma vez antes de você ir?

Capítulo 22

ALTHEA TEMEU — ENQUANTO se sentava ao lado de Benedict no sofá da sala e os presentes eram trocados — que estivesse escrito em seu rosto as coisas perversas que fizera durante a noite.

Antes de deixá-lo, Benedict realmente acendera o fogo dela, e ela o dele, ao mesmo tempo, porque ele usara os dedos em vez da língua. Cada método tinha suas vantagens e, sempre que ela pensava em Benedict, o calor dominava suas bochechas. Tinha quase certeza de que seu rosto estava tão vermelho como se ela tivesse acabado de sair da neve.

Os bebês eram muito pequenos para entender que estavam recebendo um presente. Robin estava se esforçando para ensinar seu novo cachorrinho a sentar, mas o bichinho indisciplinado estava mais interessado em explorar os arredores. Depois de uma discussão bastante animada em que todos contribuíram com sugestões, Robin decidiu nomear o spaniel de "Sortudo" depois de declarar que "a coisa mais sortuda do mundo era encontrar um lar com os Trewlove".

Althea estava feliz por ter levado presentes para os Trewlove, pois recebera lembranças deles. Ela havia ganhado uma garrafa de um ótimo xerez de Thorne e Gillie, um leque de marfim de Mick e Aslyn, fitas de cabelo de Finn e Lavínia, um xale de tricô da sra. Trewlove e uma cópia rara da primeira edição de *Um conto de Natal* assinada por Charles Dickens de Fancy e Rosemont.

— Feliz Natal — disse Aiden, estendendo duas caixinhas em suas mãos.

Ela pegou a que estava mais perto dela enquanto Benedict pegou a outra. Normalmente, depois de entregar um presente a alguém, a pessoa seguia em frente, mas Aiden ficou ali, balançando para a frente e para trás em seus calcanhares.

— Você vai ficar parado aí nos observando? — perguntou Benedict.

— Para falar a verdade, vou sim.

Enquanto Benedict olhava feio para Aiden, Althea abriu sua caixinha. A respiração dela travou na garganta. Cautelosamente, ela tirou um retrato em miniatura de Benedict. Era feito a óleo e tinha um tom etéreo, como se ela estivesse olhando para ele através das asas de um anjo. Ela ergueu o olhar para Aiden.

— Foi você que pintou isso?

— Sim.

— Você é muito talentoso.

— Gostou do que eu fiz de você?

— De mim?

Ele inclinou a cabeça na direção de Benedict. Quando o olhou, Althea viu que ele estudava uma miniatura sua descansando na palma de sua mão. Uma imagem perfeita dela.

— Como você conseguiu fazer isso? De memória?

— Eu fiz um esboço enquanto assistia a você ganhar de Chadbourne.

— Por quê?

— Pensei que voltaria a vê-la e talvez precisasse conhecer seu rosto.

Só que ele não tinha lhe dado o próprio retrato; ele dera a Benedict.

— Pegamos as caixas erradas?

Ele deu um sorriso divertido.

— Não.

E então, partiu.

— Não sei por que Aiden pensou que você gostaria de um retrato meu — disse Benedict, com um pouco de irritação na voz. — Podemos trocar, se quiser.

Ela estudou a seriedade nos olhos escuros, assim como a sombra de dúvida que cintilava.

— Obrigada, mas prefiro ficar com essa.

E, com seu salário, ela compraria um medalhão para guardá-lo.

Fera não percebeu que havia prendido a respiração até que Thea lhe deu a resposta que ele desejava ouvir. Não que pensasse que ela guardaria a miniatura dele por algum motivo sentimental, mas não queria abrir mão da dela. Se fosse cuidadoso, seria possível apará-la o suficiente para colocá-la na capa de seu relógio e, então, ele sempre a carregaria consigo. Sempre que verificasse a hora, veria o rosto dela.

No entanto, ele ainda estava um pouco irritado com Aiden por o irmão ter lido de maneira tão certeira seus sentimentos em relação a Althea.

— Eu tenho algo para você — disse ela.

Cuidadosamente, como se fosse a coisa mais preciosa do mundo e devesse ser tratada com muito esmero, ela colocou a caixinha em sua bolsa e removeu uma pilha de... alguma coisa. Então, estendeu uma das coisas para ele.

Era uma tira longa e estreita de linho azul-claro na qual ela bordara em vermelho o nome dele e um navio com velas capturando o vento.

— É para marcar onde você parou em um livro. Eu fiz um para cada um de seus parentes.

— Fico emocionado por você ter se dado ao trabalho, Thea. Eles também ficarão.

As bochechas dela coraram em um adorável tom de rosa, e Fera se perguntou se haviam corado igual quando ele estivera aninhado entre suas coxas. Havia muito que ele não tinha certeza, muito que desejava saber. Uma sala dominada pelas sombras não tinha cores.

— Vou distribuí-los, está bem?

Ele assentiu e observou quando ela se aproximou de sua mãe, então viu o deleite iluminar o rosto da mulher mais velha. Parecia a maneira perfeita de honrar o amor de sua família pela leitura.

De repente, Aiden se agachou diante dele.

— Esqueci de mencionar... talvez seja melhor avisar a Gillie que pode ser que tenha um rato no seu quarto. Eu ouvi um guincho durante a madrugada.

Fera cerrou os dentes.

— Não precisa incomodar Gillie com isso. Eu mesmo resolvi.

Aiden deu um sorriso de quem sabia demais.

— Aposto que sim.

— Diga mais uma palavra e sentirá o peso do meu punho.

— Eu gosto dela.

Fera suspirou profundamente. Seu irmão dissera várias outras palavras, o que era inevitável, mas pelo menos fora algo que diminuiu a irritação de Fera.

— Ela tem planos, Aiden. Planos que não me incluem. Ela não ficará por muito tempo.

Aiden girou na ponta dos pés e seu olhar varreu a sala.

— Sinto muito por ouvir isso. Vocês fazem um belo par.

— Como se você soubesse o que faz duas pessoas serem "um belo par".

Mais uma vez, Aiden virou-se para encará-lo.

— O fato de você ser incapaz de tirar os olhos dela é um ponto. Passar a noite em um casarão quando você odeia casarões é outro. Fazer um plano para ela se vingar de Chadbourne é mais um.

— A princípio, eu é que me vingaria de Chadbourne.

— Mas você abriu mão da satisfação que sentiria para que ela pudesse tê-la.

— Lembro-me de uma época em que você não era tão sábio.

— O amor muda um homem. — Colocando as mãos nos joelhos, ele se endireitou. — A nevasca não foi tão intensa quanto pensávamos. As viagens de volta serão lentas, mas não perigosas. Lena e eu partiremos em breve para passar o resto do dia com a família dela. Cuide da ratinha.

Enquanto seu irmão se afastava, Fera não tinha certeza se sabia como cuidar de Thea, como determinar exatamente o que ela precisava para ser feliz.

Ela estava ajoelhada ao lado de Robin, conversando com ele e acariciando Sortudo. Será que ela já tivera um cachorro? Havia tantas coisas a descobrir sobre ela.

Um som de palmas chamou sua atenção para Fancy, que estava parada no centro da sala com o marido.

— Queríamos ser os últimos, depois que todos os outros distribuíssem os presentes. Nosso presente requer um pouco de paciência da parte de vocês e da nossa, pois só chegará daqui a alguns meses.

Rosemont entrelaçou os dedos aos da esposa e beijou a mão dela.

— Vamos dar a vocês uma nova pessoa para amar — anunciou Fancy.

Vivas se seguiram, e logo as mulheres correram para cercar Fancy, enquanto os cavalheiros apertavam a mão de Rosemont como se ele tivesse feito algo verdadeiramente milagroso, quando tudo o que ele havia feito fora se deitar com sua esposa.

— É um presente maravilhoso, não é?

Fera olhou para Thea e a encontrou sorrindo para ele. O tempo passado com ela também era um presente maravilhoso. Ele se levantou.

— Eu tenho algo para você.

Ela continuou a sorrir. Para o inferno com tudo. Ele passara horas lutando para determinar o que comprar para ela. Algo com significado, mas não muito pessoal. Algo que seria apropriado para ela aceitar.

— É uma coisa boba, na verdade.

Ela aguardou ansiosa. Enfiando a mão no bolso, Fera retirou uma caixinha e entregou a ela.

Thea removeu a tampa com cuidado.

— Uma caixinha de fósforo. Muito parecida com a sua.

Exceto que a dela tinha rosas em volta de seu nome gravado na prata.

— Não importa quão sombrias as coisas fiquem, você sempre terá luz.

Os olhos cinza-azulados estavam marejados quando ela o encarou.

— Vou guardar isso com todo o carinho.

E ele sempre guardaria com carinho as lembranças dela.

Capítulo 23

OS VENTOS DA MUDANÇA não sopraram de forma suave. Sentada na biblioteca, refletindo, Althea ficou surpresa com a diferença que três semanas podiam fazer na vida de uma pessoa. Mas, para falar a verdade, não deveria estar surpresa. Afinal, aos 24 anos, sua vida mudara do dia para a noite. Ela se sentira impotente, como uma folha apanhada em um redemoinho que não podia escolher a direção em que viajava ou onde eventualmente pousaria.

Mas agora estava no controle e, quando outras vidas começaram a assumir diferentes formas, ela começou a considerar tudo com cuidado e moldar a dela como desejava, descobrindo que queria algo muito diferente do que achava que queria antes de Benedict entrar em sua vida.

Embora não fosse só ele. Era tudo o que acontecia ao seu redor que a fazia olhar para as coisas de forma um pouco diferente. Nada era como antes, pensava Althea enquanto dava goles espaçados de xerez.

No feriado depois do Natal, as mulheres foram ao Clube Cerberus, onde descobriram que Pearl e Ruby eram muito boas com as cartas. Elas deixaram o estabelecimento não apenas com uma boa quantia de dinheiro, mas também com uma oferta de emprego, que ambas aceitaram.

Pouco depois de um dos navios de Benedict aportar, um dos marinheiros aparecera na casa e declarara seu amor por Flora. Aparentemente, eles estavam se vendo às escondidas havia algum tempo, e o carinho que ele desenvolvera por ela o atormentou durante seu tempo no mar. Ele não podia mais suportar ficar sem ela. Eles se casaram em uma semana.

Lily tornou-se a dama de companhia da esposa do capitão Ferguson, para aliviar sua solidão enquanto o marido estava no mar.

Hester tinha parado de entreter os cavalheiros, afinal, criadas pessoais de uma dama não faziam coisas do tipo, e agora atendia exclusivamente às necessidades de Althea, sendo bem paga por seus serviços.

Um bordel com apenas uma dama, Lottie, para receber os homens não era mais um bordel. Logo, decidiu-se que a conversão do prédio e seus muitos cômodos em uma pensão seria iniciada.

Lottie supervisionou a redecoração, que começou na primeira semana de janeiro. Todas as pinturas e estatuetas lascivas foram levadas embora. Os papéis de parede foram substituídos, assim como as cortinas. Althea tinha certeza de que Lottie seria contratada para decorar as casas de novos ricos assim que concluísse o projeto atual.

O maior desafio era avisar os clientes. Jewel cumprimentava os homens quando eles chegavam, servia-lhes um copo de uísque e explicava que o propósito do estabelecimento estava mudando. Lottie levava seus favoritos para a cama para uma última vez e, para aqueles que ela não conhecia ou não tinha muito apreço, soprava um beijinho de despedida.

Agora, algumas semanas depois, eles raramente eram perturbados durante o período da noite, quando estavam todos sentados na biblioteca lendo.

Althea continuou a ensinar Lottie e Hester para deixá-las mais refinadas, mas não poderia ensiná-las para sempre. Logo teria que determinar um caminho para si mesma.

Sentia saudade das noites em que ela e Benedict ficavam sozinhos, quando podiam compartilhar histórias pessoais, mágoas, dores e alegrias. A taça de xerez em formato de tulipa ainda esperava por ela na mesa. Eles ainda se sentavam um de frente para o outro. Ninguém mais tentou reivindicar aquelas poltronas, como se elas tivessem sido projetadas e construídas apenas para os dois.

Mas, com outras pessoas na sala, a atmosfera havia mudado, assim como o ar mudava com a ameaça de uma tempestade. As páginas dos livros estalavam quando viradas, suspiros soavam, roupas farfalhavam quando alguém se espreguiçava, mexia os ombros ou virava o pescoço.

Às dez da noite, eles se despediam com uma pontualidade que não existia quando ela se perdia nas histórias que Benedict compartilhava, ou quando ele fazia perguntas a ela. Quando o tempo não os dominava.

Depois que Hester a ajudava a se preparar para dormir e ia para o próprio quarto, depois que todo o prédio se acomodava e ficava quieto, Althea se sentava na cama com a colcha dobrada e esperava. Esperava pela batida silenciosa que, invariavelmente, soava.

Ela abria a porta e recebia Benedict de braços abertos, e eram aqueles momentos pelos quais mais ansiava.

Agora, na biblioteca, ela o observou enquanto ele tirava o relógio do bolso do colete e olhava as horas — como se o pequeno relógio fosse mais preciso do que o relógio na cornija da lareira.

— Esse é *o* relógio? — perguntou ela baixinho, sabendo que ele entenderia a pergunta, sem saber ao certo por que não havia pensado em perguntar antes.

Ele se inclinou para mostrá-lo melhor. Ela se inclinou para ver melhor. Havia um veado intrincadamente entalhado na tampa.

— Me senti menos culpado ao ver que não havia um brasão ou inscrição que indicasse valor sentimental — disse ele, também em voz baixa, as palavras dirigidas apenas a ela. — Por saber que era apenas algo que um homem rico comprou para ver a hora.

Ela quase perguntou se ele o daria ao seu filho primogênito, mas aquilo significaria pensar em um futuro que ambos pareciam reticentes em discutir.

Benedict lhe dava prazer todas as noites — às vezes de uma maneira diferente, às vezes de uma forma familiar, mas nunca de um modo que a reivindicasse completamente como sua, que lhe tirasse a virgindade. Althea sentia que seu corpo gritava para que ele a tomasse por completo, que mergulhasse nela. Era uma necessidade quase animalesca.

Ela achava que havia momentos em que ele sentia o mesmo, porque soltava gemidos guturais que ecoavam ao redor deles como se ele estivesse com dor. Mesmo que Benedict a tivesse ensinado como dar prazer a ele, Althea frequentemente se sentia desolada depois, como se não fosse o suficiente para nenhum deles.

— Provavelmente dou mais crédito a esse objeto do que o necessário, na tentativa de justificar minhas ações, mas ele mudou o curso da minha vida.

Enquanto ele sustentava seu olhar, ela pensou que talvez ele estivesse se referindo a mais do que o relógio, que aquilo também se aplicava a ela. O que ela sabia com certeza era que Benedict mudara o curso de sua vida. Raramente pensava em voltar à sociedade, porque não tinha mais certeza de que, se o fizesse, encontraria aquilo que procurava.

Ela havia começado a acreditar que o que estava procurando estava bem ali. Dentro das paredes daquela casa, com ele.

— Olha só — disse Jewel —, já passou da hora de todos nós irmos para a cama. Você está ficando descuidado, Fera.

Althea olhou para o relógio da lareira. Dois minutos depois da hora. Ela sorriu ao lembrar das muitas noites em que eles nem viam as horas passarem, perdidos nos olhos um do outro.

Benedict ficou de pé, e a rotina de todos para se prepararem para a cama começou. Quando terminou de se arrumar, Althea se sentou na cama e esperou, soltando os botões de sua camisola que havia fechado enquanto Hester a ajudava a se preparar para dormir. Ela também afrouxou o cabelo que Hester havia trançado pacientemente.

A batida veio. Ela abriu a porta, e Benedict a fechou. Eles estavam juntos, finalmente sozinhos.

Como fazia todas as noites, ele apagou as luzes, deixando apenas o fogo na lareira aceso para afugentar as sombras, mas que mal dava conta do recado. Althea queria fazer amor com ele à luz do sol, com os raios acariciando-o para que pudesse ver todos os movimentos nos mínimos detalhes.

Ela tirou a camisola. Ele jogou a camisa e a calça de lado. Eles se chocaram no centro do quarto, entre a porta e a cama, e avidamente juntaram as bocas como se Benedict tivesse voltado de uma odisseia que havia durado anos, em vez de apenas uma hora.

Althea ergueu a mão e ele enroscou os dedos nos dela, colocando as mãos de ambos às costas dela. A posição fazia com que ela se arqueasse, com que seus seios fossem oferecidos como um banquete, e ele os devorou com tanta habilidade que ela quase se desfez por completo ali mesmo.

Desde a véspera de Natal, ele havia decorado o corpo dela como um mapa, a encorajando a compartilhar o que ela gostava, o que não gostava, quando precisava que ele fosse tenro, quando exigia que fosse mais bruto. Quando era melhor ir mais devagar ou quando a velocidade era essencial.

Ela amava o fato de ele ficar tão confortável com o ato, porque aquilo a deixava confortável também, em relação a uma situação que a alta sociedade preferia fingir que não existia. Ou, pelo menos, uma situação que nunca deveria ser discutida.

As palavras safadas que ele dizia não soavam impertinentes, apenas sensuais e eróticas. No início, ela apenas murmurava timidamente, mas agora as usava quando lhe convinha, quando queria deixá-lo mais louco de desejo.

Ele a fez recuar, até ela bater com a panturrilha na cama. Como se ela fosse quase uma boneca de pano, ele a ergueu e a jogou sobre o edredom. Então a seguiu, tomando posse de sua boca mais uma vez antes de levar seus lábios para uma viagem lânguida pelo pescoço esguio, pelos seios, ao longo de sua barriga e até o centro de seu corpo, onde ele começou a lambê-la e a deixou mole como geleia.

— Não vou me tornar uma cortesã.

Benedict ficou paralisado. Esperou uma batida de coração antes de erguer os olhos para ela. Apesar das sombras, da iluminação escassa, ela conseguia distinguir suas belas feições, ver o fogo queimando em seus olhos.

— Por quê?

Duas palavras. Duas palavras singelas. Ainda assim, elas continham tantas perguntas.

Ela estendeu as mãos para ele. Ele as segurou e entrelaçou seus dedos, levantando-se. Então, colocou as mãos em cada lado da cabeça dela e a encarou.

— Por quê? — repetiu ele, e Althea percebeu traços de dúvida e esperança na voz dele.

— Porque não é mais o que eu quero. Não é o que preciso. Porque estou feliz aqui. Com você. Porque eu te amo.

Benedict deu um gemido que soou como se seu coração tivesse sido arrancado de seu peito e abaixou a cabeça até os seios dela, para beijar um e depois o outro. Então ele simplesmente permaneceu ali, respirando, e ela temeu que tivesse cometido um erro terrível ao se declarar.

— É muito, Thea, ter o seu amor — disse ele baixinho. — Parece que meu coração vai explodir. — Benedict se mexeu até estar novamente olhando para ela. — Sabe quando comecei a me apaixonar por você?

Já que ela nem sabia que ele tinha se apaixonado por ela, Althea apenas negou com a cabeça, embora seu coração tivesse disparado ao descobrir que aquele homem incrível a amava.

— Quando você me disse que "não era da minha maldita conta". Não me apaixonei de repente, mas todo dia eu aprendia algo mais sobre você, o que me deixava cada vez mais apaixonado. Eu ainda estou me apaixonando. Acho que continuarei me apaixonando até dar meu último suspiro.

— Ben — sussurrou ela, emocionada demais com a declaração dele para dizer algo mais complexo.

O que sentiam um pelo outro era *muito* e, ao mesmo tempo, não parecia ser suficiente.

— Por menor que você seja, não consigo entender como não me sinto uma grande fera desajeitada quando estou com você.

Ela tentou se libertar da posição em que ele a segurava para que pudesse passar os dedos pelo cabelo dele, pelo rosto, mas ele a segurou firme. Ele sempre a segurava firme.

— Faça amor comigo. De verdade, por completo. Não quero guardar minha virgindade. Quero sentir você se movendo dentro de mim. Quero ser só sua. Quero que você seja meu.

Com um grunhido, Benedict moveu suas mãos para a parte inferior das costas dela antes de passar os dedos sobre seu pescoço, sob seu queixo, e unir seus lábios, sua língua provando o sabor dela. Althea passou os dedos pelas costas dele, delineando os músculos definidos que flexionavam com seus movimentos. Tanta força. Tanto poder. Como ele poderia se considerar enorme e desajeitado quando era tão incrivelmente elegante? Sim, ele era mais alto do que a maioria e tinha ombros largos, mas também havia uma suavidade nele, como uma pantera que ela vira no jardim zoológico certa vez.

Ele mordiscou sua clavícula, depois acariciou-a com a língua.

Ela subiu suas mãos e ele segurou seus dedos no meio do caminho. Ela parou e franziu a testa.

— Por que você faz isso?

Ele também parou, embora, se fosse possível, ele estivesse mais imóvel que ela.

— Faço o quê?

— Sempre segura as minhas mãos... — Não, não eram sempre as duas mãos, mas a esquerda. — Você não me deixa tocar o lado direito do seu rosto, sua cabeça.

Era uma área que ele parecia proteger. O cabelo dele estava sempre cobrindo o lado esquerdo, ela nunca tinha visto o que havia por baixo.

— Por quê?

Ela o ouviu engolir em seco, embora não pudesse vê-lo.

— Porque eu não queria que você descobrisse o motivo de terem me apelidado de Fera.

Ele pulou para fora da cama com mais resignação do que raiva ou frustração. Antes que seguissem por aquele caminho, ela tinha o direito de saber tudo sobre ele. Ao saber a verdade, Thea poderia decidir se queria se tornar a amante de outro homem, se retomaria seus planos.

A cama rangeu com os movimentos que ela fez, mas não estava no campo de visão dele.

Fera desejou estar com a caixinha de fósforo que sua mãe lhe dera, ter os fósforos em mãos, porque poderiam afastar a escuridão que agora ameaçava afogá-lo. Em vez disso, ele tateou a mesinha de cabeceira até encontrar os fósforos que sabia que estavam ali, riscou um e acendeu a lamparina, iluminando todas as sombras, afugentando a escuridão para longe da cama, para longe dos dois.

Ela estava sentada de costas para a cabeceira, o lençol agarrado em suas mãos logo abaixo do queixo, cobrindo o corpo que ela havia despido quando ele entrara no quarto. Inúmeras vezes ele desejara vê-la nua no mais iluminado dos quartos, ou em um campo banhado pelo sol. Tinha até considerado não apagar as luzes dessa vez, mas, se iluminasse ela, também iluminaria a si mesmo.

Fera se sentou na cama, seu quadril apoiado ao lado do dela. Ela ainda o encarava.

— Vá em frente — disse ele baixinho. — Toque no que eu não deixei você tocar, veja o que não deixei você ver.

Thea continuou a olhar fixamente para ele, a apertar os lábios e a respirar de forma ofegante. Era como se aquela mulher que ele vira demonstrar coragem inúmeras vezes não conseguisse encontrá-la agora.

— Não vai te machucar.

Ela abriu a mão e fechou-a novamente.

— Não estou preocupada com isso. Mas vai *te* machucar?

Ele não sentiria nenhuma dor física, mas, dependendo da reação dela, poderia se sentir ferido.

— Não.

Muito devagar, ela colocou a palma da mão na curva entre o pescoço e o ombro dele e deslizou para cima, parando no local onde o sangue pulsava em seu pescoço. Por um momento, ela apenas esperou, como se contasse as batidas do coração dele, e Fera se perguntou se ela percebia que cada batida era para ela. Hesitante, ela deslizou os dedos para cima, as mechas de seu cabelo roçando sobre eles. Outro minuto de quietude, olhando nos olhos dele, antes de direcionar sua atenção de volta para onde os dedos pequenos tremiam ligeiramente. Ela respirou fundo. Ele parecia incapaz de respirar. Ela deslizou a mão sob as pontas de seu cabelo, levantando-os...

Uma pequena ruga se formou entre suas sobrancelhas. Ela subiu mais a mão. Thea soltou o lençol, que caiu para revelar os seios magníficos, que ele ainda não tinha visto sob a luz, mas seu olhar só se fixou neles apenas por um segundo, porque logo ficou hipnotizado ao observar o rosto dela. Ela não parecia horrorizada. A mão que não estava mais segurando o lençol embalou sua bochecha, e ela desviou os olhos para encará-lo.

— Você não tem uma orelha.

— Não.

— O que aconteceu?

— Eu nasci sem ela.

— Você consegue ouvir?

— Não desse lado. Às vezes, inclino a cabeça para que nada escape do meu ouvido bom. Aprendi a observar o movimento da boca das pessoas para discernir as palavras que talvez não tenha escutado bem.

— Você sempre se senta à minha direita.

— Não quero deixar de ouvir uma única palavra que você diz.

— E cruelmente lhe apelidaram de Fera por causa disso? Uma coisa sobre a qual você não tinha controle, algo infligido pela natureza? — Uma centelha de raiva endurecia sua voz.

— Crianças, sim. Me chamavam de fera, monstro, demônio. Mamãe deixava nosso cabelo curto para diminuir a probabilidade de termos piolho. Eventualmente, eu não a deixei mais cortar. Mesmo assim, se eu me envolvesse em uma briga, as pessoas acabavam descobrindo. E as provocações começavam. Perdi as contas de quantos narizes meus irmãos quebraram tentando fazer as crianças pararem. Ou quantas vezes eu fugi porque não queria que ninguém visse como eu estava magoado, que testemunhassem quaisquer lágrimas que eu não conseguisse conter. Não acredito que elas tenham feito por maldade. Eu era diferente, e acho que essa diferença assustava, porque temiam que pudessem ser elas no meu lugar. Então, um dia, decidi que, se eu mesmo me chamasse de Fera, se fingisse que não ligava por não ser igual a todo mundo, eu tiraria deles o poder de me machucar.

— Você pensou que eu iria insultá-lo?

— Não, pensei que me olharia como está olhando agora, como se eu fosse digno de pena.

— Não estou com pena. Apenas fico triste que outras pessoas tenham sido cruéis com você, especialmente quando você era apenas um menino. Se você me disser o nome dessas pessoas, tratarei de vencê-las de lavada no pôquer.

A última coisa que ele esperava naquele momento era sorrir, soltar uma pequena risada, sentir alívio em seu coração.

Inclinando-se, ela deu um beijo logo acima de sua têmpora, e a ternura daquele gesto fez o peito dele apertar.

— A meu ver, você não é menos perfeito, Benedict Trewlove.

Deus... Toda a tensão fluiu de seu corpo como um rio correndo para o mar, e ele reivindicou sua boca. Estava longe de ser perfeito. Ela, por outro lado, era pura bondade e luz.

Segurando a cabeça dele com as mãos, ela interrompeu o beijo e o encarou.

— Amo você ainda mais pela maneira como enfrentou os desafios da vida. Apague a luz e faça amor comigo.

Com um sorriso, ele a empurrou de volta para a cama.

— Não, desta vez acho que vamos manter a luz acesa.

Althea amava a liberdade de passar os dedos pelas grossas mechas do cabelo preto, de embalar o rosto dele entre as mãos. A primeira vez que ela o fez, Benedict ficou tenso, e, naquele momento, ela odiou todas as pessoas que o fizeram se sentir... menor. E então ela percebeu, com repentina clareza, que uma das razões pelas quais ele a entendia tão bem, e soubera que ela precisava se vingar de Chadbourne, era porque, durante a maior parte de sua vida, as pessoas tinham virado as costas para ele também.

Althea tomou a boca dele, lenta e sensualmente, até que ele relaxou em seus braços com um gemido. Ela o lembrou que o amava.

Quando Benedict se ergueu sobre os cotovelos para encará-la, o calor ardente em seus olhos quase a desmontou.

Tanta coisa havia sido perdida quando eles se deram prazer na penumbra, mas agora se deleitavam com a visão um do outro, totalmente revelados. Eles marcavam os traços um do outro, examinando curvas, descidas e montes.

— Seus mamilos são mais rosados do que eu imaginava — disse ele, e ela suspeitou que as próprias bochechas também estavam rosadas.

— Sua cicatriz é mais vermelha do eu imaginava.

— Gosto do tom rosa que corre pela sua pele quando a paixão toma conta de você.

— Gosto da intensidade com que você me observa.

E a maneira como ele a acariciava, beijava, lambia. Althea gostava especialmente da atenção que a boca dele dava ao vale entre suas pernas. Ela gostava de poder enredar os dedos em seu cabelo e se conectar a Benedict enquanto ele se deliciava.

Depois que ela segurou um grito ao atingir o êxtase, Benedict subiu por seu corpo, colocando as pernas dela sobre seus ombros. Ela sentiu uma pressão lá embaixo enquanto ele verificava se ela estava pronta.

— Você tem certeza? — perguntou ele.

— Amo você com tudo o que sou, com tudo que serei.

Ele fechou os olhos e gemeu, abrindo-os novamente.

— Você me emociona, Thea, por me querer... Você é a Bela e eu sou a Fera.

— *Querer* é uma palavra que não dá conta do que sinto. Desejar. Ansiar. Precisar. E você não é uma fera. Nem em ação, nem em aparência. Você é um dos homens mais bonitos que já conheci. Seja meu por completo.

Ao fazê-lo, Althea se tornaria dele. Nada teria o poder de separá-los.

Com um gemido quase selvagem, ele começou a penetrá-la, entrando e saindo, indo um pouco mais fundo a cada vez, dando a ela a chance de se acostumar com ele. Quando ele a penetrou por completo, esticando-a, preenchendo-a, ele parou.

— Você está bem? — perguntou ele.

— Sim. Eu gosto da sensação... gosto de tê-lo dentro de mim.

Benedict enterrou o rosto na curva de seu ombro.

— Você me deixa de joelhos tão facilmente, Thea...

Então ele começou a se mover dentro dela, em um ritmo lento que foi aumentando aos poucos, enquanto ela aprendia a cadência de suas estocadas, enquanto eles se separavam e se encontravam. Ele era força, poder e propósito.

Mãos acariciavam, suspiros soavam, gemidos flutuavam entre eles. O nome dela era uma prece nos lábios dele, uma bênção que fez com que seu sangue se transformasse em lava fluindo por seu corpo. Nunca em sua vida Althea se sentira tão completa com alguém, sentia que estava exatamente onde deveria estar. O mundo em que havia crescido carecia de magia, profundidade, satisfação. Só agora percebia aquilo, só agora entendia que, sem Benedict, seu mundo era como um deserto onde nunca teria sido verdadeiramente feliz.

O prazer aumentou até Althea começar a se contorcer embaixo dele, cravando as unhas nas costas largas, nos ombros fortes, levando suas mãos onde ela queria, já que tinha acesso livre a qualquer parte do corpo dele. Instintivamente, soube que Benedict nunca havia compartilhado tanto de si com outra pessoa, que nunca tinha confiado em ninguém como confiava nela. Saber daquilo apenas intensificou as sensações e fez com que ela se rendesse completamente, que não segurasse nada. A confiança era uma coisa preciosa. Ela tinha a dele e ele tinha a dela.

Tantas noites ele lhe dera prazer, mas nunca fora tão intenso quanto naquele momento, quando ela estava embalada por uma infinidade de sensações. Onde quer que ele a tocasse, sua pele vibrava de alegria, suas terminações nervosas formigavam com apreço.

O mundo inteiro desapareceu até restarem apenas eles, suas respirações ofegantes, o som de pele contra pele, o cheiro da luxúria carnal que haviam criado. O êxtase aumentou até Althea achar que morreria. Quando seu clímax a invadiu, Benedict capturou seu grito com um beijo que intensificou as sensações e a consumiu. Ela nunca sentira tanta felicidade, tanta satisfação.

Ele não interrompeu o beijo, nem mesmo quando seu corpo foi tomado por tremores. Ela o abraçou mais forte e passou as mãos para cima e para baixo em suas costas suadas. Ele gemeu, tremeu um pouco mais e ficou imóvel. Então, Benedict tirou os lábios do dela e os arrastou ao longo de seu pescoço, na curva delicada de seu ombro. Suas respirações ofegantes ecoavam ao redor deles, uma melodia que sugeria uma experiência absurda de prazer.

Com cuidado, como se ela fosse feita de porcelana, ele deslizou as pernas dela de cima de seus ombros, afastou-se um pouco de forma que seu corpo cobrisse apenas metade do dela e estendeu um longo braço para puxar o lençol sobre os dois. Sua mão descansou pesadamente contra um seio. Althea não sabia como Benedict conseguia fazer tantos movimentos quando ela não tinha certeza se seria capaz de se mexer novamente.

Eles jaziam repletos; ela pensativa sobre como poderia ter vivido sem aquilo, como nunca o teria conhecido se não fosse pelos erros cometidos por outras pessoas.

— Como não terei um protetor, não serei amante de nenhum lorde, e não poderei ensinar Lottie e Hester para sempre, terei que encontrar outro emprego — disse ela, depois de um tempo. — Não sei o que devo fazer.

Benedict se ergueu ligeiramente com um grunhido, encaixou-se entre suas coxas e, para a surpresa de Althea, a penetrou mais uma vez e ficou imóvel. Ela afastou o cabelo do rosto dele. Ele a observava como se ela fosse um tesouro que ele encontrara de forma inesperada, sem nem mesmo saber que o estava procurando.

— Você poderia ser a mãe dos meus filhos.

O coração de Althea palpitou.

— O que disse?

Ele se retirou dela, apenas para penetrá-la novamente.

— Seja a mãe dos meus filhos, seja minha sócia na empresa de navios, lide com Thorne toda vez que ele quiser que façamos um desvio atrás de cargas absurdas. — Ele beijou um canto de sua boca, depois o outro. — Case comigo, Thea.

Um pequeno grito escapou dos lábios dela, lágrimas queimaram seus olhos.

— Você está falando sério?

— Eu quase morria toda vez que pensava em você com outro homem. Seja minha, só minha. Minha esposa, meu amor. Compraremos uma casa apenas para nós dois, assim você não precisará mais segurar os gemidos quando quiser gritar meu nome. Case comigo.

Se Benedict não estivesse em cima dela, duro e grosso dentro dela, Althea poderia ter flutuado, tamanha era a alegria que percorria seu corpo.

— Sim. Eu quero que você seja meu marido. Você já é meu amor.

Ele selou o acordo com um beijo profundo e intenso, e começou a se mover suavemente contra Althea. Então, deslizou sua boca para o ponto sensível sob a orelha dela, arrastando sua língua sobre o local.

— Mas você terá que fazer o pedido novamente em outro lugar — disse ela.

Benedict se mexeu para poder encará-la mais uma vez.

— Por quê?

— Porque as damas sempre querem saber os detalhes dos pedidos de casamento das amigas, e não posso dizer que você pediu a minha mão enquanto seu magnífico pau ainda estava dentro de mim.

Se ele já não fosse o dono de seu coração, o sorriso que ele lhe deu o teria roubado.

— Basta me dizer onde e quando.

Capítulo 24

— Acho que foi o mordomo.

Fera ergueu os olhos do que estava escrevendo em cima da escrivaninha de jacarandá. A mobília havia sido movida de um dos quartos que ainda não estava em uso dois dias antes — na manhã seguinte à noite em que Thea aceitara seu pedido de casamento —, porque ele a queria por perto. Sempre a queria por perto. Gostava de se levantar e beijá-la sempre que quisesse. Também gostava bastante quando ela se levantava e se aproximava para beijá-lo. Mas ele gostava ainda mais quando ela trancava a porta no caminho.

Os dois ainda não haviam discutido os detalhes do casamento, já que Fera ainda teria que fazer um segundo pedido. Ele queria que o pedido fosse memorável, que a fizesse sorrir sempre que ela o recontasse. E ela ainda precisava lhe dizer o onde e o quando.

Mas, naquele momento, ela parecia muito satisfeita em demonstrar suas habilidades de dedução. Normalmente, ela passava o tempo em sua própria escrivaninha determinando o que ainda restava ensinar Lottie e Hester, mas naquele dia começara a ler o manuscrito dele.

— O mordomo? — perguntou ele.

— Sim. Sei que o inspetor suspeita que o lorde Chadburn matou seu melhor amigo, depois que descobriu que não foi a viúva. Aliás, eu gosto dela.

Ele também gostava. Ela lembrava muito a mulher sentada à sua frente.

— Mas acho que foi o mordomo. Ele é tão discreto, está sempre em segundo plano. Sempre tão quieto. Poderia facilmente espreitar as pessoas.

— Talvez você tenha razão.

— Você não vai me dizer se estou certa?

— Não. Quero que você leia sem saber quem é o assassino para que me diga se dei informações o suficiente para acreditar que ele é o culpado.

Ela bateu com o lápis na borda da mesa.

— Falta quanto tempo para você terminar?

— Mais alguns dias.

Thea não pareceu feliz com a informação, o que serviu para amenizar a preocupação dele de que a história não era interessante.

— Uma outra questão. Seu lorde Chadburn. O nome dele se parece muito com o de um conde que conheço...

— É mesmo? — Ele fingiu surpresa, o que a fez estreitar os olhos.

— Por que utilizar um nome parecido ao de alguém que você odeia?

Porque ele teria muito prazer em escrever a cena em que o homem seria enforcado. Ou assassinado. Fera não tinha decidido ainda. De qualquer forma, um final horrível esperava aquele personagem.

— Ai meu Deus, ele é o assassino! — exclamou ela de repente.

Ele deu de ombros.

— Talvez.

— Acho que seria uma grande reviravolta se fosse o inspetor.

Mas ele gostava do inspetor. O homem era metódico, não se deixava dominar pelas emoções e tinha grandes habilidades dedutivas. Fera queria que ele resolvesse o assassinato no próximo livro também. Era estranho como ele pensava em seus personagens como se todos realmente existissem.

Uma batida soou na porta.

— Entre.

Jewel abriu e espiou pela porta.

— Fera, tem um cavalheiro chique aqui para ver você. Ele se chama Ewan Campbell.

O nome não lhe era familiar.

— Ele disse o que quer?

— Não, mas acho que você provavelmente vai querer falar com ele.

Com uma expressão de curiosidade, ele olhou para Thea, que o encarou de volta, estudou-o e balançou a cabeça devagar.

— Eu não o conheço.

— Bem, então acho que preciso ver o que ele deseja.

Empurrando a cadeira para trás, ele se levantou. Já que estava de pé, decidiu tirar vantagem do fato, caminhou até onde Thea trabalhava, se abaixou e capturou a boca que ela lhe ofereceu. Ele nunca se cansaria dos beijos dela. Nunca seria demais.

Quando parou de beijá-la, ela lhe deu um sorriso sedutor.

— Não demore muito. E tranque a porta ao voltar.

Rindo, ele caminhou para o corredor. A vida nunca fora tão doce, tão promissora. Sua reunião com o cavalheiro seria a mais curta de sua vida, porque Fera já estava preparado para retornar ao escritório e trancar a porta. Ele apressou os passos enquanto descia a escada para a sala da frente, mas mal havia cruzado a soleira antes de parar abruptamente ao ver o homem parado de costas para a porta, com a cabeça inclinada enquanto estudava suas botas brilhantes, e o fogo dançando na lareira. Seu visitante era grande, tão alto quanto ele, com ombros igualmente largos. Seu cabelo preto com mechas grisalhas chegava até os ombros.

— Senhor Campbell, pediu para falar comigo?

O homem se virou lentamente, e Fera teve a sensação de que seu mundo estava virando de cabeça para baixo, que manter o equilíbrio seria um desafio. Era como olhar seu reflexo no espelho. Tudo em seu corpo paralisou, até os pensamentos em sua mente desapareçam, e ele se viu lutando para respirar. Não sabia como reagir diante daquele homem que o lembrava tanto de si mesmo, daquele homem que olhava para ele como se tivesse acabado de encontrar um fantasma.

— Você é Benedict Trewlove, então — disse o sr. Campbell com um forte sotaque escocês.

Em sua mão grande estava um exemplar de *Assassinato no Ten Bells*, que Fera reconheceu pela cor da capa dura.

— Sim, sou eu. Quer que eu autografe seu livro?

Campbell baixou os olhos para sua mão, aparentemente surpreso ao perceber que estava segurando o romance, como se tivesse esquecido que o tinha. Mas agarrou a cópia com tanta força que os nós de seus dedos ficaram brancos.

— *Nah*. Trouxe como desculpa caso minha Mara tivesse se enganado. Mas estou achando que ela tem razão.

Fera não entendeu o que o homem estava dizendo.

— Sinto muito, sr. Campbell, mas não sei por que está aqui.

— Você sabe quando foi entregue à sra. Trewlove?

Um calafrio de pavor percorreu sua espinha.

— Novembro.

Dez de novembro, para ser exato, mas ele não via como a informação era da conta daquele homem.

— E o ano?

— Não sei o que tem a ver...

— O ano.

De repente, Fera odiou o fato de o cabelo do homem ser tão preto quanto o dele, os olhos escuros iguais. Que ele tinha uma mandíbula tão forte, sobrancelhas tão espessas.

— Campbell, eu não sei que diabo...

— Você tem 33 anos?

O homem poderia muito bem ter jogado um balde de água fria nele, que o choque teria sido menor. Fera não tinha o costume de contar sua idade às pessoas, então como raios Campbell sabia?

— Os detalhes da minha vida não são da sua conta.

— Acho que está enganado, rapaz. Acho que sou seu pai.

Se Fera não fosse forte como ferro, ele poderia ter cambaleado para trás, com a força da raiva que sentiu. Quem aquele homem pensava que era para simplesmente aparecer depois de todos aqueles anos e desferir um golpe tão forte com tanta calma, como se estivesse simplesmente anunciando que poderia chover? A facada que havia levado doera menos.

— E por que diabo você acha isso?

— Só de olhar para você, eu me vejo quando era mais jovem. Sua mãe concordaria.

Uma raiva antecipada explodiu dentro dele com a menção casual que aquele homem fez de sua mãe, um homem que não a honrara, que a colocara na posição nada invejável de dar à luz um bastardo e, então, ter que entregá-lo a outra pessoa.

Fechando as mãos em punhos ao lado do corpo, ele deu um passo ameaçador para a frente. Se duelos não fossem ilegais, ele se encontraria com o homem ao amanhecer. Talvez ele o fizesse de qualquer maneira.

— O que ela era para você? Sua amante? Alguém que você usou e abandonou quando cansou dela? Uma empregada da qual você se aproveitou?

Ele viu a raiva brilhar nos olhos escuros de Ewan Campbell, mas ela foi reprimida com a mesma rapidez com que aparecera.

— Ela é o amor da minha vida.

— Você a amava tanto que a deixou sozinha para trazer o seu bastardo ao mundo? Presumo que ela estava sozinha, sem meios para me criar, e foi por isso que ela me abandonou.

— Eu não sabia sobre você na época.

Fera não aceitaria a desculpa. Se aquele homem realmente amava sua mãe, como ele poderia desconhecer que ela estava grávida? Por mais difícil que fosse proferir aquelas palavras, ele as cuspiu:

— Você pode esquecer que sabe sobre mim agora. — Ele girou nos calcanhares.

— Você é meu primogênito, meu único filho, meu herdeiro.

Fera congelou, então soltou uma risada antes de se virar mais uma vez para o homem sobre o qual ele queria saber tudo, mas, que, ao mesmo tempo, não tinha vontade de conhecer.

— Eu sou um bastardo. Bastardos não podem herdar nada.

— Não na Inglaterra, mas somos escoceses. Você nasceu em Perthshire e, na Escócia, se o pai se casar com a mãe do bastardo, não importa quantos anos se passaram após o nascimento do filho, a criança tem o direito de herdar tudo o que teria se seus pais tivessem se casado quando o bebê veio ao mundo.

A maioria das palavras não tinha importância para ele, mas algumas pareciam adagas de gelo fincadas em seu coração.

— Você se casou com minha mãe?

— Sim, rapaz, assim que a encontrei, mas demorei a localizá-la. — Ele balançou a cabeça. — Seu avô, meu pai, ele sim era um bastardo.

— Nascido fora do casamento?

A risada do homem foi profunda, mas cáustica, e Fera não gostou de perceber o quão familiar ela parecia, como parecia sua própria risada.

— *Nah*. Mas provavelmente era o filho do Satanás. Ele não aprovava a mulher que eu amava. O pai dela era seu maior inimigo, embora só Deus saiba o motivo, e ele não queria o sangue dela manchando a linhagem da qual tinha tanto orgulho. Meu pai sabia que eu queria desesperadamente me casar com ela e, quando descobriu que ela havia dado à luz o meu filho, quis se certificar de que você nunca herdaria nada. Ele estava consumido pelo ódio que sentia da família dela. Não sei se ele teria matado você, mas sua mãe não estava disposta a arriscar. Pouco depois de ela ter entregado você em segurança nos braços de outra pessoa, eles a encontraram e a internaram em um asilo para doentes mentais.

Fera sentiu outro soco no estômago. Ele nunca tinha pensado que o destino dela fora tão horrível, e sentiu vontade de atacar e destruir algo.

A tristeza e raiva que sentiam estavam refletidas nas feições bonitas de Campbell.

— A crueldade que ela sofreu... Levei cinco anos para encontrá-la e, quando finalmente consegui, queria matar todos os malditos que colocaram a mão nela. Mas que bem eu faria para ela se fosse morto? No entanto, fiz questão de fazer alguns deles sangrarem. Levantei meus punhos até para o meu pai. Destruí a mandíbula dele. Não derramei uma única lágrima quando ele morreu.

Fera pensou que talvez tivesse herdado o temperamento do homem. Mas a história que ele havia contado o deixou doente, o fez se sentir culpado por todas as vezes que questionara por que sua mãe havia quebrado sua promessa e não voltara para buscá-lo.

— Sua mãe quer ver você.

Fera olhou rapidamente ao redor, como se esperasse que ela emergisse do papel de parede, ou saísse de trás das cortinas.

— Ela está aqui?

— *Nah*. Ela quis vir, mas eu não queria que ela ficasse decepcionada se você não fosse nosso filho.

— Você ainda não sabe se sou. Ainda é uma suposição.

O homem assentiu.

— O que você está escondendo debaixo de todo esse cabelo? O mesmo que eu, suspeito. Sua mãe me disse que você tinha puxado a mim nesse aspecto. — Com um movimento suave e eficiente dos dedos, Campbell afastou as mechas de cabelo do lado direito de sua cabeça. — É a maldição Campbell. Diz a lenda que um de nossos ancestrais sempre ouvia pelas portas, espionando bruxas. Elas lançaram um feitiço sobre ele e seus descendentes. Alguns escaparam. Você e eu não tivemos tanta sorte. Embora haja coisas piores que podem acontecer com uma pessoa.

Era uma história improvável, mas o que mais chamou a atenção de Fera foi a menção aos "nossos ancestrais". Ele tinha sua família, os bastardos que Ettie Trewlove acolhera formavam uma família que se amava ferozmente e lutava com igual ferocidade para proteger uns aos outros. Mas aquela família não tinha ancestrais — pelo menos, nenhum que pudesse ser identificado ou reconhecido. No entanto, agora estava descobrindo que tinha uma linhagem... Ancestrais que teriam orgulho de chamá-lo de herdeiro, ancestrais com os quais talvez ele compartilhasse a anomalia com a qual havia nascido. Uma herança. Um direito de nascença — embora ele sempre tivesse visto aquilo como algo errado, não algo bom. Um legado. Se ele fosse filho daquele homem...

Como ele poderia duvidar quando estava encarando olhos tão negros quanto os seus, quando possuía a mesma mandíbula quadrada, o mesmo nariz fino, as mesmas maçãs do rosto salientes e pontiagudas?

O que ele havia herdado de sua mãe? Não, Ettie Trewlove era sua mãe, sempre seria. A outra mulher era sua mãe biológica, provavelmente teria um sotaque escocês que ele não reconheceria. Fera que não era quem — ou o quê — sempre acreditara ser: um bebê abandonado, esquecido, indesejado.

Ele fora querido, amado, protegido. Fera se perguntou se aquele instinto de proteção havia sido passado de sua mãe para ele, se ela era responsável por sua natureza, mais do que por sua aparência.

— Por que vocês não vieram atrás de mim depois que você a encontrou?

— Ela não conseguia lembrar onde o havia deixado. Às vezes, acho que ela se esqueceu para não ser capaz de dizer a eles onde você estava. Não sei se isso é possível. É difícil perceber quão forte sua mãe é só de olhá-la. Nunca conheci ninguém mais forte, homem ou mulher. Então, todos esses anos, a única coisa que eu sabia era que, onde quer que ela o tivesse deixado, você estava seguro.

Ele estivera seguro, pelo menos enquanto estivera sob os cuidados de Ettie Trewlove. Sua briga com Bill Três-Dedos fora obra sua. Mas, ainda assim, sua família havia chamado um médico, sua família cuidara dele até que ele estivesse recuperado.

— E ela se lembrou de repente, depois de todo esse tempo?

— *Nah*. Foi o seu livro. Comprei para ela quando estive em Londres algumas semanas atrás. Ela gosta de mistérios, e achei que ela gostaria de ler um escrito por um autor que carregava o mesmo nome de nosso filho... mas foi o "Trewlove" que chamou sua atenção. A única coisa da qual ela se lembrava daquela noite era que a mulher com quem ela o deixou havia prometido amar você de verdade. Mas ver o nome Benedict Trewlove no livro... desbloqueou algo dentro dela. Quando ela dormiu, ao contrário de todas as outras vezes que ela sonhou com aquela noite, as coisas não estavam mais tão embaçadas, ela se lembrou dos detalhes. Ela pensou que talvez o nome da mulher fosse Trewlove, e me convenceu a vir conversar com você. Procurei seu editor para descobrir onde você morava e aqui estou. E estou feliz por isso.

Fera ainda estava lutando para absorver tudo o que ouvira, desmantelando tudo o que sabia de sua vida, remontando tudo para incluir o que estava descobrindo naquela conversa.

— Você viria comigo para conhecer sua mãe? — perguntou Ewan Campbell, seu pai.

Fera só conseguiu assentir.

Então, o homem sobre quem passara tantos anos se questionando se adiantou e estendeu a mão. Uma mão do tamanho de um pedaço de presunto, uma mão que Fera podia ver claramente trabalhando nas docas, levantando e transportando cargas. Ele sabia que, se colocasse a sua própria mão contra a do pai, reconheceria o lugar que o homem ocupava em sua vida, e aceitaria sua verdadeira identidade.

Mas na verdade, quando suas palmas se tocaram, ele teve a sensação de que havia voltado para casa.

Quando seu pai o puxou para perto, colocou um braço em volta de seus ombros e deu uma tapinha em suas costas, tudo o que Fera conseguiu fazer foi piscar para conter as lágrimas que de repente queimavam seus olhos.

— Bem-vindo de volta à família, rapaz. E peço desculpas, pois não me lembro de ter me apresentado adequadamente quando nos conhecemos. Fiquei chocado ao ver você ao vivo. Sou o duque de Glasford.

Seu pai era um maldito duque. Aquilo significava que sua herança incluía um ducado? Jesus, ele tinha sangue nobre correndo nas veias!

Ele reconheceu Mayfair quando a carruagem com o brasão ducal em que ele viajava entrou na área. Desde que subiram no veículo, ele e o duque não haviam trocado uma palavra, como se todas as emoções que os varreram com o aperto de mão e o abraço fossem simplesmente muito grandiosas. No entanto, no silêncio, eles estavam avaliando um ao outro. Fera sentia como se estivesse se movendo em um sonho feito de melaço espesso, que tornava cada ação lenta e difícil de executar. A qualquer momento, iria acordar e descobrir que tudo não passava de uma piada de mau gosto, perpetrada com crueldade.

Então, o veículo dobrou a esquina e passou por portões de ferro forjado, e ele olhou pela janela para ver uma mansão enorme, como as que ele sonhava em viver quando garoto, amontoado em uma cama com seus irmãos. O tipo de casa que seus anos de trabalho duro colocaram ao seu alcance, mas que ele não adquirira por não querer morar sozinho. Agora, ele moraria com Thea.

— É melhor que saiba que você carrega um dos meus títulos como cortesia — disse seu pai baixinho. — Você é o conde de Tewksbury.

Fera agora era um maldito conde. Um maldito lorde. O que ele sabia sobre ser um lorde?

— Não parece real.

— Suspeito que não vá parecer por um tempo. Eu mesmo estou tendo dificuldades para acreditar. Nós passamos anos procurando por você.

Cada vez que o duque fazia uma nova revelação, o peito de Fera apertava um pouco mais. Ter sido desejado a ponto de ser procurado por anos. Parte dele queria simplesmente dizer não a tudo aquilo, pular da carruagem e voltar para Thea. Ele saíra sem falar com ela, sem dizer nada. Fora o choque de toda a situação, ele supôs. Ou, talvez, precisasse somente confirmar que tudo aquilo era verdade antes de contar a ela. Que palavras usaria para explicar tudo?

— Presumo que você tenha uma propriedade ducal.

— Com certeza. Um lugar lindo, mas o casarão de lá faz com que esta pareça uma casa de boneca.

Fera não conseguia nem imaginar. Não merecia nada daquilo, não tinha certeza se queria. O título, a propriedade, a herança de um ducado. Ele não deveria ter feito algo para ser digno de tudo aquilo, além de nascer e sobreviver?

A carruagem parou e um criado apareceu imediatamente para abrir a porta. Com facilidade, o duque saltou, e Fera o imaginou cavalgando e caminhando em suas terras, mantendo-se em forma. Ele seguiu o homem para fora do veículo e subiu os degraus. Mais uma vez, uma porta foi aberta, dessa vez por um mordomo que se curvou ligeiramente.

— Sua Graça.

— Bentley, a duquesa está nos jardins?

— Sim, milorde.

— Por aqui, rapaz.

Eles caminharam por um longo corredor com retratos decorando as paredes. Tantos retratos, e Fera se viu em muitos dos rostos pendurados. Ele queria parar e estudar cada um, aprender seus nomes e histórias.

— Quantos duques existiram?

— Você será o nono.

A informação foi como um soco no estômago. As palavras foram ditas sem titubear, com convicção absoluta. No entanto, ele não conseguia se imaginar como um duque, como o lorde de um reino. Um homem acolhido e respeitado simplesmente por ter nascido. Ele passara sua vida inteira defendendo que era um bastardo — e agora descobrira ser um filho legítimo. De repente, Fera se sentiu estranho em sua própria pele, como se não lhe pertencesse mais, como se não soubesse mais quem era.

O que não havia mudado fora seu desejo, sua necessidade, de proteger as mulheres.

— Está muito frio para ela estar lá fora.

— É, mas ela não se importa nem um pouco. Ela passou anos sem sentir o sol no rosto, ou a brisa soprando em seu cabelo. No dia em que me casei com ela, dormimos sob as estrelas. Ela entra quando precisa, mas prefere ficar do lado de fora.

— Eu nem sei o nome dela.

Fera achava que o duque havia mencionado aquilo antes, mas ele não tinha prestado atenção.

— Mara. Ela era uma Stuart antes de se tornar uma Campbell.

Percorrer a casa era como percorrer as ruas da periferia: era fácil de se perder se não prestasse atenção no caminho. Fera vivera sua vida inteira prestando atenção nos menores detalhes, e poderia encontrar o caminho de volta para a entrada e de volta para casa, se fosse necessário. Nunca havia se considerado um covarde, mas, naquele momento, seu coração batia tão forte que não ficaria surpreso se o duque pudesse ouvi-lo.

O que a mulher pensaria dele, do homem que ele havia se tornado? O que ele pensaria dela? Sua mãe, a mulher que o trouxera àquele mundo e depois o entregara? Ele havia passado a vida inteira acreditando que ela não o amava. Era estranho perceber que tudo que ele uma vez considerara como fato estava errado. Que ela o amava tanto que havia se sacrificado por ele.

Finalmente, eles passaram por uma porta e entraram em um terraço. Fera ficou surpreso com o frio que sentiu de repente. Que estranho, que...

Eles pararam na beira do mármore preto, e foi então que ele viu a mulher sentada na cadeira — numa cadeira de rodas.

— Eles quebraram o corpo dela, mas não seu espírito — explicou o duque. — Ela sempre foi mais forte do que qualquer um jamais lhe deu crédito. É apenas uma das razões pelas quais a amo.

Fera mal estava ciente do fato de que continuava andando em direção a ela. A mulher era mais jovem do que ele esperava. Exceto por uma larga faixa branca que começava no centro de sua testa e estava presa para trás em um coque, seu cabelo era preto. Mas foram seus olhos, o rico tom de chocolate, que o atraíram. E seu sorriso de alegria fez o peito de Fera apertar.

Sem palavras, ele se ajoelhou diante dela.

Ela estendeu uma mão inesperadamente quente e embalou sua bochecha.

— Olhe para você, meu caro rapaz, todo crescido. E eu longe, sem ver você se transformando em um homem.

Colocando sua mão sobre a dela, ele virou o rosto e deu um beijo em sua palma.

— Achei que você não me quisesse.

— Eu o queria tanto que doía, mas foi a única maneira que encontrei de mantê-lo seguro. Entregar você a outra pessoa. Ela foi boa com você?

A mulher virou um borrão em meio às lágrimas que marejavam os olhos dele.

— Eu não poderia ter tido uma mãe melhor.

— Que bom. — Lágrimas rolaram pelas bochechas dela. — Não me lembrava para quem o entreguei.

— Fui muito bem cuidado. Eu tenho uma família. — Ele deu um sorriso gentil. — Parece que tenho duas agora.

— Queremos que você nos conte tudo.

Então, como se ela não tivesse mais forças, não pudesse mais se manter tão valente, ela desabou em choro.

Com cuidado, garantindo que não lhe machucasse, ele a tirou da cadeira, a colocou em seu colo e a abraçou. Enquanto as lágrimas enchiam seus olhos, embora soubesse que era impossível, Fera pensou que se lembrava de ser abraçado por ela, da sensação de seus braços ao redor dele, da doçura de seu perfume. Do calor da mãe.

Tudo nela parecia tão familiar. No entanto, trinta e três anos haviam se passado, e ele era apenas um bebê na época. Era praticamente impossível que ele pudesse ter qualquer lembrança dela, mas não podia negar que sentiu uma conexão, como se um canto de seu coração a reconhecesse e tivesse florescido apenas para ela.

— Não chore — sussurrou ele. — Estou aqui agora.

Capítulo 25

TENTANDO NÃO SE PREOCUPAR, mas sem muito sucesso, Althea sentou-se na cama de camisola e olhou para o relógio da lareira que batia quase meia-noite. Ela não vira Benedict desde que ele havia deixado o escritório para falar com Ewan Campbell. Jewel achava que os vira sair juntos, mas não tinha certeza.

Por que ele não avisara que estava saindo? Por que ainda não tinha voltado? Se ele não voltasse quando o relógio batesse meia-noite, em dois minutos, Althea mandaria uma mensagem para seus irmãos. Algo estava errado. Ela sentia em seus ossos.

Quando a batida soou em sua porta um minuto depois, ela praticamente voou da cama para abri-la. Benedict parecia ter lutado contra demônios e, possivelmente, perdido.

— O que aconteceu? Onde você estava?

Ele entrou no quarto e fechou a porta.

— Andando por Whitechapel. Eu preciso de você, Thea. Jesus, preciso muito de você.

Os botões da camisola dela voaram quando ele arrancou a vestimenta, fazendo o mesmo com suas próprias roupas em seguida. Os braços dele a envolveram como faixas, pressionando os corpos juntos, e seus seios foram achatados contra o peitoral largo. Ele tomou posse de sua boca, provando-a com a língua, enquanto suas mãos acariciavam freneticamente, como se ele não pudesse tocá-la o suficiente, como se precisasse dela para viver.

Descolando sua boca da dele, ela segurou seu rosto e encarou os olhos escuros, e o que viu a apavorou. Benedict parecia um homem perdido, e ela era a Estrela do Norte que o guiaria para casa.

Ela saltou e ele a segurou, suas mãos apertando as nádegas redondas enquanto ela o envolvia com as pernas e clamava sua boca. O que quer que estivesse errado, ele contaria depois. Por enquanto, para trazê-lo de volta para ela, Althea seria o que ele precisava, o que ele queria.

Com passos largos, ele a carregou para a cama, deitou-a e a penetrou de uma vez. Seus gemidos eram selvagens e roucos enquanto ele fazia suas investidas. Em um frenesi, ele baixou a cabeça para lamber e beijar um seio enquanto provocava o outro com a ponta dos dedos.

Encontrando-o a cada movimento, ela acariciava o peitoral largo, os ombros fortes. O prazer veio rápido, atingiu-os forte como um cavalo em fuga que nunca mais queria ser preso. Quando o ápice chegou, ela mordeu seu ombro para silenciar o grito que teria acordado a todos.

Ele não demorou a segui-la para o reino do êxtase, com um grunhido que soou feroz e intenso. Ofegante e suando, ele desabou em cima dela.

Ela simplesmente o abraçou.

— Eu machuquei você?

Fera sabia que era um pouco tarde para perguntar. Ele provavelmente tinha a deixado assustada, tomando-a como se estivesse cavalgando em uma tempestade.

Ele a moveu mais para cima na cama, deixando-a esparramada sobre metade de seu corpo, um braço protetor em sua cintura delicada, enquanto a mão livre deslizava preguiçosamente sobre a pele descoberta dela. Ele não conseguia parar de tocá-la.

— Não. — Thea passou os dedos por seu cabelo escuro. Ele amava quando ela fazia aquilo, tinha sido um tolo por tê-la impedido de acariciá-lo antes. — Conte-me.

Se havia alguém para quem que poderia contar, essa pessoa era Thea, mas ele nem sabia por onde começar. Passara a noite jantando e conversando com seus pais — seus *pais*. Ainda não se acostumara com a ideia. Sua mente atravancava toda vez que ele pensava nas palavras.

Eles lhe contaram histórias sobre sua vida, suas propriedades, sua família. Também fizeram perguntas a ele. Ele lhes contou sobre sua mãe, seus irmãos, suas irmãs. No entanto, não havia contado a eles sobre Thea. Não sabia por quê. Ela parecia muito recente, muito íntima, muito especial. Contou sobre seus navios, seus livros, algumas histórias da juventude... mas não sobre Bill Três-Dedos, Sally Greene ou o bordel. Ele não queria que os pais se sentissem culpados por ele ter sido atacado, e não achava que eles gostariam de saber do restante. Nada daquilo importava mais, de qualquer maneira. Eles haviam começado a transformar o prédio em um local respeitável.

Fera sabia que deveria ser capaz de contar tudo a seus pais, afinal, nunca sentira necessidade de esconder nada de sua mãe adotiva. Mas seu relacionamento com o duque e a duquesa ainda era muito frágil. Era como se estivesse pisando em ovos, tentando não quebrar nenhum. Ocasionalmente, ele ouvia um estalo e voltava a se fechar, sem revelar nada, como sempre fora inclinado a fazer. Ele ficava surpreso como Thea era a exceção, como ele contara mais para ela do que jamais contara para outra pessoa.

Quando ficou tarde, o duque o mandou de volta com a carruagem, mas Fera perdeu a coragem ao se ver na entrada de casa. Ele se sentia nu, desprotegido, outra pessoa. Então, andou pelas ruas que lhe eram familiares, que o moldaram. Mas só ali, com Thea nos braços, ele começou a se sentir um pouco mais como si mesmo, como alguém que conhecia e reconhecia. Ela era seu caminho para casa.

— Foi o tal Ewan Campbell? Quem é ele? O que ele queria? — perguntou ela quando ele não respondeu.

Ela não queria apressá-lo, ele sabia, mas vários minutos haviam se passado desde que ela havia dito "conte-me".

— Ele é meu pai.

Ela se sentou tão rápido que a cama tremeu.

— Seu pai? Como pode ter tanta certeza?

— Eu herdei muitos aspectos dele. Minha altura, meu cabelo, meus olhos. Olhar para ele foi como ver meu reflexo mais velho no espelho. Ele me levou para conhecer minha mãe.

— Ela é amante dele?

— Não, eles são casados.

— E por que só agora vieram atrás de você?

Thea parecia furiosa por ele, pelos anos que haviam se passado sem que eles aparecessem. Ele sentiu a raiva em sua voz.

— Ao que parece, eles estavam me procurando havia algum tempo. É uma longa história. Eles só conseguiram descobrir onde me encontrar recentemente.

Fera contou a ela tudo que sabia, tudo que os pais compartilharam, a história de seu amor.

Quando terminou, ela dobrou as pernas, se aproximou para que descansassem contra as dele e, lentamente, arrastou os dedos sobre seu peito.

— Você não parece muito feliz por eles terem encontrado você.

— Não sei como você conseguiu, Thea. Você era uma dama e, de uma hora para outra, não era mais. Como você conciliou a diferença entre os dois mundos? Fui um bastardo por trinta e três anos. Desprezado, ridicularizado, evitado. A personificação do pecado. — Ele balançou a cabeça e deslizou os dedos ao longo do rosto delicado de Thea. — Agora vou herdar um ducado, e não sei mais quem eu sou.

Ela ficou imóvel, tão imóvel que nem piscou.

— O que disse? Um ducado?

— Não mencionei essa parte? Meu pai é o duque de Glasford. Talvez você o conheça pelo título?

— Não, mas não é como se eu conhecesse todos os lordes com títulos. Então eles eram casados quando você nasceu, e mesmo assim o entregaram?

Ela estava furiosa novamente, e aquilo o fez sorrir um pouco. Era incrível ter uma guerreira feroz ao seu lado.

— Não, eu nasci um bastardo. Eles se casaram depois, mas, pelas leis da Escócia, posso ser um herdeiro.

— Eles são da Escócia?

Ela continuava a repetir o que ele falava, e Fera quase riu. Thea parecia estar tendo tanta dificuldade em acreditar e se ajustar a tudo aquilo quanto ele. Ele enrolou mechas do cabelo claro dela em torno de seu dedo.

— De algum lugar em Perthshire.

— Meu Deus, isso é uma mudança incrível de circunstâncias.

— Esta noite foi muito estranha. Os empregados ficavam me chamando de "milorde". Eu demorei muito tempo para perceber que estavam falando comigo.

— Qual é o seu título de cortesia?

— Conde de Tewksbury.

Ela soltou um som que não era nem uma risada nem um escárnio, mas que soava triste.

— Você é um conde.

— Aparentemente.

— E vai herdar um ducado.

Fera não estava entendendo muito bem a expressão desamparada de Thea, ou a maneira como ela olhava para além dele, como se estivesse se esforçando para ver o futuro. Ele admitia que era perturbador ser colocado em um mundo que mal conhecia, mas ela estava intimamente familiarizada com o universo da nobreza e poderia ajudar a guiá-lo.

Passando o dedo da têmpora até o queixo delicado, ele virou o rosto dela de volta em sua direção e a encarou.

— Você voltará à sociedade em meus braços.

Uma pequena ruga se formou entre suas sobrancelhas. Usando seu polegar, ele alisou a pele.

— E como isso vai acontecer? — perguntou ela. — Vão simplesmente anunciar no *Times*?

— Eu e o duque vamos nos reunir com um advogado amanhã para determinar tudo o que é necessário para que eu seja reconhecido como herdeiro. Jantarei com eles amanhã à noite. Venha comigo, gostaria de apresentá-la. Quero que você os conheça, e que eles a conheçam. Acho que você vai gostar deles. Sei que eles vão adorá-la.

Uma onda de rubor subiu pelo pescoço delicado e se instalou em suas bochechas, fazendo-o se arrepender de todas as noites em que a tomara no escuro.

— Você não acha que é meio cedo? O relacionamento de vocês precisa estar mais sólido para que você possa apresentar uma surpresa. Vocês não possuem uma história que possa servir como base para sustentar os desafios e tribulações que uma família enfrenta. Não há lembranças de bons tempos nas quais vocês possam se apoiar em momentos ruins.

Fera compreendia a sabedoria das palavras de Thea, entendia o que ela lhe explicava. Ele queria amar Ewan e Mara Campbell, já os amava por terem sido responsáveis por sua existência, mas sua família continuava a ser os Trewlove. Sua letra fora o "L", que ele pintara de vermelho. A primeira letra de "laço".

De repente, aquilo pareceu muito importante. Uma letra que o ligava a um nome, a uma família, a uma emoção.

Eles haviam feito aquilo por Robin, mas ainda era parte dele. *Ele* ainda era parte deles.

Virando-se para o lado para encará-la, Fera enredou seus dedos no cabelo dela.

— Certamente você não se considera um "momento ruim", não é?

— Acho que você ainda não sabe como eles reagiriam à notícia de seu casamento com uma mulher cujo pai foi um traidor. No Natal, você tinha certeza que seus irmãos me aceitariam porque você os conhece, porque você sabia como eles reagiram em outras situações. Você falou sobre mim aos seus pais?

Ele a beijou na têmpora, evitando seu olhar.

— O momento nunca parecia certo. Deus, Thea, não sei por que não o fiz. Você é a primeira coisa que eu deveria ter mencionado.

Embalando a mandíbula dele com a mão, ela se afastou e encarou os olhos escuros.

— Acredito que vocês estejam pisando em ovos uns com os outros.

Ela estava certa. Eles ainda tinham muito a aprender um sobre o outro. Compartilhar histórias não era o suficiente. Fera tinha menos de doze horas de lembranças com os pais.

Durante a noite, houve alguns momentos embaraçosos de silêncio enquanto os pais procuravam por histórias para compartilhar, enquanto ele vasculhava as próprias lembranças para encontrar as mais gentis, as que não os fariam se sentir culpados.

— Outra hora, então — disse ele, e então a sentiu relaxar em seus braços.

Não tinha percebido quão tensa ela estivera. Será que Thea estava com medo de conhecer seus pais e descobrir a opinião deles sobre ela? Se eles não a aceitassem, Fera seria incapaz de aceitá-los. Ele precisava pavimentar o caminho para que não fosse difícil para ela. Também sabia que nada do passado importaria se seus pais não fizessem parte da aristocracia. Talvez, mais que tudo, fosse isso que Thea estava se esforçando para fazê-lo entender. Agora tudo tinha um peso maior.

Ele deslizou os dedos sobre um ombro nu.

— Não sei como fazer isso, Thea. Como ser um lorde.

Ela deu um pequeno sorriso.

— Uma coisa é certa: você terá que se tornar muito mais arrogante.

Ele retribuiu o sorriso dela na mesma medida.

— Você ainda vai gostar de mim se eu for arrogante?

— Eu vou gostar de você de qualquer jeito.

No entanto, Fera ficou com a nítida impressão de que algo havia mudado entre eles, e não necessariamente para o bem.

Capítulo 26

SENTADA NA BIBLIOTECA APÓS servir o próprio xerez, ouvindo o tique--taque do relógio da lareira, Althea olhou para a peça e viu que apenas um minuto havia se passado desde a última vez que olhara. Eram quase dez horas da noite, e Benedict ainda não tinha retornado desde que partira naquela manhã.

Ele podia não saber se comportar como um lorde, mas sem sombra de dúvida sabia como se vestir como um. Ela não sabia onde ele havia arranjado as roupas finas — uma diferente da que ele usara no Natal —, mas a jaqueta, a calça e o colete eram quase tão refinados quanto as roupas de qualquer nobre. Era provavelmente o que ele usava para se encontrar com comerciantes, ou quando precisava representar seu empreendimento naval. Mas ele certamente passava a impressão de estar confortável e seguro, um homem que sabia o que estava fazendo. Um homem sobre cujos ombros um ducado poderia descansar com segurança.

Ela podia apostar que os pais dele ficariam satisfeitos com a aparência dele, por saber que seu filho demonstrava tanta confiança. O advogado não duvidaria de seu lugar na aristocracia.

Enquanto isso, Althea passara a maior parte do dia questionando o seu lugar na vida dele. Havia aprendido quem ela seria com Benedict Trewlove, que ela pertencia a ele, que seria sua esposa. Mas qual seria seu papel na vida de Benedict Campbell? Ela ainda teria um papel a desempenhar no palco que agora representaria o mundo dele?

Ela se perguntou se algum dia acordaria com a certeza de que nada havia mudado. Era como se, toda vez que ela passava a entender quem era, o destino ria de sua cara e lançava mais um obstáculo em seu caminho.

A poltrona vazia em sua frente rangeu ao ser ocupada.

— Ele não deve demorar muito, acho — disse Jewel baixinho.

Althea se perguntou se algum dia teria outra noite com ele naquela biblioteca.

— Eles têm anos de vazio para preencher.

Benedict havia contado a Jewel sobre a mudança em sua vida, mas ainda não contara a Hester e Lottie. Althea tinha quase certeza de que ele também não tinha contado para sua família. Como a sra. Trewlove se sentiria, depois de todos aqueles anos, ao vê-lo com o casal responsável por sua existência? Ficaria feliz pelo filho? Ou sentiria uma ponta de tristeza por ele não ser mais completamente dela, ao saber que outros o amavam, que procuravam fazê-lo feliz?

— Estive pensando que preciso encontrar uma ocupação, e gostaria de alugar um quarto aqui.

— Ele não vai abandonar você, Althea.

Ele poderia não querer abandoná-la, mas, eventualmente, teria que aceitar a realidade — ele não poderia mais se casar com ela, eles não eram mais do mesmo mundo, não se... encaixariam mais... tão facilmente.

— Aprendi a duras penas que é sempre bom ter planos alternativos prontos, caso sejam necessários.

Jewel assentiu, sem dúvida porque também aprendera a vantagem de ter opções disponíveis.

— Se está procurando uma ocupação, pode me ajudar a administrar a pensão. Sua presença adicionaria um pouco de refinamento ao lugar e, talvez, tenhamos hóspedes mais sofisticados.

— É muita gentileza sua, mas não preciso de caridade.

— Isso está longe de ser caridade. Fera... — ela bufou —... acho que preciso chamá-lo de conde, agora. De qualquer forma, ele me ensinou muito sobre negócios. Reconheço uma oportunidade quando vejo uma.

Quem poderia imaginar que uma de suas melhores amigas seria uma ex--meretriz?

— Então agradeço a oportunidade de provar o meu valor.

— Que besteira. — Jewel moveu a mão pelo ar, como se uma mosquinha tivesse passado em sua frente. — Você não precisa provar nada para mim.

— Nossa! — exclamou Hester. — Olha a hora. Perdemos a noção do tempo quando o Fera não está aqui para nos lembrar.

Althea olhou para o relógio sobre a lareira. Cinco minutos haviam se passado desde às dez, e, ainda assim, os minutos pareciam insignificantes. Ela quase podia ouvi-los gritando: "Ele não vai voltar para casa!"

Mas, se voltasse, ela queria — precisava — de uma noite que ambos se lembrariam para sempre.

Jesus, como ele estava cansado. Quem diria que ser um lorde era tão exaustivo? Participar de reuniões com advogados, ir se registrar no Colégio de Armas, responder a inúmeras perguntas, preencher papelada...

Tudo aquilo parecia não acabar nunca.

E, então, o jantar com seus pais. Mais questões, mais indagações. Um pedido. "Nos chame de mãe e pai." Mas Fera não conseguia. Ainda não, ainda não parecia real. Ele estava indo com a maré, mas esperava descobrir que aquilo tudo não passava de um sonho. Um sonho que não era muito de seu agrado, porque o estava mantendo longe de Thea por muito tempo.

Ao entrar em casa, ele olhou para o relógio.

Um pouco depois das onze.

Fera pendurou o chapéu e o casaco no cabide vazio que o esperava perto da escada. Ele ainda não tinha se acostumado com a ausência de homens na sala àquela hora, da risada rouca de Jewel ou da fragrância de seus charutos. Mas as mudanças foram boas. Mais algumas semanas e eles estariam prontos para receber pensionistas. Eles não. Jewel abriria o estabelecimento para hóspedes. Fera não estaria lá.

Uma leveza apoderou-se dele enquanto subia as escadas.

Thea estava perto. Com sorte, acordada e esperando por ele.

Ele deveria ter pedido licença e ido embora mais cedo, mas, depois do jantar, seu pai o embarcou em uma viagem pela história de seus ancestrais, e ele ficou encantado. Todos eles tinham retratos, os quadros pendurados por toda a mansão, e Fera viu algo de si mesmo em cada um. Ele desejou mais que nunca que Thea estivesse com ele para ouvir as histórias de bravura, amor, desafios, tristezas, vitórias... e, sim, até de bandidos, criminosos e membros da família enforcados. Uma longa linhagem que parecia incluir todo tipo de gente. Rebeldes, heróis, heroínas e mártires. Um irmão mais velho que voluntariamente fora à forca no lugar do irmão mais novo. Mulheres que se casaram com homens que não amavam para salvar a família. O contador de histórias nele havia absorvido cada palavra. Seu pai parecia ter vindo de uma longa linhagem de bardos, com o dom de tecer uma história que o fascinava.

Depois que se casassem, ele pediria para o duque contar a Thea todas aquelas histórias, apenas para que pudesse observar o deleite em suas feições.

Naquela noite, no entanto, queria ver um tipo diferente de deleite percorrer o corpo dela por inteiro. Não deveria tê-la tomado de forma tão bruta e rápida na noite anterior. Ele a compensaria, se ela ainda estivesse acordada. Se não, deslizaria de fininho na cama dela e apenas a abraçaria.

Quando Fera chegou ao último andar, olhou para a biblioteca. O cômodo estava escuro e frio, a lareira apagada. Ele sentia falta de quando eles simplesmente ficavam sentados conversando. Sentia falta dela.

À porta do quarto dela, Fera bateu suavemente e esperou. Ele não ouviu nenhum som vindo de dentro, nem mesmo o rangido que a cama faria se Thea se mexesse. Outra batida suave, o toque leve que ele aprendera na juventude, e que não acordava ninguém além da pessoa que precisava ser acordada. Mas tudo permaneceu quieto e silencioso do outro lado, e a porta permaneceu fechada. Ele achatou a palma da mão contra o mogno enquanto considerava entrar, mas não queria perturbá-la desnecessariamente, ainda mais se ela estivesse dormindo.

Virando-se para seu quarto, ele decidiu se preparar para dormir. Iria tirar a calça e a camisa e livrar-se das botas para que não fizesse barulho quando fosse se juntar a ela embaixo das cobertas.

Ao abrir a porta, ele entrou e congelou ao vê-la deitada em sua cama como uma gata saciada, o cabelo solto caindo como uma cascata pelas suas costas. Thea não usava nada além de um espartilho vermelho que empurrava seus seios para cima, onde a renda preta o provocava. O tecido rendado que descia pelo espartilho cobria a penugem loira que lhe dava tanto prazer, mas a maneira como ela se posicionara na cama revelava uma nádega descoberta — sem dúvida, a outra também estava, embora ele não pudesse ver. O debrum preto na frente da peça acentuava suas curvas.

— Jesus. — Aquela voz rouca era dele?

— Acho melhor você fechar a porta — disse ela calmamente, como se ele ainda fosse capaz de pensar ou se mexer.

De alguma maneira, ele conseguiu fechar a porta sem batê-la e acordar o restante da casa.

— Essa é a roupa sedutora que pedi à Beth que fizesse para você?

— Acredito que você tenha *ordenado* que ela a fizesse para mim.

Com um movimento energético, ela rolou para fora da cama, dando-lhe uma boa visão de tudo o que a roupa não cobria, e o corpo dele reagiu como se suas mãos já estivessem roçando pela pele desnuda.

— Eu falei que deveria ter um pouco mais de tecido...

— É apenas um espartilho.

Parando diante dele, ela o encarou.

— Vem com uma saia, mas pensei: "Para que nos dar o trabalho de tirá-la se posso simplesmente não vesti-la?" — Estendendo a mão, ela traçou os dedos finos pelo queixo dele. — Não sabia se você voltaria esta noite.

— Eu sempre voltarei.

Se ela não estivesse tão tentadora, Fera teria contado o motivo de sua demora, mas, agora, todo o resto parecia insignificante. Ele nunca mais se atrasaria. Começou a tirar a jaqueta, mas ela o parou com uma mão em seu peito.

— Eu quero fazer isso. Quero tirar cada peça do seu corpo.

— Assim você vai me matar.

— Mas será uma ótima morte, não?

Com um grunhido, ele tomou posse da boca que tinha o poder de proferir palavras que o deixavam de joelhos. Ele nunca se cansaria do sabor de Thea, da sensação de sua pele, de seu aroma de gardênias. De sua ousadia. Ah, sim, especialmente de sua ousadia.

Sem interromper o beijo, ela empurrou a jaqueta pelos ombros dele, deslizou-a pelos braços. A peça pousou com um baque suave no chão.

Segurando a cabeça dela entre as mãos, ele ajustou um pouco o ângulo de sua boca e aprofundou o beijo, suas línguas duelando e se entrelaçando enquanto os dedos dela deslizavam sobre os botões do colete, abrindo todos. Ele admirava a paciência de Thea. Ele ficaria contente em ouvir os botões zunindo pelo quarto ao voarem para longe quando ela puxasse o tecido com força.

A peça de cetim pousou em cima da jaqueta de forma quase inaudível. Seu lenço de pescoço rapidamente seguiu os dois. Enquanto ela desabotoava sua camisa, Fera começou a trabalhar nos botões dos punhos, embora odiasse ter que afastar as mãos do corpo dela para fazer isso. Ah, mas o que ele faria quando suas mãos tivessem terminado a maldita tarefa de se despir...

Ele precisou se afastar por completo para passar a camisa por sua cabeça.

— Deixe que eu tiro minhas botas.

Fera sentou-se em uma cadeira próxima, segurou uma das botas e parou quando seus olhos caíram sobre aquele pequeno pedaço de renda que cobria com tanta eficácia a visão do paraíso. Se ele inclinasse um pouco a cabeça para a frente...

— Você está usando apenas o espartilho, não é?

— Sim.

Ele levantou o olhar para ela.

— Como um pouco de renda pode me deixar tão louco?

— E deixa mesmo?

O tom inocente da fala de Thea só intensificou sua loucura.

— Você sabe que sim.

Ela apertou os lábios e passou a língua por eles. Que Deus tivesse piedade dele, ou ele derramaria sua semente antes mesmo de tirar a calça. Ele arrancou as botas e as meias e ficou de pé. Então, levou a mão para os botões em sua calça, mas ela o impediu.

— Eu quero fazer isso.

— Seja rápida.

Thea o encarou com um sorriso atrevido.

— Farei na velocidade que eu desejar.

— Por que você está me torturando?

— Estou?

— Você sabe que está, sua pequena megera.

Um botão se abriu. Graças a Deus.

— Você sempre guia e eu sigo — disse ela em voz calma, observando a calça dele deslizar um pouco. Certamente ela deveria saber que seu membro enrijecido faria o restante dos botões se abrirem. — Eu quero guiar esta noite.

Fera nunca percebera que sempre era o guia. Para ele, era como se um estivera seguindo a direção do outro. Exceto na noite anterior, quando ele estivera desesperado por Thea e tinha determinado o ritmo, o frenesi. Não que ela tivesse reclamado. Mas, talvez, aquela noite fosse sua punição. Bom, levando em conta as outras punições que tivera na vida, aquela era uma das mais agradáveis.

Outro botão. E outro e mais outro, até que todos estivessem abertos. Ela arranhou suas nádegas levemente enquanto abaixava sua calça. O tremor delicioso que correu por seu corpo quando ele sentiu as unhas dela quase foi sua ruína, e ele mal percebeu que ela ficara de joelhos para abaixar sua calça até o chão. Depois de sair da calça e chutá-la de lado, ele se abaixou para ajudá-la a ficar de pé, mas quando tocou nos ombros delicados, ela disse:

— Não.

Ele paralisou e esperou.

Thea roçou a ponta dos dedos para cima e para baixo de suas coxas.

— Você tem pernas tão firmes...

Ela beijou um dos joelhos. O joelho dele, por Deus! Ele quase cambaleou. Então, ela beijou alguns centímetros acima do joelho, no interior de sua coxa.

— Você costuma fazer coisas muito perversas com a boca entre minhas coxas — disse Thea solenemente. Ela inclinou a cabeça para trás e encontrou os olhos dele. — Por que você nunca me ensinou que eu poderia fazer algo muito parecido com você?

Ela estava querendo dizer o que ele estava pensando?

— Porque não achei que você fosse gostar.

— Você tem gosto de couve-de-bruxelas?

Fera franziu o cenho.

— Eu duvido.

Com as pálpebras semicerradas, Thea fez um lindo beicinho.

— Esse é o único gosto que eu odeio.

Seu rosnado veio do fundo de sua alma.

— Thea...

— Quero sentir seu gosto. — As mãos dela seguravam a parte de trás de suas pernas, a pequena boca mais uma vez pressionada contra a parte interna de sua coxa. — Você gostaria disso?

Como ela conseguia soar tão inocente e tão devassa ao mesmo tempo?

— Sim.

A resposta saiu mais como um grasnido.

Ela mordiscou a pele sensível onde sua boca descansava. A barriga dele se contraiu, as mãos se fecharam. Ele não conseguia tirar os olhos da bela cabeça de Thea tão perto de seu pau. O membro indisciplinado se esticava na direção dela. Fera não teve sorte em fazê-lo se comportar, sem dúvida porque, no fundo, não queria que ele se comportasse.

As mãos apareceram e ela fechou os dedos ao redor da base de seu eixo, e agora seu membro não tinha escolha a não ser fazer o que ela ordenava. Ela lambeu os lábios e beijou a cabeça, e ele foi atravessado por uma sensação tão poderosa que cada músculo de seu corpo se contraiu. Ele enroscou os dedos no cabelo macio porque não podia deixar de tocá-la, não quando ela o tocava tão intimamente.

— Nem um pouco parecido com couve-de-bruxelas — disse ela, e levou a língua em um passeio que não deixou nenhuma parte do membro latejante esquecida.

Gemendo baixinho, ele jogou a cabeça para trás com o deleite das sensações que tomavam seu corpo.

Uma pequena morte. Era assim que os franceses chamavam aquela sensação. Ele certamente morreria, ali e agora.

Então ele sentiu a boca dela — o calor, a umidade, a suavidade — se fechando em torno dele, e cada centímetro dele tensionou. Olhando para baixo, ele viu como a cabeça dela balançava enquanto ela passava os lábios carnudos e sua língua aveludada sobre sua pele sensível.

— Thea... Meu Deus... ah... você sabe o quão linda você é?

Ela não respondeu, simplesmente o levou mais fundo, e ele honestamente não sabia se sobreviveria a seus empenhos entusiasmados.

Capítulo 27

ALTHEA SE PERGUNTOU SE Benedict conseguia senti-la sorrir. Os gemidos e as maldições ocasionais que ele soltava apenas a incitaram a atormentá-lo ainda mais. Os dedos continuaram se enredando em seu cabelo, as coxas estremeciam, sua barriga enrijecia.

E ela ficou feliz ao perceber o quanto ele estava gostando daquilo. Não feliz de um jeito bobo e cheio de risinhos de alguém que fazia anjos na neve. Mas de uma forma maliciosa e sombria, como quem causava uma doce agonia a alguém. Ela tinha muita familiaridade com a loucura que todas aquelas sensações podiam incitar, Benedict a fazia senti-las com bastante frequência. Por isso, Althea estava mais que satisfeita em retribuir o favor.

— Thea... querida... Eu não aguentarei por muito mais tempo. — Gentilmente, ele a segurou pelo queixo e a afastou. — Deixe-me levá-la para a cama agora.

Ela ergueu o olhar para ele.

— Gostou?

— Eu amei. — Ele a levantou e imediatamente a pegou nos braços. — Beije-me para que eu possa sentir meu próprio gosto.

Althea rapidamente colou sua boca à dele, como se fosse morrer se não o fizesse. Ela passou sua língua sobre a dele e suspirou quando ele chupou a sua, antes de fazer o mesmo com a dele. O beijo foi interrompido quando caíram na cama, mas Benedict logo levou a boca para uma jornada sobre os seios dela.

— Estou dividido entre deixar você vestida com essa maldita coisa ou arrancá-la — declarou ele com veemência.

— Deixe.

— Esse espartilho me deixa louco, mas agora é minha vez.

Ele deslizou para baixo até estar aninhado entre suas coxas. O primeiro toque ao longo de sua fenda foi com o dedo indicador.

— Meu Deus, mas você está muito molhada. Você gostou do que estava fazendo.

— Gostei. Você gosta do que está prestes a fazer aí?

As pálpebras dele estavam semicerradas, e seu olhar era sensual.

— Não estaria aqui se não gostasse.

Então, sua língua substituiu o dedo em um carinho lento e longo, e Althea viu estrelas. Ela estava mais do que pronta para ele. Seu pequeno botão de nervos estava inchado e pulsando, extremamente sensível ao toque dele. Quando ele o puxou, ela quase se sentou na cama e precisou agarrar a cabeça dele.

— Acho que sou uma devassa.

— Eu amo devassas.

Ele chupou e girou sua língua, e o corpo inteiro de Althea suplicou por liberação.

— Não consigo segurar.

— Então se deixe levar.

— Não sem você. Não esta noite. Quero você dentro de mim.

Com um grunhido, ele se moveu rapidamente, rolando para ficar de costas.

— Monte em mim. Assim posso admirar esse espartilho enlouquecedor.

Althea colocou um joelho em cada lado do quadril dele e levantou um pouco o corpo. Ele se posicionou, e ela começou a descer lentamente, tomando-o por completo, até estarem pele contra pele. Benedict a preenchia inteira, de uma forma maravilhosa. Ela piscou para afastar as lágrimas que ameaçavam cair. Então, esperou, apenas absorvendo as sensações incríveis que sentia quando seus corpos estavam conectados.

— Você consegue respirar com essa coisa? — perguntou ele.

— Não muito bem.

— Isso não é nada bom. Vamos nos livrar dele. Ele já fez seu trabalho. Ele e sua boca. Acho que nunca estive tão duro em toda a minha vida.

Ela deu uma risadinha, em parte porque ele soava ofegante, em parte porque ele parecia muito satisfeito.

Benedict abriu os ganchos e ela sentiu o ar entrando em seus pulmões. Ela não havia percebido o quanto o espartilho bloqueava sua respiração.

Após tirar a peça, ele a jogou para o lado da cama. Então, encheu as mãos com os seios de Althea e começou a provocar os mamilos com as pontas dos dedos.

Ela não conteve o gemido.

— Maldição, isso é muito gostoso.

— Você está falando palavrão?

Sorrindo, ela se abaixou para beijá-lo.

— Acho que meus seios ficaram adormecidos com o espartilho. Você os acordou. É maravilhoso.

Benedict colocou as mãos nas costas dela e a segurou no lugar enquanto se sentava e tomava um mamilo em sua boca, sugando e acariciando. Aquilo era ainda melhor.

Ele deu a mesma atenção ao outro antes de se deitar novamente.

— Você tem as rédeas, querida. Me cavalgue. Rápido, devagar, de forma leve ou intensa. Seguirei seu comando.

Naquele momento, ela não sabia se era possível amá-lo mais do que já o fazia. Ela levantou seu corpo e deslizou para baixo, por todo o comprimento de seu membro ereto. A nova posição apresentava um ângulo diferente de tudo o que ela já tinha experimentado. Ela gostou da novidade. Gostou muito. Então, começou a se movimentar, atingindo o ponto que mais precisava.

— Ah, você está gostando... — comentou ele.

— Como você sabe?

— Porque parece que você encontrou o paraíso.

E ela tinha encontrado. Com ele. Mas não queria pensar em outra coisa naquele momento. Aqueles pensamentos eram para mais tarde.

As mãos de Benedict voltaram aos seus seios enquanto ela o cavalgava, aumentando o ritmo. Ambos começaram a ofegar enquanto o prazer os dominava. Mas o pico ainda não estava próximo.

— Eu não... — Ela balançou a cabeça em negação. Como ela poderia explicar? — Eu não consigo...

Benedict a segurou pela cintura. Ela subiu e ele a guiou para baixo com mais força. O prazer se intensificou. Ela arfou.

— É disso que você precisa?

— Sim! Sim!

Como as mãos dele estavam ocupadas, ela mesma decidiu provocar os próprios seios, apertando os mamilos e ficando ainda mais excitada ao ver os olhos dele escurecerem, sua mandíbula cerrar. Todas as terminações nervosas de seu corpo formigavam, e as sensações mais intensas bailavam por seu corpo.

Quando atingiu o ápice, ela precisou morder a mão para conter o grito. As vibrações ainda faziam seu corpo tremer quando ele cravou os dedos em sua cintura e gemeu, penetrando-a fundo mais uma vez antes de derramar sua semente.

Ela desabou em cima dele, incerta de que conseguiria se mexer novamente algum dia.

Fera não sabia por que nunca tinha levado Thea para seu quarto. A cama era maior que a dela. Eles tinham espaço o suficiente para ficarem estirados sem se encostar. Não que quisessem isso. Como sempre, depois de fazerem amor, ela se aconchegava contra ele, uma perna passando por cima de seu quadril, enquanto ele a abraçava.

— Eu gosto quando você guia — disse ele. — Gosto muito. Acho que você deveria guiar todas as vezes.

A cabeça de Thea estava apoiada na curva do ombro dele. Virando-se ligeiramente, ela deu um beijo em sua pele.

— Não sempre, mas de vez em quando, porque também gosto quando você guia.

Ele amara cada minuto do que havia acontecido depois que entrara no quarto, mas, em alguns momentos, ele sentiu como se as ações dela demonstrassem um certo desespero, como se tudo precisasse acontecer porque seria a última vez. O que não fazia sentido algum.

— O que você fez antes... a sua boca... meu pênis... Jewel ensinou você?

Thea se levantou um pouco para que pudesse encará-lo.

— De certa forma. — Ela corou. — Mas não exatamente. Estive pensando sobre isso, me perguntando se era algo que as pessoas faziam, porque, cada vez mais, nos últimos tempos, me peguei questionando como seria... provar você. Então perguntei a ela sobre isso esta noite.

— Ela ensinou a você o que fazer?

Ela balançou a cabeça.

— Não exatamente. Só me disse para fazer o que eu achasse que gostaria.

Fera enredou os dedos pelo cabelo claro, perto de sua têmpora.

— Você achou que gostaria de fazer aquilo?

Ela assentiu com a cabeça e abriu um sorriso.

— E gostei.

— Como sou sortudo. — Ele acariciou uma bochecha com o polegar. — A partir de agora, você pode sempre me perguntar sobre coisas que você gostaria de experimentar. Não importa o que as pessoas fazem. Importa apenas o que você quer fazer.

Desviando o olhar, Thea deitou a cabeça no ombro dele novamente.

— Vou me lembrar disso.

Mas Fera ficou com a impressão de que tinha falado alguma coisa errada.

— Thea, está tudo bem?

— Claro que está. Como foi hoje? Deu tudo certo?

Ele queria conseguir se livrar da sensação de que algo estava errado.

— Parece que meu pai é um homem poderoso, o que explica o fato do meu avô ter conseguido fazer todas aquelas atrocidades no passado. Sempre que meu pai entrava em um prédio, um escritório, uma sala, todos ficavam de pé e faziam o que ele pedia. Foi espantoso. Meus irmãos e eu somos influentes, mas isso, com meu pai, foi diferente.

— Ele é da nobreza. Não é apenas o caráter, o temperamento ou a disposição dele. Seu título carrega um peso. Quanto mais o título for reverenciado, mais ele será reverenciado, mesmo que não mereça. Como o pai dos seus irmãos, lorde Elverton. Ele sempre me dava arrepios ruins, mas as pessoas o respeitavam como se ele fosse um santo. Agora que você é um lorde, você terá ainda mais poder do que já tem.

— Sempre soube que a nobreza era tratada de maneira diferente. Acho que nunca percebi isso com Thornley ou Rosemont, porque sempre os considerei como iguais. Embora, para ser honesto, nunca os vi fora de uma reunião familiar. Meu pai não exigiu que ninguém o tratasse de forma diferente. As pessoas simplesmente o fizeram.

— Você vai se acostumar. Com o tempo, nem vai mais reparar que todos o tratam com tanta reverência. Eu nunca reparei. Apenas considerei como algo indubitável.

Ele não sabia se algum dia se acostumaria com as reverências, com os criados que apareciam para acender a lareira, com alguém sempre pronto para pegar seu casaco, chapéu e luvas.

— Não sei se algum dia vou me sentir completamente confortável com tudo isso.

— Você vai.

O que ele sabia é que tudo seria mais fácil com Thea ao seu lado. Fera deslizou os dedos para cima e para baixo no braço dela.

— Eles querem que eu vá para a Escócia com eles. Por algumas semanas, para me mostrarem o terreno e me apresentarem à minha outra família.

Ele ainda não estava acostumado com o fato de ter outra família. Tios, tias e primos que estavam ansiosos para conhecê-lo.

— Você precisa me dizer quando e onde deseja receber o seu segundo pedido de casamento, porque quero que estejamos oficialmente noivos quando você for comigo.

Ela paralisou e ficou muito quieta. Era estranho como ele conseguia detectar as menores mudanças nela, especialmente quando algo estava errado.

— Thea?

Ela se separou dele e se sentou, puxando o lençol para cobrir suas partes mais deliciosas.

— Eu não posso me casar com você agora.

Fera se sentou enquanto seu coração palpitava quase dolorosamente contra suas costelas.

— O que você quer dizer com "não posso me casar com você *agora*"?

— Você faz parte da aristocracia.

— Para a qual você queria voltar. E você voltará comigo.

Lágrimas marejaram os olhos cinza-azulados, e ela balançou levemente a cabeça.

— Eu não posso. Não seria justo com você. Não seria justo com seus pais.

Ele bateu com a mão na cabeceira da cama. A dor o assegurou de que estava acordado, que não tinha adormecido e sucumbido a algum pesadelo.

— Explique como me casar com a mulher que amo mais do que a própria vida seria injusto comigo.

Ela limpou as lágrimas que rolaram por seu rosto. Piscou, piscou, piscou. Pigarreou. Quando olhou para ele de novo, não havia mais nenhuma lágrima.

— Você já vai passar por dificuldades para ser aceito, porque as pessoas o conhecem como um Trewlove, não um Campbell. Ben, eu seria apenas mais uma dificuldade. Ninguém olharia com bons olhos para você se você se casasse com a filha de um traidor.

— Eu não dou a mínima. Eu te amo, Thea.

— E eu te amo. E é por isso que não posso me casar com você.

Ele saltou da cama, foi até onde sua calça estava no chão e a vestiu com violência. Ele não poderia ter aquela conversa nu. Agarrando sua camisa, ele a jogou para ela.

— Vista.

Ele também não poderia ter aquela conversa com ela nua ou usando o maldito espartilho.

Andando de um lado para o outro, Fera se esforçou para organizar seus pensamentos. Ele ouviu a cama ranger. Olhando para ela, viu Thea sentada na borda da cama, mas se recusou a reconhecer como ela ficava linda com aquela camisa enorme.

— Nós podemos fazer dar certo.

— Não podemos. Você não conhece a sociedade como eu.

— Não vou deixar que um bando de almofadinhas determine com quem devo me casar.

Ela ficou de pé, e a barra da camisa alcançou seus joelhos.

— E nossos filhos?

— O que tem eles?

Além do fato de que Fera desejava que todos se parecessem com ela.

— Você não ouviu o que Chadbourne disse na noite em que ganhamos dele no pôquer? Como nossos filhos sofreriam por ter tido um avô traidor? Eu odeio admitir, mas ele está certo. Eu o odiei por ter me abandonado, mas teria o odiado ainda mais se não o tivesse feito. Se tivéssemos nos casado e tido filhos que cresceriam ouvindo provocações e barbaridades. Você sabe como é, você passou por isso e sabe o quanto machuca. Não posso fazer isso com meus filhos. *Nossos* filhos.

Ele fechou os olhos com força. Com uma dor quase insuportável, ele queria as meninas loiras de olhos azuis, os meninos de cabelo preto e olhos escuros. Queria colocá-los nos ombros para que pudessem pendurar a estrela no topo da árvore de Natal. Queria que eles vivessem aventuras com seus sobrinhos, e quaisquer outras crianças que surgissem no caminho. Queria ver Ettie Trewlove embalando cada um deles nos braços. Queria que eles ouvissem as histórias que seu pai lhe contara naquela noite. Queria que eles se sentassem no colo forte e protetor de sua mãe biológica.

Engolindo em seco, Fera abriu os olhos, sustentou o olhar dela e forçou as palavras pelo nó em sua garganta.

— Então não teremos filhos.

— Assim você parte o meu coração, Ben.

— Nada mais justo. Você está partindo o meu.

Thea ficou de costas para ele e soltou um suspiro trêmulo. Quando ela o encarou novamente, ele viu parada diante dele a dama altiva e arrogante que aparecera na loja da costureira e confrontara lady Jocelyn, o que parecia ter acontecido havia muito tempo.

— Você é um lorde. Sua prioridade é prover um filho para herdar seus títulos e propriedades. Seus pais esperam isso de você. A Coroa espera isso de você. A sociedade espera isso de você. Eu espero isso de você. Não ter filhos não é uma escolha sua.

Maldição. Merda. Em sua mente, ele repetiu algumas outras palavras de baixo calão que aprendera com os homens que trabalhavam nas docas.

— Vamos encontrar uma solução.

— Já encontramos — disse ela, como se fosse uma rainha emitindo um decreto. — Não vou me casar com você.

Fera pensou ter ouvido seu coração partir. Com certeza o sentira se despedaçar.

— Quando você tomou essa decisão?

Parte da altivez a deixou.

— Ontem à noite, enquanto eu observava você dormindo.

Ele estendeu o braço e gesticulou para abranger todo o quarto.

— E tudo isso?

— Foi um adeus.

Capítulo 28

DE PÉ, AO LADO DO FOGO queimando intensamente na lareira da casinha de sua mãe, enquanto esperava que seus irmãos se cumprimentassem, abraçassem a mãe, se servissem de uma bebida e se acomodassem em seus lugares favoritos ao redor da sala, Fera refletiu sobre a ironia de sua vida.

Por um bom tempo, como a Fera de Whitechapel, ele não se julgara merecedor do amor de uma mulher, de uma esposa e filhos. Ele se preocupara com a vergonha que lhes traria porque não sabia absolutamente nada sobre suas origens, e ficava um pouco constrangido em relação a isso, via como uma imperfeição. Como ele nunca tivera planos de se casar, nunca tinha se incomodado por ter um bordel. Por meio dele, Fera conseguira ajudar algumas mulheres a ter uma vida melhor, embora também soubesse que aquilo não daria a sua esposa motivos para se gabar dos empreendimentos do marido. Mas, novamente, ele não se importara, porque sempre se imaginara sem uma esposa.

Então Thea entrara em sua vida com a força de uma tempestade arrasadora e conseguira acabar com todos os motivos que ele pensava para não ser digno dela, até que ele finalmente percebesse que era, sim, digno. Ele pedira a mão dela e ela dissera "sim". Fera nunca tinha sentido tanta satisfação, tanta alegria.

Agora ele era herdeiro de um ducado. Tinha o poder de conceder o sonho dela. Casar-se com ele a levaria de volta à sociedade, primeiro como condessa, depois como duquesa. Mas agora Thea não queria se casar por causa da vergonha que ela pensava que traria para ele — e, mais importante, para os filhos que tivessem. Achava que a presença dela em suas vidas dificultaria a aceitação de Fera e dos filhos pela sociedade.

Quanta bobagem.

Como ele poderia pedir a seus pais que não o reconhecessem publicamente como seu filho? Como poderia partir o coração deles quando eles já tinham sido destruídos antes por causa dele? Como poderia recusar a herança que eles estavam orgulhosos e muito felizes de passar para ele? Ele nem tinha certeza de que a lei permitiria.

Fera se sentiu do jeito que presumiu que se sentiria se tivesse permanecido no navio em direção ao mar — sem amarras, sem rumo, procurando desesperadamente por um porto seguro. Ele parecia não saber mais quem era. O caminho que trilhava estava cheio de espinhos, e ele não sabia como contorná-los sem sentir a dor das pontadas.

A dor em seu coração era quase insuportável. E não conhecia nenhuma maneira de evitar que outros caíssem nos espinhos junto com ele.

Somente quando Mick pigarreou que ele despertou das reflexões inquietantes. Sua família estava reunida em torno dele, as mulheres sentadas nas poltronas, seus maridos empoleirados nos braços. Exceto por sua mãe, que nunca se casara novamente, não tinha interesse em fazê-lo e dedicara sua vida a criar os filhos de outras pessoas.

Seu coração apertou com tanta força que uma dor se espalhou por seu peito. Ele amava aquelas pessoas com cada fibra de seu ser. Por trinta e três anos, até a chegada de Thea, eles tinham sido a melhor parte de sua vida. Provocando, discutindo, brigando. Compartilhando confidências, protegendo-o, permanecendo firmes ao seu lado. Complicando sua vida em certas ocasiões — especialmente Aiden —, mas sempre garantindo que ele soubesse que nunca lhe decepcionariam, que estavam todos juntos na jornada. Que nunca o abandonariam.

Os rostos de seus irmãos tinham de tudo, desde ansiedade no olhar a sorrisos que eles lutavam para conter. Ele praticara durante todo o dia o que precisava dizer, mas agora as palavras pareciam ter se espalhado como folhas secas sopradas pelo vento.

— Todos nós sabemos que você vai se casar com Althea — Aiden finalmente quebrou o silêncio. — Não precisa ficar nervoso em nos contar. Nós a aprovamos.

Se fosse só isso... Fera suspirou e meneou a cabeça.

— Na verdade, parece que não vou me casar com ela, mas não foi por isso que pedi a todos vocês que viessem. Recentemente, descobri quem eu sou.

Quando eles arregalaram os olhos, ele mudou de posição. Aquilo não estava certo. Ele sabia quem era. Ele era Fera Trewlove — só que não mais. Ele deveria ser Benedict Campbell. Ele apreciou que ninguém falou nada, que não o bombardearam com perguntas, e lhe deram tempo para realinhar seus pensamentos.

— Vou tentar encurtar a história. Meus pais são Ewan e Mara Campbell, o duque e a duquesa de Glasford. Sou primogênito e filho único. Herdeiro do ducado.

— Minha nossa — disse Finn.

— Você é um nobre. Legítimo.

— Aparentemente sim.

— Como você sabe que eles são *mesmo* seus pais? — perguntou Gillie.

Ele sentiu como se a estivesse abandonando, deixando-a como a única que não sabia absolutamente nada sobre suas origens.

— Eu sou a cara dele, e o duque e eu temos uma característica comum na família.

Fera apontou o dedo para o lado direito da cabeça.

— Você não parece muito feliz com tudo isso — disse sua mãe gentilmente.

— Para ser honesto, é uma reviravolta na minha vida. É como uma tempestade que chega e transforma a orla da praia. Algumas coisas continuam iguais, outras se vão, e outras são apenas diferentes. Eu ainda não resolvi tudo. Eles querem conhecer vocês. Também querem que eu volte para a Escócia com eles por algumas semanas, até que eles retornem para Londres para a temporada.

— Você é escocês? — perguntou Aiden.

Ele pretendera ser metódico ao contar, dando-lhes todos os detalhes importantes. Em vez disso, ele estava omitindo coisas.

— Nascido em Perthshire.

— Por que eles entregaram você? — questionou Fancy.

Ele desistiu de encurtar a longa história e compartilhou com eles tudo o que o duque e a duquesa lhe contaram.

— Minha nossa senhora… — murmurou Aiden quando ele terminou.

— Olha a boca — advertiu a mãe.

— Desculpe, mãe, mas minha nossa senhora. Achei que esse tipo de coisa só acontecia em livros.

— Bem que eu gostaria.

— Você vai ser um duque maravilhoso — disse Gillie.

— Eu conheço o Glasford — comentou Thorne. — Não muito bem, mas já fomos apresentados. Pelo que me lembro, ele tem outros títulos. Presumo que lhe dará um como cortesia.

— Conde de Tewksbury.

— Então agora temos que chamá-lo de milorde? — perguntou Aiden.

— Só se você quiser apanhar. Não quero que nada aqui mude.

Mas, enquanto dizia aquilo, ele sabia que tudo mudaria.

Na tarde seguinte, Fera sentou-se em sua mesa enquanto Jewel lia o documento que ele entregara a ela.

Antes disso, ele havia levado o duque e a duquesa para conhecer sua mãe. A camaradagem entre eles foi instantânea, talvez porque eles encheram Ettie de gratidão por mantê-lo seguro, e ela também se mostrou grata por ter tido a chance de criá-lo como seu filho. Seus pais queriam ouvir histórias sobre sua infância, e Ettie ficou muito feliz em contar tudo.

Como ele já conhecia todas as histórias, despediu-se deles para cuidar de alguns negócios que precisavam ser resolvidos antes de partirem no dia seguinte. Naquela noite, sua mãe e irmãos jantariam na casa do duque e da duquesa.

Com um olhar confuso, Jewel balançou a cabeça.

— Isto aqui está dizendo que o prédio é meu. Por que você está me dando o prédio?

— Sempre tive a intenção de fazê-lo quando fosse a hora de me mudar. Essa hora chegou.

— Mas por quê?

— Eu preciso de um motivo?

— Eu me sentiria melhor em aceitar o presente.

— Porque você sempre cuidou das coisas aqui. Você merece realizar o sonho de ter uma pensão.

Ela se acomodou na beirada da cadeira.

— Eu não quero uma pensão. Eu só segui com a ideia porque parecia respeitável. Quero que este lugar seja para outras mulheres o que foi para mim: um refúgio. Mas elas terão que entender que, se ficarem aqui, não poderão mais abrir as pernas. Muitas mulheres não têm escolha. Eu tive. Eu escolhi abrir as minhas e escolhi quando parar. Mas a segunda escolha... eu só pude fazer porque você me deu uma chance. — Ela ergueu o documento. — Agora você me deu outra.

— Gosto da sua ideia. Eu designarei todos os lucros de um de meus navios para você. Assim você terá os meios para administrar o local como quiser.

— Você não precisa fazer isso.

— Jewel, você está continuando o que comecei. Eu farei o que puder para ajudar.

— E se o chamarmos de Refúgio Sally Greene para Mulheres Desonradas? Dentro dessas paredes, nós vamos transformá-las.

Ele deu a ela um sorriso terno.

— Gosto disso.

Depois que ele e Jewel concluíram seus negócios, Fera foi para seu quarto e enfiou as poucas roupas que tinha em uma mala de viagem de pano, que comprara antes de voltar para casa. Ele jogou seus itens de barbear e sua escova na bolsa. Olhando ao redor, não viu mais nenhum item necessário. Seus bens mais preciosos — o relógio com a miniatura de Thea acomodada na tampa e sua caixinha de fósforos — estavam sempre com ele. Todo o resto poderia ficar. Ele sentiria falta do lugar, sentiria falta das pessoas. Mas um conde dificilmente poderia morar em um antigo bordel.

Fera não conseguia se imaginar morando com os pais, embora a casa deles fosse grande o suficiente para que ele pudesse passar dias sem vê-los se quisesse. Talvez comprasse ou alugasse uma casa. Ainda não havia decidido. Só sabia que não poderia mais morar naquele prédio.

Ele perguntou a Jewel onde Thea estava, então bateu na porta do quarto dela com convicção.

Quando ela abriu, Fera ficou surpreso ao ver as olheiras, como se ela não tivesse dormido, e o leve inchaço de suas pálpebras, como se tivesse chorado. Ele não queria dizer o que precisava ser dito no corredor.

— Posso entrar?

Ela deu alguns passos para trás. Ele colocou sua mala no corredor antes de entrar e fechar a porta atrás de si. Thea estava a apenas um metro de distância, mas poderia muito bem estar na França, pela distância que sentia entre eles. Ele estendeu um pacote para ela.

— O restante do seu salário, e o adicional pelo cumprimento do prazo de três meses.

Quando ela abrisse, encontraria as mil libras adicionais por não a ter ensinado as artes da sedução. Se contasse a ela agora, Thea se oporia, e ele não queria discutir sobre aquilo.

— Por que está me dando isso agora?

— Eu queria que as coisas estivessem resolvidas entre nós antes de partir para a Escócia amanhã. Voltaremos no início de março, pouco antes do início da sessão do Parlamento.

— Eu vou me mudar.

— Não há necessidade. Não vou mais morar aqui.

— Onde você irá morar?

Ele deu de ombros.

— Ainda não sei. Só sei que não pode ser aqui.

Ele odiava a estranheza que se instalara entre eles, como se eles nunca tivessem sido íntimos, como se ele não soubesse quão maravilhoso era senti-la se contraindo ao redor de seu membro.

— Se algum dia você quiser uma amante…

As palavras começaram com um tom leve, ficando mais baixo até pararem, sem dúvida por causa da raiva que o dominou. Tinha que ser visível aos olhos dela.

— Foi isso que aconteceu naquela noite? Foi algum tipo de audição?

Ela empalideceu. Ele fez uma careta.

— Você sabe que não.

— Eu sei. Você não merecia isso. Mas não quero que você seja minha maldita amante. Quero que seja minha esposa.

— Já lhe disse que não posso me casar com você.

— Você acha que eu me importo se alguém virar as costas para mim? Você acha que não podemos ensinar nossos filhos como lidar com os idiotas do mundo? Comecei minha vida sendo intimidado, Thea. Não é agradável, pode ser incrivelmente doloroso. Não sei quantas vezes chorei sozinho em um canto, escondido, e então senti vergonha por estar chorando. Mas eu sobrevivi e aprendi que nunca quero fazer outra pessoa sentir o desespero que senti. É possível sobreviver e, por causa disso, talvez eu seja uma pessoa melhor do que seria em outras circunstâncias.

— A alta sociedade não é nada parecida com as ruas de Whitechapel, ou a periferia. Você não é um lorde há tempo suficiente para entender a diferença. Acho que você mudará de opinião com o tempo.

O que ele sentia por ela, o que queria com ela, não mudaria, mas não sabia como convencê-la daquilo.

Ele também entendia que era muito diferente ser traído e intimidado por pessoas que você tinha amado e achara que lhe amavam de volta. Aqueles que o trataram mal nunca tinham significado nada para ele, então Fera conseguira não dar tanta importância para as provocações. Thea não podia dizer o mesmo. Pessoas com quem ela se importava tinham sido maldosas.

— Como pensei que íamos nos casar, não tomei nenhuma precaução para evitar uma gravidez.

— Eu tomei.

Aquelas duas palavras foram como flechas em seu peito, porque uma possível gravidez era sua última esperança de tê-la.

As bochechas dela coraram.

— Presumi que você havia pedido a Jewel para me ensinar como evitar a gravidez por um motivo.

Ele assentiu.

— Só a abstinência é cem por cento eficaz. Se você estiver grávida, deve me mandar uma mensagem. Dentro do pacote, encontrará o endereço dos meus pais em Londres e na Escócia. Você sempre pode chegar até mim por meio deles.

— Sei que você não entende que minha decisão é realmente a melhor, mas chegará um momento em que entenderá.

— Talvez você esteja certa. Mas o que posso dizer neste exato momento, com absoluta certeza, é que jamais deixarei de amá-la.

Ela fez uma cara de choro, e Fera não suportaria assistir àquilo.

— Adeus, Thea.

Ele saiu do quarto, pegou sua mala e partiu para o desconhecido.

Capítulo 29

*Escócia
Fevereiro, 1874*

Fera parou em frente à grande janela no salão e observou a chuva torrencial.

Ele estava na Escócia havia pouco mais de um mês e, durante o período, conhecera tias, tios e primos. Galopara por colinas verdejantes — acres e acres e acres de um terreno enorme. Um dia, aquilo tudo seria dele. Seu pai o levara para pescar em um lago. Houvera muitas outras atividades para recuperar o tempo perdido. Recuperar uma juventude inteira.

Em um passeio pela floresta, ele avistara um cervo e pensara em como Robin ficaria feliz com o encontro.

Graças a Deus ele não se perdia mais na enorme casa, que era mais um castelo que uma mansão. Lamparinas e velas iluminavam seu caminho. Quando a noite chegava, ele usava um fósforo da caixinha que sua mãe lhe dera para acender a lamparina em seu quarto e espantar a escuridão. Não tinha medo da falta de luz, era a dor da ausência de Thea que ele se esforçava para afastar, com muita dificuldade. Apesar de tudo o que estava conquistando, havia perdido o que mais estimava e, quando pensava no futuro, tudo parecia lúgubre.

Principalmente depois de ler a carta dela que chegara naquela manhã. Ela tinha sido sucinta e direta: não estava grávida.

Tirando o relógio do bolso do colete, ele abriu a tampa e olhou para o retrato dela. Será que em algum momento a dor em seu peito pararia de aumentar ao ver a miniatura? Não que ele precisasse ver o presente de Aiden para lembrar. Thea nunca estava longe de seus pensamentos. Ele queria lhe mostrar e compartilhar com ela tudo o que via ou experimentava. Até a chuva.

Queria a opinião dela a respeito de tudo. Seu primo Angus era tão idiota quanto ele pensava? Ele ficava ridículo de kilt? Fera havia usado a peça apenas uma vez. Levaria algum tempo para se acostumar.

Ela gostaria de morar ali? Ela se casaria com ele se ele prometesse que nunca voltariam a Londres? Que evitariam a sociedade e não precisavam dela? Embora ele soubesse que ela argumentaria que as crianças precisariam de Londres e da sociedade para serem aceitas. Eles não poderiam se esconder para sempre.

Com um suspiro, ele fechou o relógio e o guardou.

— Você parece passar um bom tempo verificando a hora — disse uma voz suave, e ele fechou os olhos.

Não era a primeira vez que ele não percebera que sua mãe o observava, que ele estava tão perdido em pensamentos que nem a ouvira chegar. O empregado que cuidava das necessidades da mãe e a ajudava a se locomover pela casa mantinha a cadeira de rodas bem lubrificada, então era raro ouvir um rangido sequer da engenhoca. Abrindo os olhos, ele olhou por cima do ombro e deu um pequeno sorriso. Era estranho, mas, depois de tão pouco tempo, ele sentia como se a mãe sempre tivesse feito parte de sua vida.

— Parece que chove com frequência na Escócia.

— E chove mesmo. — Ela se aproximou. — Conte-me sobre o relógio.

— Eu o roubei... quando tinha 8 anos.

Ela não pareceu nem surpresa nem horrorizada.

— Mas não é a hora que você está sempre olhando.

Então talvez ela não estivesse perguntando exatamente sobre a origem do relógio. Talvez Fera soubesse daquilo e acreditava que, ao chocá-la, ela não perguntaria mais nada sobre o objeto.

— Posso ver? — perguntou ela.

Tirando o relógio do bolso, ele abriu a tampa e o estendeu para ela, exibindo-o na palma da mão, sem saber por que não retirara o chaveiro, por que apenas não o entregava nas mãos da mulher.

— Ela é bonita — disse a mãe. — Qual é o nome dela?

— Thea. Althea, mas, para mim, sempre será Thea.

— Você a conhece há muito tempo?

Ele olhou a pintura mais uma vez antes de fechar a tampa e guardar o relógio no colete.

— Às vezes, parece que a conheço desde sempre. Outras, que não a conheço há tempo o suficiente.

— Você nunca falou dela.

— Eu havia me declarado a ela poucos dias antes de o duque me visitar.

Por algum motivo, era mais fácil ver a duquesa como mãe do que o duque como pai. Talvez porque o pai fosse extremamente grandioso, e Fera sabia que, em algum momento, precisaria assumir seu lugar.

— Ela é uma plebeia?

Ele assentiu.

— Mas nasceu e cresceu na aristocracia. Sua vida mudou quando descobriram que o pai ela era um traidor envolvido em um plano para assassinar a Rainha.

— O pai dela era o duque de Wolfford?

— Você sabe da história?

— Seu pai foi chamado para Londres quando tudo aconteceu. Ele serve na Câmara dos Lordes, como você sabe.

— Ainda estou tentando me adaptar a tudo isso. Vocês costumam ir a Londres durante a temporada?

— Normalmente, embora eu não participe de muitos bailes. Não sou uma dançarina muito habilidosa.

Às vezes, sua mãe lhe partia o coração. Não de forma intencional. Ela aceitava suas limitações, mas Fera não conseguia deixar de se sentir um pouco culpado por elas. Se ele não tivesse nascido, se ela não tivesse precisado escondê-lo...

— Você vai se casar com a moça?

Ele voltou sua atenção para a chuva, lembrando-se de como havia chovido no dia em que ele levara Thea para a costureira. Será que tudo em sua vida o faria lembrar dela? Como ela poderia ter causado tanto impacto em tão pouco tempo?

— Ela acha que as ações do pai fazem dela uma esposa inadequada para um lorde.

— E o que você acha?

— Que isso é uma maldita bobagem. — Com uma careta, ele virou para encarar a mãe. — Peço desculpas...

— Benedict Campbell, nunca peça desculpas à sua mãe por ser quem você é. Além disso, você acha que não ouvi seu pai dizer coisas piores?

Cruzando os braços sobre o peito, Fera se apoiou no parapeito da janela.

— É uma coisa de homem, acho.

Ela sorriu ao ouvir aquilo. Fera gostava de fazê-la sorrir, mas logo aprendera que ninguém a fazia sorrir como o duque. Todo o seu rosto se iluminava quando o homem que amava entrava na sala.

— Conte-me sobre ela.

Ele suspirou. Por onde começar?

— Ela é forte. Me lembra um pouco você, com toda essa força que demonstrou ao longo dos anos. — Ele deu um sorriso gentil. — As pessoas têm medo de mim por causa do meu tamanho. Esse medo pode ser útil, às vezes. Mas ela nunca teve. Desde o primeiro momento em que nossos caminhos se cruzaram. Ela basicamente me disse para cuidar da minha vida. Eu fiz uma proposta para ela, pedi para que ensinasse modos refinados a algumas moças para que elas encontrassem um caminho de vida melhor. Expliquei os termos e ela rebateu, me dizendo os termos que exigia. Concordei com eles, mesmo sabendo que não poderia honrá-los, porque não a queria longe de mim. Eu me convenci de que estava fazendo tudo aquilo pelas outras moças, que elas se beneficiariam das aulas. Mas fiz tudo por mim mesmo, porque pensei que me beneficiaria da presença dela.

— E você o fez.

Ele assentiu.

— Ela é inteligente, generosa e gentil. Toma decisões com base no que acredita que é bom para os outros, não para si mesma.

Ela fizera aquilo com os irmãos dela, fizera com ele.

— Quando ela ri, meu mundo fica mais iluminado. Quando ela sorri, fica mais colorido.

— Você sente falta dela. Está solitário aqui — disse a mãe.

— Não solitário.

Mas, sim, solitário. Não era apenas Thea que não estava lá, seus irmãos e sua mãe também não estavam. Quantas vezes ele sentira vontade de falar com eles? De beber uma cerveja no Sereia e o Unicórnio? De comprar um livro no Empório de Livros Fancy?

— Estou acostumado a viver com barulho, e em locais cheios. Às vezes, aqui é muito silencioso.

Especialmente à noite, quando ele se deitava sem Thea em seus braços, sem a respiração dela como sua canção de ninar. Ele não conseguia dormir pela falta de barulho.

— Eu até que gosto do silêncio. Passei anos ouvindo os gritos dos atormentados, dia e noite.

— Se meu avô não estivesse morto, eu mesmo o mataria pelo que ele fez a você.

— Mas não pelo que ele causou a você. Isso me deixa feliz. Na noite em que jantamos com sua família, gostei muito de ver como vocês se dão bem uns com os outros. Não consigo imaginar você sem eles.

Nem ele. Que jornada estranha havia sido sua vida.

— Você não tem que morar aqui, sabe? Mesmo quando for o duque. Você só precisa garantir a manutenção adequada da propriedade e cuidar de seus deveres. Você é um lorde e pode morar onde quiser. Mas acho que você poderia fazer isso de qualquer maneira, do jeito que é bem-sucedido. — Ela o estudou enquanto um trovão ribombava à distância. — Você gostaria que não tivéssemos te encontrado?

Sem hesitação, ele avançou, ajoelhou-se ao lado dela e pegou sua mão.

— Não, é claro que não. Só estou demorando um pouco para me acostumar com essa mudança em minha vida.

Mara acariciou o cabelo preto do filho.

— Espero que você perceba o quanto te amamos.

Fera levou a mão dela aos lábios e beijou os nós dos dedos.

— Eu amo vocês.

— Daremos um baile quando voltarmos a Londres para garantir que todos saibam e aceitem seu lugar na alta sociedade. Você deveria convidar a moça.

Londres
Março, 1874

Fevereiro era o mês mais curto do ano, embora tivesse sido o mais longo da vida de Althea.

Ela agradeceu a chegada do mês de março. Não que o novo mês fosse fazer alguma diferença em sua vida, já que não lhe devolveria Benedict.

Sentia a falta dele com uma dor física tão intensa que, às vezes, se perguntava se seu coração tinha parado, apenas por um ou dois segundos, porque parar por meros segundos era melhor do que se estilhaçar por completo. Ela o machucara ao se recusar a casar com ele. Sabia disso. Mas também sabia que ele não entendia muito bem como as coisas funcionavam na aristocracia.

Uma reputação não começava e terminava com uma pessoa. Ela tinha tentáculos que envolviam os mais próximos, ligando você às desgraças dos outros, ligando os outros às suas.

Sentada diante do que tinha sido a escrivaninha dele, no que antes fora o escritório dele, organizando as aulas que daria ao primeiro grupo de mulheres que havia chegado, ela se perguntou se algum dia pararia de lembrar de Benedict por qualquer motivo. Quando se deitava na cama à noite vestindo a camisa dele — a que ele jogara para ela, e que carregava seu perfume de sândalo e canela —, pensava nele. Quando estava fazendo compras e via um cavalheiro olhando para seu relógio de bolso, pensava nele. Quando o vento soprava frio, pensava nele. Quando chovia, e também quando não chovia, pensava nele.

Quando se sentava na biblioteca à noite, as lembranças dos momentos que havia passado com ele a atormentavam. Nenhum copo de xerez esperava por ela agora. Quando ele a pedira em casamento, ela tinha imaginado uma vida inteira sentada na biblioteca, compartilhando momentos com ele.

Quando Althea tivera Benedict em seus braços, não precisara de um protetor ou da sociedade, porque havia se sentido totalmente capaz de cuidar de si mesma. Tudo que precisava era ele. Ela desistira do que desejava para que ele tivesse mais facilidade para se ajustar à vida na aristocracia. Ele não a entendia agora, mas entenderia com o tempo. Benedict teria sofrido. Os nobres podiam ser rudes e pouco receptivos. Talvez ele recebesse uma afronta direta, ou uma dama se recusaria a dançar com ele, ou um cavalheiro não o convidaria para se sentar no clube. Mas as feridas seriam alfinetadas comparadas aos ferimentos de faca que a presença de Althea teria causado. Alfinetes não deixaram cicatrizes. Facadas, sim. Pegando a corrente em volta do pescoço, ela puxou o medalhão enfiado em seu corpete, abriu-o e olhou para o retrato de Benedict. Ela fazia aquilo pelo menos meia dúzia de vezes a cada hora. Nossa, como sentia falta dele. Havia momentos em que mal conseguia se mover por causa da saudade.

Quando Jewel entrou no escritório, Althea mal se mexeu. Ela nunca fechava a porta, e Jewel não teria batido de qualquer maneira. A ex-meretriz cuidava da contabilidade, enquanto Althea ficava responsável pela educação das mulheres que chegavam à residência, preparando-as para uma vida diferente.

— Você tem visita — disse Jewel. — Na sala.

Uma sala que agora não possuía um único seio, pênis ou traseiro exposto.

Além de seus irmãos, ninguém do passado de Althea sabia que ela estava ali ou iria visitá-la. Apenas uma pessoa o faria, e ela sentiu como se milhares de borboletas tivessem levantado voo em sua barriga.

— É ele?

Era tudo o que ela precisava saber. Jewel fora muito sincera noutra noite ao dizer a Althea que a achava uma idiota por ter se afastado de Benedict.

— De certa forma.

O que raios aquilo queria dizer?

Ela ficou de pé e tateou o cabelo em busca de mechas soltas para ficar mais apresentável. Seu vestido era de um tecido malva que lhe dava um pouco de cor quando, nos últimos dias, ela se sentia pálida. Uma das consequências da dificuldade que tinha de dormir. De ficar olhando para o teto e revivendo cada toque, carícia e beijo.

Althea atravessou o escritório e desceu a escada, forçando-se a andar devagar, em vez de correr como queria, para que ele não soubesse como ela sentia sua falta, como estava grata por sua presença. Ou como ela sempre pedia por seu retorno à primeira estrela de cada noite. Ela parou no saguão e deu duas respirações trêmulas — que pouco fizeram para acalmar seu coração acelerado —, endireitou os ombros, levantou o queixo e entrou na sala de forma graciosa, como se tivesse acabado de colocar um livro sobre sua cabeça e precisasse equilibrá-lo.

Então, perdeu o fôlego ao vê-lo. Precisou parar no caminho para estudá-lo por completo, para notar todas as pequenas mudanças que haviam acontecido, e as palavras de Jewel fizeram sentido. *De certa forma.*

As roupas dele sempre foram bem-feitas e ajustadas, mas a calça preta, a camisa cinza, o colete cinza-escuro, o lenço preto e a jaqueta preta que ele usava agora eram mais ainda. Parecia que ele havia sido derretido e derramado dentro do traje. Seu cabelo, ainda comprido, estava arrumado em um penteado que se moldava ao seu rosto. Em uma das mãos, ele segurava uma bengala e uma cartola. Mas havia algo mais além dos enfeites em seu exterior.

A confiança, o poder e a força que sempre emanaram dele agora pareciam mais elegantes, ainda mais potentes. Ela se lembrou de Danny dizendo que os Trewlove eram a realeza em Whitechapel. Agora, Benedict dava a impressão de ser da realeza em qualquer lugar que aparecesse, até entre a aristocracia. As pessoas sentiriam sua presença quando ele entrasse em uma sala. As mulheres o desejariam e os homens sentiriam inveja. Ele nunca estivera tão lindo... e nunca parecera mais solitário.

— Como foi a Escócia? — ela finalmente conseguiu perguntar.

— Não achei que fosse ser tão bonita. — Ela sorriu ao notar o leve sotaque, e ele carregou no sotaque ainda mais: — Mas tenho dificuldade em entender metade do que dizem. Não estou familiarizado com algumas das palavras que eles usam, e a maioria dos escoceses tem um sotaque muito forte... sabe?

Ela riu com gosto.

— Sim, eu sei. Mas, com o tempo, você se acostumará, e vai parecer que você cresceu lá.

— Duvido. — O sotaque escocês havia desaparecido, dando lugar à maneira inglesa de marcar as palavras. — Como você está?

Péssima, terrível.

— Ocupada. Temos muitas mulheres morando aqui agora.

— Isso não me diz muita coisa sobre como *você* está.

Ela queria desviar o olhar, com medo de que ele a estivesse vendo muito profundamente, mas não queria perder um segundo de sua presença. Althea poderia nunca mais vê-lo novamente.

Seria um erro dizer aquilo, mas ela disse assim mesmo:

— Eu sinto sua falta. Mais do que pensei ser possível sentir falta de uma pessoa.

Ele a encarou. *Diga algo, diga algo, diga algo.*

— Você estava certa sobre a aristocracia. É bem diferente de morar no subúrbio. Você me falou sobre empregados acendendo lareiras. Eu não sabia que eles eram chamados até para atiçar o fogo. Se você tem dois duques, e um é mais importante que o outro, então você precisa saber sentá-los no lugar correto da mesa. — Ele balançou a cabeça. — Preciso encontrar uma esposa rápido. Uma que tenha crescido na aristocracia e saiba tudo sobre os detalhes da nobreza para me ajudar.

Certa de que ele a pediria em casamento de novo, Althea começou a se preparar para argumentar que ela não era a melhor escolha, mas os argumentos pareciam vazios quando comparados à saudade que ela sentira.

— Meu pai diz que não terei dificuldades em encontrar uma dama que queira se casar comigo.

O coração dela despencou ao pensar em Benedict pedindo a mão de outra mulher. Mas era o melhor a se fazer. Com muito esforço, ela conseguiu dizer:

— Certamente que não.

Ele a encarou com tanta intensidade que Althea pensou que seria impossível separá-los.

— Thea, se o duque tivesse outro filho, eu encontraria uma maneira de passar a obrigação para ele. Mas quando penso em tudo o que meus pais passaram, especialmente minha mãe, quando vejo o quanto eles me amam, mesmo eu não tendo sido parte da vida deles por anos, não posso deixar de me esforçar para ser o filho que eles esperam que eu seja.

Era óbvio que ele seria um filho leal que encheria os pais de orgulho, pois aquele era o tipo de homem que Benedict era. Era uma das muitas razões pelas quais Althea o amava tanto.

— Eu sei.

— Eles vão dar um baile na próxima semana para que eu seja apresentado à sociedade. — Ele pegou um envelope da jaqueta. — Gostaria que você fosse.

— Eu só vou estragar as coisas para eles, para você.

— Acho que você está errada. — Ele jogou o envelope na mesinha em frente ao sofá. — Deixarei aqui, caso você mude de ideia.

— Não mudarei. Por favor, não espere que eu vá. Você só ficará decepcionado.

— Prefiro arriscar a decepção a não arriscar nada.

Com aquelas palavras, o conde de Tewksbury saiu da sala, e Althea desejou que ele tivesse a beijado uma última vez antes de partir.

— Você tem uma visita na sala.

Althea se assustou ao ouvir a voz de Jewel. Ela estava lendo o convite que Benedict deixara havia cinco dias — não era a primeira vez que o fazia, e provavelmente não seria a última. Cada vez que lia as palavras, ela o imaginava tomando-a nos braços e valsando com ela pela pista de dança. Era um sonho lindo que também a visitava quando dormia. Exceto que, no sonho, quando eles andavam pelo salão, as pessoas lhes davam as costas conforme eles passavam. Ela acordava suada, com o coração disparado, a culpa a corroendo por ter lhe trazido tanta vergonha.

— É ele?

Será que ele havia voltado para convidá-la ao baile novamente?

— É uma mulher. Disse que é a duquesa de Glasford.

A mãe dele. O que ela queria? Althea ficou de pé num instante e ajeitou o cabelo.

— Estou com uma aparência boa? — Ela sacudiu a cabeça antes que Jewel pudesse responder. — Esqueça. Não importa.

Por que ela se importava com o que a duquesa pensaria dela?

Ela desceu a escada rapidamente e entrou na sala, parando de repente ao ver a mulher na cadeira de rodas. Ela precisava conversar com Jewel sobre como deveria ser informada de detalhes importantes para não ser pega de surpresa. Maldição, ela precisava conversar com Benedict. Por que ele não mencionara a situação da mãe? Ela fez uma reverência.

— Sua Graça.

— Senhorita Stanwick?

Ela assentiu.

— Sim.

A mulher virou-se para o homem que a acompanhava.

— John, por favor, espere no saguão até eu estar pronta para partir.

— Sim, Sua Graça.

O homem saiu. Era sem dúvida um empregado.

— Vou pedir para que sirvam chá — disse Althea.

Ela deveria ter pensado em pedir a Jewel que o fizesse antes.

— Não se preocupe. Não vou me demorar.

A mulher emanava uma calma e uma gentileza que pareciam ternos demais para o mundo. Então, ela apontou para o sofá.

— Por favor, sente-se.

Quando uma duquesa pedia, uma pessoa obedecia, mesmo contra sua vontade. Althea se sentou.

— Como posso ajudá-la, duquesa?

— Você pode ir ao meu baile amanhã à noite.

Althea sentiu o mundo girar e entrelaçou os dedos no colo.

— Não sei o quanto você sabe sobre meu relacionamento com Benedict...

— Ah, suspeito que sei quase tudo, srta. Stanwick. Nosso filho falou de você com muito carinho enquanto estávamos na Escócia.

— Então você sabe que meu pai é um traidor.

Ela esperava que a mulher não soubesse, esperava ver uma expressão de choque no rosto dela.

— Sim, eu sei. Ele esteve envolvido em um plano para assassinar a Rainha, pelo que entendi.

Althea apertou tanto os dedos que eles adormeceram.

— Então sabe que não sou bem-vinda na alta sociedade. Se eu for ao baile, as coisas podem ficar desconfortáveis. Não apenas para mim, mas para você, o duque e, mais importante, para Benedict. Eu serei cortada imediatamente. As pessoas darão as costas para mim. Sussurrarão palavras desagradáveis sobre mim, meu pai, vocês e Benedict. Vão se perguntar por que convidaram a filha de um homem que foi enforcado por traição, um homem a cujos filhos foi negado o que lhes era direito por nascença. Vocês podem sofrer. E nada disso vai ajudar Benedict a encontrar uma esposa adequada, uma que possa se orgulhar de estar ao lado dele, que possa amá-lo. Tentei explicar isso a ele, fazê-lo entender, mas ele não faz parte da aristocracia há muito tempo para compreender como as coisas funcionam. Ele simplesmente não entende.

— Mas você, sim. Você entende perfeitamente. Tenha a coragem de mostrar a ele. Só então ele entenderá os sacrifícios que precisam ser feitos.

Althea se rebelou de corpo, mente e alma. A humilhação que ela sofreria, a vergonha, a vontade de sumir da face da Terra. Aquilo quase a tinha matado antes. Os meses que se passaram desde então haviam a fortalecido, mas seria o suficiente para fazê-la resistir ao golpe que receberia?

A duquesa segurou as mãos de Althea.

— Se você realmente ama meu filho, deve comparecer ao baile. Você deve forçá-lo a testemunhar as repercussões de sua presença. Do contrário, temo que ele se apegue à possibilidade de ter você e nunca busque outra mulher, nunca conheça a felicidade. Eu o amo demais para deixar de fazer o que é melhor para ele. Estou nesta cadeira de rodas por causa do meu amor por ele e pelo pai dele, mas nunca me arrependi de nada do que fiz. Faria tudo de novo em um piscar de olhos, mesmo sabendo o que sofreria. O quanto você realmente ama meu filho, srta. Stanwick? O que você faria para garantir a possibilidade de um futuro feliz para ele?

Capítulo 30

ENQUANTO A CARRUAGEM QUE a duquesa mandara para buscá-la avançava rapidamente pelas ruas, Althea tentou acalmar seus nervos, procurando se tranquilizar. Ela quase instruíra o cocheiro a dar meia-volta e retornar à residência do duque sem ela, mas, eventualmente, subiu no veículo.

Havia considerado usar o vestido verde, mas, no final, optou pelo vermelho. Para garantir que Benedict entendesse completamente todas as ramificações da presença dela no baile, Althea tinha que estar o mais visível possível. Em um pequeno bolso secreto, ela guardou a caixinha de fósforos que ele lhe dera porque sabia que, durante a viagem de volta para casa, que começaria logo depois que ela chegasse ao baile, precisaria do lembrete de que poderia encontrar luz mesmo na escuridão.

Hester fizera um penteado elaborado em seu cabelo, usando os pentes de pérola que Althea comprara naquela tarde. Graças à generosidade de Benedict, ela podia se dar ao luxo de comprar coisas bonitas de vez em quando. Ela também comprara um colar e brincos de pérolas para combinar com os enfeites. Se estava prestes a enfrentar os fantasmas de seu passado, pretendia fazê-lo com toda a dignidade e autoconfiança que conseguisse reunir. Ela não tinha intenção de deixá-los ver quão difícil eles haviam tornado sua vida.

Althea estava deliberadamente uma hora atrasada para garantir sua chegada quando o salão de baile estivesse cheio, embora aquilo significasse uma humilhação maior — mais costas viradas, mais afrontas.

Mas a felicidade de Benedict era de suma importância, e ele não seria feliz se ficasse sozinho, se não encontrasse uma esposa. Ela não queria pensar em como seu coração se despedaçaria quando lesse sobre o noivado dele no jornal. Ela sobreviveria.

O andar da carruagem diminuiu quando o veículo passou por um portão e diminuiu ainda mais quando entrou em uma fila de veículos que se dirigiam para a frente da residência, onde largos degraus levavam à enorme mansão. Não havia muitas pessoas do lado de fora, graças a Deus, então ela conseguiria entrar sem muitos empecilhos.

No entanto, ela notou um homem que não se dirigia aos degraus, que parecia estar esperando no meio-fio. O restante das pessoas mantinha distância, não que Althea as culpasse. Os braços dele estavam cruzados sobre o peito e ele não cumprimentou ninguém. Simplesmente aguardou. A carruagem finalmente parou por completo. Um criado deu um passo à frente, abriu a porta e a ajudou a descer. Seus pés mal haviam atingido a calçada quando Aiden Trewlove se materializou diante dela, deixando o local que parecia que ele estava guardando. Ele ofereceu sua mão.

— Fera não tinha certeza se você apareceria. Ele me pediu para acompanhá-la se você o fizesse.

Althea segurou a mão dele.

— Você estava esperando por mim sem saber se eu viria?

Colocando a mão dela na curva de seu cotovelo, ele começou a conduzi-la em direção à entrada.

— Ele não queria que você entrasse sozinha e está ocupado sendo apresentado a todos os almofadinhas. Tenho certeza de que ele preferia estar aqui. Essa é a primeira vez que ele participa de um evento desses.

Althea não se lembrava de tê-lo visto em um baile antes, mas pensava que talvez apenas tivesse esquecido do fato, embora fosse impossível não o ver.

— Ele nunca foi a um baile?

— Não. Fugiu de todos como uma praga. Nenhum baile, jantar ou evento chique.

Um conde e uma condessa que ela conhecia estavam prestes a passar pela porta. Ficou óbvio que a condessa a avistou, pois arregalou os olhos e depois franziu o nariz, como se tivesse sentido o cheiro de algo nojento. Então, se apressou para entrar na mansão.

Bom, aquela não era uma das piores afrontas que ela já sofrera... No momento, estava menos preocupada em como as pessoas a tratariam e mais preocupada em como estavam tratando Benedict. Um baile, especialmente um no qual toda a alta sociedade de Londres parecia ter sido convidada, poderia ser opressor na melhor das hipóteses. Ela fora preparada para seu primeiro baile e ainda assim tivera dificuldades para encontrar pessoas que conhecia, para se sentir confortável com todos os estranhos que viria a conhecer. Quase todos os presentes, exceto a própria família, seriam estranhos a ele.

E, em vez disso, o irmão dele, alguém que Benedict realmente precisava ao seu lado — como um rosto conhecido, um sorriso maroto, um apoio para deixá-lo mais à vontade —, estava ali com ela.

A noite estava fria, mas Althea não fizera questão de levar um xale, e não tinha nada para deixar com o criado quando eles cruzaram a soleira da porta e adentraram um lindo e enorme saguão. Outro empregado estava direcionando as pessoas pelo corredor que sem dúvidas levava ao salão de baile.

Mas Aiden não seguiu os outros. Ele a direcionou para a escadaria que se dividia em duas. Ao pé da escada estavam todos os outros irmãos Trewlove, assim como seus cônjuges. Benedict estava sozinho no salão de baile, enfrentando aquelas pessoas pela primeira vez. Althea ficou horrorizada com o pensamento.

Gillie sorriu para ela.

— Você veio.

— Por que vocês não estão no salão?

— Porque Fera pediu que esperássemos aqui por você.

Homem tolo. Ele realmente não entendia nada sobre fazer parte da aristocracia, o quão difícil seria estar sozinho em um salão cheio de pessoas desconhecidas. Embora ele estivesse com seus pais, as pessoas das quais ele realmente precisava estavam ali... esperando por ela.

— Vamos indo? — perguntou Mick.

Sim, rápido. Ela precisava levá-los para o salão de baile o mais rápido possível, para que eles pudessem apoiar Benedict.

Selena se aproximou, e Aiden soltou o braço de Althea para receber a esposa.

— Vá na frente — disse ele a Althea. — E saiba que estamos aqui se precisar de nós.

Mas ela não precisava da ajuda deles. Precisava que eles estivessem ao lado de Benedict, que mostrassem a ele que não estava sozinho.

Apesar de seus irmãos terem ido a muitos bailes e até oferecido alguns, Fera conseguira evitar todos. Nunca se sentira parte daquele mundo. Seu sangue dizia que sim, mas ele ainda se sentia deslocado, como uma erva daninha em um jardim de flores. Ele continuava esperando que alguém aparecesse para arrancá-lo dali e mandá-lo embora.

Fera ficou ao lado dos pais enquanto cumprimentavam os convidados, que eram anunciados conforme desciam as escadas. Fancy passara por algo parecido no ano anterior, quando fora apresentada à sociedade, e lhe aconselhara a não contar as apresentações, pois aquilo só faria a noite se alongar.

O que fazia a noite parecer ainda mais longa eram os olhares que as jovens damas lhe davam, como se ele fosse uma sobremesa recém-descoberta e pronta para ser devorada. Ele conhecera jovens bonitas, outras simples, outras mais baixas e outras mais altas. Algumas pareciam mais ousadas que as demais. Algumas, mais tímidas. Certamente, algumas deveriam ser muito divertidas.

Mas nenhuma chamara a sua atenção da mesma forma que Thea, quando ele a vira pela primeira vez.

Fera havia prometido a si mesmo que não pensaria nela naquela noite. A promessa fora cumprida por um total de dois minutos. Era difícil saber quanto tempo mais ele aguentaria sem saber se ela iria aparecer. A presença dela com certeza deixaria a noite mais suportável.

Uma hora havia se passado desde o início do baile, e o salão já estava cheio de convidados elegantes e arrogantes. O duque e a duquesa pareciam ser os favoritos da alta sociedade, o que ele compreendia muito bem. Mesmo se não fossem seus pais, Fera teria adorado o casal. Eles eram gentis, generosos e atenciosos. Ele até chegou a se perguntar como teria sido diferente se tivesse sido criado pelos dois, mas era inútil pensar naquilo. Fera não conseguia pensar em uma vida melhor do que a que tivera, apesar de todas as dificuldades. Em outra vida, ele não teria seus irmãos ou sua mãe adotiva. Nem gostava de pensar naquilo.

— Senhorita Althea Stanwick! — a voz potente do mordomo principal anunciou, soando como mil sininhos de Natal.

Ela viera. Seu coração acelerou e tudo dentro de seu corpo acordou, embora ele tentasse se controlar pensando que a aparição de Thea não faria diferença, que ela não se casaria com ele. Que aquela noite poderia ser a última aparição dela na vida dele.

Ela estava no topo da escada usando o vestido vermelho que ressaltava sua perfeição — não que ela precisasse. De forma elegante, com os irmãos e cônjuges dele formando uma fila atrás dela — ele nunca os amara tanto —, ela começou a descer a escadaria. Fera queria pegá-la nos braços e levá-la para o quarto, onde arrancaria seu vestido imediatamente. Queria beijar cada centímetro de seu corpo, fazer amor até o sol raiar. Talvez, então, ele pudesse esquecê-la. *Me dê uma noite, Thea. Faremos valer a pena.*

Mas ele não queria apenas uma noite. Não queria esquecê-la.

Então, virou-se para os pais e disse:

— Eu amo vocês dois, mas este não é o meu mundo.

Ela era o mundo dele.

Seu pai simplesmente deu a ele um aceno estoico e rápido — e, naquela ação, Fera se viu como o menino que aguentara firme quando era provocado ou ridicularizado por coisas que não eram sua culpa: sua altura, seu tamanho, suas imperfeições, sua ilegitimidade.

Sua mãe pegou sua mão enluvada, apertou-a, pressionou-a contra os lábios e olhou para ele com olhos brilhantes e cheios de amor — um amor poderoso, um amor forte o suficiente para colocar seu filho, um produto de seu coração, nos braços de outra mulher. E ele soube que ela faria tudo de novo, que suportaria o fardo daquilo sem remorso ou tristeza, porque mantê-lo seguro era mais importante do que qualquer coisa que ela pudesse sofrer como resultado.

E Fera percebeu que podia não ter puxado nenhuma característica física da mãe, mas havia herdado seu coração.

Embora eles tivessem lhe dito quem ele era e Fera tivesse acreditado, só agora sentia que era realmente o filho deles.

O que sua mãe lhe dissera naquela tarde chuvosa? Quando ele havia contado sobre a saudade que sentia de Althea e o quanto aquilo lhe causava tristeza e solidão? *Nunca peça desculpas à sua mãe por ser quem você é.*

Quem era ele? Ele finalmente soube. Era um homem que encontraria uma maneira de honrar o amor dos pais e de sua linhagem, mas o faria seguindo os princípios de seu coração, não da alta sociedade.

Fera notou quando os casais que dançavam pararam de se mover, as pessoas sussurrando. Ele viu Chadbourne andando para a escadaria. Reconhecia um homem prestes a se vingar quando via um, um homem que não havia gostado nada de perder no pôquer. Fera não havia visto a lista de convidados, não sabia quem viria até que estivessem diante dele para as apresentações. Ele teria riscado aquele homem da lista sem nem pestanejar.

— Com licença — disse ele aos pais.

Seus passos rápidos o levaram rapidamente para o lado de Chadbourne.

— Vire suas costas para ela e eu quebrarei sua coluna em duas.

Ele não se importou de moderar o tom de voz, nem de esconder seu temperamento raivoso.

— Você não pode permitir que ela desça a escada. Não pode recebê-la.

— Eu posso e eu vou. O que não posso é permitir que você continue aqui mais um minuto sequer. Então saia com suas próprias pernas, ou terei muito prazer em arrastá-lo para fora.

O conde fez um som de escárnio.

— Você não cresceu na aristocracia. Não entende as regras.

— Graças a Deus.

— Quando os lordes e as damas, os duques e as duquesas, os condes e os viscondes, derem as costas a ela...

Fera não o deixou terminar o que parecia que seria uma pergunta desagradável.

— Não vou tolerar que ninguém seja rude com ela.

Algumas pessoas haviam se aproximado dos dois, e ele se perguntou se elas o haviam feito com o mesmo intuito de Chadbourne. Se fosse, teria que arrastar muito mais gente para fora do salão, mas ele tinha três irmãos e dois cunhados que poderiam ajudá-lo. Notando os murmurinhos, Fera sentiu que suas palavras haviam sido repetidas e repetidas e repetidas até alcançarem os cantos do salão.

— Vá embora. Agora. — disse ele a Chadbourne. — E se disser uma única palavra que a faça duvidar de como ela é bem-vinda aqui, farei você sentir o peso do meu punho tão rápido que você vai achar que está voando.

O olhar do homem não assustaria nem uma criança. O conde se virou.

— Jocelyn, estamos indo.

— Mas é um baile. Eu quero dançar. Você não pode mandar a carruagem me buscar mais tarde?

O homem parecia não saber como responder, mas, enfim, começou a subir a escada. Fera o observou até ele finalmente passar por Thea, que continuava a descer. Pelo que tinha visto, o conde não havia dito uma palavra para ela. Homem esperto.

Ele olhou para lady Jocelyn. Ela levantou as mãos.

— Não serei rude com ela.

Então, ela começou a andar de costas para o outro lado do salão, como se temesse ofendê-lo se virasse as costas.

Fera já estava se preparando para correr escada acima quando se virou e paralisou. Ela já estava ali, diante dele, tão perto que ele podia sentir o aroma de gardênias. Com base na distância que seus irmãos estavam na escada, ela deveria ter corrido.

Ele não sabia o que dizer. "Você veio" parecia bobo quando comparado às emoções profundas que o estavam bombardeando. "Você está linda", "Fico feliz que tenha vindo" e "Senti muito a sua falta" eram escolhas melhores para expressar o que ele sentia, mas ainda insuficientes.

— Aqui. Agora. — As palavras dela saíram baixo, mas eram claras.

Ele estudou cada linha e curva de seu rosto, procurando por uma pista de que ela estava insinuando o que ele esperava que estivesse, que ela estava lhe dizendo o que tinham combinado na noite em que se deitaram na cama e compartilharam suas almas, quando admitiram o amor que sentiam um pelo outro. Os olhos cinza-azulados expressavam esperança e dúvida. Se ele interpretasse mal o que ela estava tentando dizer, faria papel de tolo diante de todos os lordes e damas que abarrotavam o salão. Seu erro seria cometido na frente de todos, descrito em detalhes e usado para preencher folhetins de fofoca.

Então, percebeu que seria um erro somente se ele deixasse o momento passar, sem arriscar para saber se estava certo.

Nunca fora um erro beijá-la, despi-la em uma carruagem em movimento. Nunca fora um erro levá-la para a cama ou fazer amor com ela.

Lentamente, ele apoiou um joelho no chão.

— Eu lhe disse que ouvi muitas palavras que desconhecia na Escócia. Mas lá eu aprendi o significado de uma frase que me fez pensar em você. *Mo chridhe*. Meu coração. Você é meu coração, meu amor, Thea. Sempre será. Por favor, pelo amor de Deus, case comigo.

Althea mal podia vê-lo por trás das lágrimas.

Ele tinha razão. Ele não conhecia os aspectos sutis e pequenos detalhes da vida na aristocracia. Não sabia que não se usava um tom de voz potente ao ameaçar um lorde, que as palavras deveriam ser sussurradas apenas entre os dois. Que tais palavras não deveriam alcançar os ouvidos de uma mulher que descia a escada e derreter seu coração.

E ele certamente não deveria ameaçar cometer barbáries, como quebrar a coluna de alguém em duas. Não que Althea duvidasse que ele o faria, ou que Chadbourne não merecesse. Mas um cavalheiro solicitava um duelo ao nascer do sol.

Não ameaçava arrastar alguém para fora de um baile. Um cavalheiro pediria que um criado fizesse o trabalho.

E ele deveria estar rodeado por seus irmãos, recebendo o apoio deles, e não ter pedido que eles esperassem no saguão por uma mulher que talvez nem reunisse coragem o suficiente para ir ao baile.

Então, ele realmente precisava de uma esposa que pudesse guiá-lo pelo universo da aristocracia, para garantir que ele nunca mais sacrificasse sua felicidade pela de outra pessoa.

— Benedict Trewlove Campbell, conde de Tewksbury, você tem muito a aprender sobre a aristocracia, mas parece que sabe tudo o que se precisa saber sobre o amor. Você também é meu coração. Será minha maior honra me tornar sua esposa.

Ele se levantou, puxou-a para seus braços e reivindicou sua boca com uma paixão fervorosa que normalmente era reservada para aposentos privados. Um cavalheiro teria simplesmente roçado seus lábios de leve sobre os dela — mas, naquele momento, enquanto ela o abraçava pelo pescoço, Althea ficou muito feliz por ele não saber como as coisas funcionavam na aristocracia.

Capítulo 31

— Quero apresentá-la aos meus pais — disse Benedict alguns minutos depois, enlaçando os dedos enluvados nos dela. — Acho que você vai gostar deles.

Althea já sabia que gostava de sua mãe.

Enquanto ele se dirigia para onde o pai estava de pé, a esposa ao lado em sua cadeira, Althea não viu costas sendo viradas, não recebeu nenhuma afronta direta, mas não teria se importado se algo do tipo acontecesse. Ela suportaria o que fosse necessário para estar ao lado de Ben. Ele protegeria seus filhos, assim como os pais e irmãos dele o fariam.

— Mãe, pai, gostaria de apresentar Althea Stanwick, minha amada e futura esposa.

Ela fez uma reverência.

— Sua Graça.

— É um prazer conhecer uma moça tão corajosa — disse o duque. — Estamos ansiosos para recebê-la em nossa família.

— Obrigada.

Então ela se abaixou em frente à duquesa, seu vestido desabrochando ao seu redor.

— Quando você me pediu para vir hoje à noite, não foi para ele ver como as coisas eram e entender. Você me pediu para vir para que *eu* pudesse ver como as coisas eram e entender.

A duquesa de Glasford sorriu, e foi o sorriso mais lindo que Althea já vira.

— Eu não estava presente para confortar o sofrimento do meu filho quando ele era um garotinho. Quando estávamos na Escócia, vi que ele estava sofrendo sem você, mas percebi que agora eu tinha a chance de fazer algo para tentar impedir essa dor. Então, sim, eu a incitei a vir, torcendo que as coisas se desenrolassem como eu esperava. Me perdoe por isso, srta. Stanwick, mas saiba de uma coisa: tive o amor de um Campbell desde os 15 anos de idade. Eu sei até onde um homem dessa família irá pela mulher que ama. Não gostaria que nenhuma mulher perdesse a oportunidade de receber um amor tão profundo.

— Vou trabalhar para ser a melhor nora que você poderia desejar.

— Enquanto você amar meu filho e o fizer feliz, você será.

— Essa será uma tarefa fácil.

Ao se afastarem de seus pais, Althea e Benedict logo se encontraram cercados pela família dele, todos exceto Ettie Trewlove, que não comparecia a eventos como aquele. Muitos abraços, tantos sorrisos. Engraçado como uma vida podia se desviar para um caminho que poderia parecer tão errado em um primeiro momento, mas que acabaria se revelando certo depois.

— Althea?

Espantando seus devaneios, ela sorriu.

— Olá, Kat.

— Queria dar os meus parabéns pelo seu noivado.

— Obrigada. Você já deve ter sido apresentada ao conde.

— Sim, quando chegamos.

Althea olhou para o homem silencioso ao seu lado. A mão forte estava pousada de forma reconfortante na parte inferior das costas dela.

— Lady Kathryn é uma querida amiga, que recentemente me deu alguns conselhos sábios.

— Lady Kathryn, é um prazer.

Ele se curvou.

— Milorde. — Kat fez uma pequena reverência e voltou a atenção para Althea. — Espero que você possa me visitar para tomar chá quando tiver tempo. Na sala.

— Eu adoraria.

— Ótimo. Agora preciso ir. Minha próxima dança foi reivindicada. Fiquem bem.

Com isso, ela se foi.

Althea tinha a impressão de que, com o tempo, seria bem-vinda em mais salas e salões. Mas, naquele momento, tinha preocupações mais urgentes. Ela olhou para o homem que amava profundamente.

— Você vai valsar comigo?

Benedict abriu aquele sorriso que o deixava dolorosamente lindo.

— Achei que você nunca fosse perguntar.

Althea riu enquanto ele a guiava para a pista de dança com tanta graça e soube que era motivo de inveja.

— O que você disse para minha mãe... você já a havia conhecido antes?

— Ela foi me visitar ontem. Não sei se eu teria vindo se ela não o tivesse feito a visita, embora estivesse considerando de verdade. Eu senti muito a sua falta.

— Você nunca mais vai sentir minha falta novamente.

— Ela não contou que me visitou?

— Não.

— Mas você colocou a sua família para me esperar, mesmo sem saber se eu viria? Quando você mais precisava que eles estivessem com aqui você?

— Realmente achava que eu faria você enfrentar essa gente sozinha? Sempre vou protegê-la, do jeito que for necessário. E, se eu não puder estar lá, minha família estará.

Althea não ia chorar no meio de uma valsa.

— Estou quase perdoando meu pai... não pela trama contra a Coroa, claro, mas pelo papel que ele teve na mudança do curso da minha vida. Eu poderia nunca ter conhecido você de outra forma.

— Isso teria sido uma tragédia.

As palavras dele não tinham nenhum tom provocativo, apenas uma convicção absoluta. Benedict fora sincero. Ela não podia imaginar o quão triste sua vida teria sido sem ele para amar.

— Temos um ao outro agora.

— Agora e sempre.

Capítulo 32

Duas noites depois, deitada em sua cama, Althea estava em estado de alerta, atenta a qualquer som vindo de sua janela. Naquela manhã, ela fora ao endereço que Griffith havia deixado com ela e entregara a mensagem que alertaria seus irmãos sobre sua necessidade de vê-los. Estava nervosa desde então, com o coração disparando sempre que uma tábua do assoalho rangia, uma porta era fechada ou um estalo ocorria em algum lugar. Ela havia deixado uma vela acesa na janela para que eles soubessem qual era seu quarto.

Então, ouviu um clique. Uma pedrinha contra a janela. Ela saiu da cama, correu para a janela quando outro clique soou e olhou para fora. Apenas a escuridão a recebeu. Ela apagou a vela, vestiu o xale e saiu do quarto. Rápida, mas silenciosamente, chegou à escada que dava para a cozinha.

Então, abriu a porta e deu um passo para fora.

— Marcus? Griff?

Duas grandes silhuetas emergiram silenciosas da escuridão, como espectros na noite. Ela teria gritado se não estivesse esperando pelos dois.

— Entrem. Ninguém vai nos perturbar.

Ela havia aprendido recentemente que o barulho das vozes ecoava em locais abertos.

Voltando para dentro da casa, ela esperou. Tão silenciosos quanto a névoa que esgueirava para dentro, seus irmãos atravessaram a soleira e Marcus fechou a porta.

Ela quase não os reconheceu. Os rostos eram os mesmos, mas eles pareciam mais reais do que antes. Era como se estivessem em constante estado de alerta. Emanavam poder e perigo, eram homens com quem não se podia brincar. Especialmente Marcus. Ele a lembrou de uma víbora que havia visto no zoológico, pronta para atacar à menor das provocações.

— Querem um pouco de uísque?

Ela havia separado a garrafa antes, deixando-a na mesa para recebê-los. Marcus a encarou, seus olhos azuis como pedras de gelo causando um arrepio por sua espinha. Seu cabelo escuro estava longo, quase tão comprido quanto o de Benedict. O tom das madeixas fazia seus olhos se destacarem mais ainda.

— Não, obrigado. Álcool entorpece os sentidos, retarda nossos reflexos.

Ela temeu que os irmãos precisassem constantemente manter os sentidos e reflexos intactos. Seus casacos pareciam pesados, e Althea desconfiou que pistolas, facas e outros tipos de armas estavam escondidos nos bolsos.

— O que você precisa, Althea? — perguntou Griff, sua voz demonstrando irritação pela inconveniência de ter sido convocado.

Nada de abraços, então. Não era uma reunião alegre. Ele havia mudado desde a última vez que o vira, e ela suspeitava que o irmão não pedia mais desculpas por suas ações. Seu cabelo também estava mais comprido. Como o de Marcus, precisava de um bom corte.

— Tenho algo para vocês.

Ela pegou um envelope, que também havia colocado na mesa antes, e o estendeu para Marcus.

Ele olhou para dentro do envelope e passou o dedo pelas notas de dinheiro.

— Parece que somam quatro mil libras. — Ele a encarou. — Como você conseguiu isso?

— Ganhei a maior parte dando aulas para as mulheres daqui. — Ela corou, incerta do porquê sentia a necessidade de confessar o restante, talvez porque quisesse que seus irmãos soubessem que ela também estava mudada. — Ganhei um pouco mais de mil libras nas mesas de apostas.

— Você andou apostando? — perguntou Griff e, por um segundo, ele pareceu o irmão com quem havia morado por quase três meses.

Althea quase sorriu.

— Só uma vez. Achei que o dinheiro pudesse ser útil para vocês em sua missão… ou que pudesse fazê-los desistir dela.

— É um gesto muito nobre, Althea, mas é melhor você ficar com o dinheiro. Você pode precisar dele — explicou Marcus.

— Não precisarei. Vou me casar. Um anúncio sairá no jornal em alguns dias, mas queria contar a vocês antes.

— Não dei permissão para você se casar.

As palavras saíram tão absolutas, em um tom tão severo, que Althea riu.

— Não preciso da sua permissão, Marcus. Vivi sozinha nesses últimos meses e farei o que quiser.

— Quem negociou os termos? Quais são?

Apesar de sua frieza, Marcus ainda parecia se importar com ela.

— Não há termos. Não preciso de um. Eu o amo e ele me ama. Nunca precisarei de nada.

— Você vai se casar com o Trewlove — afirmou Griff com convicção.

Ela o encarou e sorriu.

— Sim, embora tenhamos descoberto que ele é o filho e herdeiro do duque de Glasford.

— Minha nossa!

O sorriso dela se alargou.

— Acho que ele deve ter reagido da mesma maneira quando descobriu. — Ela voltou a atenção para Marcus. — Eu sei que parte do motivo de vocês estarem fazendo seja lá o que for era para garantir que eu tivesse um bom casamento. Eu consegui um. — *Sozinha.* — Então, se vocês estão se arriscando por minha causa, saibam que não há mais necessidade.

As feições de Marcus suavizaram, seus olhos se aqueceram, e ela viu um lampejo do irmão que conhecera um dia.

— Não há como recuperar a honra do nosso pai, mas podemos recuperar a honra da nossa família. Você deve querer isso para os seus filhos.

Ela deu um passo na direção dele.

— O que eu quero é que meus filhos conheçam os tios.

— Mas de que servem tios desonrados?

Os olhos dela marejaram.

— Suponho que vocês não poderão comparecer ao casamento no próximo mês, para entrarem comigo.

— Duvido que as coisas estejam resolvidas até lá. É importante que continuemos nas sombras, sem nos associar com a aristocracia. Pode ser perigoso para você ser vista conosco. É melhor que aqueles com quem estamos nos... associando agora acreditem que cortamos todas as relações com o passado. Mas desejo a você toda a felicidade do mundo.

Althea não conseguiu se segurar. Ela se atirou nos braços do irmão e o abraçou forte.

— Por favor, não façam nada que possa impedir meus filhos de conhecerem vocês um dia.

Ele devolveu o abraço com força e segurança.

— Não se preocupe. Estaremos de volta em sua vida antes que você perceba.

Althea certamente esperava que sim.

Quando ele a soltou, Griff a puxou para um abraço.

— Quem iria imaginar que eu sentiria falta de você?

Ela o abraçou de volta.

— Cuide de você e dele. Eu amo vocês. Por favor, não partam meu coração.

Ele deu um passo para trás.

— Cuide-se você também. Fale para o Trewlove que, se ele não a tratar bem, precisará se ver conosco.

— Isso não será um problema.

— Eu sei. Eu vi como ele a olhou naquela noite, mas ainda precisava dar o aviso.

— Precisamos ir. — disse Marcus — Mas vamos levar o dinheiro. Ele será útil.

— Se precisarem de mais alguma coisa…

Ele acenou com a cabeça.

— Nós sabemos.

Ele abriu a porta. Ela os seguiu para fora e assistiu com tristeza enquanto eles desapareciam na escuridão da rua.

Eles se casaram na igreja de St. George. Havia tantas pessoas na capela que Althea dissera a Fera que não entendia se os convidados tinham esquecido da traição de seu pai, se haviam decidido perdoar a filha ou se tinham simplesmente resolvido que ela não merecia sofrer por ações sobre as quais não tivera controle.

Mas o café da manhã do dia seguinte, na casa do duque e da duquesa de Glasford, foi algo mais exclusivo, apenas para amigos íntimos e familiares, para que Ettie pudesse comparecer e se sentir confortável.

Ainda assim, foi um evento relativamente formal, com mesas cobertas com toalhas de renda branca espalhadas por uma grande sala de jantar. Fera e Althea se sentaram em uma longa mesa de frente para a sala. Eles dividiram a mesa com Ettie, o duque e a duquesa.

Enquanto a comida era servida, ele se inclinou para o ouvido de Althea e sussurrou:

— Preferia estar mordiscando você.

Ela corou, mas seus olhos se aqueceram.

— Talvez devêssemos comer mais rápido.

— Você acha que alguém vai notar se nós... desaparecermos?

Eles não faziam amor desde que ela concordara em ser sua esposa. Fera estava ansioso para tomá-la lentamente, então de um modo mais rápido, e depois lentamente mais uma vez.

— Como somos os convidados de honra, creio que sim.

Uma batida no vidro de uma taça chamou a atenção deles, e Fera percebeu que seu pai ficara de pé. Quando todos fizeram silêncio, o duque disse:

— Antes de começarmos, gostaria de falar algumas palavras. Quando eu era um rapaz de 16 anos, numa tarde olhei para o outro lado do vale e avistei Mara nadando em um riacho. Foi o fim para mim. Eu me apaixonei perdidamente, e não queria mais ninguém. Eu imaginei os filhos que teríamos, os casamentos que iríamos e os netos que mimaríamos. — Ele balançou a cabeça. — Mas o destino é algo indomável. Os sonhos que eu e Mara tivemos, o lindo futuro que sussurrávamos sob a luz da lua sempre que escapávamos para nos encontrar... bom, eles nunca se concretizaram. Até hoje. Temos nosso menino de volta. Comparecemos ao seu casamento. E, sim, mais uma vez, sonhamos em mimar um neto ou dois. Mas não estaríamos aqui, não teríamos nossos sonhos de volta, se não fosse por Ettie Trewlove. Você deu ao nosso menino uma família quando não pudemos fazê-lo. Você manteve a promessa que fez para Mara, de amá-lo como seu próprio filho. O que imagino, com base no apelido que deram a ele, que não tenha sido uma tarefa fácil.

Fera deu um grande sorriso quando risadas ecoaram ao seu redor. Quando todos fizeram silêncio de novo, seu pai continuou.

— Agradecemos você, do fundo do nosso coração, por isso. E agradecemos aos irmãos e irmãs de nosso filho. Vocês têm um vínculo especial e dão a devida importância a ele, o que mostra como são espertos. E, agora, Benedict tem uma adorável esposa que estamos ansiosos para conhecer melhor. Por isso, gostaria de conceder uma bênção escocesa ao nosso filho, e à nossa mais

308

nova filha. Como estamos no meio de tantos ingleses, vou poupá-los da versão original e traduzi-la da melhor forma possível.

Ele levantou a taça de champanhe.

— "Que o melhor que você já viu seja o pior que você já viu. Que o rato nunca saia da sua despensa com uma lágrima suspensa. Que você se mantenha saudável e forte até ser velho o suficiente para a morte. Que você seja feliz, como sua mãe sempre quis." — Ele levantou ainda mais a taça. — *Slàinte!*

— *Slàinte!* — ecoou pelo salão quando todos levantaram suas taças, brindaram e beberam.

Quando Fera beijou sua esposa, todos comemoraram.

Escócia
Uma semana depois

— Acho que estou me apaixonando pela Escócia.

Sentado na cama, com uma mão atrás da cabeça, Fera sorriu com as palavras de sua esposa, ditas enquanto ela estava nua diante da janela, olhando para a névoa da manhã que cobria o vale. Seus pais haviam ficado em Londres para dar a ele e Thea algum tempo a sós na propriedade.

— Eu também gosto muito da vista.

Ela se virou com uma risada.

— Achei que você já estaria cansado. Quase não vestimos roupas desde que chegamos.

Porque eles raramente saíam do quarto. No segundo dia, ele a levara para cavalgar, para ver os lagos, as colinas e as florestas. No início da noite, eles passeavam pelos jardins. Mas ele raramente usava mais que uma calça e uma camisa. Ela não se dava o trabalho de colocar um espartilho.

Ficava mais fácil para se despirem quando voltavam para o quarto. Eles tinham semanas de abstinência para compensar.

— Você acha que vamos morar aqui?

— Em algumas épocas do ano, mas usaremos outra ala da casa. Não podemos deixar meus pais ouvirem seus gritos de êxtase.

Gritos que o deixavam louco. Ali, eles não precisavam se preocupar em não fazer barulho. E não se preocupavam mesmo.

Depois de uma primeira vez apressada, eles haviam adotado um ritmo mais lento, explorando um ao outro como se cada aspecto fosse novo e desconhecido. De certa forma, era tudo novo. Agora, havia mais certeza em suas ações. Thea era sua esposa, e assim seria para sempre.

Com movimentos lentos e sensuais, ela caminhou de volta para a cama e montou em cima dele.

— Meu fogo precisa ser aceso.

Rindo, ele enredou os dedos pelo cabelo dela e uniu suas bocas, reivindicando-a com uma carícia de sua língua. Ele ainda não conseguia ficar sem beijá-la, o que era perfeito para ela, pois Thea também não parecia conseguir manter a boca longe da dele. Eles eram perfeitos juntos. Suas necessidades eram as mesmas, os desejos tinham a mesma intensidade. A vontade que sentiam de dar prazer um ao outro era igual.

Gemendo, ela se ergueu e se encaixou no membro ereto dele, deslizando por seu comprimento. Ele soltou um rosnado quando ela o tomou por completo. Ele nunca se cansaria da sensação de ser abraçado por ela.

Então, ela o cavalgou com o sol da Escócia passando pelas janelas, e ele se perguntou brevemente se os raios de sol deixariam sardas nas costas dela para que ele pudesse beijar todas depois.

Os gemidos de Thea começaram a se intensificar, e ele soube que ela estava sendo dominada pelo prazer, assim como ele. Estavam em sintonia. Quando ela começou a gritar, seus grunhidos se juntaram aos gemidos dela, criando uma melodia que ele esperava ouvir até o fim de seus dias.

Então, ela derreteu sobre ele, e Fera a abraçou com força enquanto suas respirações voltavam ao normal e seus corpos esfriavam.

Alguns minutos se passaram até que ele finalmente conseguisse se mexer, mas moveu apenas a garganta para falar:

— Você sabe o que eu pensei na primeira vez que a vi? — Levantando-se um pouco, ela o encarou e negou com a cabeça. — "Aqui não é o lugar de uma mulher como ela." Mas eu estava errado, *mo chridhe*. Você pertence a qualquer lugar que eu esteja.

Quando Thea tomou posse de sua boca com um fervor tão intenso quanto o amor que sentia por ele, Fera percebeu que também pertencia aonde quer que ela estivesse.

Epílogo

*Escócia
Novembro, 1910*

Com os braços cruzados sobre o peito, o duque de Glasford se apoiou na parede no grande salão enquanto assistia à sua duquesa tentar organizar uma multidão de quase cinquenta crianças, esposas e netos em frente a uma enorme lareira que já esquentara pés de reis. Thea fazia milagres quando a tarefa envolvia aprontar o clã Trewlove para um retrato de família.

Fera assumira a posição de duque havia duas décadas. Sua mãe definhara com os anos, e ele acreditava que tudo que ela suportara para protegê-lo continuou a pesar em sua vida, e fora responsável por fazê-lo ter menos tempo com ela. Ela dera seu último suspiro com um sorriso gentil no rosto, enquanto os dois homens que a amavam seguravam suas mãos. Então, Fera viu seu pai se despedaçar, e não ficou surpreso quando o homem morreu durante o sono seis semanas depois. O amor de seus pais os ligava não só em vida, mas na morte também.

Ele sentiu o peito apertar de amor e orgulho ao ver seu primogênito segurar o primogênito *dele*, e desejou que os pais tivessem vivido mais tempo para testemunhar que a linhagem dos Campbell estava segura por pelo menos mais duas gerações. Eles haviam conhecido o neto, mas não o bisneto.

— Não sei como ela consegue organizar todo mundo e fazê-los ficar no lugar — disse Fera, com o sotaque escocês que havia adquirido nos últimos anos.

— Ela aterroriza meus netos — explicou Aiden.

— Não vejo problema nisso. Seus netos são um terror.

— Eles não são. São anjinhos, todos eles.

Gillie sacudiu a cabeça enquanto ria.

— Vocês conseguem acreditar o quanto nossa família cresceu?

Nem todas as crianças deles haviam se casado, mas os que casaram encheram berços rapidamente.

— Alguém sabe o número exato? — perguntou Finn.

— Não vejo motivo para contar — afirmou Mick. — Quando terminarmos de contar, alguém já terá casado ou tido mais um bebê.

— Mamãe parece que está no Céu — apontou Fancy —, rodeada por netos e bisnetos. Ela está com um rubor adorável nas bochechas.

Thea havia colocado Ettie em uma poltrona branca com o bebê mais novo nos braços, os mais pequeninos aos seus pés e os netos maiores logo atrás.

— Acho que não são as crianças que estão fazendo ela corar — refletiu Gillie. — Acho que é o jardineiro de Mick. Fui visitá-la recentemente em algumas manhãs, bem cedo, e ele estava lá tomando chá.

Anos antes, quando Mick construíra uma mansão em um terreno próximo a Londres, também fizera uma adorável casinha para que a mãe pudesse ter sua independência, mas continuasse perto. Fera e seus irmãos ajudavam com móveis, empregados e tudo que ela precisasse. O dia da partida de Ettie seria um grande golpe para os filhos.

— Gil, ela já tem nove décadas de vida — lembrou Fera à irmã.

— E você tem sete. Vai me dizer que virou um monge?

— Bom, não, mas... — Ele encarou Mick. — O jardineiro é um bom homem?

Mick deu de ombros.

— Deve ser, se está deixando mamãe corada.

— Há quanto tempo isso está acontecendo? — questionou Finn.

Mick suspirou.

— Anos?

— Você sabia e não nos contou? — perguntou Aiden, falando um pouco alto.

— Eu suspeitei. Ele passa mais tempo cuidando dos jardins dela do que dos meus, e os meus são dez vezes maiores.

— Ela não está sozinha, nem solitária. Ela tem alguém. — Fancy sorriu alegremente. — Acho isso maravilhoso.

— Porque você ama histórias românticas — apontou Aiden. — Quando eu voltar para Londres, terei uma conversinha com o homem.

— Não vai, não — disse Mick.

— Não quero que ele se aproveite da mamãe.

— Aiden, quando eu disse anos, quis dizer possivelmente uns vinte e cinco...

— Tudo isso? — exclamou Gillie. — Por que será que ela não nos contou?

— Você conhece a mamãe. Ela tem os segredos dela.

— Talvez ela goste de se sentir um pouco atrevida — sugeriu Fera. — Mas talvez fosse de bom tom da nossa parte deixá-la saber que o receberíamos de braços abertos.

A sugestão foi acolhida por uma série de cabeças assentindo. Então, ele olhou para Robin. Fera estivera certo sobre a altura do rapaz. Quando o menino terminou de crescer, ele ficou apenas poucos centímetros mais baixo que Fera.

— Você está muito quieto.

O rapaz deu de ombros, embora não fosse mais um rapaz. Robin havia viajado pelo mundo e capturado animais com sua câmera fotográfica. Ele tinha 12 anos quando disse a Thorne que eles deveriam deixar os animais em seu verdadeiro habitat.

— Só estou surpreso por tantos de vocês não saberem sobre a vovó e o jardineiro.

— Você sabia? — perguntou Aiden.

Robin abriu um grande sorriso.

— Faz uns anos que perguntei se ele havia beijado ela, e ele disse que sim.

O som leve de risadas reverberou entre eles.

— Você faz essa pergunta para todo mundo? — questionou Aiden.

Robin mexeu as sobrancelhas.

— Quer saber quem seu filho mais novo anda beijando esses dias?

Fera viu que Aiden ficou tentado a perguntar, mas o irmão apenas deu um tapinha no ombro do mais jovem.

— Talvez você devesse focar em beijar a sua mulher.

— Fique sabendo que beijo a Angela o suficiente.

Poucos sabiam que Angela era a filha de Finn, levada sem o conhecimento dele e criada por outro casal. Todos consideraram justiça poética quando ela se casou com Robin e se tornara uma Trewlove novamente.

— Não existe beijos demais — afirmou Mick. — Sempre há lugar para mais um.

— Atenção! — gritou Thea, gesticulando para o grupo. — Estou pronta para arrumar vocês.

Enquanto andavam em direção à lareira, Fera observou o quadro da palavra TREWLOVE com letras coloridas emoldurado, o mesmo que haviam pintado anos antes, em uma véspera de Natal. Robin lhe dera a pintura quando partira para estudar em Eton, dizendo: "Já que seu sobrenome não é mais Trewlove, pensei que apreciaria o lembrete mais que eu".

Fera não precisava do lembrete. Em seu coração, ele sempre seria um Trewlove, mas a generosidade do rapaz o tocara fundo e, assim como fizera com as moedas de Sally Greene, ele aceitou o presente de bom grado.

Fera também continuou a publicar seus livros como Benedict Trewlove. Ele já havia publicado trinta livros e, embora Thea sempre achasse que o culpado era o mordomo, aquilo se tornara verdade apenas em seu último livro. Fora um presente para ela. Quando decidiu aposentar a caneta, ele fez o detetive se casar com a viúva suspeita de matar o próprio marido.

Ele e os irmãos subiram no degrau da imensa lareira e se arranjaram na ordem em que entraram na vida de Ettie Trewlove.

Mick, Aiden, Finn, Benedict, Gillian, Fancy e Robin. As esposas e maridos se juntaram a eles. Fera colocou os braços ao redor de Thea, entrelaçando os dedos na cintura dela, onde as mãos se uniram. O degrau da lareira era alto o suficiente para que ela aparecesse atrás da cabeça da nora.

O cabelo de Thea havia ficado mais claro, mais pálido, com o passar dos anos, e estava quase prateado. O cabelo dele também tinha várias mechas brancas, mas a maior parte ainda era preta como a noite.

— Está bem — disse o fotógrafo, levantando a mão —, olhem para o meu dedo e digam *slàinte!*

Slàinte! ecoou pelo cômodo cinco vezes, conforme cinco fotos eram tiradas.

— Terminamos — declarou o homem, e a multidão se dispersou entre sons de "aleluia".

Em seus braços, Thea virou-se para Fera e suspirou.

— Tarefa cumprida por mais um ano.

A fotografia sim, mas os retratos dos membros da família de primeiro grau ainda precisavam ser pintados. Ele duvidava que qualquer outra geração dos Campbell tivesse sido tão bem documentada quanto a sua.

— Você tem muita habilidade para gerenciar as coisas — elogiou ele.

— Ganhei muita experiência gerenciando você todos esses anos.

Ele bufou, mas riu logo em seguida.

— Você realmente me ajuda a não ficar arrogante.

Com muito carinho, ele segurou o queixo delicado da esposa e passou o polegar sobre seu lábio inferior. Ela continuava tão linda quanto o dia em que o servira na taverna. Ela ainda lhe tirava o fôlego. Ainda era a dona de seu coração.

— Você tem ideia do quanto eu te amo? Do quanto sou grato por você estar ao meu lado todos esses anos? Do quanto você ilumina meu mundo?

— Como se mil velas tivessem sido acesas?

Ele havia esquecido como descrevera o sorriso de Sally para ela havia tantos anos.

— Muito mais que mil velas. Uma vez, o Robin me perguntou como era beijar você. Eu respondi que era vasto como os oceanos e infinito como as estrelas. Até essa descrição é insuficiente. De todos os momentos da minha vida, o que mais agradeço é o momento em que a vi pela primeira vez.

Com um sorriso enorme e o amor que sentia pelo marido brilhando em seus olhos, ela passou os braços pelo pescoço dele.

— Pela nossa idade, acho que as pessoas entenderão se dissermos que vamos tirar uma soneca.

Que passaria longe de ser uma soneca, não até ele fazer amor com a esposa.

— Sabendo o quanto eu te amo, Bela, e que estamos há bons cinco minutos dos nossos aposentos, acredito que todos entenderão se eu não conseguir esperar para sentir seu gosto.

Ele a puxou para mais perto e tocou os lábios nos dela. Quando Thea devolveu o beijo com um entusiasmo que garantiria uma jornada rápida até o quarto, ele se lembrou da bênção dada pelo pai no dia de seu casamento. Ele não podia deixar de acreditar que, durante todos aqueles anos, ele fora tão feliz quanto seus pais desejaram que ele fosse.

Nota da Autora

Meus queridos leitores,

Em 1869, a lei mudou para que as propriedades e os títulos de pessoas que cometeram traição passassem para seus parentes em vez de serem tomados pela Coroa. Infelizmente, só descobri isso após ter sido dominada pela história. Alterar o período da narrativa deixaria ela confusa, e já que escrevo ficção e criei um mundo fictício, fiz uso da licença literária. No meu mundo, a lei não existia, foi ignorada ou o Parlamento votou para que houvesse uma exceção para o duque que quis matar a Rainha. Você decide.

A condição que o Fera e seu pai têm é chamada de microtia. Ela possui diversas variações e pode impactar a audição. Essa condição é hereditária em aproximadamente 5% dos casos.

Harriette Wilson foi uma cortesã famosa durante a época da regência britânica que de fato publicou suas memórias. Elas são agora de domínio público e podem ser baixadas de diferentes fontes.

O pub Ten Bells existe até hoje. Pelo menos duas das vítimas de Jack, o Estripador, frequentavam esse bar e, aparentemente, foram vistas saindo dele na noite em que foram assassinadas.

A maior parte da classe operária não tinha dinheiro para comprar relógios, e despertadores ainda não tinham sido inventados. Por isso, as pessoas contratavam "acordadores" para que as acordassem de manhã. A história de Fera sobre ter encontrado uma mulher assassinada foi baseada no relato real de um acordador que encontrou uma das vítimas de Jack, o Estripador.

Para aqueles que estão se perguntando o motivo de Finn e Lavínia não terem simplesmente adotado o Robin para dar o sobrenome Trewlove para ele: no Reino Unido, a adoção infantil se tornou legal somente em 1926. Antes disso, a adoção era informal, em geral feita em sigilo e não possuía validade jurídica.

A bênção que o duque de Glasford deu para Fera e Althea é uma bênção escocesa que uma vez ouvi um amigo escocês dar em um brinde e me apaixonei.

Espero que tenham gostado de ler sobre e conhecer os Trewlove. Eles farão aparições nos próximos dois livros, enquanto os irmãos de Thea buscam pelo seu final feliz.

Boa leitura!

Lorraine

Este livro foi impresso pela **Eskenazi**, em 2021,
para a Harlequin. O papel do miolo é pólen soft 80g/m²
e o da capa é cartão 250g/m².